최후의 만찬

최후의 만찬
©최창학, 2006

초판 발행 | 2006년 12월 1일

지은이 | 최창학
펴낸이 | 정홍수
펴낸곳 | (주)도서출판 강
출판등록 | 2000년 8월 9일(제2000-185호)

주소 | 서울시 마포구 서교동 460-45(우121-841)
전화 | 325-9566~7
팩시밀리 | 325-8486
전자우편 | gangpub@hanmail.net

값 12,000원
ISBN 89-8218-094-X 03810

이 도서의 국립중앙도서관 출판시도서목록(CIP)은 e-CIP 홈페이지(http://www.nl.go.kr/cip.php)에서 이용하실 수 있습니다.(CIP제어번호 : CIP2006002517)

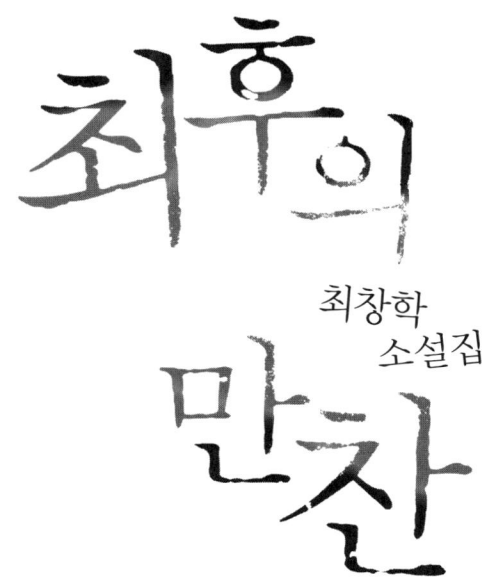

최창학
소설집

차례

최후의
만찬

밤의 거리는 한적했다. 어쩌다가 마차가 한 대씩 자갈 소리를 내며 지나갈 뿐 행인도 별로 보이지 않았다. 다빈치 화백과 미젤로 공작은 그 어두운 거리를 걸어가고 있었다. 미젤로 공작의 청으로 같이 걷긴 하면서도 다빈치 화백은 산타 마리아 델 그라지에 있는 사원(寺院) 안을 생각하고 있었다. 그 벽에 그리다가 만 「최후의 만찬」 속의 초상들이 하나하나 살아서 그 앞에서 얘기하고 있는 것을 그는 마주보고 있었다. 이제 어디에서 유다의 모델을 구해 그의 초상만을 잡아놓는다면 열세 명의 초상의 윤곽은 다 끝나는 셈이었다. 그러나 유다의 모델을 또 어느 곳에서 찾을 수 있을 것인가. 무엇보다도 모델을 찾는 일로 그는 제일 많은 시간을 소비하고 있었다. 실로 지금까지 그 열두 명의 모델을 구하는 데만도 몇 년이 흘러갔는가. 물론 모델이라고 해야 그를 데려다가 그 앞에 앉혀놓고 그리는 건 아니었고 다만 그를 잠깐 대함으로 해서 얻어

지는 것이지만 그렇게 잠깐 대함으로 해서 얻어질 수 있도록 그 초상,
초상에 맞는 모델이라는 게 쉽게 발견되지를 않았다. 어떤 얼굴을 하고
어떤 성격을 지녀야만 그 초상의 모델이 될 수 있다는 무슨 뚜렷한 기준
같은 것을 세워놓고 있는 것은 아니었으나 그 모델을 발견하기 전엔 희
미하게 잡혀왔던 초상이 그 모델을 봄으로 해서 확고하게 잡혀지곤 했
다. 그러니 모델이 없다고 그릴 수 없는 건 아니나 그가 오늘날까지 열
두 명의 초상을 하나하나 잡아야만 그리게 된 것은 아홉 행의 시를 얻었
으면서도 단 한 행의 시를 얻지 못해 열 행의 시를 쓰지 못하고 마는 시
인의 경우와도 같았다. 그만큼 그가 그리는 초상은 구상적인 듯하면서
도 추상적이었고 추상적인 듯하면서도 구상적이었다.

술집 시로니에 한 번이나 가보셨소?

미젤로 공작은 정도 이하의 작은 키와 툭 튀어나온 배를 앞으로 내밀
고 스틱을 걸음과는 맞지 않게 짚어가며 물었다. 두 사람은 조금 전 사
원에서 함께 나왔다. 다빈치 화백이 그 그림이 있는 벽 앞에 서 있는데
미젤로 공작이 나타나 버릇처럼 그 그림을 한참 보고 있다가 몇 마디 묻
고 어쩌고 떠들어대더니 자기가 오늘 밤 한턱 쓸 테니 나가자고 이끌어
나온 것이었다. 다빈치 화백이 고개를 저어 보이며 가볍게 웃자 미젤로
공작은 다시 물었다.

그럼 시로니라는 이름은 들어보셨소?

다빈치 화백이 고개를 끄덕이자 미젤로 공작은, 누구한테서? 라며 빤
히 올려다봤다.

공작님이 지난번 언젠가 말씀하시지 않았소?

내가요? 헛헛.

미젤로 공작은 술에 얼큰히 취한 날이면 술집의 마담이나 여급 이야

기를 꺼내는 일이 많았다. 그 이야기의 주인공이 한 마담이나 한 여급에 고정되어 있는 것이 아니고 항상 달랐다. 며칠 동안은 그 여자에 집착해 있는 듯 보이지만 며칠이 지나면 그 여자는 곧 사라지고 대신 다른 여자가 튀어나왔다. 그런데 바로 며칠 전부터 튀어나온 게 시로니였다. 시로니는 그 집 마담의 이름인데 그 이름을 따서 술집 이름도 그렇게 부르고 있다고 했다. 한마디로 '식욕을 돋우는' 여자라고 했다. 그 이야기를 듣고 다빈치 화백은 크게 웃음을 터뜨렸었다. 미젤로 공작의 입에서 나오는 여자는 한결같이 '식욕을 돋우는' 여자였었기 때문이다.

아직도 많이 가야 됩니까?

뭐가요?

그 식욕을 돋우는 여자가 있다는 곳 말입니다.

헛헛, 내가 그런 이야기까지 했소?

미젤로 공작은 웃을 때마다 송곳니까지 징그럽게 드러내 보이는 버릇이 있었다. 그처럼 그의 웃음은 언제나 크고 요란스러웠다. 그는 웃음 섞인 소리로 말을 이었다.

거짓말이 아니오. 가서 보시오. 정말 먹음직스러운 데가 있을 테니……

얼마를 가다가 미젤로 공작은 큰길에서 왼쪽으로 나 있는 좁은 길로 들어섰다. 따라 들어서자 몸을 스치던 바람기가 잠잠해지며 등에서 엷은 땀기가 느껴졌다. 좁은 길은 길 양쪽에 작은 점포들을 끼고 있는데도 으슥했다. 낮에 내린 빗물이 여기저기 질퍽하게 괴어 있었고 야릇한 냄새들까지 코를 찔러왔다. 밀라노 시에서 벌써 몇 년을 살아왔는데도 한 번도 와본 일이 없는 곳이었다. 취한들이 쉽게 눈에 띄었고 벽 밑에 움츠려 졸고 있는 거지아이들도 간혹 보였다. 그 좁은 길에서 두 사람은 다시 오른쪽으로 꺾어 더 으슥한 골목길로 들어섰다. 길은 더 으슥하고 좁지만 집들은 훨씬 육중해 보였다. 취한들이 아까보다 더 많이 비틀거리며 떠들어대며 지나쳐 가곤 했다. 그 취한들을 다빈치 화백은 가볍게 지나쳐버리진 않았다. 그들의 그러한 모습들 속에서까지 유다의 모델을 얻어보려는 의식의 움직임을 느끼고 있었다. 지금까지의 경우 모델은 어느 먼 곳이나 보이지 않는 깊숙한 곳에 숨어 있지는 않았다. 모두가 주변에 있었다. 베드로도, 요한도, 안드레도, 세배대의 아들 야고보도, 빌립도, 바돌로매도, 도마도, 마태도, 다대오도, 알패오의 아들 야고보도 다 멀지 않은 주변에서 얻었다. 베드로는 다빈치 화백 자신의 제자의 한 사람인 솔라리오에게서 발견할 수 있었고, 요한은 다빈치 화백 자신의 친구의 한 사람인 암브로지오에게서 발견할 수 있었다. 다만 예수의 모델 하나만은 플로렌스에 갔다가 우연히 얻었었다. 그러나 그곳에 가지 않았다고 해도 그동안 주변에서 구하려고 했다면 지금쯤은 구했을지도 모를 일이었다. 모델을 발견하는 데는 물론 그 초상에 대한 오랜 사고의 과정을 거친 후에 안겨지는 의식도 중요했지만 때로는 그 의식을 엎고 그때그때의 감정과 기분에 따르는 예도 있었다. 말하자면 베드로가 그랬고 요한이 그랬다. 그렇게 많은 날을 접촉해왔으면서도 솔라리오나 암브로지오에게서 그들의 초상을 발견할 수는 없었다. 그런데 어느 날인가 한번은 솔라리오를 밤에 밀라노 사형장에서 만난 일이 있었다. 그 무렵 다빈치 화백은 밤에 홀로 밀라노 사형장 부근으로 산책을 하는 버릇이 있었다. 플로렌스에 있을 무렵 청년기 땐 해부학에 미쳐 그곳 사형장에 걸려 있는 시체들을 가져다 해부를 해보기까지도 했지만 그 무렵엔 그만큼의 열정은 갖지 못했고 다만 사형장에 가서 걸려 있는 시체들을 바라봄으로 해서 어떤 감성 같은 것을 채워보려고 애썼다. 오늘 밤과는 달리 달빛이 밝게 부서지고 있었다. 사형장에 가까이 갔을 때 누군가 사형장 쪽에서 돌아오고 있는 사람이 보였다. 먼저 알아본 건 다 빈치 화백이었다.

웬일이지, 솔라리오?

솔라리오는 그제야 알아보고 반색을 했으나 곧 우울한 표정으로 말이 없었다. 그가 얘기를 꺼낸 건 나무 옆 바위에 자리를 잡고 앉은 후였다.

선생님께선 지금까지 제겐 아무도 없는 줄로 생각하시겠지만 실은 누나가 있었어요. 그런데 오늘 죽은 거예요. 지금 저곳에 걸려 있는 저 여자가 바로 제 누나예요. 변태 성욕으로 미친 여자죠. 그래서 결국에 사람을 죽이고 저곳에 걸리게 된 거예요. 한때는 어느 군인의 부인으로, 한때는 어느 실업가의 부인으로, 한때는 어느 술집 주인의 부인으로 전전하다가 결국엔 창녀로 전락하고 말았죠. 어떠한 동기에 어떻게 사람을 죽이게 됐는지는 확실히 모르지만 두 사람이나 죽였다는 거예요.

어째서 그 순간의 솔라리오에게서 베드로의 모델을 얻게 됐는지는 자신도 알 수 없으나 지금도 베드로의 초상에 대해 어떤 부족함을 느끼고 있지는 않았다. 그리고 또 요한의 경우는 어느 날인가 암브로지오를 거리에서 만나 같이 술을 마신 적이 있었다. 암브로지오는 빈센조폼파가 세운 만테냐* 움부리아풍 계열의 한 화가였다. 그러한 풍의 화가 중에선 제일 뛰어나다고 볼 수 있는 사람이었다. 그런데 그는 자기의 예술과 자신의 재능에 대해 지나칠 만큼 불신을 가지고 있는 것 같은 내용의 얘기들을 심각히 늘어놓으며 결국에 자기는 예술에 있어서나 인생에 있어

---

* 이탈리아 최초의 르네상스 화가. 두칼레궁에 있는 '카메라 텔리 스포시'라는 방이 대표작.

서나 완전히 실패했다는 선언까지 한 일이 있었다.

자네는 확실히 천재야. 자네 앞에선 난 완전히 손을 들겠어. 어쩌면 그럴 수가 있지? 지질학, 수학, 생물학, 토목학, 해부학, 거기에다 성의 설계를 하지 않나, 조각은 어떻고? 그림에 있어서도 자네의 수법은 나로선 감히 생각해볼 수도 없는 비범한 데가 있거든. 스푸마토,* 물론 나도 그걸 써볼 수는 있단 말이야. 그런데 왜 그게 자네처럼 안 되지? 왜 내가 그 수법을 쓰면 그게 그렇게 연약하고 부정확한 결점을 면치 못하느냐 말이야. 공기의 유동성, 과학적인 원근법, 투시화법…… 내가 보기엔 자넨 베로키오** 선생보다도 월등 나아. 베로키오 선생의 성모(聖母)의 형을 보면 너무 조야하고 너무 무미하거든. 그런데 자네가 그리는 성모의 형에선 그게 놀라울 정도로 승화된단 말이야.

암브로지오는 한참 눈을 주다가 잘 이해하기 힘든 미소를 지으며 손을 내밀었다. 그 손을 잡아주는 순간 다빈치 화백은 이상한 뭉클감을 느꼈고 그때 요한의 초상도 발견할 수 있었다.

미젤로 공작이 앞장을 서 들어선 술집 시로니는 그 으슥한 골목길에서 다른 큰길로 나가는 길가에 있었다. 안으로 막 들어서자 촛불 냄새가 났고 째어지는 듯한 환성이 들렸다. 물론 두 사람을 향한 환성이 아니라 한가운데쯤에 서서 몸짓과 웃음을 보내고 있는 한 여자에게 보내는 손님들의 환성이었다. 들어서면서부터 미젤로 공작은 그 여자에게서 시선을 떼지 않고 웃어가며 아무 곳이나 의자가 손에 잡히는 대로 앉았다.

---

* 공중에서 사라지는 연기같이 색을 매우 미묘하게 변화시켜서 색깔 사이의 경계선을 명확히 구분지을 수 없도록 부드럽게 옮아가게 하는 기법.
** 피렌체의 조각가, 화가. 레오나르도 다빈치의 스승. 베네치아에 세워진 바르톨로메오 콜레오니의 기마상이 특히 유명함.

어디까지나 우스갯소리로만 들어온 미젤로 공작의 얘기가 전혀 꾸며낸 얘기만은 아니라는 감이 들었다. 균형 잡힌 몸매에 살결도 유난히 고왔다. 길게 늘어뜨린 머리가 인상적이었고 나이는 상상했던 것보다는 어리게 보였다. 히아데스. 다빈치 화백은 디오니소스를 키워주었다는 그리스 신화 속의 요정들을 떠올렸다. 춤추는 히아데스. 노래하는 히아데스. 저런 웃음을 보내올 수 있는 히아데스. 히아데스가 이쪽으로 걸어오고 있었다. 미젤로 공작이 일어나 손을 잡아 자기의 옆자리에 앉혔다. 오늘 밤엔 더 예쁜 것 같은데? 정마알? 그러나 그렇게 많은 관심을 보이는 것 같진 않고 그녀는 오늘 밤의 새로운 심방인 다빈치 화백을 매혹적인 눈으로 바라보았다.

인사하지. 레오나르도 다빈치라는 이름 들어봤지? 이분이 바로……

어머, 그러세요? 그 유명하신 화가분? 저, 시로니예요.

시로니의 눈엔 수액 같은 무슨 끈끈한 액이 감도는 것 같았다. 모든 남자들의 전 신경에 빨관을 박고 신경을 빨아들이는 그런 눈빛으로 머리가 어지러울 지경이었다. 신경이 그녀의 눈빛을 통해 빨려들어가 그녀의 눈 속에서 저런 끈끈한 액으로 녹아나는 것 같은 느낌이 들었다. 그녀가 술을 가져오겠다며 자리를 뜬 후 다빈치 화백은 실내를 둘러보았다. 여기저기에 질서 없이 켜져 춤을 추고 있는 촛불들, 장단을 치며 노래하며 춤을 추는 손님들. 그러나 옷차림이 미젤로 공작만큼 말쑥한 사람은 드물었다. 거의가 다 집시나 하급 상인, 아니면 노동자들같이 보였다. 구릿빛 살결에 검은 수염이 듬성듬성 턱주가리를 덮은 삼십대로 보이는 사내가 일어나 눈을 스르르 내려감고 노래를 부르고 그 주위에 둘러앉아 있는 사람들이 손으로 장단을 치고 있는 판이 제일 볼 만했다. 장단을 치고 있던 사람들 중에서 한 젊은 사람이 일어나 시로니가 있는 쪽으로 가 팔을 붙잡고 뭐라고 지껄이며 웃어대며 잡아끌었다. 자, 지금부터 우리의 시로니 여왕께서 노래 한 곡 부르겠습니다. 뭐를 부르실까? 빠오리이나. 빠오리이나? 야아, 짝짝짝, 좋아. 시로니는 장단에 맞춰 빠오리이나를 부르기 시작했다. 황홀한 목소리였다. 여자의 목소리치곤 퍽 낮고 잔잔한 편에 속했다. 다빈치 화백의 눈앞엔 달빛 물결이 조용한 물살을 짓고 있었다. 그러나 그 물결 속엔 글라디올러스의 진홍과 칸나의 불꽃도 섞여 흘렀다. 노래는 곧 끝났다. 그녀는 그들에게 인사를 하고 그곳을 떴다. 이쪽으로 오는가 했더니 저쪽으로 갔다.

두 사람에게 술을 가져온 건 시로니가 아니라 시로니보다 훨씬 어려 보이는 계집아이였다. 술을 가져다 놓고 계집아이는 말없이 미소만 보인 후 돌아갔다. 미젤로 공작은 술에는 관심 없이 시로니가 있는 쪽으로만 계속 눈길을 보냈다. 그러다가 다빈치 화백이 술을 따라주자 그제야 고개를 돌리며 말했다.

시로니가 왜 여기에 안 오는지 아오? 다빈치 화백 때문이오. 다빈치 화백의 가슴에 불을 지르기 위해 일부러 안 오는 거요. 아까 보니까 그 눈이 단번에 다빈치 화백에게 반한 것 같습니다. 어떠시오, 다빈치 화백의 가슴은?

다빈치 화백이 엷은 웃음만 보이자 미젤로 공작은 술을 따르며 계속 말했다.

자칫하다간 빼앗기게 생겼는데…… 괜히 데리고 왔는걸…… 갖고 싶소? 정 갖고 싶다면 내가 양보할까요?

양보요? 기권이 아니고?

기권? 헛헛 그만큼 자신 있소? 그럼 됐소. 가지시오. 내가 기권하리다.

시로니는 저쪽 구석 어떤 젊은이의 무릎에 앉아 애교를 부리고 있었다. 젊은이는 그녀를 한 손으로 끌어안고 앞의 다른 젊은이와 얘기를 하고 있었다. 다빈치 화백은 몇 잔의 술로 확확 달아오르는 의식 속에 갑자기 피로가 몰려왔다. 의자에 깊숙이 등을 기댄 채 눈을 감았다. 랍비여, 내나이까…… 내가 진실로 너희에게 이르노니 너희 중의 한 사람이 나를 팔리라. 인자는 자기에 대하여 기록된 대로 가거니와 인자를 파는 그 사람에게는 화가 있으리로다. 그 사람은 차라리 나지 않았다면 좋을 뻔하였느니라…… 랍비여, 내나이까, 랍비여……

호호, 졸고 계시는군요.

어느 사이에 시로니가 다가와 아까 젊은이에게처럼 미젤로 공작의 무릎에 앉으며 그 끈끈한 액이 흐르는 듯한 눈으로 다빈치 화백을 응시했다.

여기 앉으면 곤란해. 우리 방금 전에 어떻게 결탁한지 아나?

미젤로 공작은 시로니를 일으켜 다빈치 화백 무릎에 강제로 앉혔다. 시로니가 무슨 영문인지 몰라 왜 이러시냐며 미젤로 공작과 다빈치 화백을 번갈아 바라보며 일어나려 하자 미젤로 공작은 강제로 더 꽉 앉혀주며 말했다.

방금 전에 결탁을 보았다니깐. 내가 양보, 아니 기권하기로 말이야.

무슨 말씀이에요? 뭘 양보하고 뭘 기권해요? 라고 하면서도 시로니는 싫지 않은 듯 이제 일어나지 않았다. 일어나는 게 아니라 오히려 엉덩이로 다빈치 화백의 무릎을 한 차례 문질러주었다. 다빈치 화백은 밀어내지 않았다. 그대로 앉혀놓은 채 그녀의 손까지 매만져주었다. 그녀에게서 풍겨오는 냄새를 흑장미 그늘 빛으로 촉감하면서. 그러나 채 몇 분도 지나지 않아 가슴이 답답하고 숨이 차며 피로감이 몰려오는 걸 어쩌지 못했다.

어떡하지? 다빈치 화백이 오늘 밤부터 시로니 때문에 잠을 제대로 못 잘 것 같다고 하던데……

미젤로 공작이 시로니 귀에 얼굴을 바짝 대고 농을 하자 시로니는 다빈치 화백에게, 그게 사실이세요? 사실이면 좋죠, 뭐. 주무실 때 제가 옆에 있어드리죠 뭐, 라고 농으로 맞받으며 잔에 술을 따르더니 다빈치 화백 입에 대어주었다. 다빈치 화백이 잔을 손으로 받으려 하자, 아니 그냥 마셔요. 제가 대어드릴 테니, 자, 어서요. 네네, 그렇게요. 됐어요, 라며 어린이에게 약을 먹이듯 억지로 마시게 했다. 그런데 다빈치 화백이 눈을 반쯤 감은 채로 그렇게 잔을 막 비우고 났을 때였다. 시로니가 어머! 라고 갑자기 소리치며 벌떡 일어나 출입구 쪽으로 뛰어갔다. 그 동작이 하도 요란스러워 실내의 손님들 대부분의 시선이 일제히 그쪽으로 향했다. 밖에 비가 쏟아지고 있는 모양이었다. 어떤 사람이 비에 흠뻑 젖어 바닥에 쓰러져 있었다. 손님들 몇몇이 그쪽으로 몰려갔고 미젤로 공작도 그들 속에 휩쓸렸으나 다빈치 화백은 몰려오는 피로 때문에 움직이고 싶지 않았다. 어떤 남자가 비에 젖은 그 사내를 등에 업고 시로니를 따라 저쪽으로 갔다. 그쪽에 방이 있는 모양이었다. 손님은 아닌 모양인데…… 라고 중얼거리며 미젤로 공작이 다가왔다. 어떻게 된 거요? 비틀거리며 안으로 들어서더니 갑자기 쓰러지더군요. 젊은이요? 아뇨, 나이가 들었어요. 몇 살가량이나? 글쎄요, 한 오십 됐을까요. 시로니와 보통 사이가 아닌 것 같죠? 다빈치 화백은 그것부터 생각했구려? 네에? 설마 남편이기야 하겠소. 삼촌 아니면 오빠쯤 되겠죠. 이날 밤 두 사람이 그 술집을 나올 때까지도 시로니는 다시 그들 앞에 나타나지 않았다.

너희 중의 한 사람이 나를 팔리라. 예수는 자기 스스로 일으킨 질풍 앞에 머리를 숙였을 것이다. 그 예지의 물결. 그 영혼의 흔들림. 비단 유월절 때 행위만이 아니라 예수라는 하나의 선지자가 나타나서 죽게 되던 순간까지의 모든 이야기가 명멸하고 있었다. 자기 그림 속의 그 초상 속에서 다빈치 화백은 그 이야기들을 하나하나 읽을 수 있었다. 다른 제자들 초상에서도 마찬가지로 그들의 모든 이야기를 읽을 수 있었다. 그러나 그가 그들의 초상들을 그리며 떠올린 건 그들의 전체적인 이야기에서 얻은 것보다도 그들이 행한 행위들 중에서 가장 개성을 풍기는 행위들, 즉 그가 그 인물 하나하나에서 얻은 느낌들 중에서 가장 뚜렷한 것들이었다. 모델을 발견하게 될 때도 마찬가지였다. 그러한 행위들로 형성된 하나의 영상적인 초상이 실제적으로 그와 통하는 면이 있는 어떤 실제적인 초상을 대하게 될 때 그 순간에 얻어지는 초상, 그것이 바로 그가 잡고 있는 초상이었다. 다빈치 화백은 유다의 초상이 들어갈 자리의 빈 화면에 갖가지 초상들을 떠올려보았다. 그가 가장 어렵게 생각하고 또한 힘을 많이 들이고 있는 건 예수의 초상과 유다의 초상이었다. 그중에서도 예수의 초상보다 유다의 초상이 더 많은 신경을 쓰게 만들었다. 물론 유다는 흔히 볼 수 있는 평범한 인물이었다. 그러나 평범한 인물이라는 그 사실이 오히려 더 많은 정신의 집중과 사고의 과정을 거치게 만들었다. 유다는 대제사장들에게 예수를 넘겨주기로 하고 은 삼십 냥을 받는다. 유월절 연회가 있던 날 밤 그는 계약대로 대제사장들의 종을 뒤세우고 예수에게로 간다. 랍비여, 안녕하시오니까. 그는 예수에게 키스를 한다. 그로 인해 예수는 종들에게 끌려간다. 새벽에 예수는 사형 선고를 받고 총독 빌라도에게 넘겨진다. 유다는 그것을 본다. 랍비가 죽게 된다, 우리의 랍비가 죽게 된다, 나 때문에 죽게 된다, 나 때문에…… 유다는 이제까지의 자기 행위가 자신이 저지른 행위가 아니었던 것 같은 상념에 사로잡힌다. 후회한다. 내가 죽을죄를 졌구나. 그는 은을 대제사장들에게 던져주며 울먹거린다. 내가 무고한 피를 팔았다. 나는 죽일 놈이다. 대제사장들은 눈을 부라린다. 무슨 소리냐? 그것이 우리에게 무슨 상관이 있느냐? 유다는 돌아와 자기의 죄를 죽음으로 청산한다. 목을 매어 목숨을 끊은 것이다……

다빈치 화백은 미완성으로 있는 「최후의 만찬」이 있는 벽을 보고 있다가 창 앞으로 갔다. 바람이 스며들어오고 있는 것이 완연히 느껴진다. 하늘빛과 코스모스빛이 섞여 있는 빛깔의 바람. 머릿속에 화폭이 펼쳐진다. 공기의 이동이 나타내어진 화폭. 정원의 나뭇잎들이 팔랑팔랑 팔락이다가 하나씩 나비 날개처럼 가볍게 떨어진다. 은행나무 밑엔 부르독이 움츠리고 앉아 있다. 자고 있는 모양이다. 페라옹? 아니다. 마리아 할멈이다. 페라옹은 어디 갔나? 늙은 부부. 종소리 때문인가. 마리아 할멈이 졸고 있다가 고개를 들고 좌우를 둘러본다. 아, 저쪽에 페라옹이 있다. 원정이 꽃나무에 물을 주고 있는 옆에서 별로 움직이지도 않고 서 있다. 마리아 할멈이 일어서더니 어슬렁어슬렁 그쪽으로 간다. 늙은 부부……

누가 문을 열고 들어서는 기척에 다빈치 화백은 시선을 돌렸다. 솔라리오였다.

안녕하세요, 선생님?

응, 돌아왔군. 언제 왔지, 플로렌스에서?

다빈치 화백은 솔라리오의 손을 잡고 의자를 끌어다 권한 후 자신도 앉았다.

어제 왔어요. 그런데 선생님께서 말씀하신 그 라티에 장로님 말입니다. 그곳을 떠나신 지가 꽤 오래됐대요.

그래? 어디로 떠났는진 모르고?

네, 장로님 부인께서 돌아가셨대요. 그래 얼마 있다가……

그래? 그 딸은?

소아마비로 불구된 그 딸은 이 년 전에 죽고요.

아, 저런……

그러니까 그동안 부인도 잃고 딸도 잃어 말이 아니었던 모양이에요.

믿어지지가 않는구먼.

다빈치 화백은 한동안 말을 잃고 있다가 서서히 일어나 「최후의 만찬」 앞으로 다가갔다. 예수의 초상에 그의 눈은 고정되었다. 아버지여, 만일 할 만하시거든 이 잔을 내게서 지나가게 하옵소서. 그러나 나의 원대로 마옵시고 아버지의 원대로 하옵소서. 라티에 장로와 예수의 초상이 하나로 겹쳐져 움직이고 있었다. 삼 년 전 여름이었다. 다빈치 화백은 플로렌스에 있었다. 태어나 자란 곳이야 피렌체지만 청년기 한때를 그곳에서 지냈는데 그땐 밀라노에 살면서 잠깐 다니러 갔었다. 숙부가 죽어 그의 장례식에 참석하기 위해서였다. 전날부터 내리기 시작한 비는 장례식날까지도 멎지 않았다. 그런 구질구질한 날씨 탓인지 조객이 몇몇 친척들 외에 별로 없었다. 그런데 그때 유별나게 다빈치 화백의 시선을 끈 조객이 있었다. 대부분의 조객들은 우산을 쓰고 있었는데 우산도 없이 비를 맞으며 영구(靈柩) 앞에 조용히 눈을 감고 기도하는 사람이었다. 성직자인 건 바로 알 수 있었으나 어디에 사는 누구인지는 알 수 없었다. 보통의 성직자들과는 어딘가 분위기가 달라 보였다. 이제까지 보아온 어느 성직자보다도 많은 고행의 흔적과 초연의 빛을 띠고 있었다. 그러나 첫눈에 그에게서 예수의 초상을 발견할 수는 없었다. 그때도 한참 「최후의 만찬」 속의 초상들을 찾고 있던 중이었기 때문에 그를 봄으로 해서 「최후의 만찬」 속의 초상들과 관련시켜보았지만 어느 초상에도 꼭 적합한 상이라는 느낌은 없었다. 그러나 어느 누구보다도 예수와 가까운 상이라는 느낌은 들었다. 친척을 통해 알아보니 그는 몇 달 전에 피사에서 이사 온 라티에 장로라고 했다. 아내와 소아마비를 앓고 있는 딸아이와 함께 살고 있다고 했다. 다빈치 화백의 머리에 형상화되고 있던 예수의 초상은 신적인 예지와 영혼의 소유자이면서도 죽어가는 마당에 '엘리 엘리 라마 사박다니'*를 외칠 수 있는 인간적인 면을 소유한 초상이었다. 그러나 라티에 장로에게는 어느 면보다도 그런 면이 결여되어 있는 것처럼 보였다. 금방 누가 칼을 목에 들이댄다 해도 조용히 눈을 감고 응할 것만 같았다. 장례식이 끝나고 난 며칠 후였다. 다음날 밀라노로 떠나리라 결정하고 다빈치 화백은 밤에 홀로 산책을 하고 있었다. 어느 곳으로 가야겠다는 생각도 없었는데 어느 사이엔지 자기도 모르게 발길이 라티에 장로 집 쪽으로 향했다. 집 앞에 이르자 자연스레 걸음이 멈춰졌다. 안에서 들릴 듯 말 듯 찬송가 소리가 새어나왔다. 문 앞에 한동안 서서 그 소리를 듣고 있다가 그 소리가 끝난 후 다빈치 화백은 안으로 들어섰다. 밤이 깊었는데도 대문은 훤히 열려 있었다. 불이 켜진 창 앞으로 다가가자 밖에선 들리지 않던 기도 소리가 들렸다. 안을 들여다보자 세 사람이 베로키오 선생의 조각의 모사품인 못 박힌 예수의 전신상 앞에 무릎을 꿇고 손을 모아 기도하고 있었다. 딸을 가운데 꿇어앉히고 라티에 장로는 오른쪽에, 그 부인은 왼쪽에 꿇어앉아 있었다. 라티에 장로의 입에서 흘러나오는 기도는 딸의 불구된 다리를 고쳐

---

* 나의 하나님, 나의 하나님, 나의 하나님, 어찌하여 나를 버리셨나이까.

주실 수 없겠느냐는 내용이었다. 그는 끝에 '그러나 나의 원대로 마옵시고 아버지의 원대로 하옵소서'라는 예수의 말을 덧붙였다. 기도 소리가 들리는 동안 다빈치 화백은 눈을 감고 있었다. 기도가 다 끝나 눈을 뜨자 그들이 자리에서 일어섰다. 일어서서도 부부는 잠깐 고개를 숙이고 있었다. 다빈치 화백이 라티에 장로에게서 예수의 초상을 발견한 건 바로 그 순간이었다. 그 순간엔 분명히 예수가 있었다. 예수 이상의 예수도 예수 이하의 예수도 아닌 틀림없는 그대로의 예수가 있었다.

친구가 그러는데 어쩌면 빈치 시로 가셨거나, 아니면 이곳 밀라노로 와서 사시는지도 모르겠다고 하더군요.

솔라리오는 다빈치 화백 옆에 어깨를 나란히 하고 서서 「최후의 만찬」을 보다가 말했다. 다빈치 화백은 고개를 끄덕이며 다시 의자에 가 앉았다. 라티에 장로가 어디에 가서 무엇을 하고 있건 그것은 문제가 되지 않았다. 빈치로 가서 살건 이곳 밀라노로 와서 살건 사는 곳을 안다 해도 굳이 만나고 싶지는 않았다. 다만 예수의 초상이었던 그가 몇 년 사이에 아내와 딸을 잃고 그곳을 떠나게 됐다니 조금 이상한 생각이 들 뿐이었다. 솔라리오가 플로렌스에 다녀오겠다고 인사를 왔을 때도 라티에 장로를 꼭 찾아뵙고 오라는 말은 하지 않았다. 언젠가 무슨 이야기 끝에 라티에 장로가 예수의 모델이었다고 말해줬더니 솔라리오가 한번 찾아뵙고 오겠다고 해서 알아서 하라고 했을 뿐이었다. 그러나 지금 다빈치 화백은 자기 그림 속의 예수가 그 그림 속에서 걸어 나와 어디론가 사라져버린 것 같은 허탈감에서 헤어나기 힘들었다. 솔라리오도 다시 의자로 와 앉았다.

참 서운하더군요. 꼭 한번 만나 뵙고 싶었는데…… 선생님의 눈과 제 눈을 비교해보고 싶었거든요.

비교해 뭣 해? 비교하려고 해도 비교할 수가 없는 거야. 언젠가 말했 잖아? 모델로 쓰려는 눈에는 같은 사람이라도 그 순간 순간에 따라서 얼마든지 달라 보일 수 있다고……

어쨌든 오늘 제가 선생님께 한 사람 보여드리고 싶은 사람이 있는데 요. 제가 볼 때는 유다의 모델로 써도 괜찮을 것 같거든요.

어떤 사람인데?

제가 있는 집 부근에 땅굴을 파고 사는 사람인데요. 정신이 조금 비정 상인 것 같았어요. 얘길 들으니까 그의 집이 그곳에서 얼마 떨어지지 않 은 곳에 따로 있대요. 가족들이 보기 싫어 따로 나와 산다는 거예요. 허 탕 치시더라도 한번 보세요. 혹 아세요, 이렇게 못 찾고 계시는 유다를 저 때문에 찾게 되실지…… 제가 라티에 장로님을 만나뵈려고 했던 건 선생님의 눈과 제 눈을 비교해보기 위해서였는데 비교하려고 해도 할 수가 없는 거라고 하시니…… 사실은 이 사람에 대해 진작에 말씀드리 고 싶었지만 보시고 실망하실지도 모른다는 생각에 미루어왔는데 아직 까지도 못 찾고 계시니…… 유다 때문에 작품을 중단하신 지 벌써 몇 달째예요?

알았다고, 언제 한번 기분이 날 때 만나볼 테니 그곳 약도를 상세히 그려놓으라고 말하자 솔라리오는 약도를 그려준 후 돌아갔다. 솔라리오 가 돌아간 후에도 다빈치 화백은 줄곧 사원 안에서 시간을 보냈다. 그림 에 손을 댄 게 아니라 그냥 그림을 바라보는 것만으로 무슨 선에라도 빠 지듯 도취되어 있었다. 아무리 봐도 예수의 초상은 자신이 가지고 있는 재능 이상의 재능으로 표현된 것 같았다. 그것은 어쩌면 누구의 초상보 다도 모델을 잘 잡아서였는지도 모르겠다는 생각이 들었다.

저녁때 다빈치 화백은 밥을 먹고 거리로 나왔다. 나올 때엔 솔라리오

24

가 말한 그 땅굴 속의 사람을 만나볼까도 했으나 어쩐지 기분이 내키질 않았다. 솔라리오의 지능과 그의 예술에 대한 재능을 너무나 잘 알기 때문이었다. 다른 제자인 루니 같은 애의 통속성에 비하면 그래도 조금 예술안을 가지고 있긴 하지만 한마디로 아직 어렸다. 그렇다고 솔라리오가 그렇게까지 말하는데 무시해버릴 수는 없을 것 같았다. 언젠가 한번 가보긴 가봐야겠다고 생각하며 죠콘다의 집 쪽으로 갔다. 죠콘다의 집은 걸어 십 분 정도밖에 걸리지 않았다. 죠콘다는 모로* 공작의 딸로 이년 전까지 십칠 년간이나 걸쳐 완성한 모로 공작의 부친인 스포르자의 기마상을 제작하면서 알게 된 여자였다. 다빈치 화백에게 있어 그녀는 예술이며 종교 자체라고 할 수 있었다. 무섭도록 황홀한 빛으로 뭉쳐져 있어 보던 맨 처음의 순간부터 모든 우주, 모든 꿈이 초라하지 않음을 느꼈다. 손 한번 잡아본 일이 없고 말조차도 별로 나눈 적이 없이 그저 눈빛만을 교환해도 부족하지 않았다. 죠콘다의 집 앞에 이르러 다빈치 화백은 차마 안으로 들어가지 못하고 서성거리며 상상했다. 문을 열고 안으로 들어서면 개가 짖을 것이다. 그러면 시즈니가리가 나와 누구를 찾느냐고 묻다가 곧 알아보고 인사를 해올 것이다. 그러면 자기는 차마 죠콘다가 있느냐고 묻지는 못하고 모로 공작님 계시냐고 물어야 할 것이다. 모로 공작은 외출했기가 쉬우니 외출했다고 하면 어떻게 해야 할까. 별수없이 돌아서야 되겠지만 만약 외출하지 않고 집에 있다면 들어가 만나야 할 것이다. 조금 의아해하면서도 부부가 나와 맞아주며 이것저것 물어볼 것이다. 요즈음에 그리고 있다는 「최후의 만찬」은 언제쯤

---

* 루도비코 일 모로 : 레오나르도 다빈치의 후원자. 밀라노의 군주 장 갈레오초 비스콘티와 함께 밀라노 두오모 대성당을 짓도록 첫 주문을 내린 사람.

끝나느냐는 둥 마흔이 넘은 아직까지도 왜 결혼할 생각은 않느냐는 둥 예술도 예술이지만 먼저 인간이 있은 다음에 예술이 있는 게 아니냐는 둥 말을 듣다보면 피곤해져 일어서고 싶어질 것이다. 재수가 좋으면 죠콘다를 보게 될지 모르나 스스로 그녀의 방을 찾을 용기는 나지 않을 것이다.

서성거리다 다빈치 화백은 끝내 들어가지 않고 그 길로 그곳을 벗어나 술집 시로니까지 갔다. 어쩐지 술집 안은 전날 밤 같지 않았다. 장단도 육성의 노랫가락도 춤도 시로니도 보이지 않았다. 다만 웅성거리는 손님들의 이야기 소리와 함께 촛불들만이 열기도 없이 타고 있을 뿐이었다. 다빈치 화백이 자리를 잡고 앉자 그 앞에 나타난 건 전에 술을 날라다 준 계집아이였다. 시로닌 어디 갔지? 왜요? 아니 그저…… 아저씨도 주인마님 좋아하세요? 뭐어? 참 이상들 하셔. 우리 주인마님껜 엄연히 남편이 있으시다구요. 어허 그래? 지난번 그 비에 흠뻑 젖어 쓰러져 있던 분이 남편이라는 이야긴가? 잘 아시네요. 계집아이가 술을 가지러 가자 다빈치 화백은 손님이 별로 없어 냉랭하기까지 한 실내를 둘러보다가 계집아이가 술을 가져오자 한마디 했다. 오늘 밤은 왜 이렇게 쓸쓸하지? 모르세요? 다 아시면서…… 무얼? 뭐는 뭐예요? 주인마님이 없잖아요? 주인마님이 없을 땐 늘 이래요. 왔다가도 대부분 그냥 가거든요. 이상해요. 술집에 술 마시러 오는 게 아니라 주인마님 보러 온다니까요. 어디 갔는데? 그렇게도 보시고 싶으세요? 아파 방에 누워 계세요. 어제 주인아저씨가 또 어디로 자취를 감춰버리셨거든요. 자취를 감추다니? 가끔 그러는걸요. 주인아저씨는 아저씨들과는 반대로 주인마님을 싫어하거든요. 뭣 하는 사람인데? 하긴 뭘 해요. 놀죠. 왜 싫어할까? 제가 어떻게 알아요? 그냥 싫으니까 싫은 거겠죠. 그런데……

그만두겠어요. 무슨 이야긴데? 아무것도 아니에요. 지금 주인아저씨가요, 우리 주인마님 선생님이셨대요. 그런데 주인아저씨가 자살을 하려는 걸 주인마님이 구해주시고 그 뒤부터 데리고 살기 시작했대요. 별 상관이 없는 사람의 이야기도 듣다보면 상상 외로 흥미로워지는 경우가 있다. 다빈치 화백은 그저 무료해서 계집아이와 말을 나누다가 이 소리를 듣고는 조금 이상해졌다. 자살을 하려 했다면 무슨 그럴 만한 이유가 있었을 게 아닌가. 그러나 그보다도 다빈치 화백의 머리에 떠오른 건 유다의 자살이었다. 몇 살이나 됐지? 누구요? 주인아저씨. 제가 그걸 어떻게 알아요? 안 보셨어요, 지난번에? 마흔은 훨씬 넘으셨을걸요. 왜 자살을 하려 했을까? 살고 싶지 않았기 때문이겠죠, 뭐. 손님이 불러 계집아이가 저쪽으로 사라진 후 다빈치 화백은 술을 들이켜며 생각했다. 주인아저씨라는 사람과 유다. 유다의 자살과 주인아저씨라는 사람의 자살 미수. 주인아저씨라는 사람을 당장 보고 싶었다. 아니 시로니라도 만나서 모든 걸 물어보고 싶었다. 그러나 시로니가 아파 누워 있다는 방에까지 가볼 수는 없었다.

그날은 해질 무렵에 솔라리오가 말했던 땅굴 속의 사람을 찾아갔다. 이동 교량의 설계 문제로 미젤로 공작과 시장을 만나고 돌아오는 길이었다. 미젤로 공작과 헤어져 혼자만 찾아갔다. 약도를 보니 어렵지 않게 찾을 수 있었다. 땅굴엔 문이 닫혀 있고 자물쇠까지 잠겨 있었다. 땅굴은 갱도식으로 옆으로 파 들어가 만든 게 아니라 호처럼 평지를 밑으로 파고 그 위에 철판조각과 넝마조각, 나뭇조각 등속을 얹어 지붕을 만든 굴이었다. 아마 방 안엔 난로 장치 같은 거라도 되어 있는지 지붕의 한가운데쯤엔 굴뚝이 있었다. 겉으로 보기엔 꽤 큼직했다. 자물쇠까지 잠겨 있는 걸로 보아 외출한 게 분명했다. 다빈치 화백은 그냥 서서 기다릴 수 없어 부근에 사는 솔라리오를 찾아갔다. 솔라리오는 그림을 그리고 있다가 반갑게 맞아주었다. 아직 시작한 지 얼마 안 된 것 같지만 솔라리오가 그리고 있는 것은 마리아상이 틀림없었다. 솔라리오는 화필을 손에 쥔 채 자기 그림을 남의 그림처럼 바라보다가 그 사람 만나보셨느냐고 물었다. 문이 잠겨 있더라고 하자 그럼 저녁 얻어먹으러 간 걸 거라며 자기와 함께 저녁을 먹고 만나러 가자고 했다. 두 사람은 밖으로 나와 근처 식당에서 간단한 식사를 하고 그곳으로 찾아갔다. 해가 넘어가고 놀 묻은 어둠발이 깔려 있었는데 굴 문엔 아직도 자물쇠가 잠겨 있었다.

아직 안 들어온 모양이군요.

끼니때가 되면 매일 이렇게 나가나?

점심때는 안 나가더군요. 점심은 굶는 것인지 아니면 아침에 많이 얻어두었다가 점심까지 먹는 것인지 모르겠어요.

이건 자기가 만들었나?

굴 말씀예요? 굴은 그전부터 파져 있었던 것 같아요. 그런데 그 위에다가 저런 것들을 주워다가 쌓아 지붕을 만든 거죠. 요즈음에도 계속 쌓아놓곤 해요.

놀 묻은 어둠발이 더욱더 짙어져갔다. 서녘 하늘에 아직 남아 있는 놀이 흡사 정령들이 구물거리고 있는 것처럼 보였다.

저기 돌 있잖아요? 저 돌이 무슨 돌인 줄 아세요?

굴 문 바로 옆에 놓여 있는, 노예들이 끄는 맷돌이 부서진 것 같은 커다란 돌을 말하는 모양이었다. 다빈치 화백 자신의 힘으로는 들 수 없을 것 같았다.

운동 기구예요. 아침저녁으로 저걸 들었다 놓았다 하거든요. 특히 비가 오려는 날 같은 땐 소리까지 지르면서 저걸 가지고 몸부림을 해요. 아 선생님, 저기 와요.

어둑어둑했지만 보일 건 다 보였다. 넝마조각 같은 옷을 걸치고 구멍난 모자를 쓰고 수염까지 기른데다 어깨엔 보따리 같은 걸 메고 있었다. 키보다 훨씬 큰 나뭇가지 지팡이까지 짚고 있었다. 미소가 지어졌다. 유다와는 너무 거리가 멀었고 굳이 비슷한 초상을 찾자면 예레미아에나 가깝다고 할까. 솔라리오가 다가가 인사를 해도 대꾸 없이 히죽히죽 웃으며 굴 문을 열고 들어갔다.

어때요, 선생님? 유다 같지 않아요?

모르지, 다른 날 보면 유다로 보일지. 그러나 오늘은 아닌데…… 다른 날 한번 더 보지.

솔라리오의 기분이 별로 좋아 보이지 않아 다빈치 화백은 자기가 한잔 사겠다며 시로니로 이끌었다.

어머, 다빈치 선생님.

시로니는 기다리고 있기라도 했던 것처럼 반색을 하며 손까지 잡아주었다. 솔라리오는 어리둥절한 얼굴로 두 사람을 번갈아 바라보았다.

내 제자. 인사하지, 솔라리오. 이 집 주인이신 시로니 마담.

시로니가 솔라리오에게 굉장한 미남이시라는 인사와 함께 악수를 한 후 술을 가지러 가자 솔라리오가 말했다.

아주 매력적인데요. 어떻게 선생님이 이런 델 다……

다빈치 화백이 말없이 고개만 끄덕이는 사이 시로니가 술을 가져와 따라주며 말했다.

왜 이렇게 오랜만이세요? 공작님은 매일 오시는데……

오늘 밤에도 오시나?

오실걸요, 아마. 조금 있으면 나타나실 거예요.

실내는 오늘도 그전 같지 않았다. 시로니가 아파 누워 있다던 날 밤보다는 좀 나았지만 처음 왔을 때와는 비교가 되지 않았다. 시로니의 표정에도 어딘지 우수가 깃들여 있는 것 같았다. 전에 시로니에 대한 이야기를 듣고 인식이 달라졌기 때문인지도 몰랐다. 시로니의 눈에 괴어 있는 끈끈한 액이 전과는 달리 순수히 글썽거리는 눈물처럼 보였다.

아파 누워 있다더니?

저 말이에요? 언제 저 없는 사이 다녀가셨군요? 꼭 이틀 동안 누워 있었어요. 아주 못 견디겠더군요. 애초부터 화병이었거든요.

주인어른이 집을 나가?

어머, 어떻게 아세요? 공작님한테 들으셨군요?

들어오셨나?

네, 속상해 죽겠어요. 지금 누워 있어요.

시선을 바로 주지 않고 말한 후 시로니는 계집아이를 불러 방에 가 무슨 일이 없는지 들여다보고 오라고 말했다. 계집아이는 다빈치 화백에게 윙크 같은 눈인사를 한 후 방 쪽으로 갔다. 그러나 한참 있어도 계집아이가 나타나지 않자 시로니가 일어나 두 사람에게 죄송하다는 표정이 어린 인사를 보내온 후 계집아이가 사라진 방 쪽으로 갔다. 대신 계집아이가 곧 나타나더니 말했다.

안됐군요, 아저씨. 오늘 밤에도 우리 주인마님과 노시기는 다 틀렸어요. 주인아저씨가 보통 아프신 게 아니에요. 마구 헛소리까지 해요.

다빈치 화백은 자신도 모르게 일어서지 않을 수 없었다. 솔라리오의 존재도 잊어버린 채 그는 방 앞으로 다가갔다. 방문은 닫혀 있었다. 앞에 서 있으니 말소리가 가물가물 들렸다. ……난 진작 죽었어야 되는데…… 아직도 이렇게 당신을 애닳게 하고……

문을 열어보고 싶었으나 차마 그러지는 못하고 다빈치 화백은 문의 열쇠 구멍으로 안을 들여다보았다. 예감이라는 건 확실히 이상했다. 어쩐지 그 사람에게서 유다의 초상을 발견할지도 모르겠다는 생각을 했었는데 지금 눈앞에 나타난 저 사람의 얼굴, 저것이다! 바로 저것이다! 다빈치 화백은 흥분에 겨워 눈을 뗄 줄을 몰랐다. 남자는 천을 앞가슴까지 덮은 채 누워 있었고, 여자는 그 남자의 앞에 고개를 숙이고 있었다. 남자의 꺼칠한 눈자위는 눈물이 말라 있는 듯 촛불에 번질거리고 있었다. 그 마른 눈물과, 저 모든 것을 알고 있는 듯하면서도 알지 못하고 무엇이든 할 수 있을 것 같으면서도 마음대로 하지 못해 괴롭고 슬픈 표정엔 분명히 유다가 깃들여 있었다. 그의 표정에 어린 슬픈 인간의 이성, 어쩔 수 없는 인간의 한계…… 유다는 조용히 입을 다물고 있었다.

아저씨도 참, 우리 마님한테 아무리 반하셨어도 그렇지……

계집아이의 목소리에도 다빈치 화백은 아랑곳없이 한참이나 더 남자의 면면을 뜯어본 후 솔라리오에게로 갔다. 솔라리오는 술에 취했는지 의자에 기댄 채 눈을 감고 있었다.

그 길로 다빈치 화백은 산타 마리아 델 그라지에에 있는 사원으로 달려가 화필을 들었다. 그로부터 이 주일 후 유다의 초상도 다른 초상들만큼의 윤곽은 끝낼 수 있었다. 그리하여 이제 「최후의 만찬」이 거의 완성 단계에 이를 때쯤이었다. 어느 날 저녁 미젤로 공작이 사원으로 찾아왔다. 그사이에도 두세 차례 다녀가긴 했지만 다빈치 화백이 늘 작품에 매달리고 있었기 때문에 별로 이야기를 나누지 못했었다. 그 그림도 그림이지만 시에서 위탁한 이동 교량의 설계도 이 달 내로는 끝마쳐주어야 된다는 둥의 사무적인 이야기만 하고 돌아갔었다. 그런데 그날은 작업을 마치고 막 사원을 나가려고 하는데 찾아와 두 사람은 함께 걸었다.

한동안 작업 때문에 정신없었으니까 오늘 밤은 또 한번 놀아보는 게 어떻겠소? 시로니에나 가봅시다. 이제 더 좋을 거요. 그 남편이라는 자도 죽었으니까.

그 남편이 죽어요?

의외라는 생각이 들었다. 물론 그렇게 아파 누워 있었으니까 크게 놀랄 일은 아니나 그래도 너무 쉽게 죽었다는 생각이 없지 않았다.

참 모르시든가, 그때 왜 술에 취한 채 비를 맞고 들어와 쓰러졌던 사람, 그자가 남편이었다고 합다. 뭐 옛날엔 어디에서 장로로까지 있었다던가, 아 맞아요, 플로렌스라고 합다. 다빈치 화백도 그곳에서 청년기를 보내셨죠? 혹 기억하실는지 모르겠소. 라티에 장로라고…… 그 시에선 상당히 유명했었다고 합다. 그런데 뭐, 아내하고 딸을 연달아 잃고는 반미치광이가 됐던 모양이에요. 실의 끝에 그곳을 떠나와 이곳에서 방황하고 있다는 소식을 시로니가 듣게 됐나봐요. 한때 시로니의 선생이었다죠, 아마.

다빈치 화백은 걸음을 멈추고 미젤로 공작을 쏘아보며 흥분된 어조로 물었다.

그게 사실이오? 그 사람이 라티에 장로라는 말이오? 누구한테 들었소, 그 얘길?

다빈치 화백이 소스라치게 놀란 건 그날 밤 그 남자가 라티에 장로라는 걸 몰라봤다는 사실에서만이 아니었다. 어쩌면 한 눈으로 한 사람에게서 그렇게 완전한 예수와 완전한 유다를 발견할 수가 있었느냐 하는 사실에서였다.

학자의
황혼

아마 세상이 점차 콘크리트화해가고, 거기에 따라 사람들의 의식 또한 메마를 대로 메말라간다고 생각되어서였을 것이다. 한때 신문이며 잡지며 방송에서 서로 다투듯이 전원(田園) 캠페인을 벌인 일이 있었다. 전원이라는 낱말이 들어가는 갖가지 제목으로 시골에 사는 유명인들의 생활을 취재하는 데 열을 올렸던 것이다. 소설을 쓴다고는 하지만 결코 유명인은 못 되는 내가 어떻게 되어서 그 대상 중의 하나에까지 끼이게 되었는지 모르겠다. 군청까지 있는 읍내니까 시골은 시골이라도 감히 전원이라고 말할 수 있는 곳은 못 되는데 잡지사에서 다녀간 한 달 후 또 신문사에서도 다녀갔다. 산을 배경으로 한 나의 전신 사진과 함께 원고지 네댓 장 분량의 기사까지 곁들여 실려 나왔다. 기사는 나의 신변 이야기와 함께 내가 잡지에 쓴 일이 있는 전원에세이 중 다음 구절에서 몇 마디를 요약해 쓰고 있었다. '……내가 서울을 떠난 건 스스로 떠난

게 아니라 떠나지 않으려고 발버둥치다가 어쩔 수 없이 밀려나고 만 것이라는 게 오히려 더 솔직한 표현이 될 것이다. 일의 터전이 없다거나 집 한 칸 마련할 수 없다거나 하는 외형적인 문제가 아니라 다방엘 가도 술집엘 가도 구석자리에 앉기를 좋아하는 내 의식으로는 도저히 더 이상 버텨가기가 힘들었다. 젊어 덮어놓고 살 때는 잘 몰랐는데 이것저것 생각해가며 살 나이가 되자 그야말로 미칠 것 같았다. 눈에 들어오는 사물 하나하나, 귀에 들리는 소리 하나하나, 의식을 건드리는 현상 하나하나가 모두 고문처럼 느껴졌다. 그러니까 좀 과장해서 말하면 결국 나는 미치지 않기 위해, 또는 이미 미쳐버린 나를 다스리기 위해 서울을 떠나와 살고 있다고 할 수 있다……'

그런데 확실히 신문이란 묘한 힘을 가지고 있는 사물이었다. 이 기사가 신문에 나가자마자 나한테 웃지 못할 일들이 벌어지기 시작했다. 무엇보다 수십 통이나 되는 편지가 날아들었다. 아는 사람, 모르는 사람, 남자, 여자 할 것 없이 별별 이상스러운 내용의 사연들을 늘어놓고 있었다.

그렇게 경치 좋은 곳에 사시면서 소설만 쓰신다니 얼마나 행복하시냐, 언제 한번 찾아가 뵐 테니 많은 도움을 주시기 바란다……

선생님의 소설집을 사려고 책방을 뒤졌으나 이곳에선 한 권도 구경할 수가 없었다. 구할 수 있는 방법을 가르쳐주시라……

앞으로 저도 소설을 써보고 싶은데 현재로선 편지 한 줄 제대로 못 쓰고 있다. 선생님께서 문장 지도를 좀 해주실 수 없겠느냐……

신문에 난 사진을 보니까 굉장히 미남이신 것 같은데 어딘지 모르게 그늘이 져 있어 보였다. 어디가 아프시거나 또는 무슨 특별한 사연이 있어 숨어 사시는 게 아니냐……

36

미친병을 앓으신 적이 있다면서 요즈음은 괜찮으시냐, 저도 실은 육개월 동안 정신병원에 입원한 적이 있었다. 앞으로 대화나 나누고 싶다……

그러나 따지고 보면 그런 편지들이 날아든 건 어쩌면 당연히 있을 수 있는 일인지도 몰랐다. 하지만 그렇게 너절너절한 편지들 속에 대학교 때 은사이신 성준식 교수님의 편지까지 끼여 있다는 건 정말 뜻밖이 아닐 수 없었다. 성교수님의 편지 내용은 간단했다.

崔君

新聞에 난 자네 記事 읽었네. 자네가 그런 田園에 살고 있는 줄은 전혀 모르고 있었네.

나는 停年退職을 한 후 집에서 줄곧 쉬어오고 있네. 언제 그곳이나 한번 訪問해볼까 하니 車便과 詳細한 略圖를 그려 보내주게.

健筆을 비네.

1980年 5月 24日

成俊植

편지라기보다는 무슨 사무 서식 같은 그렇게 간단하기 짝이 없는 내용이었지만 나는 그 편지를 읽고 나서 뒤통수를 크게 한번 얻어맞은 느낌이었다. 원래 사람됨 자체가 게으르고 칠칠치 못해서 사람으로서의 도리를 다 못하고 살아온 거야 말할 수 없지만, 그래도 성교수님으로 하여금 스스로 이런 편지를 보내오시게까지 하다니. 그러고 보니 학교 졸업 후 십사오 년이 지난 이제까지 내가 성교수님을 찾아뵌 건 불과 서너 차례밖에 되지 않았다. 그것도 졸업 직후 몇 년간, 처음엔 직장을 알선

받기 위해, 그리고 나중엔 직장을 알선해주신 것이 고마워서 설날 같은 때에 세배를 드리기 위해 찾아뵌 것에 불과했다. 성교수님의 추천으로 나는 어떤 잡지사에 취직을 했으나 병고와 실의, 삶에 대한 회의와 절망 등등 누구나 한때 당연히 치를 수밖에 없는 홍역 때문에 곧 그만두고 잠적해버렸었다. 서울에 살긴 살면서도 아무런 직장 없이 월세방에만 숨어 살면서 지금의 아내가 된 여자뿐 거의 아무도 만나지 않았다. 지금의 아내가 된 여자는 그 당시 내게 있어 말 그대로 구원의 여자였다. 직장을 나가 번 돈으로 내게 월세방을 얻어주고 밥을 먹여주었으며, 한번 기도했다가 실패한 자살을 계속 꿈꾸던 내게 삶이 얼마나 소중한 것인가를 일깨워주었다. 그렇게 되니까 자연히 성교수님이라는 존재는 내게 있으나마나한 존재가 되어버렸다. 아니 내가 그 뒤 성교수님을 한 번도 찾아뵙지 않은 것은 성교수님이 내게 필요 없는 존재가 되어버려서였다기보다 웃어른을 찾아가 인사드리는 일을 병적으로 싫어하는 나의 천성적인 게으름 때문이었다. 그리고 특히 성교수님한테는 그분이 애써 알선해주신 직장을 스스로 그만두고 떳떳하지 못한 삶을 사는 자신이 염치없어서이기도 했다. 보잘것없는 소설 나부랭이를 써 문단이며 세상에 이름을 내민 후에도 나는 한 번도 찾아뵙지 않았다. 찾아뵙지 않았을 뿐만 아니라 두세 권의 소설집을 출간하고서도 소설집 한 권 보내드리는 성의조차 보이지를 않았다. 그래도 몇 년 전까지는 대학 시절의 추억과 함께 이따금 문득문득 떠올리며 그분의 안부에 대해 마음속으로나마 궁금해한 적이 있었지만 근래에 와서는 그런 예의조차 갖추지를 못했다. 이제까지의 모든 다른 스승이나 마찬가지로 내게서 이미 까마득한 존재가 되어가고 있었다. 그런데 이렇게 뜻 아니한 편지를 받고 나니 그야말로 죽었다던 사람을 길을 가다가 우연히 만난 기분이 아닐 수 없었다.

나는 꽤 길게 답장을 썼다. 그동안의 나의 그릇됨과 몰예의에 대해 누누이 사죄의 뜻을 밝히고 기다릴 테니 꼭 찾아오시라는 간곡한 당부와 아울러 차편과 상세한 약도를 그려드렸다. 그러고 나서 일주일이나 지났을까. 어느 화창한 날 오후에 불쑥 들이닥쳤다. 그날따라 이상하게 더 글이 써지질 않아 오전 내내 책상 앞에서 끙끙거리기만 하다가 입이 깔깔하여 마루에 나와 점심 대신 막걸리로 혼자 목을 축이고 있던 중이었다. 첫눈에 봐도 성교수님이 틀림없는 노신사가 대문 안으로 들어서며 '말씀 좀 묻겠소. 이 집이……' 라고 말하다가 나와 시선이 마주치자 학문의 깊이만큼이나 두꺼운 안경알 저쪽의 눈을 경련하듯 깜박거렸다.

"선생님, 접니다. 제가 최군이에요."

"오, 그렇군. 많이 변했는데…… 거리에서 만나면 잘 몰라보겠어."

"선생님은 그대로시군요. 조금도 변하시지 않은 것 같아요."

나는 거짓말을 하고 있었다. 첫눈에 알아볼 수야 있었지만, 성교수님은 성교수님이 나를 보고 느끼시는 것 이상으로 많이 변해 있었다. 우선 얼굴의 주름살이며 백발이 처량하게 느껴질 정도로 늘어나 있었다. 옛날보다 더 바짝 야윈데다 살결도 고목껍질을 연상시켰다. 손도 아직 따뜻하긴 했으나 이미 옛날에 잡아본 손은 아니었다.

"열무김치에 막걸리라…… 이곳에 오니까 확실히 다르긴 다르구먼. 여긴 막걸리 맛이 괜찮은가?"

"네, 좋아요. 선생님도 한잔 하시겠어요?"

"아냐, 아냐. 요즈음엔 술이 조금 들어가면 운신을 못해. 더욱이나 낮엔……"

아내로 하여금 인사를 드리게 하자 성교수님은 아내에게 과자 상자를 내밀며 말했다.

"최군을 만나 고생을 많이 한 모양이구먼. 애는 몇이나 두었소?"

"하나예요."

"아들?"

"네."

"학교에 갔나?"

"아녜요. 이제 다섯 살이에요. 근처 어디 놀러 갔나봐요."

아내가 씻으시라고 세숫물을 떠다 내놓자 성교수님은 들고 온 가방에서 부시럭부시럭 세면도구들을 꺼냈다. 잠깐 다녀갈 계획치고는 가방이 꽤 커 보였다. 세면도구들 외에 옷가지며 책 같은 것들을 넣어 온 것 같았다. 성교수님이 상의를 벗고 세수를 하는 동안 아내는 밥을 짓고 나는 방을 치웠다. 방이 두 개밖에 없으므로 내가 쓰는 방을 치워드릴 수밖에 없었다. 방의 꼴이 우스워 치우나마나 그게 그거였지만 책상으로 이용해온 호마이카상 위의 원고들이며, 널려 아무렇게나 쌓여 있는 책들을 대강이나마 정돈시켜놓고 먼지를 쓸어내었다. 그러나 성교수님은 세수를 하고 나더니 내가 쓰는 방에는 들어와 보지도 않고 말했다.

"이 근처 민박할 데 있겠지?"

"민박을 하시다뇨? 저희 집에 계시죠, 뭐."

"그럴까 했는데 와 보니 그렇게 되어 있지를 않구먼."

"물론 누추합니다만……"

"누추한 게 문제가 아니라 방이 없지 않나? 둘밖에 없는 것 같은데 내가 한 방을 차지해버리면 자네는 어디에서 글을 쓰겠나?"

"그 점이야 염려 마세요. 글을 많이 쓰지 않으니까 안방에서 써도 상관없어요."

"아냐, 아냐. 그래선 안 되지. 그리고 가능하다면 나는 여기보다 좀더 조용한 곳에 있고 싶구먼. 산속 같은 데가 좋겠어. 그런 마땅한 집 없을까?"

"오래 계시게요?"

"글쎄, 지금 계획으론 있기 싫을 때까지 있고 싶은데……"

"뭘 집필하시려구요?"

"뭐 그런 것은 아니고…… 그냥 쉬더라도 어쨌든 산 있는 데가 좋겠어."

나는 고개를 끄덕이는 수밖에 없었다. 성교수님이 우리 집에 있지 않으려는 게 꼭 우리한테 신세를 끼치지 않기 위해서만은 아닌 것 같았기 때문이다. 민박 숙식비를 우리가 대신 내드리더라도 성교수님이 마음에 들어하는 방을 구해드리는 것이 옳은 처사일 것 같았다.

아내로선 시장까지 다녀와 성의를 다해 점심상을 차렸으나 성교수님은 뜨는 둥 마는 둥 했다. 밥 두세 숟갈과 국물 몇 모금을 삼키기도 힘이 드는 듯 그는 몇 차례나 이마의 땀을 닦아내었다. 아니 처음엔 이마의 땀을 닦아내는 줄 알았는데 자세히 보니 그게 아니었다. 얼굴에 땀이 전혀 배어 있지 않은데도 그는 손을 이따금 얼굴에 가져갔다. 땀을 닦아낸다기보다 얼굴에 붙어 있는 무엇을 잡아 뜯어내고 있는 것 같았다. 옛날엔 볼 수 없었던 묘한 버릇이었다. 상을 물리고 이야기를 하는 동안에도 그 동작은 신경을 거스르기에 충분할 만큼 반복되었다. 하지만 나는 그분이 왜 그런 짓을 하는지 그 당장엔 물어볼 수조차 없었다. 그것을 알게 된 것은 그분이 원하는 대로 산속 민가에 방을 얻어주고 나서 며칠이 지난 후 그 집의 주인아주머니를 통해서였다.

"거머리 때문이래요. 얼굴에 자꾸 거머리가 달라붙어 근질거리고 뜨끔거려 견디지를 못하겠대요."

주인아주머니는 그런 이해할 수 없는 이야기 외에도 성교수님에 대해 나로선 미처 모르고 있었던 몇 가지를 가르쳐주었다. 캄캄한 밤에 혼자 무덤 앞에 넋이 나가 있는 것처럼 한 시간이고 두 시간이고 계속 멍히 서 있는 일이 많으며 사소한 주변 이야기를 주고받다가도 걸핏하면 어린애처럼 눈물을 글썽거린다는 것이었다. 그 집에 숙소를 정하던 날 밤의 일이었다고 한다. 바깥주인이 밖에 나갔다가 늦게 들어와 인사를 나누려고 보니 그분이 보이지를 않았다. 방에 없어 변소며 약수터며 서낭당 등 갈 만한 곳을 다 찾아보았으나 찾을 수가 없었다. 낮에 먼 길을 오지 않았다고 해도 이미 잠자리에 들 시간인데 도대체 어디를 갔단 말인가. 나이가 많은데다 익숙지 못한 지역이라 어둠 속에 발을 헛디뎌 어디 골짜기로 굴러 떨어지기라도 한 건 아닐까. 바깥주인은 덜컥 겁이 나 그분이 갈 만한 전혀 엉뚱한 곳까지 찾아 헤매었다. 플래시를 가지고 골짜기는 물론 우거진 나무 숲속까지 일일이 비춰보았다. 그리하여 결국 찾아냈는데 어이없게도 그분은 산등성이에 있는 무덤 앞에 우두커니 서 있었다. 그 광경이 눈에 들어오자 바깥주인은 반가움은커녕 등골이 오싹했다. 그 무덤이 그분과 관계가 있는 무덤이라면 몰라도 그렇지 않은 이상 귀신에 홀리지 않고서야 그럴 수가 없을 것 같았기 때문이다. 그러나 그분은 바깥주인이 플래시를 비추며 여기서 무엇 하고 계시냐고 하자, 아무렇지 않은 듯이 돌아서며, 주위가 하도 좋아 바람을 쐬고 있는 것이라고 대답했다. "아무리 그렇다고 밤중에 하필 남의 무덤 앞에서 그러세요?" "왠지 무덤이 좋아 보이는구려." "네에? 무덤이 좋아 보이다뇨?" "왜요? 이상하오? 나도 무덤으로 갈 날이 멀지 않아서인 모양이죠." "핫, 선생님도……" "좋아 보이지 않더라도 좋아해보려고 애를 써야 되겠죠." 웃어넘기기엔 너무나 점잖은 어조로 말을 해 바깥주인은 웃지도 못했지만 그분은 그 짓을 그날 밤으로만 끝내지도 않았다. 낮이나 밤이나 집에 없을 때 찾아보면 대개 무덤 부근에서 그렇게 넋이 나간 것처럼 멍히 서 있는 일이 많았다. 그리고 언젠가 하루는 마루에서 주인 내외와 함께 이런저런 이야기를 나누다가 조금 비참한 이야기가 나오자 쯧쯧 혀를 차며 눈물을 글썽거렸다. 산 밑 굴속에서 문둥이 여자가 누구의 애인지도 모르는 갓난애를 혼자 낳아 키우고 있다는 이야기를 듣고도 그랬고 지난봄에 그 산에서 여중학생 하나가 유린 살해된 사건이 있었다는 이야기를 듣고도 그랬다는 것이었다.

주인아주머니로부터 그런 이야기들을 듣고 나는 한편으로는 우스우면서도 한편으로는 고개가 갸웃거려지지 않을 수 없었다. 나이가 들게 되면 사람은 자연히 육체만이 아니라 의식까지도 변하게 마련이라고 하지만, 그래도 옛날의 성교수님을 생각하면 도무지 상상조차 가지 않는 이야기들이었기 때문이다. 특히 사소한 주변의 이야기를 듣고 눈물을 글썽거린다는 이야기는 아무리 이해하는 입장이 되려고 해도 웃음밖에 나오지 않았다. 대학교 때 성교수님은 다른 과목을 맡았던 것도 아니고 서양철학을 맡았었다. 중학생만 되어도 그 이름을 알 수 있을 만큼 널리 알려져 있으면서도 막상 이해해보려고 접근해보면 웬만한 의식을 가지고선 대학을 졸업하고서도 첫줄부터 어리둥절해지는 서양의 그 많은 철학자들이며 사상가들—칸트, 헤겔, 쇼펜하우어, 키르케고르, 니체, 하이데거 등등을 사상은 물론 혈통까지, 또는 취미며 좋아하는 음식까지 속속들이 주워 꿰고 있는 자기 친구들처럼 들먹이며, 인간과 신, 삶과 죽음, 사랑과 증오, 자유와 구속, 지배와 굴종……을 자유자재로 이야기했던 분이었다. 그러니까 그분은 적어도 사십 년 이상을 인생에 대해서 학문적으로 깊은 연구를 해온 누구보다도 냉철한 이성과 뛰어난 지성을 갖춘 학자라고 할 수 있었다. 그런 그분이 채신없이 어떻게 무덤 앞에서 심각한 표정으로 죽음에 관해 그렇게 유치한 이야기를 할 수 있으며 한 방울의 눈물인들 어떻게 그렇게 함부로 아무 때 아무 곳에서나 보일 수 있단 말인가. 막연히 추상적으로 하는 이야기가 아니라 실제로 그분은 얼핏 납득이 안 갈 정도로 냉정한 면을 내 앞에서 보인 적이 있었다. 문학병과 함께 광기라고밖에 표현할 수 없는 고질적인 병이 가장 나를 괴롭혔던 대학교 3학년 때의 일이었다. 세상에 내가 살아 있다는 사실이 조금도 소중하게 느껴지지 않고, 내가 온갖 고통으로부터 해방되기 위해선 오직 죽는 길밖에 없다는 생각이 지배적이었던 그 무렵 어느 날 성교수님과 과우들 몇몇과 함께 술집에서 술을 마신 적이 있었다. 술자리에선 대개 그랬듯이 그날도 나는 너무나 폭음을 한 나머지 정신을 잃을 지경이 되었다. 무슨 이야기 끝엔가 나는 성교수님의 이야기에 비아냥거리는 투의 반발을 하다가 끝내는 유리잔을 벽에 던져 깨뜨리며 소리쳤다. 분명히 기억할 수는 없지만 당신이 교수면 다냐, 교수라는 게 별것인 줄 아느냐라는 내용이었던 것 같다. 아니 나는 기억을 잘 할 수 없었는데 함께 앉아 있었던 과우들 이야기를 들으니 그랬다는 것이었다. 아무리 술에 취하면 모두가 다 개가 된다는 이야기가 있기는 하지만 실수라도 너무 큰 실수가 아닐 수 없었다. 그러나 성교수님은 화를 내기는커녕 껄껄 웃음을 보이며 말했다고 했다. '오늘 보니 최군에게도 아주 소중한 면이 있군. 광기, 천재들이 아니면 가질 수 없는 광기가 있어.' 하지만 내가 놀란 것은 성교수님이 그 자리에서 그런 태도를 보였다고 해서가 아니었다. 이튿날 잘못을 빌기 위해 그의 집으로 찾아가자 그분은 딱 잡아뗐다. '뭐라구? 최군이 내 앞에서 실수를 했었다구? 실수라니, 무슨 실수? 모르겠는데…… 나도 워낙 취해 있어서 모르겠어.

도무지 기억이 나지를 않아.' 물론 거짓말이었겠지만, 그런 거짓말로써 제자의 체면을 세워줄 수 있다는 사실부터가 그분이 남달리 냉철한 이성을 갖지 않은 이상 불가능할 것이라는 생각이 들었다. 서양철학을 담당하고 있는 우리 과의 교수라는 것뿐 나와 아무런 특별한 관계에 있지 않았던 성교수님을 내가 다른 교수들과 좀 다르게 생각하기 시작한 것은 바로 그 사건이 있고 나서부터였다. 교수들의 연구실을 드나드는 일을 벌을 쓰는 만큼이나 싫어했던 내가 그분의 연구실을 아무렇지 않은 듯이 자주 드나들게 된 것도 그 사건이 계기가 되었다고 할 수 있다. 그런데 그분의 연구실을 드나들기 시작한 후 나는 또 한번 씻을 수 없는 일을 저지르고 말았다. 그분의 연구실엔 나 외에도 몇 학생이 자주 드나들었는데 그중에서도 특히 자주 드나들었던 학생 중에 오혜리라는 여학생이 있었다. 한마디로 학생답지 않게 성적 매력이 철철 넘치던 애였다. 살결이 곱고 몸매도 알맞게 빠진데다 옷차림이며 말씨며 동작들이 그렇게 세련되어 보일 수가 없었다. 알고 보니 나보다 한 학년 후배였는데 그 애를 두고 학생들 간엔 말이 여간 많지 않았다. 남자관계가 이만저만 복잡한 여자가 아니라는 둥 밤에 술집에 아르바이트를 나가는 여자라는 둥 심지어는 성교수님과의 사이가 보통 사이가 아니라는 이야기조차 떠돌았다. 돌이켜보면 낯이 뜨거워지는 이야기지만, 나는 어느 날 그 여자를 한번 건드려보고 싶다는 충동을 억제하지 못했다. 아니 솔직히 말하자면 생각은 불순하지만 그것이 나한테는 일종의 사랑의 감정 비슷한 것이었는지도 모르겠다. 사랑하면서도 그 무렵 나는 누구에게 진실한 사랑이라고 할 만한 걸 쏟을 만큼 정신이 건강하지 못했기 때문에 그런 비꼬인 감정을 가졌던 것인지도 알 수 없다. 어쨌든 한번 건드려보고 싶다는 생각과 함께 기회를 노리다가 어느 날 나는 그 기회를 잡게 되었

다. 축제 때라 대낮에 술까지 취해 있었는데 성교수님의 연구실에 가보
니 성교수님은 계시지 않고 그녀가 혼자 앉아 있었다. 아무리 그녀 혼자
앉아 있었다고 해도 물론 술에 취해 있지 않았다면 나는 그런 짓은 감히
엄두도 못 냈을 것이다. 그런데 술에 취해 있는데다 잔뜩 축제 분위기에
들떠 나는 순간적으로 발작 비슷한 걸 일으켰다. 미친놈처럼, 거리의 치
한처럼 또는 먹이를 본 굶주린 맹수처럼 느닷없이 그녀에게 달려들었
다. 문을 안으로 걸어 잠그자 그녀가 눈을 똥그랗게 뜨며 발딱 일어섰는
데 나는 아무 말도 않고 억세게 끌어안으며 키스를 퍼부었다. 그러자 그
녀는 즉각 무슨 영화 속에서처럼 내 뺨을 후려치는 반응을 보여 왔다.
뿐만 아니라 아주 노골적으로 치욕적인 빛과 함께 붉으락푸르락 분개의
감정을 감추지 못하며 뛰쳐나가더니 그 당장 학생과에 가 사실을 이야
기해버렸다. 그 결과 나는 무기정학을 당했고, 그것이 세상을 살고 싶지
않다는 평소의 내 고질적인 병을 한층 더 악화시켜 끝내는 자살미수 소
동까지 벌이는 추태를 보였다. 장소를 산의 계곡으로 택한 것이 잘못이
었을까. 술을 마시고 아무도 보이지 않는 계곡으로 찾아가 동맥을 끊은
팔목을 흐르는 물에 담근 채 잠이 들었는데, 깨어나 보니 병원이었다.
나중에 알고 보니 핏물 때문에 등산객들한테 발각이 된 것이었다. 과우
들과 함께 병원에 나타난 성교수님은 내게 아무 말도 없이 미소만 크게
지어 보였다. 아니, 처음엔 아무 말도 없다가 한참 후에야 말했다. "어
때? 지금 생각은? 지금도 죽고 싶나?" 내가 아무 말도 못하고 부끄러
워하는 얼굴로 눈물만 글썽거리자 어깨를 가볍게 두들겨주며 다시 말했
다. "그럼 됐어. 나중에 퇴원한 후 이야기하자구." 퇴원을 하고 나서 보
니 나의 무기정학 징계가 풀려 있는 건 물론 오혜리라는 여학생으로 하
여금 연구실의 출입을 제한시켜놓고 있었다. 과우들 이야기가 성교수님

이 나보다도 오히려 오혜리를 더 나쁘게 이야기하며 출입을 삼가도록 했다는 것이었다. 남자가 아무리 예의에 벗어나는 행위를 보였다고 해도 같은 분야를 공부하는 학교의 한 선배인데 그 정도를 감싸주지 못하고 고발해 징계를 당하게 할 만큼 비정한 여자라면 여자로서 가장 소중한 면이 결여되어 있는 것이 아니냐고 말했다고 했다. 그러나 성교수님은 나를 만나자 그런 이야기는 하지 않았고 자살이라는 것에 대해서만 잠깐 이야기했다. "나도 최군만한 나이 때 자살에 대해서 많이 생각해봤었지. 최군만큼의 용기는 없어 실행에 옮기지는 못했지만 그 무렵엔 어느 하루 죽고 싶다는 생각을 안해본 일이 없었어. 그런데 지나고 나서 생각하니 그것이 일종의 병이었던 것 같아. 의식이 깊어 있는 사람이 사람답게 살려고 애쓰다보면 자연히 앓게 될 수밖에 없는 병. 상식적인 말이지만 그런 말들 흔히 하지 않아? 죽을 수 있는 그런 각오로 살려고 애를 쓴다면 어느 누구에 못지않게 부러운 삶을 살 수 있을 것이라고…… 물론 그렇게까지 살려고 애를 써야 할 만큼 과연 삶이 가치 있는 것이냐고 물을지 모르나 가치가 있고 없고 문제를 떠나서 주어진 삶을 애써 살아야 되는 건 이성을 가진 사람으로선 하나의 예의일 것 같거든."

성교수님이 이곳에 와서 생활하기 시작한 지도 어느덧 일주일이 지나고 열흘이 지났다. 우리 집에서 모시고 있지 못한 이상 예의를 차리자면 아침이든 저녁이든 하루에 한 번씩이라도 찾아가 문안을 드려야 옳겠지만 역시 천성적인 게으름 때문에 나는 전혀 그러지를 못했다. 아내로 하여금 밑반찬이며 세탁물 같은 것이나 보살펴드리라고 말한 후 나는 열흘 동안 두 차례, 그것도 잠깐 굽어다보며 인사말을 건네고 오는 정도에서 그쳤다. 술을 마시는 때라면 술이나 대접해드리며 이런저런 이야기를 나눈다고 하지만 그렇지도 못하니 할 일이 없었다. 어쩌다가 무슨 말을 물어도 그전처럼 열을 내어 대답을 해주지 않고 어물어물 넘어가는 일이 많아 별로 묻고 싶은 생각도 나지 않았다. 무엇에 대해 이야기하면서도 그것에 대해 생각하지 않고 전혀 엉뚱한 다른 것을 생각하고 있는 것처럼 자주 멍한 얼굴을 보였다. 거기다가 얼굴에서 거머리를 잡아내는 그 행동을 신경에 거슬릴 정도로 하는 통에 답답하기 짝이 없었다. 그런데 어느 날 밑반찬을 가지고 그분한테 다녀온 아내가 웃음을 앞세우면서 말했다.

"참 이상해요."

"뭐가?"

"교수님 말이에요. 사람이 나이가 들면 어린애가 된다더니 정말인가 봐요. 아, 글쎄 가방 속을 보니까…… 홋홋홋."

아내는 한 차례 더 웃고 나서야 자초지종을 이야기했다. 세탁을 해주려고 세탁물을 찾으니 내놓은 게 하나도 없었다. 주인아주머니가 빨아 주었는가 했는데 알고 보니 그것도 아니었다. 주인아주머니 역시 빨아 주고 싶어도 내놓지를 않아 못 빨아주었다는 것이었다. 그래 내가 별수 없이 가방 속까지 뒤져 세탁물을 꺼냈는데 꺼내면서 보니 그 속에 이상한 책들이 있더라는 것이었다.

"이상한 책이라니?"

"홋홋홋."

"왜? 플레이보이지 같은 게 있었던 모양이지?"

"플레이보이지라면 괜찮게요. 플레이보이지야 당신도 잘 보지 않아요?"

"하하 이 여자, 사람 잡을 사람이군. 내가 언제 그런 걸 봤어?"

"그전에 봤지 않아요? 친구가 보는 걸 빼앗아 왔다고 해놓고선……"

"그랬었나? 어쨌든 그렇다고 하고, 그래 가방 속에 무슨 책이 있었단 말이야?"

"만화들이 들어 있지 않아요?"

"만화?"

좀 뜻밖이라는 생각이 들긴 했으나 나는 별로 심각하게 생각하지 않고 말했다.

"그게 어때?"

"그게 어떻다뇨? 우습지가 않단 말이에요?"

"요즈음엔 만화도 예술이라고 떠드는 판인데 뭐."

"그런 만화들이 아니라니까요. 누가 뭐 외국의 뛰어난 만화가들이 그린 만화 말하는 줄 알아요? 아주 유치한 만화들 있지 않아요? 우리나라 저질 만화들……"

"성인용?"

"성인용만이 아니라 애들 보는 것도 있더라니까요. 한두 권이 아녜요."

"그런 것들을 왜 가지고 계실까? 손자를 주려고 산 거겠지."

"참 당신두…… 손자들 줄 것을 서울에서 사가지고 내려와요? 주인 아주머니 이야기가 교수님이 꺼내서 가끔 보시더래요."

그 말이 사실이라면 나는 그것을 어떻게 이해해야 할지 잘 잡혀지지가 않았다. 물론 깊은 의식을 가진 사람들이 휴식의 한 수단으로 상대적으로 유치하기 짝이 없는 행위나 또는 사물을 택하는 경우는 없는 건 아니다. 가령 누가 봐도 지식인이라고 할 수 있는 사람들이 술집에 가서 작부들과 유치한 음담을 아무렇지 않게 즐기는 것도 그런 경우라 할 수 있다. 하지만 옛날의 성교수님을 생각하면 성교수님과 만화란 아무리

두들겨 맞춰보려고 애를 써도 맞춰지지가 않았다. 외국에 가서 생활한 적이 있어 그사이 그런 습성이 몸에 배어버린 것인가. 나야 외국을 다녀오지 않아 알 수 없지만 다녀온 사람들의 이야기를 들으면 프랑스 같은 데선 과연 예술이냐 아니냐로 논쟁을 일으킬 만큼 차원 있는 만화들을 차 속에서나 어디서나 신사 숙녀들이 다반사처럼 즐겨 읽고 있다고 하지 않은가. 그러나 그렇다면 외국어에 능하니까 그런 차원 있는 외국 만화를 한 권 정도 가져올 수 있는 노릇 아닌가. 그런데 아내가 보기에도 유치하기 짝이 없는 저질 만화를 한두 권도 아니고 여러 권씩 가지고 왔다는 건 무슨 이유인가. 어디 만화협회 같은 곳의 심사위원이라도 되어 윤리심의 같은 것이라도 하고 있는 중이란 말인가. 따지고 보면 구태여 갖지 않아도 좋을 궁금증이었으나 매사에 그렇듯이 나는 지나칠 정도의 궁금증에 사로잡혀 있다가 드디어 어느 날 그것을 물어보고야 말았다. 성교수님이 묵고 있는 산동네에서도 불과 1킬로미터 남짓밖에 떨어져 있지 않은 저수지에 낚싯대 두 개를 드리워놓고 함께 시간을 가지며 물어보았다. 주로 낚시에 관한 이야기를 나누다가 내가 불쑥, 선생님께서도 만화를 보신다면서요? 라고 묻자 성교수님은 화들짝 놀라는 얼굴로 돌아보다가 미소를 지으며 고개를 끄덕거렸다.

"왜? 나라고 해서 만화를 보면 안 되겠나?"

"안 되실 거야 없겠지만 좀 이상하게 느껴져서요."

"이상하게? 어째서 그럴까? 철학교수였으니까……? 그래서 실망을 했다는 이야기군?"

"실망을 했다기보다 무슨 이유가 있으실 것 같아요."

"이유? 글쎄, 이유야 재미가 있으니까 보는 거겠지. 최군은 만화를 보지 않는 모양이군? 소설을 쓰는 사람이 만화를 보지 않아서야 되나?"

"……"

"최군이 낸 책들은 잘 팔리나?"

"아뇨. 죄송해요, 선생님. 책을 펴내고서도 보내드리지 못해서…… 실은 별로 떳떳이 내놓을 만한 책이 되지 못해서……"

"아, 그거야 상관없는 일이고…… 사서 봤으니까 마찬가지지. 그런데 역시 안 팔리게 생겼더군. 소설도 만화처럼 쓰면 잘 팔릴 텐데 말이야."

"……"

"출판사 사람이 그러더군. 요즈음엔 만화밖에 팔리는 것이 없다고…… 내가 부끄러운 이야기 하나 할까?"

성교수님은 한동안 침묵했다. 낚시의 찌 쪽으로 시선을 두고 있었으나 찌를 보고 있는 것도 아닌 모양이었다. 눈이 어두워 안 보여서 그런지 몰라도 찌가 까딱거리는데도 전혀 낚아챌 자세를 보이지 않았다. 그렇다고 애초부터 고기를 잡는 것이 목적이었던 것도 아닌데 내가 대신 낚아챈다는 것도 우스워 그냥 보고만 있자 성교수님이 말을 이었다.

"옛날 우리 선친은 자기 생전에 자기 책을 스스로 내는 일을 부끄러운 일이라고 말씀하셨었지. 아마 그 영향 때문인지도 모르겠어. 최군도 알다시피 나는 소위 학문을 연구한다는 사람이 삼사십 년 연구기간 동안 한 권의 책도 내지를 않았거든. 논문이라고 해서 여기저기 발표한 것들이야 대여섯 권의 분량이 되기는 하지만 책을 내는 일이 어쩐지 쑥스러웠던 거야. 글답지도 않은 글들을 여기저기 발표한 것도 마지못해 한 일인데 그걸 무슨 대수로운 것이라고 묶어서까지 내 부끄러움을 자초하겠어? 그런데 나이를 먹게 되니까 사람이 추해지는 모양이야. 왠지 모르게 자꾸 허전해. 내가 살아 있는 동안 도대체 한 일이 무엇인가를 결산

해보니까 너무 허전해 견디지를 못하겠어. 그래 그 허전함을 조금이라도 메우고 자신한테라도 한 일이 있다는 걸 증명해 보이기 위해 초라한 대로나마 한 권의 책이라도 내야 되겠다고 결심했지. 그런데, 그런데 말이야⋯⋯"

성교수님은 어디를 앓고 있는 환자처럼 말을 하기도 힘이 드는지 다시 침묵했다. 그러다가 숨을 한 번 몰아쉬고 나서 한참 후에야 말했다.

"출판사에서 내 책 같은 책은 제작비를 내가 부담하지 않으면 내줄 수가 없다는 거야. 팔리지 않을 게 빤한데 적자 볼 줄 알면서 그냥이야 어떻게 내줄 수가 있겠느냐는 것이었어. 그러면서 그러는 거야. 요즈음엔 학술서적이야 말할 것도 없고 소설책도 여간해선 안 팔리고, 팔린다는 게 고작 만화들 정도라는 거야. 나쁜 책들만 내는 삼류 출판사라면 또 모르겠어. 그런데 그게 아니고 국내에서 몇째를 다투는 큰 출판사거든. 과거에 학술서적들도 많이 냈고⋯⋯ 그런데 알아보니 그게 거의 다 자비 출판들이야. 웃음이 나와 그 잘 팔린다는 만화들 좀 보자고 했지. 그랬더니 내주더군. 그래서 읽어보니까 재미가 있어. 심오한 철학서에 못지않은 철학이 바로 그 속에 있는 거야. 가령 최군도 읽었을 거야. 마키아벨리의 『군주론(君主論)』. 천오백십삼년에 발표되었으니까 벌써 사오백 년이 지난 셈인데 아직도 한층에선 탄핵을 받고 있는 글이지. 인간의 약점을 최대한으로 이용해 목적을 달성할 필요가 있다는, 그러니까 악덕이라도 필요하면 좋은 것이라는 주장인데, 아이러니컬한 것은 그것을 탄핵한 군주들일수록 더 많이 그것을 이용해먹은 일이지. 그런데 어떤 성인 만화를 보니까 그와 비슷한 내용의 이야기가 있어. 그 만화가가 누군지 이름은 기억 안 나는데 아주 놀랄 만해. 그렇게 되니까 뭐가 뭔지 어리둥절해지더군. 그 많은 철학자들이 연구해온 철학은 물론 이제껏 내가 생애를 바쳐 연구해온 학문이라는 게 한 편의 만화보다 더 못한 것 같은 느낌조차 드는 거야. 도대체 사람에게 있어서 머리 아픈 학문이라는 게 왜 필요한 것인지 그런 국민학생 같은 회의까지 새삼 하지 않을 수 없었던 거지."

물가에 앉아 있어 물의 장력에 취하기라도 한 것인가. 성교수님은 의식이 아까보다 약간 젖어 있는 듯이 보였다. 격해지기까지 하지는 않았지만 옛날의 강의 시절을 떠오르게 할 정도로 억양에 힘이 생겨나 있었다. 마키아벨리에 대해서는 대학 시절에도 열강을 한 적이 있었다. '짐은 인간성을 망가뜨리려는 괴물에 대해 인간성을 지키기 위해서 일어났다. 짐은 궤변과 죄악에 대해 이성과 정의로써 대결할 것이다. 짐은 마키아벨리의 『군주론』에 대해 장마다 반론을 펴놓았다' 는 투의 서문과 함께 반마키아벨리론을 쓴 프로이센의 프리드리히가 실은 당시의 정치가들 중에서 마키아벨리의 가르침을 가장 충실히 실천한 사람이라는 이야기를 해주었다. 내가 미처 할 말을 생각해내지 못한 채 엷은 웃음만 웃고 있자 성교수님은 혼잣말처럼 절망적으로 말했다.

"아무리 알다가도 모를 게 인생이라고 하지만 정말 뭐가 뭔지 갈수록 모르겠어."

성교수님으로서는 그냥 가볍게 토해놓은 말인지 모르나 나한테는 보통 충격적인 말이 아니었다. 사십 년간이나 인생에 대해서만 학문적으로 연구를 해온 분이 인생을 모른다면 도대체 그 누가 인생을 알 수 있단 말인가.

이날 나는 성교수님에게 더 많은 것들, 가령 요즈음의 집안 생활은 구체적으로 어떠한지부터 물어보고 싶었으나 자칫하다간 괜히 심사만 산란케 하는 결과를 가져올 것 같아 가능한 한 참았다. 그런데 며칠 후 서울에 살고 있는 성교수님의 따님이 나를 찾아옴으로 해서 많은 것들을 알게 되었다. 성교수님과 함께 고기는 한 마리도 잡지 않은 낚시를 하고 돌아온(알고 보니 낚시를 하자고 한 나의 제안부터가 잘못이었다. 그 두꺼운 안경을 쓰고 있어도 찌는커녕 낚싯대 끝도 안 보일 정도로 시력이 나쁘다고 했다) 그날부터 나는 이상하게 몸살기 같은 게 느껴져 자리에 누워 지내다시피 했다. 씌어지는 원고보다 파지가 훨씬 더 많은, 그 알량한 쓰는 행위마저 완전히 중단한 채 누워서 잡지 나부랭이나 펼쳐보고 있었는데 지난번 성교수님이 우리 집에 찾아왔을 때나 비슷한 시각에 따님이 찾아왔다. 낯이 익다는 것뿐 처음엔 기억이 잘 나지 않았으나 스스로 성교수님의 이야기를 꺼내는 통에 곧 알 수 있었다. 아내 나이 또래이면서도 아내보다는 훨씬 여자 냄새를 짙게 풍겼다. 지상을 통해 나를 자주 뵈었다는 이야기와 함께 그녀는 그동안 아버님을 보살펴주셔서 고맙다고 말했다.

"저는 최선생님 댁에 함께 계시는가 했는데 그렇지 않으시다니 다행이군요. 함께 계셔 글 쓰시는 데 방해가 되면 어떻게 해요? 아버님이 옛날 같지 않으시고 요즈음엔 많이 달라지셨거든요. 학교에서 명예교수직을 주겠다고 해도 마다하시고 이러시는 거예요. 아마 평생 동안 학자 노릇 해오신 걸 후회하시나봐요."

따님은 여러 가지 구구한 이야기를 늘어놓았다. 어머니가 재작년에 돌아가시고 아들 내외는 미국에 가 살고 있으며 자기는 결혼해 시집에서 살고 있기 때문에 아버님은 현재 혼자 살고 있는데 가정부를 얻어드려도 당신 스스로 내보내시고 혼자 사신다고 했다. 그리고 아들 내외가 미국에서 오시라고 초청장까지 보내왔는데도 죽을 날이 멀지 않은 이 마당에 그곳에 가면 뭘 하겠느냐면서 안 가셨다는 것이었다. 또한 어머니가 돌아가시기 전까지는 별로 그러시는 것 같지 않았는데 돌아가시고 난 후부터 죽음에 대해서 부쩍 많이 생각하시는 것 같다고 했다. 텔레비전 같은 걸 보시면서도 눈물을 흘리시는 일이 많고 밤에 주무시지 않을 때도 불을 끈 채 어둠 속에 앉아 계시는 일이 많으며 지난번에 죽은 친구를 꿈에 보았는데 어떤 꼴을 하고 있더라는 등 아무도 찾아오지 않았는데도 누가 찾아온 것 같으니 문을 열어보라는 등 당신이 죽으면 관에 넣지 말고 수의만 입힌 채 묻되 염포로 묶는 짓을 하지 말라는 둥의 엉뚱한 이야기를 자주 하시곤 했다는 것이었다. 뿐만 아니라 언젠가는 바람이나 쐬러 가게 애 아빠랑 함께 나오라고 하더니 산으로 데리고 가 엉뚱하게 남의 집 산역(山役)하는 광경을 보여주시더라고 했다.

"평소에 우리에게 사람은 삶 못지않게 죽음도 깨끗한 죽음을 해야 한다고 말씀하시곤 했거든요. 그래서 그러시는 것인지도 모르겠어요. 아마 이곳에 와 산에 계시는 것도 죽음에 대한 어떤 연습을 하시기 위해서인지도 몰라요."

죽음에 대한 연습이라는 말이 우습게 들렸으나 나는 웃지 않았다. 자살미수 소동을 벌였던 옛날의 나를 잠깐 떠올렸을 뿐이었다.

따님은 가능하면 아버님을 모시고 갈까 하고 왔다고 했는데 뜻을 이루지 못했다. 따님 말대로 정말 죽음에 대한 연습을 하는 것인지 어떤지 아무런 하는 일도 없는 것 같은데도 성교수님은 따님이 떠난 후 일주일가량이나 더 있다가 떠나갔다. 떠나가는 날 버스터미널에 가서 버스표를 끊어드리자 성교수님은 얼굴에서 거머리를 잡아내는 그 동작과 함께 미소를 보이며 말했다.

"내가 살걸 그랬어. 늙은 사람들 표는 함부로 끊어주는 게 아냐. 이 표가 저승으로 가는 표가 되면 어쩌겠어?"

그 말을 듣는 순간 기분이 좀 이상하긴 했으나 그래도 나는 그것이 단순히, 비록 몇 푼 되지 않는 돈이라고 해도 나로 하여금 그것을 쓰게 한 것이 미안해서 그런 것으로만 가볍게 생각해버렸다. 그러나 꼭 그렇지만은 않았다는 것을 나는 불과 닷새 후에 알았다. 성교수님이 묵고 있었던 집의 주인아주머니로부터 성교수님이 이곳을 떠나가기 전날 만화책들을 모두 불태워버렸다는 소리를 듣고 혼자 미소를 지었는데, 바로 그때 서울로부터 병사인지 횡사인지 자살인지 확실히 알 수 없는 성교수님의 부음(訃音)이 날아들었다.

형(刑)

다시 발작이 심해진 한 입원환자에게 클로르프로마진을 주사하고 진찰실로 돌아오자, 언제 왔었는지 조검사가 환자처럼 의자에 어정쩡히 앉아 있다가 느물느물 웃음으로 인사를 보내오며 일어섰다. 범죄자들의 정신감정 의뢰 관계로 이따금 드나들던 터였기 때문에 또 그 일로 온 줄 알고, "어서 오쇼"라고 사무적인 인사를 하자, 조검사는 담배를 꺼내어 이쪽에 건네려다가 "참 안 피우시지?" 그러면서 혼자 입에 가져가며 말했다. "이 방엘 들어오기만 하면 약 냄새가 나서…… 날씨가 좋은데 밖의 벤치로 잠깐 갑시다."

전엔 없던 일이어서 무슨 일이냐는 뜻으로 바라보자, 조검사는 쏘아 보듯이 빤히 맞바라보며 무슨 말을 할 듯하다가 시선을 거두더니 성큼 앞장을 섰다.

따라나서면서 성훈은 퍼뜩, 이제껏 직접 정신감정을 해왔던 그 많은 범죄자들 속에 자기가 의사로서가 아니라 범죄자로서 끼여 있는 환시(幻視)에 부딪혔다. 이번만이 아니고 다른 때도 조검사와 함께 있을 때는 언제나 한 번쯤은 부딪혔던 환시다. 가벼운 이야기, 심지어 농담을 할 때도 조검사는 이쪽으로 하여금 그러지 않을 수 없게 만드는 칼빛 같은 걸 번뜩이는 버릇이 있었다. 아니, 조검사가 그 칼빛을 번뜩인다기보다는 성훈 스스로가 그 칼빛을 의식해왔던 것인지도 알 수 없다. 비단 조검사에게서만이 아니라 거리에서 지나치게 되는 제복을 입은 한 경관, 경관이 아니라 눈빛이 강한 신분을 모르는 한 행인에게서도 그것은 종종 의식되어왔던 일이었다.

바람이 약간 싸늘하기는 했지만 봄 날씨답게 밖은 더할 수 없이 청명했다. 조검사의 칼빛에 햇살이 부서져 내려 눈이 시렸다. 가느다란 눈을 더욱 가느다랗게 뜨며 벤치에 먼저 앉더니 조검사는 불쑥 물었다. "허범민이라는 사람을 아쇼?"

순간 성훈은, 흔히 표현하는 식으로 '가슴이 덜컹 내려앉는' 상태가 되었다. 바로 이것이었구나, 나로 하여금 항상 칼빛을 의식하지 않으면 안 되게 만들어왔던 것이 바로 이것이었구나.

"그 사람을 어떻게……?"

"생각했던 대로 놀라시는군. 앉으쇼. 앉아서 이야기합시다."

그러나 성훈이 앉아도 조검사는 이쪽의 견딜 수 없음을 더욱 견딜 수 없게 만들려고 일부러 그러기라도 하는 것처럼 한참이나 침묵했다.

견디다 못해 성훈이 물었다. "그 사람이 무슨 일이라도 저질렀습니까?"

그래도 한참이나 더 침묵하다가 조검사는 그의 체질로서는 퍽 담담한 편인 어조로 말했다. "내가 직접 담당한 사람은 아니고 다른 곳에 있는 잘 아는 친구가 담당한 사람인데……"

"다른 곳이라뇨?"

"뭐 그것까지야 아실 것 없고…… 언제든 곧 그 친구가 한번 다녀가든가 아니면 불러다가 물어볼 텐데…… 그러니까 구체적으로 그 사람과 닥터 윤과는 어떤 사이요?"

"형이 되는 셈이죠. 이종사촌이지만, 내가 독신이고 또 내겐 이렇다 할 친척 형제도 없으니까 유일의 형이나 마찬가지죠."

"그래요? 닥터 윤에 비해 나이가 별로 많지 않은 것 같던데?"

"함께 서른일곱이지만 생일이 며칠 빠르죠."

시선은 그대로 앞을 향한 채 고개만 끄덕이고 나서 조검사는 피우던 담배를 멀리 내던지며 물었다. "그동안 왕래가 더러 있었소?"

"어쩌다가 가끔…… 하지만 요 몇 년 동안은 어디서 어떻게 살고 있는지 전혀 소식조차 못 듣고 있었죠."

"왜 알아보려고 하지 않았소?"

"그거야……"

말을 못 잇는 대신 성훈은, 자기와 만나 이야기할 때 자주 무섭게 쏘아보던 허범민의 눈을 떠올렸다.

"알고 있었으면서 혹 숨기는 건 아뇨?"

"도대체 무슨 죕니까?"

"나보다도 더 잘 아실 텐데……?"

갑자기 조검사는 돌아보았다. 분명히 이쪽을 의심하는 눈빛이었다. 그러나 그 눈빛을 꺾을 만한 눈빛을 성훈은 갖지 못했다. 눈빛을 피한 채 약간 자연스럽지 못한 어조로 말했다. "어떻게 생각하든 좋습니다만 모르고 있는 것은 사실입니다. 어디서 어떻게 살고 있는지를 알아보려고 하지 않은 건 만나봤자 내가 그에게 아무런 도움도 될 수 없었기 때문입니다. 평소에 그는 나를 만나는 걸 별로 달가워하지 않았으니까요."

"알겠소. 무슨 말인지…… 그래 지금도 그 사람을 만나보고 싶은 생각은 없소?"

"만나보고 싶든 안 싶든, 만나보긴 해야 되겠죠. 무슨 죄인지 우선 그것부터 가르쳐주십시오."

"대강 짐작은 하고 계실 텐데……?"

"혹 사상적으로 어떤……?"

고개를 천천히 끄덕이고 나서 조검사는 말했다. "아직 발표할 단계는 아니지만 꽤 큰 죄를 진 것 같습니다."

"구체적으로 좀……"

"구체적인 거야 나도 모르죠."

"성격이 좀 외곬진 데가 있어서 그렇지 무슨 비행을 저지를 사람은 아닌데……"

"말조심하시오. 비행을 안 저지르다니…… 그럼 괜한 사람을 잡아다가 그런다는 말이오?"

"아니, 그게 아니고……"

"그게 아니고 뭐란 말이오?"

"하긴 죄야 사람이 나빠서만이 아니고 누구든 순간적으로 지을 수 있는 거니까……"

"순간적이 아니고 과거부터 오랫동안 아주 계획적으로 음모를 꾸며왔던 것 같습니다. 자칫하면 극형을 면치 못할 테니 그런 줄이나 아시오."

"극형?"

교수형에 처해지는 허범민의 몰골이 떠올랐다. 눈을 까뒤집고 혓바닥을 내빼문 채 그는 비웃고 있었다.

"가족이 살아 있다던데……?"

"아니죠, 어머니가 계시다가 돌아가셨죠."

"어머니가 아니고 처자 말이오."

"네? 그럼 결혼을 했단 말입니까?"

"무슨 소리요? 도무지 믿어지지가 않는군. 나보다도 더 모르고 있다니 그게 말이 되오? 처자가 시퍼렇게 살아 경기도에 있다던데……"

"만난 지가 벌써 육칠 년이나 되니까……" 중얼거리다가 성훈은 물었다. "한번 만나볼 수 있습니까?"

"아직 문초 중이니까 그 사람은 안 되고, 가족이야 언제든 만날 수 있겠죠."

간호원이 저쪽에서 성훈을 부르며 다가오는 게 보여 두 사람은 일어섰다.

"그동안 혹 접촉이 있었나 해서 은근히 걱정을 했었는데 이제 안심이 되오. 누가 찾아와 묻더라도 사실대로만 잘 이야기하시오. 그리고……" 조검사는 간호원이 가까이 다가온 탓인지 하려던 말을 중단하고 병동 쪽으로 발걸음을 옮기다가 음성을 낮춰 말했다. "혹 그 사람을 내가 여기로 데려오게 될는지도 모르겠는데…… 하여튼 곧 한번 또 들르죠."

조검사가 돌아간 후, 성훈은 어리벙벙한 상태가 될 수밖에 없었다. 미처 묻지를 못했지만, 조검사가 음성을 낮춰 방금 말한, 그 사람을 여기로 데려오게 될는지도 모르겠다는 이야기가 우선 납득이 가지 않았기 때문이다. 정신감정을 의뢰할 일이 아니라면 범죄인을 이곳에 데려올 수가 없지 않은가. 그렇다면 허범민도 정신면에서 어떤 이상을 일으켰단 말인가.

병동으로 돌아와, 간호원이 갖다 놓은 환자의 진찰카드를 훑어보면서도 성훈은 줄곧 자신이 환자가 되기라도 한 것처럼 허범민에 관한 환시와 환청에서 벗어날 수가 없었다.

사실 그가 아무리 큰 죄를 짓고 아무리 무거운 형을 받을 처지가 되어 있다고 해도 그것이 성훈에게 어떤 큰 문젯거리가 될 수는 없는 일이었다. 이종사촌이라는 대수롭지도 않은 친척붙이일 뿐 다른 아무런 상관도 없는 사람인데다가 이제껏 몇 년 동안을 깨끗이 잊고도 살아왔던 사람. 물론 문득문득 생각나는 일이 없었던 건 아니지만, 생각이 날 때도 오히려 잊어버리려고 애썼던 사람. 잊어버리려고 애썼다는 말이 얼른 이해가 안 갈지 모르나 거기엔 그럴 만한 충분한 이유가 있었다. 한마디로 그를 만난다거나 그에 관한 생각이 날 때면 이상하게 열패감 같은 것이 느껴지기 때문이었다. 거의 비슷한 날에 태어났고(같은 해 같은 달인데 날짜만 정확히 그가 사흘이 빠르다), 한동네에 산데다가 친척이었기 때문에, 그리고 집안 환경이 거의 비슷했기 때문에(둘 다 아버지가 하급공무원으로 지방에서 일을 보았었다), 둘은 곧잘 주위 사람들로부터 비교의 대상이 되었는데 결과는 언제나 그쪽으로 기울어졌다. 어릴 때부터 말을 잘한다거나 노래를 잘한다거나 공부를 잘한다거나 심부름을 잘하는 등의, 또는 힘이 세다든가 마음씨가 곱다는 등의 상식적인 것 말고도 성훈에 비해 그에겐 분명히 유다른 데가 있었다. 예를 들자면 가령 사변 때 둘 다 아버지가 학살을 당했을 때도 그랬다. 그 동네에서의 학살은 대개의 다른 동네에서처럼 철사줄로 묶어 끌어다 산에 구덩이를

64

파놓고 쏘아 죽이거나 몽둥이 같은 걸로 때려 죽여 우물 같은 데에 처넣었던 게 아니었다. 아마 그럴 만한 시간적 여유도 없었던 모양이었다. 수복이 될 무렵이라 곧 쫓겨가게는 생겼고 붙잡아 심문하던 사람들을 그냥 살려둘 수는 없어서 그랬던 듯 30여 명이나 되는 사람들을 그 동네 국민학교 창고에 가둬놓고 밖으로 문을 걸어 잠근 후 석유를 뿌려가며 불을 질러 죽였다. 불이 채 타기도 전에 그들은 철수했는데 그러나 가족들이 소식을 듣고 쫓아가보았을 때는 이미 그 형체조차 알아보기 힘들게 되어 있었다. 요즈음에도 큰 화재 현장에서 더러 볼 수 있듯이 새까맣게 완전히 타버렸거나 그 일부가 탔더라도 대부분 얼굴이 문드러져 누가 누구인지를 분간할 수가 없었다. 각기 어머니 손을 잡고 달려갔던 그와 성훈이의 경우도 마찬가지였다. 늘어져 있는 시체들을 아무리 봐도 우선 사람들 같은 생각조차 들지를 않았다. 성훈은 언젠가 동네에서 백정의 손에 익숙하게 그을려지던 개를 문득 떠올렸는데 그 개보다도 훨씬 비참한 꼴들이 되어 있었다. 그중에 아무리 아버지가 끼여 있다 할지라도 그걸 확인하고 싶은 생각이 들지를 않았고 확인을 해본다고 해도 찾아낼 수 있을 것 같은 자신이 서지를 않았다. 그러나 결국 반실신을 한 어머니와 이모가 정신없이 이 시체 저 시체를 뒤집어보기까지 하며 살피는 바람에 함께 거들지 않을 수 없었다. 그때 코를 찌르던 냄새! 아니 그런 역한 냄새에도 아랑곳없이 부지런히 움직이던 어머니와 이모의 모습을 성훈은 잊을 수가 없다. 하지만 문제는 그 순간의 그 어머니나 이모 모습보다도 훨씬 더 선명히 기억되는 허범민의 거동이다. 흡사 시체를 뜯어먹는 무슨 짐승처럼 열심히 시체들을 뒤적거리던 어머니와 이모가 결과적으로 고개를 좌우로 내저으며 포기할 수밖에 없다는 표정이 되자 허범민은 자기 나름대로 무언가 떠오르는 게 있는 듯 아까의 어머니나 이모보다도 더 부지런히 움직이다가 갑자기 한 시체 앞에 꿇어 앉으며 "아버지!"라고 부르짖었다. 그의 그런 뜻밖의 거동에 세 사람은 놀라서 내려다보자 "아버지예요. 이게 아버지라구요"라고 말하면서 그는 울먹거렸다. 그러나 성훈은 물론 어머니나 이모도 그가 가리키는 그 시체를 그의 아버지(이모부)로 믿기에는 너무나 어처구니가 없는 모양이었다. 입을 벌린 채 말들도 못하고 서로의 얼굴만 돌아다보았다. 그도 그럴 것이, 그 시체야말로 대부분의 다른 시체들보다도 오히려 더 그을려지고 문드러져 얼굴은 말할 것도 없고 심지어는 손가락, 발가락들조차 문둥병을 심히 앓고 난 사람처럼 되어 있었기 때문이었다. 그런데 처음엔 어리둥절하던 이모가 무얼 보았던지(무슨 생각, 무슨 느낌이 들었던지) 갑자기 찬찬히 그 시체를 살피다가 그 시체 앞에 고꾸라지며 통곡을 했다. 겉모습을 보아서는 도저히 알 수 없게 된 그 시체를 허범민이 어떻게 이모보다도 더 먼저 그의 아버지로 느낄 수 있었는지 지금 생각해도 이상하나 그렇다고 그 시체가 그의 아버지가 아니었을지도 모른다는 그런 의심이 들지는 않는다. 그만큼 그나 이모의 그때 태도엔 흔들림이 없었다. 그것이 말로는 할 수 없는 어떤 느낌—가령 헤어졌다가 몇십 년 만에 만난 자식의 손을 잡았을 때 그 체온만으로도 그것이 진짜 자식인지 아닌지를 알 수 있게 되는 부모의 느낌 같은 것—에 의한 것이었을지도 모르겠는데 그렇다면 그때의 자기한테는 왜 그런 느낌이 없었을까. 자기뿐만이 아니고 어머니도 끝내는 아버지를 못 찾아내어 결국 이모부는 찾고 아버지는 못 찾게 되었는데 아마 그때부터 허범민에 대한 성훈의 열패감은 노골적으로 비롯되었다고 볼 수 있다. 그렇게 느껴지기 시작해서 그랬는지는 몰라도 그 이후엔 아주 사소한 것에서도 자주 그런 느낌이 들었다. 아버지를 잃은 후에도 전쟁은 계속되어 그와

66

성훈은 이모와 어머니와 함께 피난민의 대열에 섞여 한 식구로 흘러 다녔다. 누구든 거의 다 마찬가지였겠지만 그 당시의 그 지긋지긋함, 무엇보다도 배고픔에 대한 지긋지긋함은 지금도 생생한데 거짓말 전혀 보태지 않고 꼬박 사흘을 물만 먹고 버틴 적이 있었다. 노동 비슷한 걸 해서 조금씩 벌어들이던 이모와 어머니가 동시에 앓아눕게 되어 어쩔 수가 없었다. 악을 쓰며 사흘간을 견딘 성훈은 더 이상 견디지 못하고 거리에 나가 아무거나 주워 먹었다. 심지어는 쓰레기통에 버려진 배추 찌꺼기조차 가리지 않았다. 그러나 그는 달랐다. 그대로 계속 견디더니 성훈이 그러는 걸 알고 나서는 밖으로 나가 건빵이며 약 같은 걸 들여오기 시작했다. 알고 보니 역(驛)에 나가 손님을 모셔 여인숙에 안내해주고 안내비를 받아 사 온 것이었다. 그리고 한번은 또 그런 일이 있었다. 그 무렵 어쩌다가 성훈이 이모가 쓰는 반짇고리 안에 숨겨진, 요즈음으로 치자면 백 원짜리 정도나 되는 돈을 훔쳐다 아무도 모르게 혼자 사 먹고 싶은 걸 사 먹은 적이 있었는데, 결국엔 범민의 소행으로 의심을 받아 그가 이모한테 매질을 당한 적이 있었다. 그런데도 그는 이상하게 자기가 하지 않았다고 대들거나 매를 피해 도망가지 않고 이를 악물며 참았다. 심지어는 눈물까지 비질비질 흘리며 참다가 끝내는 이모로 하여금 스스로가 매질을 중단하고 함께 울게까지 만들었는데 그 일로 인해 성훈이 느꼈던 열패감은 아마 죽어도 잊히지 않을 것이다. 그렇게 맞고 난 그가 성훈이와 둘이만 있는 자리에서 꽤 화를 내어 뜻밖의 말을 해왔기 때문이다. "바보 같은 자식! 그것이 무슨 돈인 줄 알고 그 돈을 까먹어?" 그러니까 그는 그것이 성훈의 짓임을 분명히 알고 있었으면서도 그렇게 참았던 것이다. 형이기 때문에 형으로서의 어떤 의식 때문에서였는지는 몰라도 어린 나이에, 더욱이나 고작 사흘 먼저 난 주제에(하긴 오뉴월 하룻볕이 어디냐라는 속언이 있기는 하지만) 그렇게 의젓할 수 있었다는 건 아무리 돌이켜봐도 이상하지 않을 수 없다.

　점차 나이를 먹어가면서도 범민(凡民)이라는 그의 이름과는 다르게 그는 여러 가지 면에서 범속하지 않은 면을 보였다. 범속하지 않다는 말이 무슨 사람답지 않고 신다웠다는 뜻이 아니라 그 정신 면에 있어서 보통 사람들과는 좀 다른, 말하자면 상식적이거나 안일적이거나 타협적이 아니었다고 할까. 성훈으로선 마땅히 열패감을 느낄 수밖에 없을 만큼 그는 그가 그리는 바의 세계(성훈에겐 환상적으로까지 보이는)를 향해 굽힘 없이 밀고 나가는 힘이 있었다. 전쟁이 끝나고 많은 혼란스럽던 것들이 차차 수습이 되어 각기 새로운 살길을 찾지 않으면 안 되게 되었을 때 성훈의 어머니는 개가(改嫁)를 했고, 그 덕으로 성훈은 그가 가고 싶었던 중학·고등학교·대학은 물론 외국에 가 학위를 따 올 수 있을 만큼 남부럽지 않은 삶을 살 수 있었다. 어머니가 돈 많고 자식 없는 어떤 늙은이의 후처가 되는 바람에 별로 큰 어려움 없이 그런 출세(보통 사람들이 말하는 식의)를 할 수 있었다. 그런데 범민은 그렇지 않았다. 물론 그의 어머니가 성훈의 어머니와는 달리 개가를 하지 않고 끝까지 수절을 했기 때문이기도 하겠지만 어쨌든 그는 성훈의 경우처럼 그렇게 '적당히' 살지도 않았고 따라서 출세도 하지 못했다. 그의 어머니가 개가를 하지 않은 것도 그가 결사적으로 반대했기 때문이라는 이야기가 있다. 개가 자체를 반대한 것이 아니라 개가는 해도 좋지만 개가를 하는 어머니를 따라가 산다거나 또는 그 집의 도움으로 살지는 않겠다고 분명한 태도를 취했다는 것이다. 그래서 결국 그의 어머니는 한때는 회의하기도 했던 개가를 단념하고 그와 일생을 함께 살았는데 살면서의 고생이란 유행가로 흔히 읊어지는 식의 그런 고생과 별다를 게 없는 것이었다. 어머니의 삯바느질·날품팔이·식모·행상 등이, 또는 그의 급사·신문 배달·청소부·가정교사·막노동 등이 그들로 하여금 그 어려운 세월을 가난하지만 떳떳하게 견딜 수 있게 한 수단이 되었으니 '유행가로 흔히 읊어지는 식의 그런 고생'이라는 표현은 너무나 무모한 것이 될지도 모르겠다. 그런 가운데서도 물론 그는 그의 고집대로 살아가는 데에 어떤 흔들림이나 굽힘 같은 걸 보이지는 않았다. 검정고시니 야간학교니 하는 등의 너절한 과정을 거쳐서까지 대학에 진학한 것만 해도 그렇고 세상을 알 만큼 알 나이가 되어서 보여줬던 대사회관(對社會觀) 같은 것도 그렇다. 가까운 예로 사월 의거가 일어나기 얼마 전 그는 대학 2학년에서 3학년이 되려던 해였는데(고학을 해왔던 관계로 도중에 쉬어서 성훈에 비해 1년이 늦었다) 그 무렵 어느 비 오는 날이었다고 기억된다. 과는 물론 학교도 다른데다. 그는 가정교사 노릇을 했고 성훈은 하숙을 하고 있었기 때문에 좀처럼 만날 기회가 없더니 무슨 일인지 밤에 불쑥 하숙집으로 나타났다. 누구한테 쫓겨 온 듯 노크도 없이 문을 열더니 빗물이 뚝뚝 떨어지는 몸을 방 벽에 기대 세운 후 한참이나 가쁜 숨을 가라앉혔다. 하도 느닷없는 일이어서 의아스러운 표정을 감추지 못한 채 타월을 내주자 아무렇게나 쓱쓱, 머리칼이며 얼굴을 문질러 닦다가 "밖에 잠깐 나가 봐줄래?"라고 말했다. "왜? 무슨 일인데?" "나가서 대문간에 어떤 녀석이 기웃거리지 않나 살펴보라구." 시키는 대로 나가 보자, 비가 오는데다 밤조차 꽤 늦어서 그런지 동네 애들 하나 보이지 않았다. 대문을 걸고(하숙집이므로 밤늦게까지 열어놓는 것이 보통이지만) 들어와 아무도 없다고 말해주자 그는 그래도 한참이나 서성이다가 비로소 비에 흠씬 젖은 노동자옷이나 비슷한 옷을 벗어 걸었다. 상의만 벗고 하의는 벗지 않은 채 그대로 앉으려고 해 성훈이 자기 헌

바지를 내주자 마저 갈아입더니 앉으며 말했다. "오랜만인데 이렇게 만나서 좀 어색하군. 어떤 녀석이 자꾸 쫓아다녀 귀찮아서…… 알다시피 나 애를 하나 맡아 가르쳐오지 않았나. 그런데 그 집까지 쫓아다녀 얼마 전에 거기도 그만뒀거든. 그리고 학교도 빠져가며 공사판에 다니면서 일을 해왔는데 이번엔 또 거기까지 왔지 않아? 집을 알고 있어 집도 못 들어가고 공사장에서 지내고 있었는데 말이야.""어떤 녀석이라니?" 성훈의 물음에 그는 말을 할 듯하다가 곧 침묵했다. 성훈으로서도 물론 짐작이 가는 바가 없지는 않았지만 그래도 그것이 그렇게까지 노골화되어 있는 줄은 몰랐었다. 잠시 후에 그가 영화에서 본 일제시대 때 혁명운동을 하는 어떤 의혈학생과 비슷한 표정이 되며 말했다. "아무래도 이 상태로 언제까지나 그냥 있을 수만은 없지 않겠어? 무언가 너무한다는 생각이 들지 않아? 무엇 때문이야? 우리의 아버지들이 그렇게 개처럼 죽었던 게 무엇 때문이냐구? 그런데 갈수록 되어가는 꼴이…… 정말 못 견디겠어. 더 이상은 도저히 그냥 지켜볼 수가 없을 것 같아. 그래서 만났지. 각 대학에서 몇 명씩이 모여 앞으로 어떻게 할 것인가에 대해 얘기했는데 어떻게 그걸 눈치챈 거야." 할 말을 잃은 채 성훈이 고개만 끄덕이자 그는 말을 계속했다. "무얼 따지려 든다거나 잡아가는 것도 아니고 그냥 쫓아만 다니는 거야. 사람을 바꿔가면서 계속 미행만 하는데 그러니까 더 미치겠더군. 잠은 말할 것도 없고 밥 한번 제대로 먹을 수가 없는 거야.""그럼 대들지 그랬어? 무엇 때문에 쫓아다니는 거냐고 말이야.""다 알고 그러는 걸 대들어서 어쩌겠어?""다 알아도 그렇지. 무슨 음모를 꾸몄던 것도 아닌데 죄가 될 게 있어야 말이지.""누구는 죄가 있어서 당하나? 쥐도 새도 모르게 행방불명이 되고 공공연하게 반역죄로 몰려 처형을 당하는 사람들이 무슨 죄가 있어서 그러는 거냐구? 죄야 덮어씌우면 되는 거야. 이제껏 그래왔었으니까 말이야. 나로서도 신경이 쓰이는 게 바로 그거야. 무슨 일이든 벌인 후에 당하는 건 상관없지만 벌이지도 못하고 당한다면 그것처럼 억울할 게 또 어디 있겠어?" "그래서 앞으로 어떻게 할 작정이야?" "구체적인 계획이야 아직 못 세웠으니까 뭐라고 말할 순 없지. 하지만 무슨 일이든 곧 있긴 있을 거야. 그런데⋯⋯" 그는 방금 전과는 전혀 다른, 갑자기 기가 꺾인 얼굴로 말했다. "나는 아마 이것도 저것도 못하고 말게 될 거야. 신상을 조사해서 일부러 그런 건지 하필 이때 영장이 나왔거든." "영장? 군대 말이야? 왜, 연기원을 안 냈던 모양이지?" "졸업하고 갔다 오면 문제될 게 더 많아질 것 같아 그냥 재학 중에 가겠다고 했는데 잘못한 것 같아." "아니야, 차라리 잘된 건지도 알 수 없어. 한동안 군대로 도피를 했다 오게 되면 무언가 달라져 있게 될지도 모르니까 말이야." "뭐, 도피?" "그렇지. 이런 때 도피를 하는 수밖에 없지. 나야 의부(義父) 덕으로 군대로의 도피마저도 할 수 없게 됐지만 곧 다른 도피의 길이 생길 것 같아. 외국으로 가는 거야. 외국으로 가서 몇 년 있다 오면 달라지겠지." 말을 하다가 성훈은 그의 시선과 마주치는 순간 가슴이 섬뜩해져왔다. 이글이글 쏘아보는 그의 눈. 금방이라도 이쪽에 달려들어 목이라도 죄어올 것처럼 숨길조차 가빠가는 것 같았다. 그러나 성훈은 그가 왜 그렇게 갑자기 배신과 분노에 찬 듯한 얼굴을 하는가를 얼른 이해할 수가 없었다. 그는 군대에 가게 되는데 자기는 돈을 써서 군대에 가지도 않고 제대증을 받은 데에 대한 경멸감에서인가. 자격지심에서 처음엔 그런 생각이 들었지만 다음 순간 성훈은 곧 그것 때문에서만이 아니라는 걸 알 수 있었다. 이쪽으로 하여금 어쩔 줄 모르게 만드는 그런 표정을 짓던 그가 한참 후에 숨을 가라앉히면서 말했기 때문이다. "나는 그렇게 생각하지 않아. 군대에 간다거나 외국에 유학 가는 걸 도피라고는 생각지 않는다구. 그것이, 아니 그것뿐만이 아니고 무엇이든 도피라고 생각된다면 그 짓을 해서는 안 되겠지." 그러니까 그는 성훈이 무의식 중에 말한 '도피'라는 낱말 하나 때문에 그렇게 순간적으로 흥분을 한 것이었다.

조검사는 그렇게 다녀간 후 며칠 동안 아무런 연락도 하지 않았다. 각기 자기들대로의 지나치게 화려하고 아름다운, 또는 소름 끼치는 꿈속을 헤매고 있는 환자들을 치료하는 일에 더욱 열중하면서 성훈은 가능한 한 범민의 일에 대해선 잊으려고 애를 썼다. 그러나 잊으려고 애를 쓰면 쓸수록 그것은 더욱 잊히지 않고 달려들었다. 심지어는 수술을 하는 도중에까지도 달려들어 숨통을 죄어오는 바람에 자칫 수술을 그르칠 뻔하게까지 만들었다. 그래서 그날도 최후로 로보토미*에 기대를 걸 수밖에 없게 된 환자가 있는데도 뒤로 미루고 진찰실에서만 서성이다가 별안간 성훈은 흡사 범죄 신고라도 하는 사람처럼 서둘러 조검사에게 전화를 했다. 조검사는 마침 자리에 있었는데, 또 다른 전화를 받고 있는 중이어서 직접 통화가 되기까지는 잠시 기다려야 되었다.

"말씀하십시오. 나 조-ㅂ니다."

전화 속의 음성에선 칼빛이 더욱 예리하게 의식됐다. 자연스럽지 못한 음성을 채 진정시키지 못하고 성훈은 말했다.

"아, 안녕하십니까? 정신병원의 윤성훈입니다."

"오, 그렇지 않아도 전화를 하려던 참인데…… 내 친구 찾아갔었죠?"

---

* 뇌의 전두엽 백질의 일부를 잘라내는 수술.

"아뇨, 아직……"

"그래요? 내가 잘 이야기를 했으니까 닥터 윤한테야 별일은 없겠지만…… 하여튼 며칠 내로 내가 가죠."

"면회는 아직도 안 됩니까?"

"아직은 안 되겠지만 곧 자연적으로 만날 수 있게 될 거요."

"풀려난다는 이야깁니까?"

"그게 아니고, 저쪽에서 닥터 윤을 불러가든가 아니면 그 친구나 내가 허범민을 데리고 병원으로 가게 될 거요."

"왜요? 그 사람에게도 무슨 이상이 있습니까?"

"약간…… 그래서 아마 다른 병원 의사를 불러다가 진찰을 해보는 것 같던데, 확실한 거야 역시 닥터 윤이 봐야만 알지 않겠소?"

"어디가 어떤데요?"

"자세히는 모르겠고, 도무지 반응이 없는 모양입디다. 일부러 묵비권을 쓰는 게 아니라…… 하여튼 곧 만나게 될 테니 그때 이야기합시다."

"처자가 있다고 했죠?"

"누구? 허범민? 왜? 주소를 알고 싶소?"

"네, 좀……"

"기다리시오."

테이블의 메모첩이라도 뒤적이는지, 아니면 저쪽 친구한테 다른 전화로 물어보기라도 하는 것인지 한참 있다가, 받아쓰라고 말하더니 주소를 불러주었다. '경기도 시흥군 서면 효암리 1036의 28호 김춘걸 방'으로 되어 있는 걸 보아 자기 집을 갖지 못하고 셋방을 살고 있는 것 같았다. 전화를 끊은 후 성훈은 시계를 보고 나서 옷을 갈아입었다. 다녀오는 데 다섯 시간쯤이 걸린다고 해도 어두워지기 전에 충분히 돌아올 수 있는 시간이 있었다.

　좀 늦어질 것이라고 간호원에게 말한 후 밖으로 나와 택시를 잡았다. 병원 차를 이용할 수도 있었으나 번거롭고 주체스러울 것 같아서였다.

　택시에 오른 후 운전수한테 주소를 이야기하고, 가는 데 얼마쯤 걸리겠느냐고 하자, 넉넉잡고 한 시간 반 정도면 될 것이라고 대답했다. 비록 먼 곳은 아닐지라도, 항상 일에만 쫓기다가 오랜만에 서울시를 벗어나볼 수 있게 되었다는 사실이 우선 가슴을 들뜨게 했다. 그러나 차가 점점 속력을 낼수록 조금씩 초조해지면서, 지금 이 행위가 과연 잘하는 일일까에 대한 회의가 오기 시작했다. 물론 그를 아직 만날 수 없어 그 대신 처자라도 만나보자는 생각에서 택한 일이긴 하지만 그를 만난다고 해도 아무런 힘이 되어줄 수 없는 이 마당에 그의 처자를 만나 도대체 무슨 힘이 되어줄 수 있단 말인가. 그러고 보니 자기가 지금 가는 것은, 그냥 하나의 예의에서이거나 아니면 그의 처자가 어떻게 생겼을까에 대한 한가한 궁금증에서일지도 모른다는 생각이 들었다. 따지자면 지극히 당연한 일인데도, 왠지 모르게 그가 결혼을 해서 애까지 있다는 사실이 도무지 실감이 나지 않았다. 언제 한번이라도 그가 자기는 독신으로 지내겠다는 식의 이야기야 내비친 적조차 없지만, 젊은 나이에 남편을 잃고 평생을 혼자 살아가는 어머니를 옆에서 지켜보면서 살아온 탓인지 한 여자한테 그런 불행을 안겨주는 남자가 되지 않으려는 데 대한 꿈틀거림 같은 건 자주 보여주었기 때문인지 모르겠다. 일체의 여자관계를 병적일 만큼 회피하려고 했다면 이상하게 들릴지 모르나 실제로 그에겐 그런 면이 없지 않았다. 더러 그한테 관심을 보여오는 여자들이 있는 것 같았는데도 어쨌든 서른인가 서른한 살이 되던 그 무렵까지 그는 그런 면에 대한 관심 같은 것과는 아무런 상관도 없이 살고 있는 것 같았다.

성훈이 기억하기에 딱 한 번 있긴 있었으나, 그걸 가지고 '여자관계' 운운한다면 너무나 과장된 것이 될 것이다. 성훈이 독일에 다녀와 병원에서 일을 보기 시작한 지 얼마 되지 않던 해 그는 군대를 제대하고 노동이며 외무사원이며 거리에서의 행상 같은 걸 하고 있었다. 다니다 만 학교는 성훈이 등록금까지 대주려 했으나 끝내 거부해 중퇴가 되었고, 그는 그런 일을 해가며 그의 어머니와 변두리 산비탈에 셋방을 들어 살고 있었다. 그 무렵 겨울치고도 유난히 추웠던 겨울, 어느 해질녘에 성훈이 그 셋방을 찾아간 적이 있었다. 자주는 아니고 어쩌다가 한번씩 잊혀질 만하면 찾아가 그저 이야기나 하다가 오는 것이 보통이었는데(물질적인 어떤 도움은 지나칠 만큼 완강한 그의 거부로 몇 차례나 묵살된 적이 있기 때문에 아예 생각조차 말아야 했다) 그날도 그런 경우였다. 그런데 머리를 숙여야 들어설 수 있는 냄새 나는 그 방으로 들어선 순간 성훈은 혹 집을 잘못 찾아온 것이 아닌가 생각될 정도로 어리둥절해지지 않을 수 없었다. 그는 밖에서 아직 들어오지 않았고 이모만이 있는 옆에 이제껏 한번도 본 일이 없는 어떤 젊은 여자가 난 지 며칠 안 될 것 같은 갓난애와 함께 누워 있었기 때문이다. 이모 친구 또래나 되는 여자라면 몰라도 며느리 또래밖에 안 되는 저렇게 젊은 여자가 이모한테 놀러 왔을 리는 없을 테고, 그리고 놀러 왔다면 건방지게, 이모는 앉아 있는데 자기만이 누워 있을 리는 없을 테고, 그렇다면 친척? 친척이 여기 와서 애를 낳은 것이 아닐까? 태(胎) 냄새가 아직 채 가시지 않은 걸 보면(이런 방에선 으레 나게 마련인 퀴퀴한 냄새만이 아니고 어쩐지 그런 냄새도 섞여 있는 것 같았다) 그럴 것 같기도 했다. 그러나 아무리 친척이라도 그렇지 도대체 얼마나 못사는 친척이기에 하필 이런 집, 이런 방에 와서 해산을 한단 말인가? 그러다가 성훈은 퍼뜩 다소 엉뚱한 생각과 함께 흠칫 놀랐다. 그렇지, 그동안 혹 범민이 결혼을 했을지도 모르지, 결혼을 한 후 애까지 저렇게 낳아놓고 나한테는 연락 한번 하지 않은 것인지도 모르지, 그는 충분히 그러고도 남을 사람이니까, 하지만 지난번에 왔을 때…… 지난번…… 그러니까 그때가 언제인가…… 아직 열달이 못 되지 않는가, 열 달은커녕 다섯 달도 못 되는데 그사이에 언제…… 그렇다면 그동안 관계를 맺으며 애까지 배어놓고 결혼은 않고 있다가 급해지자 갑자기 데려다 놓기라도 했단 말인가…… 그러나 이런 자기 나름대로의 생각들이 얼마나 우스꽝스러운 것인가를 성훈은 곧 알게 되었다. 성훈이 궁금해하는 얼굴로 그 여자 쪽에 몇 차례 시선을 가져가자 이모가 그 여자에 관한 이야기를 낱낱이 해주었다. 며칠 전 진눈깨비가 내리던 날 저녁, 범민이 거리에서 신음하고 있는 저 여자를 데려왔다고 했다. 만삭이 된 채 남의 집 대문간에서 진눈깨비를 맞으며 신음하고 있는 걸로 보아 일은 급한 것 같은데 부근에 병원은 없고, 여자더러 집이 어디냐고 물어도 대답을 해주지 않자 들쳐 업고 집으로 온 것인데 와서 바로 그날 저녁에 해산을 했다는 것이다. 그런데 듣고 보니 처지가 참 딱하다고 했다. 시골에서 남의 집 일을 해주며 살다가 남자를 찾아 올라왔는데 찾을 길이 없다는 것이다. 남편도 아니고 그냥 사귀던 남자인데 자기 몸만 그렇게 망쳐놓고 몰래 혼자 서울로 올라간 후 소식은 없고, 배는 자꾸 불러오자 견디다 못해 올라왔으나 주소조차 알지 못하니 어떻게 찾겠는가. 누구로부턴가 이 동네에 산다는 이야기를 듣고 이 동네를 헤매다가 그렇게 되었다고 하나 이 동네에 한두 집이 살아야 말이지, 그리고 이 동네에 분명히 살고 있기나 한 것인지, 살고 있어 찾게 된다 해도 그 남자가 자기를 과연 받아줄 것인지 그것조차 모르니 앞으로도 참 막연하다고 했다. 잠이 들었다가 이모의 이야기 소리에 깬 것인지 여자가 화들짝 놀라며 부스스 일어나 아직 부기가 가시지 않은 얼굴에 미소와 함께 수줍어하는 표정을 지었다. 결코 잘생겼다고는 할 수 없고 그저 순박하고, 애를 낳은 여자치고는 지나치게 앳되어 보이는 여자였다. 많지는 않으나 보일 듯 말 듯 가뭇가뭇한 얼굴의 주근깨가 추해 보이지 않고 오히려 인상적으로 보였다. 범민이 집에 들어온 것은 밤이 꽤 늦어서였는데 범민은 그 여자한테 약간 퉁명스러운 어조로 말했다. "언제까지나 눌러 있으면 어떻게 되는 거요? 이제 거동할 수 있을 테니 내일은 어디로든 떠나가주시오." 그러면서도 그는 애가 먹을 우유통을 밖에서 들고 온 꾸러미에서 꺼내어 여자 코앞에 내밀었다. 그런 밤이 있은 후 성훈이 그 집을 또 찾아간 건 역시 몇 달이 지나서였다. 그때 이모는 고질인 심장병으로 앓아누워 있으면서 그 여자에 대한 뒷소식을 이렇게 말해주었다. "그 다음날이든가 다음다음 날이든가 몇 차례나 고맙다는 인사를 하며 떠나갔지. 갈 곳도 정해지지 않은 사람을 떠나보내려니까 참 안됐더만. 그렇다고 우리가 사는 꼴이 이러니 함께 데리고 살 수도 없고…… 그런데 떠난 지 한 달이 좀 지나서 쇠고기를 한 근 사가지고 찾아왔더만. 남자는 끝내 못 찾고 어떤 집에 식모로 들어가 사는데 애가 있어서 그 일도 아마 쉽지가 않은 모양이야. 애를 등에 업고 왔는데 그사이에도 애는 퍽 컸더만." 그 뒤로는 어떻게 됐는지 알 수 없다. 성훈이 그 집을 다시 찾은 건 이모가 죽었다는 소식을 듣고서였는데, 이모의 장례가 있은 후 또 한번 다시 찾아갔을 때는 이미 범민은 그 집에 살고 있지 않았다. 주인집에 물어도 주인집 역시 어디로 이사 갔는지 전혀 모른다는 대답이었다. 그러니까 이모의 장례식날 그를 본 것이 마지막이 된 셈인데, 하긴 그동안 많은 세월이 흘렀으니까 그도 어지간히 변하긴 변했겠지. 아니 구체적으로 어떤 죄를 졌는지는 몰라도 감금이 되었다는 걸 보면 그가 그동안 너무나 변하지 않은 것인지도 모르겠다. 그러나 다른 건 어느 정도 다 상상이 가는데, 그가 어떤 여자를 아내로 맞이했을까에 대한 상상은 도무지 가지지 않는다. 그와 관련해서 생각되는 여자란 오직 그 여자뿐이니 당연히 그럴 만도 하다. 도대체 그의 처는 어떤 여자이며 그의 아들은 어떤 애일까?

차는 고가도로를 타고 중심가를 벗어나 서울역 앞을 지나더니 한강 쪽으로 달렸다. 서울에 그렇게 오래 살아왔는데도 차창 밖을 스쳐 지나가는 풍경들이 갈수록 낯설게만 보였다. 한강대교를 지난 후에도 꽤 오랫동안 달리더니 운전수가 좁은 길로 우회전을 하면서 말했다. "여기서부터는 길이 안 좋을 겁니다."

아닌 게 아니라 이제껏 달려왔던 길과는 완전히 달랐다. 아스팔트가 안 되어 있는 건 물론 여기저기가 움푹움푹 패여 차가 사뭇 뒤뚱거렸다. 버스도 택시도 다니지 않았고 오직 낡은 마이크로버스만이 어쩌다가 한 대씩 지나쳤는데 그 외에는 모두가 다 자전거를 타고 있거나 아니면 그냥 걷고 있었다.

"여기부터가 경기도인 모양이죠? 이 근방 지리를 잘 압니까?"

"잘은 몰라도 대강은 알죠."

"그 동네까지 곧장 들어갈 수 있겠죠?"

"들어갈 수는 있을 것이오만 아무래도 걸으시긴 좀 걸으셔야 될 겁니다."

길의 양쪽엔 논들이 펼쳐져 있고 논 저쪽으론 야산이며 밭들이 보였다. 포도나무로 보이는 과수들이 줄지어 있는 게 쉽게 눈에 들어왔고, 얼른 보기에 무슨 저수지나 강 같은 비닐하우스들이 햇살을 받아 번쩍거리는 것도 적지 않게 눈에 띄었다 계속 뒤뚱거리며 가던 차가 멎은 곳은 커다란 은행나무가 서 있는, 슬레이트와 블록으로 개수한 집들이 태반인(간혹 초가도 한두 채 보이긴 했으나 그런 어벌쩡한 집들이 거의 전부였다) 동네가 보이는 입구였다.

"저 동네니까 가서서 물어보십시오. 그리고 여기서는 교통이 좋지가 않은데 서울로 들어가실 때는 어떡하시겠습니까?"

"그렇지 않아도 부탁을 드리려던 참이었습니다. 만나보기만 하고 곧 나올 테니 좀 기다려주십시오."

집을 찾는 일은 의외로 쉬웠다. 지나가는 노인한테 김춘걸 씨 집이 어디냐고 묻자 금방 알려주었다. 비탈을 약간 올라가서, 대문이라고 이름 붙일 수도 없을, 부서진 나무대문이 바람에 삐거덕거리고 있는 집이었다. 주인을 찾자 오십대나 되어 보이는 검게 찌든 얼굴의 아낙네가 나왔다.

"허범민이라는 사람이 이 집에 삽니까?"

"살긴 살지만 지금은 집에 없는데요."

"허범민 씨말고 그 가족 되는 분을 좀 만나려고 하는데……"

"어디서 오셨는데요?"

아낙네는 성훈을 경계하는 눈빛으로 훑어보았다.

"서울서 왔는데 친척 되는 사람입니다."

"아, 그러세요? 부인도 지금은 집에 없는데 어떻게 하죠?"

"어디 멀리 나갔습니까?"

"시장으로 장사를 나다니는 통에 늘 늦게야 들어와요."

"시장? 어느 시장인데요?"

"시흥시장인데…… 가만있자…… 잠깐 기다려보세요."

아낙네는 성훈을 세워둔 채 밖으로 나가더니 한참 있다가 국민학교에 갓 입학했을 것 같은 사내아이를 데리고 와 말했다.

"꼭 만나셔야 될 일이라면 이 애를 따라가시죠."

"뭐 그럴 것까지야……"

"괜찮아요. 이 애 어머니니까……"

"이 애 어머니라니 그럼 이 애가 허범민 씨 아들이란 말입니까?"

성훈이 놀라는 게 우습게 보였던지, 왜 그렇게 놀라느냐는 얼굴로 아낙네는 고개를 끄덕이며 웃었다. 그러나 성훈으로서는 쉽게 믿어지지가 않았다. 결혼을 언제 했기에 벌써 이렇게 큰 아들이 있단 말인가. 이모가 죽었을 그 무렵에 바로 했다면 혹 모르겠지만 그렇지 않다면 우선 나이로 봐도 맞지가 않았다. 그리고 아무리 찬찬히 뜯어봐도 이 애에게서 범민의 일면이 엿보이지는 않았다. 생김새부터가 범민은 선이 뚜렷한 편인데 이 애는 흐릿했다. 이마도 좁았고 콧날도 오뚝하지 못했다. 활달하게는 보였으나 그 활달함도 범민이 어렸을 때 보여줬던 활달함과는 어딘지 달랐다. 덤벙댈 것 같다고 할까 의젓하게 보이지를 않는다고 할까, 범민에게서는 어렸을 때 특징의 하나라고 할 수 있었던 어린애로서의 어른스러움 같은 것이 이 애한테서는 전혀 느껴지지가 않았다.

하지만 성훈은 감개에 찬 표정으로 애의 손을 잡고 아낙네에게 인사를 건넨 후 밖으로 나와 대기해 있는 택시에 올랐다. 택시를 타본 일이 없는 듯 애는 처음엔 약간 겁먹은 얼굴로 택시 타는 걸 주저했으나 택시에 오른 후에는 금방 밝아지며 성훈이 묻는 말에 대답도 잘했다. 이름은 허정식, 나이는 일곱 살, 올해 국민학교에 입학했는데 공부하기가 재미있느냐고 묻자 재미있다고 서슴없이 대답했다.

"아버지 이름이 뭐지?"

"허범민."

"뭐하시지, 아버진?"

"공장 직원."

"직원?"

"샤쓰 만드는 공장 직원이었는데, 지금은 안해요."

"그래?"

의외의 사실에 성훈은 궁금해지지 않을 수 없었다. 그렇다고 애한테 꼬치꼬치 물을 수도 없어 고개를 끄덕이며 가만히 있자 애가 스스로 말했다.

"공장이라고 똥통공장이래요. 그래서 지금은 그만두고 돌아다니시며 장사 다니셔요."

시흥시장까지 오는 데는 이십 분도 안 걸렸다. 택시에서 내려 성훈은 애가 앞장을 서는 대로 뒤를 따랐다. 많이 다녀본 듯 애는 이 근방 지리에 대해 훤했다. 질퍽거리는 골목길로 들어서서 왕대폿집이며 지물포며 철물점이며 전기상회며 옷가게며 여러 가지 그릇 등속을 파는 가게들이 즐비해 있는 시장 속으로 걸어갔다.

"어머니는 무슨 장사 하시지?"

"헤헤, 가보시면 알아요."

생선가게가 있고 여러 가지 음식들을 만들어 파는 가게 옆에 부인들이 채소며 나물 같은 것들을 길가에 벌여놓고 파는 곳에 와서 애는 걸음을 멈추며 멋쩍은 듯 또 한번 헤헤 웃더니 "엄마!"라고 불렀다. 순간 성훈은 아찔했다. 보아서는 안 될 것을 보고야 말았다는 생각과 함께 자기가 무엇 때문에 이곳까지 기를 쓰며 찾아왔던가에 대해 새삼 후회했다. 몇 다발의 상추와 몇 다발의 쑥갓, 그리고 몇 다발의 마늘을 앞에 벌여놓고 앉아 있던 부인이 애의 부름 소리에 번쩍 고개를 들고 이쪽을 보는

데 그 부인의 얼굴에 배어 있는 이 세월의 어려움. 살아가는 일에 대한 따뜻함 같은 걸 한창 만끽해야 할 나이로서는 그것은 너무나 비참한 몰골이었다. 그러나 성훈의 아찔함은 비단 그것에만 이유가 있었던 게 아니었다. 어디선가 본 듯한 얼굴, 분명히 낯이 익긴 익은 얼굴이라고 기억을 더듬다가 곧 그 기억 속의 얼굴을 되살려냈기 때문이었다. 틀림없었다. 바로 그 여자였다. 칠 년 전 범민의 그 냄새 나는 방에서 보았던 그 여자, 그 집 그 방에서 만삭의 몸을 풀었다던 그 여자, 얼굴의 주근깨가 흉하지 않고 오히려 인상적이던 그 여자…… 어떻게 저 여자가……

"저를 모르시겠습니까?"

성훈이 다가가 인사를 해도 부인은 성훈을 알아보지 못했다. 계속 눈을 감박거리면서 옛날에 비해 많이 시든 얼굴에 허연 웃음만 지을 듯 말 듯했다.

"허범민 씨 이종사촌동생 되는 윤성훈입니다. 언젠가 겨울날 이모님이 살아 계실 때 형 집에서 잠깐 뵈었던 일이 있는 것 같은데……"

"아, 아……"

기억이 나서 그러는 건지, 아니면 그냥 그러는 건지 부인은 신음소리처럼 중얼거리며 고개를 끄덕였다.

"진작 찾아뵈었어야 되는 건데 어디에 사시는지를 몰라서……"

"우리가 더 나쁘지라우. 우리 애 아부지도 성격이 모진 편은 못 되는디 왜 그런지 인연을 모두 끊고 살아와서…… 부끄러운 얘기지만 나는 여태까장 동생 되는 분이 있는지도 몰랐어라우. 얘기를 들응게로 이제 생각이 나긴 나는구먼이라우. 그때 난 애가 바로 이 애지라우."

부인은 전라도 사투리를 아직도 거의 그대로 쓰고 있었다.

"어디로 잠깐 들어가시죠."

"아, 내 정신 봐. 집으로 함께 가지라우."

부인은 앞에 벌여놓고 있던 것들을 거둬 치우려고 했으나, 성훈이 집엔 다녀 나오는 길이니까 다음에 가겠다고 말하자 "그러겠어라우?"라고, 정말로 그래도 되겠느냐는 표정을 짓더니, 치우려던 것들을 그대로 둔 채 옆 부인한테 보아달라고 부탁하고 앞장을 섰다. 부근엔 제과점이나 다방 같은 마땅한 장소가 없어서 그러는지 아니면 부인한테는 일상화가 되어버려서 그러는지 부인은 노변에 있는 싸구려 고기만두집으로 들어섰다. 성훈의 눈엔 세균이 득실거릴 것처럼만 보이는 만두를 부인은 아무렇지 않게 시킨 후 말했다.

"그런디 우리가 여기서 살고 있는지는 어떻게 알고 찾아왔어라우? 혹시 우리 애 아부지가 거기를 찾아간 건 아니라우?"

"네에? 그렇다면 아직……"

"무슨 소리라우?"

그랬었구나. 이 부인은 아직도 허범민이 갇혀 있는 줄을 모르는구나. 그렇다면 차라리……

"아, 아닙니다. 형 친구 되는 분한테서 이곳에 계신다는 소식을 듣고 찾아왔더니……"

"무슨 일인지 모르겠어라우. 이번에는 왜 이렇게 오래까장 안 들어오시는지…… 여기저기로 돌아다니며 장사를 하기 땜시 더러 며칠씩 안 들어오는 일도 있긴 있었지만 이번처럼 이렇게 오래 안 들어온 일은 없었는디 혹시 무슨 일이 생기지 않았는지 모르겠어라우. 얼마 전엔 애 아부지 친구라고 하면서 어떤 남자가 찾아와 여러 가지를 캐묻고 간 적이 있었는디 시방 생각항게로 그것도 이상한 것 같으라우."

"캐묻다뇨?"

"평소에 무슨 이상하게 보이는 점이 없었느냐. 그전에 공장에 다닐 때 직공들이 들고일어나 회사측과 싸운 적이 있었는디 그때 애 아부지가 앞장을 섰던 것이 아니냐. 언젠가 봉게로 가방 속에 폭발탄을 넣어가지고 댕기던디 그걸로 무얼 하겠다는 소리를 들어보지를 못했느냐…… 별별 소리를 묻길래 뭣 땜시 그러냐고 혀도 대답은 않고 자꾸 묻기만 하지 않겠어라우."

"폭발탄이라뇨?"

"나도 잘 모르겠어라우." 말은 그렇게 하면서도 부인은 무언가 숨기던 눈치더니 흘끗 이쪽 눈치를 살피다가 말했다. "늘 들고 댕기는 가방이 있거더니라우. 파는 물건들을 넣어가지고 댕기는 가방인디 언젠가 변또를 그 안에 넣어주려고 봉게 애들 공같이 생긴 무슨 요상헌 쇳덩이가 있도만이라우. 그려서 이것이 무엇인디 뭘라고 그런 건 가지고 댕기느냐고 항게 깜짝 놀라며 화를 내시지 않겠어라우. 당신은 알지 않아도 될 거라고……"

무언가 섬뜩해져오는 게 있어 성훈은 그 일에 대해선 더 이상 묻지 않는 것이 좋을 것 같다는 생각을 했다. 부인이 조금이라도 배웠다든가 돌아가는 세상일에 얼마만큼이라도 민감하다면 결코 모를 리가 없을 텐데, 오직 먹고사는 일에만 급급해왔기 때문에 지금의 대답들은 오히려 당연한 것일지도 몰랐다. 도대체 그는 그걸 가지고 무얼 하려고 했던 것일까. 공장에서 스트라이크를 일으키며 그것으로 공장을 폭파라도 시키려 했단 말인가. 그러나 설령 그런 생각을 품었다 해도 실제로 한 건 아닌데 극형을……? 물론 극형의 대상이 될 수도 있겠지. 하지만 그날 조 검사로부터 말을 들으며 느꼈던 건 그런 게 아니지 않은가. 그 정도의 사건이라면 그렇게 구체적인 내막을 숨기려고 할 필요가 있었을까. 그리고 그가 공장에 어느 정도의 불만과 원한이 있었는지는 모르지만 하나의 공장을 상대로 그런 음모를 꾸밀 만큼 그렇게 생각이 부족한 사람은 아니지 않은가. 그렇다면……? 무언가 분명히는 알 수 없지만 성훈은 또 한번 공연히 스스로 섬뜩해짐을 느끼며 그런 생각들에서 벗어나기 위해 다른 이야기를 꺼냈다. "그러나저러나 형수님은 어떻게 되어 형님과 결혼을 하시게 된 겁니까? 그전에 듣기에는 그런 사이가 아니었던 것으로 아는데……?"

느닷없는 질문이 되어 그러는지 부인은 노골적으로 얼굴을 붉히며 대답했다. "그 일을 얘기하자면 길어지지라우. 알다시피 애 아부지가 어디 나 같은 여자하고 결혼을 할 사람이라우? 내가 붙들었지라우. 길바닥에서 얼어 죽게 생긴 나를 그렇게 구해주어서 잊을 수가 있어야지라우. 그래서 그 집을 가끔 찾아댕겼었는디 어머님이 돌아가신 뒤에 찾아갔었을 때의 일이라우. 그분이 혼자 누워서 앓고 있지 않아라우. 벌써 며칠째나 그러고 있는 것 같아 그대로 두면 그냥 죽을 것 같았어라우. 그래 눌러 있으면서 간호를 해드렸지라우. 처음엔 화를 내며 돌아가라고 큰소리를 치곤 하던 그이도 내가 원채 정성껏 그렇게로 나중엔 수그러지도만이라우. 그것이 동기가 되어 결국 이렇게 사는디 물론 식이야 둘이 냉수만 떠놓고 올렸지라우. 그리고 지금도 함께 사는 건지 뭔지 모르겠어라우. 이번에도 나를 진짜 여편네라고 생각한다면 이렇게까장 오래도록 혼자 있게 놓아두겠어라우? 그래도 어쨌든 나한테는 과남한 분이지라우. 인정이 많아서 할 때는 아주 잘해라우. 그런디 어딘지 나로서는 좀 모를 디가 있긴 있는 분 같아라우. 정신이 살림하는 디보다 딴 디있는 것처럼 밤나 들떠 있는 것처럼 보이기도 했어라우."

좀더 이야기하다가 성훈은 밖으로 나와 두 사람과 헤어지면서 애의 손에 학용품 사 쓰라고 오천 원짜리 한 장을 쥐여준 후 돌아오며 생각했다. 늘 자기 고집대로만 굽힘 없이 살려고 애썼던 그가 결혼에 있어서는 왜 그렇게 쉽게 양보를 했을까. 사람이라면 누구나 다 일생에 있어서 가장 중요하게 생각하는, 다른 것은 다 양보하더라도 그것만은 결코 양보하려 들지 않는 것이 보통인 그 결혼을 말이다. 그런 생각을 하다가 성훈은 다시 고쳐서 생각했다. 아니 그것을 양보라고 그렇게 간단히 말할 수는 없겠지. 그의 어머니와 같은 불행한 여자를 또다시 안 만들기 위해서는 결혼이라는 건 아주 안 해버리거나, 아니면 하게 될 경우, 더 이상 불행해지려야 불행해질 수 없을 만큼 이미 불행해진 그때의 그런 여자(지금의 이 여자)와 피차간에 부담 없이 맺어지는 것, 그것이 그가 바라던 결혼이었을지도 모르는 일이니까……

조검사가 그의 친구라는 사람과 함께 허범민을 데리고 병원에 나타난 것은 성훈이 시흥을 다녀온 지 사흘째 되는 날이었다. 조검사가 대강 들려줬던 얘기와는 다르게 허범민의 증상은 가벼운 것이 아니었다. 그의 동작, 표정, 눈의 움직임만으로도 성훈은 금방 알 수 있었다.

그런데 수사기관의 과장이나 반장쯤 되는 사람인지 아니면 조검사나 마찬가지의 신분인지 또는 사상 관계자들만을 전적으로 다루는 정보원 계통의 사람인지 그 신분을 분명히는 알 수 없는 조검사 친구라는 사람은 자기 이름조차도 밝히지 않고 고개만 꾸뻑한 후 허범민을 턱으로 가리키며 대뜸 말했다. "이 작자가 계속 쑈를 하는데 말이오. 잘 진찰 좀 해보시오. 이 작자와 선생이 친척 된다는 얘기를 들었는데 그렇다고 쑈를 쑈가 아니라고 진찰할 선생은 아닐 테니까."

말의 내용도 그렇지만 말하는 자세부터가 불쾌하게 만들었으나 그래도 성훈은 참지 않을 수가 없었다. 사실 이곳에 이끌려오는 범죄자들 중엔 조검사 친구가 말하는 그 '쑈'라는 걸 하는 자가 더러 없는 바도 아니었기 때문이다. 언젠가도 창녀 노릇을 하다가 자기 기둥서방을 살해하고 붙들려 온 여자가 있었는데 성훈 앞에 서자마자 여자는 발작적으로 성훈에게 달려들며 외쳤다. 그래 이 새끼야, 나는 니 말처럼 씹 팔아먹고 사는 년이다. 허지만 너는 뭐니? 씹 팔아먹고 사는 년한테 씹이나 달라고 하고 돈이나 달라고 하는 너는 뭐냐구?

그래서 민망해진 적이 있었는데, 그러나 알고 보니 여자가 정신이상을 일으켜서 그런 건 아니었다. 정신이상을 일으킨 것처럼 보이기 위해 일부러 그런 쑈를 한 것이었다.

성훈은 말없이 허범민을 진찰하기 시작했다. 틀림없이 정신적인 충격에 의해서 갑자기 일으켰을 테니까 심인성(心因性)일 줄 알았더니 증상은 내인성(內因性)으로 나타났다. 내인성이라도 조울증보다는 분열증에 가까웠다. 분열증 환자들의 주증상이라 할 수 있는, 이상한 행동을 한다든가 난폭한 짓을 한다든가 뜻 없이 흥분한다든가 계속 아무 말을 않는다든가 하는 등의 증상을 보였고 그 가운데서도 특히 아무 말도 하지 않는 증상이 심한 걸로 결과가 나왔다. 말을 하지 않을 뿐만 아니라 어지간한 자극을 주어도 도무지 반응이 없었다. 걸어보게 한다든가 손가락을 오므렸다 폈다 하게 한다든가 웃어보게 한다든가 찌푸린 표정을 지어보게 한다든가 눈동자를 갖가지로 움직여보도록 해보아도 그 반응들이 아주 미약했다. 이상한 일이었다. 내인성일 경우는 대개 유전형질과 관계가 있는데, 그러면 허범민에게도 어떤 그런 형질이 약간은 있었단 말인가. 물론 심인성이면서도 내인성과 거의 비슷한 증상을 보이는 수가 없는 건 아니지만 그래도 예상했던 것과 다른 증상들을 보여 혼란을 가져왔다. 그러니까 심인성과 내인성이 겹쳤다고 일단 볼 수밖에 없는데 이쯤 되면 문제는 심각해지지 않을 수 없어 성훈은 정색을 하고 조검사 친구에게 물었다. "그동안 혹 다른 증세는 없었습니까?"

"다른 증세가 없냐니, 그럼 쑈가 아니란 말이오?"

성훈이 쓴웃음을 짓자, 조검사 친구는 의사의 진찰이 무슨 그따위냐는 듯한 표정으로 소리를 높여 말했다. "그 정도의 진찰로 자세한 걸 알 수 있단 말이오?"

"같은 정신병이라도 어떤 형이냐, 즉 내인성이냐 외인성이냐 심인성이냐 하는 건 좀더 알아봐야겠지만, 이상을 일으킨 것만은 틀림없습니다."

"어떻게 그렇게 확언할 수 있단 말이오?"

다시 쓴웃음을 짓자, 조검사 친구는 자기의 성질을 주체하지 못해 안절부절못하고 서성거리며 "그럴 리가 없는데…… 그럴 리가…… 그럴 리가……" 그렇게 중얼거리더니 성훈을 노려보며 힐책하듯 말했다. "멀쩡하던 사람이 어떻게 그렇게 갑자기 이상해질 수 있단 말이오?"

"어떤 형태로든 충격을 받았겠죠."

"충격? 그럼 내가 고문이라도 했단 말이오?"

"그런 뜻이 아니고 심리적으로 어떤…… 언제 어쩌다가 이렇게 됐습니까? 진찰 결과로는 이상을 일으킬 수 있는 형질을 약간은 타고 난데다가 갑자기 심리적인 충격을 받은, 말하자면 내인성과 심인성이 겹쳤다고 할 수 있는데……"

"언제나마나……" 조검사 친구는 여전히 자기 성질을 주체하지 못하고, 묻는 말에는 대답도 없이 그렇게 중얼거리며 만약 거짓말을 할 경우에는 어떻게 된다는 걸 알지? 하는 식의 협박조가 섞인 어투로 말했다. "나를 속이는 건 아니겠죠?"

그러자 조검사가 나서며 성훈을 옹호하는 편이 되어 친구에게 말했다. "이 사람아, 저쪽 의사도 결과가 같지 않던가."

저쪽 의사란, 원래 범죄자들의 정신감정은 두 명의 의사에게 의뢰하도록 되어 있어 자연히 거치지 않을 수 없는 다른 병원의 또 한 의사를 가리킨다. 그러니까 성훈한테 오기 전에 진찰 결과야 이미 다 알 만큼 알고 왔으면서도 그런 억지를 부리려는 것이었다. 억지를 부리려 한다기보다 모든 사람들의 말을 일단은 믿지 않으려고 드는 수사관이나 심문관으로서의 습성이 몸에 진하게 배어 있는 것 같았다.

친구는 아무 말이 없이 계속 못마땅한 얼굴로 범민과 성훈을 번갈아가며 노려보았고 조검사가 "그럼 어떻게 한다?"라고 중얼거리더니 말했다. "제정신이 아닌 사람을 심문할 수는 없는 노릇이니 일단 입원을 시켜야겠군?"

자기를 보며 이야기를 해도 계속 허범민과 성훈한테만 시선을 보내고 있던 친구는 한참 후에야 약간 수그러진 음성으로 말했다. "지금이야 제정신이 아니든 어떻든 사건 현장에서는 멀쩡했었으니까 달리 문제될 건 없지."

"물론 그거야 그렇지만 이 상태에서 구속을 시키면 뭘 하겠나?"

설득이 된 듯 친구가 말이 없자 조검사는 성훈을 돌아보며 말했다.

"일단 입원을 시킵시다. 입원을 시키면 어떻게 쉽게 회복은 될 수 있겠소?"

"그거야 두고 봐야겠죠."

성훈의 말에 친구가 다시 음성을 높여 윽박지르듯 말했다. "언제쯤 회복이 될지도 모른다는 말이오?"

"내인성일 경우는 특히 더 힘들어서…… 하지만 증상은 그러나, 일시적인 충격에 의해서였다면 어쩔지……"

"아니 그래 대략 짐작도 못한단 말이오?"

"글쎄요 영원히 불치가 될 수도 있는 거니까요."

큰소리를 치고 싶어도 달리 할 도리가 없는 듯 "하, 참……"이라고 친구가 혼잣소리를 하자, 조검사가 부드럽게 성훈을 향해 물었다. "그래 치료를 하게 되면 방법은 어떤 방법을 쓰는 거요?"

"별 특별한 방법이 있을 수 없죠. 분열증 계통은 인슐린충격요법이 비교적 잘 듣는 편이나 너무 복잡하고 시일도 오래 걸리고 또 다른 문제들도 있어 요즈음엔 어디서나 거의들 쓰지 않고 있죠. 그래서 결국……"

"인슐린이라니?"

"일종의 췌장호르몬 계통이죠. 그걸 일시에 대량 주사하면 혈당량이 갑자기 줄어들어 혼수상태에 빠지는데, 그런 상태를 반복시키면 사람에 따라선 쉽게 회복이 되기도 하죠."

"그런데 그 방법은 쓸 수가 없단 말이죠?"

"쓸 수 없는 건 아니지만 가능한 한 다들 안 쓰고 있으니까 나로서도……"

"그럼 무슨 방법을 쓰는 거요?"

"우선 지속수면요법을 써보다가 안 들으면 전기충격요법을 써보는 수밖에 없죠."

"그건 어떻게 하는 건데……?"

"지속수면은 한 일주일쯤 계속 잠을 재워보는 거고, 전기충격은 말 그대로 전기로 충격을 시키는 거죠."

"충격을 시키다니 전기를 몸에 통하게 한다는 이야기요?"

"70 내지 130볼트 정도를 0.1초 내지 0.5초 동안 통하게 하죠. 그렇게 일주일에 두 번이나 세 번 정도 하게 되면 몇 차례 하지 않아 듣는 수가 있죠. 그런데 역시 이것도 요즈음엔 가능한 한 안 쓰려 하고 있고, 또 분열증보다는 조울증에 잘 듣는데…… 하여튼 최선은 다해볼 테니까 염려 마십시오."

"물론 최선이야 다하지 않을 수 없겠죠. 그렇지 않아도 저쪽 병원에 맡길까 하다가 아무래도 닥터 윤이 나을 것 같아 이쪽에 맡기는 건데…… 환자가 친척이어서가 아니라 그만큼 닥터 윤의 의술을 믿는다는 이야기요. 알아듣겠소, 내 말?"

성훈이 쓴웃음을 지으며 고개를 끄덕이자, "그럼 잘해보시도록 하고 우린 그만……" 하면서 조검사는 일어서려고 했다. 그러나 이대로 그냥 보내서는 안 된다는 생각이 불현듯 떠올라 성훈은 말로 붙잡았다. "치료하는 데 참고로 몇 가지 알아둬야 할 게 있습니다." 치료하는 데 꼭 도움이 되어서보다도 그냥 알고 싶어 물었다. "환자의 죄는 어떤 것이며 언제 어쩌다가 이렇게 되었는지…… 치료를 하려면 우선 그걸 알아야 합니다."

이 말에 대답을 한 건 조검사가 아니라 친구였다. 허범민을 포함한 세 사람은 앉아 있는데 아까부터 혼자 서서 서성거리던 조검사 친구는 성훈의 입에서 이 말이 떨어지자마자, 그렇게 꼭 알고 싶다면 알려주겠다는 어조로 필요 이상의 악센트를 주어 말했다. "죄는 암살 미수죄고……"

"네에?"

"정부요인을 암살하려다 붙들렸소. 그리고 발작은 심문 도중에, 그러니까 보름쯤 전에 일어난 셈이오."

"설마……"

"왜? 너무 뜻밖이라는 이야기요? 그렇겠죠. 그러나 그건 부정할 수는 없는 사실이오."

"어떤 식으로 어떻게……?"

"국립대학교 졸업식장에서! 폭발물을 가지고! 뭐, 또 더 물어볼 게 있소?"

"아, 아닙니다."

더 이상 묻고 싶은 거야 한두 가지가 아니었지만 자기도 모르게 성훈은 그렇게 대답했다. 둥둥둥 가슴이 울리고 왜능왜능 정신이 왜능거렸다. 무엇 때문에……? 무슨 힘으로……? 어떤 각오에서……? 어쩌려고……? 성훈은 옆에 앉아 사람들의 이야기에 전혀 반응을 보이지 않고 초점 없는 시선을 벽이며 천장이며 바닥으로만 가끔 움직이고 있는 허범민을 다시 한번 무슨 쇼윈도라도 들여다보듯이 자세히 바라보았다. 칠 년 전 그때나 비슷한 노동자 같은 복장, 헝클어진 머리, 꺼칠한 정도가 아니라 더부룩하다고 표현해야 할 정도로 자란 턱수염, 옛 성터의 벽돌빛에 가까운 살결, 거친 손, 언제 닦았는지 구두란 말이 민망할 정도의 구두…… 이 사람의 어디에 그런 끔찍함이 숨어 있었단 말인가. 정말이라면, 그럼 끔찍함이 숨어 있었던 게 정말이라면…… 아, 그렇다면…… 정말로 그렇다면……?

"지금은 저러고 있지만 처음엔 아주 웃깁디다. 쇼라도 보통 쇼가 아니라 완전히 원맨쇼를 하는 거요. 거, 왜 판토마임이라는 거 있지 않소? 그런 걸 하는 식으로 손짓, 발짓, 고갯짓, 눈짓 등 갖가지 오만방정을 다 떨더니 나중엔 느닷없이 고함까지 지르지 않겠소? 무슨 소린지 혼자 호령을 하는 거요. 그 소리에 심문실 사람들이 기겁을 할 정도로 말이오.

그러더니 얼마 전부터는 계속 저러고만 있는 게 아니겠소? 그러니 어찌 쑈라고 생각하지 않을 수 있겠소?"

성훈이 더 묻지 않아 오히려 답답했던지 그렇게 스스로 혼자 말한 후 조검사 친구는 뒤에 일어나는 사고, 가령 도주에 대한 책임 같은 건 전적으로 성훈이 져야 한다는 말을 끝으로 남기고 돌아갔다. 그들이 타고 왔던 지프의 엔진 소리를 듣다가 성훈은 허범민이 무엇보다도 많이 피로해 있을 테니 어서 잠을, 죽음에 가까운 깊은 잠을 재워주어야겠다고 생각했다. 그리하여 입원실로 데리고 가 옷을 갈아입힌 후 소듐 아미탈로 잠을 재웠다.

깨어나면 또 재우고 깨어나면 또 재우고(하루에 평균 15시간 정도) 하기를 꼭 일주일, 그렇게 재우면서 성훈은 자기가 심한 모순에 빠져 있음을 의식했다. 우선 적당히 타협적으로, 때로는 야비하고 비열하게까지 살아왔던 자기가, 설사 국가에 반역을 했다고 해도 자기 고집대로 정신이상을 일으키면서까지 굽힘 없이 살려고 애써온 이 환자의 정신을 치료하겠다는 행위부터도 그렇지만, 또한 실컷 치료를 해보았자 회복이 된다고 해도 회복 뒤에 와지는 건 극형이나 아니면 거기에 가까운 중형뿐이지 않은가 하는 생각에서였다. 그러나 나중에야 어떻게 되든 우선 회복을 시키는 것이 자기 의무가 아닌가 하는 결론을 내릴 수밖에 없었고, 한편 이틀이 멀다 하고 경과를 물어오는 조검사 친구의 성화에 있는 한의 열성을 다할 수밖에 없었다. 지속수면으로 별 차도를 보이지 않아 드디어 전기충격요법을 쓰려는 생각에서 하부 척추 X선 검사를 마쳤다. 전기충격요법을 쓸 때는 원칙적으로 가족의 승낙서가 있어야 하지만, 가족한테는 역시 알리지 않는 게 좋을 것 같았다. 또 자기도 친척이니까 가족을 대신할 수 있다는 생각에서 망설임 없이 실시했다. 그러면서도 완전 회복에 대한 기대까지는 걸지 못했는데 그러나 이게 어찌 된 일인가. 일주일에 두 번씩 삼 주째 계속 120볼트짜리로 0.3초 동안씩 실시했는데 기적이나 같은 뜻밖의 차도가 생겼다. 6회째가 되던 날이었는데, 그날도 역시, 변소를 보게 하고 단단한 마룻바닥에 담요 한 장을 깐 치료대 위에 똑바로 뉜 후 눈을 감기고 이마를 닦아주었다. 그리고 미리 소금물에 담가놓았던 전극을 그 자리에 고정시켰다. 입을 벌리게 하여 개구기(開口期)를 소독한 수건에 말아 어금니 사이에 꼭 물게 하고 아래턱을 단단히 받친 후 조수들에게 어깨, 팔, 골반, 발목을 잡게 했다. 그런데 기계의 단추를 채 누르지도 않았는데 그가 이상하게 환자들이 회복기에 흔히 보이는 것과 비슷한 반응을 보여왔다. 그래서 실시하려던 전기충격요법을 즉시 그만두고 다른 침대에 옮겨 뉜 후 진정을 시켰더니 한참 후에 부스스 일어나, 이제껏 잃었던 자기 눈동자를 다시 찾은 눈으로 중얼거렸다. "내가 어떻게 된 거지?"

거의 완치에 가까울 정도로 회복이 된 후에도 성훈은 물론 그에게 충격이 될 만한 어떤 질문을 하지는 않았다. 질문을 해도 충격과는 상관이 없는 일들에 관한 질문을 했지, 암살이니 폭발물이니 가족이니 하는 등등의 최근의 일에 관해선 일절 입을 열지 않았다. 그가 간혹 그런 것들에 대해 알고 싶어서 말을 꺼내려 해도 일부러 다른 말로 말의 방향을 바꾸곤 했다. 그런데 어느 날인가는 그가 이제 가보겠다고 완강히 나오는 바람에 모든 이야기는 오고 갈 수밖에 없게 되었다.
"가긴 어디로 가겠다는 거야?"
"심문을 받다가 뭐가 잘못되어 여기에 온 것 같은데 아주 끝내야지."
"죄를 짓긴 진 모양이군?"

"죄를 짓고 안 짓고가 문제가 아니라 내가 안 가게 되면 우선 네가 당할 테니까."

"극형감이라고 하던데 극형을 받아도 좋아?"

"극형이 아니라 그보다 더한 형이라도 내린다면 어쩔 수 없겠지. 하지만 법이 엉터리가 아니라면 그렇게 되지는 않겠지."

"법이 엉터리가 아니라도 그렇지, 정부요인을 암살하려고 했다면서 그런 국가반역죄가 극형이 아닐 것 같아?"

"아니야, 그건 오해야. 그들이 그렇게 말하는 건 그들이 잘못 생각하고 있기 때문이야."

"오해? 그럼 폭발물을 가지고 국립대학교 졸업식장엔 뭣 하러 갔었어?"

"장사를 하러 간 거지."

"장사? 폭발물 장사를 하러 갔단 말이야?"

"그게 아니고, 팔기야 다른 걸 팔았지만, 폭발물은……"

"왜 말 못해?"

"글쎄, 이런 말을 하면 납득이 갈지 모르지만, 폭발물은 내게 있어 넋을 지키는 하나의 마스코트 같은 것이었어. 왠지 모르게 그걸 가지고 다녀야만 제대로 살아 있는 것 같은 느낌이 들고 마음이 든든했거든. 누가 나를 건드릴 때 그걸로 위협을 주기 위해서가 아니라, 왜 그런 거 있잖아? 그냥 가지고만 다녀도 든든한 거……"

"핫핫 그런 말을 누가 곧이듣겠어? 세상에 무슨 마스코트가 없어 하필 폭발물로……"

"물론 상식적으로야 이해가 안 가겠지. 그러나 세상엔 상식으로 이해될 수 없는 일도 얼마든지 있지 않아? 내가 실제로 그걸 터뜨렸다면 모르지만 그냥 가방 속에 넣어 가지고만 있었던 건데 그걸 가지고 어떻게 꼭 암살 운운하느냐 말이야?"

"더 듣고 싶지 않아. 하여튼 심문 받으려는 가지 말고 그냥 이대로 있어. 저쪽 사람들은 아직 회복된 줄 모르고 있으니까. 아마 지금쯤은 영원히 회복이 안 되는지도 모른다는 생각을 하고 있을 거야."

"그래서 날더러 계속 여기서 이렇게 미친 듯이 살고 있으란 말이야?"

"극형을 받는 것보다야 낫겠지."

"아냐, 그럴 수는 없어. 극형을 받는 한이 있더라도 어떻게 멀쩡해져 가지고 미친 시늉을 하며 살겠어? 더러 있었지. 우리나라 역사를 보면 난세 때 이름 있는 인물 중에 더러 그런 사람이 있었지만 난 그렇게까지 하며 견디고 싶지는 않아. 상투적인 말이지만, 어차피 사는 것 자체가 형벌일 바에야…… 가겠어. 가서 그들이 내 진실을 이해할 때까지 있는 힘을 다해 부딪쳐보겠어."

작은
부르짖음 속의
숨

막걸리로 보충하는 피팔이의 피에 관하여

　떠올리기조차 끔찍하지만, 우리는 첫애를 두 돌도 채 넘기지 못하고 병명조차 정확지 않은 악성병으로 잃었다. 병원마다 진단이 다르게 나오는 그 이상한 병으로 결국 대학병원에 입원한 지 열여드레 만에 죽은 것이다. 입원해 있는 동안 마누라는 말할 것도 없고 나로서도 한번도 겪어보지 못했던 고역을 겪어야만 되었다. 암이라든가 백혈병이라든가 매독 같은 것말고도 그렇게 무서운 병이 있을 줄은 미처 몰랐었다. 한쪽 코에 산소통과 이어진 호스를 끼고, 이마에 링거 병과 이어진 바늘을 꽂은 채 얼굴이 온통 반창고투성이가 되어 새파랗게 굳어진 몸을 어린것은 바르르 바르르 바르르 계속 떨었다. 그 옆에서 우리는 밤낮을 가리지 않고 그걸 지켜보면서, 숨이 멎으면 의사나 간호원에게 알려 입의 오물을 빼내주거나 심장 마사지를 시켜 희생시키곤 했다.

바로 그 무렵의 일이었다. 아무리 그렇다고 직장을 쉴 수는 없어 나는 점심시간과 밤 동안만 거기에 가 있었는데, 한여름이었기 때문에 일 년 중 정초 때말고 꼭 한 차례 있는 며칠간의 휴가가 마침 그때 주어져 그 휴가 기간 동안에는 줄곧 있게 되었다. 병원에서 밥을 한 그릇씩만 주었으므로 마누라가 그걸 먹고(원래는 환자분이지만) 나는 사 먹어야 되었다. 병원 밖으로 나와 종로 쪽으로 있는 길을 하나 건너 어떤 싸구려 집을 단골로 삼았다. 밥집이 아니라 왕대폿집으로 다른 밥 종류는 없고 백반만 아주 싼 값에 팔고 있었다. 그 집을 드나들면서 나는 밥보다는 술을 더 많이 마셨다. 몇 끼니 연이어 안 먹기 전에는 밥 생각이 안 날 때였으므로 대개의 경우 술 한두 잔으로 때웠는데 막걸리도 먹고 소주도 먹었다. 그런데 어느 날인가는 오후에 가서 소주를 찾으니까 주인 노파가 불쑥 말했다.

"오늘은 피팔이들이 안 와 막걸리가 잔뜩 있는데 막걸리를 들지 그래요?"

"피팔이라뇨?"

"왜 몰라요, 피를 팔러 다니는 사람들? 피를 팔아 먹고사는……"

"아, 매혈자들 말씀이신 것 같은데 매혈자들 중에 그렇게 전문으로 다니는 사람도 있습니까?"

"있다마다요."

"그 사람들이 막걸리를 먹습니까?"

"먹어도 보통 먹는 게 아니죠. 사발로 몇 사발씩 쉬지 않고 들이켜지요. 그래야 빼낸 피만큼 보충이 된대요."

몸에 힘이 없을 때 술을 한두 잔 들이켜면 혈액 순환이 빨라져 일시적으로 힘이 생기는 것 같은 느낌이 드는 건 나도 경험한 바라 그럴 만도 하다고 생각했는데 그 사람들을 만나 직접 이야기를 듣고서는 아연하지 않을 수 없었다. 며칠 후 그 사람들과 그 집에서 우연히 맞닥뜨렸는데 (물론 자리야 멀찍이 떨어져 있었지만) 스무 살이 갓 넘어 보이는 사람들로부터 마흔이 넘어 보이는 사람까지 있었다. 주인 노파가 내게 눈짓을 해 알아차렸지만 그들끼리의 대화를 들으니 그들은 자신들이 하나의 완전한 직업인인 것처럼 생각하고 있었다. 말하자면 장사꾼들이 밑천을 들여 돈을 벌듯 막걸리 값의 밑천을 들여 돈을 벌고 있다고 생각하는 것이었다. 아니 그 무엇에도 비할 수 없는 떳떳한 장사라고 의견을 모으고 있었다.

"제미랄, 이놈의 짓도 이제 그만 해먹어야지."

"왜? 이놈의 짓이 어때서? 우린 지금 헌혈 운동에 앞장서고 있는 거야."

"헌혈 좋아하시네."

"장사로 쳐도 그렇지. 씹 팔아 먹고사는 기집년들말고는 이만큼 밑천 안 들이는 장사가 어딨어?"

"붕어 점심 먹는 소리 하지 마. 몸이 망쳐지는 건 생각 않나?"

"몸이야 늙어가면 다 망쳐지는 거야. 나는 요즘 내가 왜 진작 이런 걸 생각해내지 못했나 하는 생각을 하는 때가 많아. 자넨 잘 모르겠지만 나도 안해본 것 없는 놈이야. 강도, 도둑질, 도둑질 중에서도 시체 도둑이라는 거 아나? 군대에서 전방 복무를 했다면 알겠지만 시체 도둑이라는 게 있지. 시체를 도둑질해다 병원에 수술 실험용으로 팔아먹는 건데 값이 꽤 짭짤하지. 어떻게 훔치는지 아나? 울타리도 제대로 되어 있지 않은 전방 부대에서야 시체실이라는 게 한데나 마찬가지 아닌가? 보초야

동초 한 명에 따로 둘이 동원되지만 그자들이야 대개 안에서 소주나 까고 있게 마련이지. 거기에 유령이 되어 나타나는 거지. 허연 광목을 뒤집어쓰고 히히히 웃음소리를 내는데 기절하지 않을 놈이 어디 있어? 기절하면 점잖게 떠메고 나오는 거고 달려들려고 하면 가지고 간 막대기로 한 방 냅다 치는 거지…… 그런 놈의 짓도 해먹었는데…… 뿐만 아니야. 차 밑으로 뛰어들어 보상금 타먹는 짓, 시골에서 올라온 순진한 기집애들 팔아넘기는 짓, 춤바람난 유부녀들 등쳐먹는 짓…… 그런 오만 짓을 다 해먹은 난데, 요즈음의 이거야말로 얼마나 당당하고 신선한가?"

"좆 까고 나발 부네. 너만 그런 짓 한 줄 아냐? 나는 쑝 팔아먹는 년들한테 아편도 팔아먹은 놈이야. 어떻게 팔아먹는 줄 아나? 처음엔 착실한 단골이 되지. 알려진 값보다 몇 푼만 더 줘도 몇 차례 찾아가면 빨아주고 돌려주고 별별 짓 다 하는 그년들 아냐? 그년들한테 좋은 보혈제라고 하고 한 방 꽉 놓아주는 거야. 한 방 가지고는 안 되지. 직업이 의사라고 하고 한 서너 차례만 놓아주면 그 뒤부터는 살려주십시오지. 그러면 그때부터 긁어내는 거야. 쑝 팔아 번 돈 모조리 다 긁어내는 거지. 그런데, 그런데 말이다. 이제 그런 짓은 해먹으려도 해먹을 수 없게 되었지만 차마 어디 그게 해먹을 짓이냐? 그래서 어쩔 수 없이 이놈의 짓을 해먹고 있는데 뭐? 헌혈 운동? 내 머리가 이렇게 어지러운데 헌혈 운동? 개씹…… 아휴 어지러워."

나이 많은 두 사람의 이야기를 듣고만 있던 젊은 사람 중의 하나가 끼어들었다.

"정말 혀먹을 게 없어라우. 노동을 혀먹으려도 붙여줘야 말이지라우. 아직 젊어서 그런지는 몰라도 나는 피를 빼고 나면 오히려 시원해지며 정신이 더 맑아지는 것 같아라우. 그래서 직업치고는 이것이 괜찮다고 생각허는디……"

남은 젊은 사람 하나가 여기에 맞장구를 쳤다.

"나도 그럽디데이. 피를 뺄 땐 시원한 게 꼭 용두질할 때 기분하고 같습디데이. 기분 좋고 돈 버는데 나쁠 게 뭐 있습니껴? 우리가 뺀 피로 죽어가는 사람 살리니 그 점에서도 우리는 긍지를 가질 필요가 있는 기라요."

분명히 이 땅에서 살고 있는 나와 같은 피부 빛깔을 띤 사람들의 이런 이야기들을 들은 바로 그 다음날이었다. 그날도 역시 밥 대신 술로 때우고 병원으로 가자, 이마에 꽂았던 링거 바늘을 손목에 꽂기 위해 핏줄을 찾느라 애의 손목 여기저기를 만지작거리며 땀을 흘리고 있는 의사 옆에서 마누라가 나한테 말했다.

"애가 너무 지쳐 있어 링거만으로는 안 되겠대요. 다른 주사로도 안 되고 수혈을 해야 되는데 제 피나 당신 피는 안 된다니 어떡하죠?"

'피' 라는 말에 나는 무엇보다 먼저 어제 그 피팔이들을 떠올렸고 동시에 으스스 몸을 떨었다.

"왜? 왜 안 된단 말이야?"

내 소리가 너무 크다고 생각됐는지 의사가 고개를 들고 낯을 찌푸리며 메마른 어조로 말했다.

"혈액형이 맞지를 않습니다. 두 분은 모두 A형인데 애는 O형이니까요."

"부모와 자식 간에 어떻게 그렇게 될 수도 있습니까?"

의사는 더 말하기 귀찮다는 듯 고개만 끄덕였고 대신 마누라가 말했다.

"부모가 양쪽 다 A일 땐 아들은 A아니면 O가 된다는데 공교롭게도 이 애는 O라는군요."

어제 그 피팔이들의 피가 애의 핏줄에 흐르는 상상과 함께, 애가 커서 그들이나 비슷한 삶을 살게 될지도 모른다는 생각이 들자 나는 숨이 막혀왔다. 안 돼, 안 돼, 그런 삶을 살게 할 바엔 차라리 죽이는 게 나아, 라고 말하고 싶은 충동마저 느꼈다. 그러나 나는 무조건 살려놓고 보자는 얕은 생각에서가 아니라 흥분을 가라앉히고 한 걸음 더 나아가 생각한 나머지 이렇게 부르짖었다.

"괜찮아, 우리들의 피가 아닌 막걸리로 보충되는 피팔이들의 피도 괜찮다구. 흔히 피라는 건 속일 수 없고, 피에 따라 그의 삶이 결정된다고들 말하지만 나는 그렇게 생각지는 않아. 그렇다면, 만일 그렇다면 천한 놈 자식은 항상 천하게만 살아야 한다는 이야기 아냐? 넣자구, 아무 피라도 괜찮으니까 넣어 살려서 우리 나름대로 한번 키워보자구."

하나의 작품과 바꾼 전위화가의 목숨에 관하여

세상의 마누라들이 거의 다 그렇듯이 내 마누라도 가난하고 고된 생활에 찌들어 지금은 완전히 못사는 집의 여편네 티가 박혀버렸지만 결혼 전엔 적어도 내 눈엔 꽤 잘생기고 멋있는 여자로 보였었다. 대학을 졸업한 후 시내 중심가에 화실을 차려놓고 애들을 가르치며 작품 제작을 했었는데 어울리지 않게 구상보다는 추상, 정통보다는 실험이라는 낱말에 더 매력을 느껴 전람회도 그런 계열의 작품으로 가졌었다. 국전에는 한 번도 출품하지 않으면서 앙데팡당전 같은 생소한 작품전에는 출품하여 파리 비엔날레니 상파울로 비엔날레니 하는 국제전에 대한 꿈은 키울 줄 알았었다. 따라서 그 당시 사귀었던 화가들도 국내에 많이 알려진 돈을 잘 버는 화가들보다는 국외에 더 많이 알려지거나 무명인, 돈과는 상관이 없는 사람들이 대부분이었다.

　통나무에 식탁보 같은 보자기를 씌워놓는다든가 커다란 바윗덩어리에 밧줄을 묶어놓는다든가 석고로 거대한 수십 개의 구(球)를 만들어 그 그림자들로써 무얼 보여준다든가 녹슨 철판의 일부분을 곱게 갈아 여자의 음부 비슷한 형상을 만든다든가 주머니에 얼음을 담다가 놓고 전시 기간 중 증발해버리도록 만든다든가 닳아빠지고 때묻은 걸레조각, 단추가 떨어지고 찢겨진 군복, 흙덩이, 담배꽁초, 밀가루 등속으로 어떤 형체를 이룬다든가 심지어는 어떤 허술한 대폿집의 형상을 그대로 전시장에 옮겨다 놓고 술을 마시게 하면서 그것 자체를 작품이라고 한다든가 전시장의 건물을 지붕 위까지 올라가 온통 광목으로 휘감아 묶어놓고 그것 자체를 작품이라고 하는 둥 어떻게 보면 정신병자들의 소행같이도 보이는 작품들에 골몰하고 있는 사람들…… 그러니까 그중엔 가짜가 있는 반면에 분명히 진짜도 있을 법한데 가짜인지 진짜인지 나로선 잘 분별할 수 없지만 그런 계통의 작품을 하는 황호룡이라는 사람이 있었다. 무명인데도 동료들 간에 이상하게 귀재로 통하는(약간은 비아냥거리는 뜻도 있을지 모르나) 사람이었는데 마누라가 가지고 있던 화실에서 얼마 떨어지지 않은 곳에 화실을 가지고 있어 비교적 자주 만났다. 금방 무너앉을 듯한 목조건물의 이층으로 대여섯 평 될까, 애들을 가르치지는 않고 작업실로만 썼기 때문이겠지만 쥘리앙이니 아그리파니 하는 흔한 석고상 하나 없는 건 물론 흔히 '그림'이라고 불리는 액틀에 넣어진 유화 하나 걸려 있지 않고 화실 안이 온통 쓰레기장 같았다. 거지들이 들고 다니는 것과 비슷한 깡통으로부터 시작해서 돌덩이, 쇳조각, 쇠막대, 철판, 나무토막, 나무뿌리, 송판, 새끼줄, 전깃줄, 밧줄, 쇠줄, 철사, 우산살, 자전거 바퀴, 타이어, 탈바가지, 지게, 갈대, 짚, 깨어진 삽, 밀짚모자, 고무로 만든 손, 인형, 마포조각, 시멘트 도구, 용접기…… 등 온갖 잡동사니만이 가득 차 있는 것이었다. 조각을 하는 사람이라면 모르겠지만 회화를 한다는 사람의 방이 그러니, 아무리 웬만한 액틀 속의 그림에는 감흥을 느끼지 못하는 나라고 할지라도 고개를 갸우뚱거리지 않을 수 없었는데(물론 요즈음에 와선 동양화와 서양화의 구별은 물론 조각과 회화의 구별도 희미해져가고 있다는 걸 모르는 건 아니지만) 마누라는 전적으로 관심을 갖는 눈치였고 나를 데리고 가 일부러 어울릴 기회를 갖게 해주곤 했다. 그러나 어울리는 동안 나는 그가 마누라의 말처럼 '몇십 년 후에는 틀림없이 이름을 크게 떨칠' 사람이라는 느낌은 갖지 못했다. 술을 잘 마셔 내 주량을 넘어섰고, 술을 마시면 평소보다 눈이 더 빛났으며, 순수함이라 말할 수 있는 광기가 있었고, 어쩌다가 이따금 그림을 하는 사람치고는 꽤 깊이 있는 말을 던져오는 일이 있었지만 천성적인 듯한 그의 게으름이며 퇴폐성 같은 것은 결코 좋게 보이지가 않았다.

그와 어울리면서 그가 던져왔던 말 중에 비교적 잊히지 않는 말 하나만 예를 들자면 이런 것이다. 명성이랄까 인기랄까, 작품을 하는 사람과 이 사회에서의 인정에 관한 이야기가 나오자 그는 이런 말을 했다.

"사회의 모순을 파헤치는 작가가 그 모순된 사회에서 인정받기를 원한다면 그것 자체가 얼마나 큰 모순이며 난센스겠소?"

문학작품이라면 몰라도 회화로써 사회의 모순을 파헤친다는 말이 이상하게 들렸지만, 잘은 몰라도 그의 입체 작품이라는 것들 중엔 그런 게 더러 있었다. 어느 땐가는 화실의 천장에 교수대의 형구처럼 목을 매달 기 좋은 올가미를 밧줄로 만들어놓은 적이 있었는데, 저것도 작품이냐 고 우리가 묻자 웃으며 고개를 끄덕이고 나서 말했다.

"죽고 싶은 사람들은 한번 이용해보라고 만들어놨소. 주위에 하도 죽 고 싶다는 사람이 많아서…… 최형도 이용해보려면 한번 이용해보쇼."

"좋소. 삯이 얼마요?"

"글쎄, 뭐 소주 한 병이면 되겠죠. 핫하."

문제의 작품 「의자」라는 것도 그런 종류의 것이었다. 일흔이 넘은 망 령기가 좀 있는 그의 할머니까지 동원해가며 만든 그 엉성한 의자가 설 마 작품이 되리라고까지야 미처 생각지 못했었다. 쇠막대와 전깃줄이 재료의 대부분을 이룬 그 의자를 만들 때 그는 유난히 열성이었다. 산소 용접을 하고, 그의 할머니한테 열심히 무얼 물어보고, 심지어는 거기에 변압기까지 부착을 시켰는데 우리가 무엇이냐고 묻자 가볍게 대답했다.

"보다시피 의자요."

"의자에도 변압기가 다 필요하오?"

"전기의자로 이용해보고 싶은 사람한테는 필요하지 않겠소?"

"전기의자라니? 사람 죽이는 데 써먹는 것 말이오?"

"죽일 때도 써먹고 그냥 고문만 할 때도 써먹을 수 있죠. 고문 한번 당 해보겠소?"

"좋소. 그렇지 않아도 몸이 근질근질하던 참인데……"

"핫하, 조금만 더 기다리시오. 아직 미완성이니까."

그러고는 그는 망령든 그의 할머니한테 다시 무언가를 묻기 시작했는 데 알고 보니 옛날 왜정시대 때 할머니가 전기의자에 앉아본 경험이 있다는 것이었다. 할아버지와 함께 앉았었는데 할아버지는 그로 해서 죽고 할머니는 머리가 좀 이상해졌다고 했다. 그 경험담과 함께 그 의자의 생김새에 대해서 그가 묻는 대로 다 대답해주고 할머니는 어린애처럼 천진스럽게 웃으면서 말했다.

"너도 그 높은 양반들처럼 조선 사람들 데려다가 그런 장난을 하고 싶으냐?"

"네, 할머니."

"재미있을 게다, 참 재미있을 게여. 그렇지만 조심해라. 잘못하다가는 다치니까 조심해."

"핫하, 알았어요, 할머니."

이 순간 나는 숙연함에 빠졌는데 그것은 그의 할머니와 말을 주고받던 그가 갈수록 눈에 빛을 더해가더니 끝내는 그 안 깊숙이 물기 같은 걸 보였기 때문이었다. 아니 그가 그런 걸 보이지 않았다고 해도 나는 틀림없이 이상한 기분이었을 것이다. 미친놈과 미친 할머니의 하릴없는 놀음이라고 지나치기에는 무언가 걸려오는 게 있었던 것이다. 한마디로 죽음의 빛깔 같은 유쾌하지 못한 빛 속에서 허우적거렸는데 아니나다를까 일은 크게 벌어졌다.

귀재로 통하던 황호룡이라는 이름을 가진 그가 그 며칠 후 그의 화실에서 시체로 발견되었다는 소식을 듣고 마누라와 나는 '정말 뜻밖'이라는 느낌을 별로 갖지 못했다. 그가 그런 놀이를 하던 그 의자에 앉은 채 (변압기의 볼륨을 터무니없이 높이 올려놓은 채) 죽은 걸 어떤 사람은 순간적인 실수였을 것이라고 말하기도 했지만, 대부분의 사람들은 작품에 지나치게 몰두한 나머지의 순간적인 광기로 단정했고, 그는 끝내 그렇게 죽을 수밖에 없는 사람이라고 말했는데 마누라도 마찬가지였다.

"그것 보세요, 제가 귀재라고 하지 않았어요. 귀재는 역시 하나의 작품을 위해서 목숨을 바칠 줄도 알아야 되는 모양이에요."

마누라의 말에 나는 고개를 내저으며 부르짖었다.

"아냐, 그가 죽은 건 작품 때문이 아니라 현실 때문이야. 그런 걸 작품이라는 이름으로 만들지 않을 수 없는 현실……"

죽이기 전에 빼내는 염소의 혼에 관하여

아직 나이 마흔도 되지 않은, 전혀 내세울 만한 존재가 되지 못하는 내가 건강 타령을 늘어놓는다면 어떤 사람은 메스꺼움을 느낄지 모르나 요 몇 달 사이 내 건강이 그전처럼 다시 못쓰게 된 것만은 부인할 수 없는 사실이다. 원래 거울 앞에 서기를 고문받는 일만큼이나 싫어하는 나이긴 하지만 요즈음도 어쩌다가 거울이 아니라 전동차 속의 창에라도 비친 내 얼굴과 마주치게 되면 나는 무슨 보아서는 안 될 끔찍한 물건이라도 보았을 때처럼 화들짝 놀라며 눈을 돌려버리고 만다. '며칠 동안 죽 한 그릇도 못 얻어먹은 놈의 몰골'이라는 흔한 표현이 있지만 그보다는 못 먹을 것을 먹어 부황이 난 놈의 몰골이라는 표현이 더 적합할 것이다. 오직 눈만이 약간의 광채를 띠고 있을 뿐 핏기라고는 도무지 찾아볼 수 없는 검누르퉁퉁한 얼굴이 상한 풀빵처럼 부석부석하다. 직접 느끼는 자각 증상으로도 아무 곳에나 앉아서 눈을 감기만 하면 시들시들 졸음이 온다든가 잠 속에선 으레 경악하지 않을 수 없는 꿈(예를 들자면 변소에서 막 서려는데 정체를 알 수 없는 어떤 체구가 건장한 놈이

가로막으며 목덜미를 움켜잡아 변소통 속에 몰아처넣는 꿈)을 꾼다든 가 밥알이 모래알 같다든가 갑자기 알 수 없는 구역질이 난다든가 머리 가 어질어질하면서 귀가 멍멍해 온다든가 오후가 되면 길을 걷다가도 길바닥에 주저앉고 싶어질 정도로 온몸에 맥이 없어지곤 한다. 따지자 면 이런 증상이야 만성화된 지 이미 몇 년 되니까 새삼 말할 것도 없지 만 그래도 견딜 수는 있었는데 몇 달 전부터는 견디기가 아주 힘이 들었 다. 아니 정확히 말하자면 작년에 꼭 한 차례 난생처음으로 보약이라는 걸 먹은 후 괜찮은 것 같더니 다시 마찬가지가 되었다.

　보약이라는 것도 먹으려 해서 먹은 것이 아니고 작년에 그런 일이 있 었다. 낱낱이 공개할 이야기는 못 되나 어느 날 밤 마누라와의 잠자리에 서 꽤 오랜만의 교접이었는데도 물건이 제대로 움직여주지를 않아 끝내 절정에까지 이르지를 못하고 중도에서 쓰러져버린 일이 있었다. 술에라 도 취해 있었던 때라면 혹 그럴 수 있다고도 할 수 있겠으나 아주 말짱 해 있었는데도 그랬으니 보통 일이 아닌 것만은 분명했다. 물론 강렬하 게 욕구가 치솟아서 그 일을 벌였던 것은 아니고 마누라에 대한 의무랄 까 보살피는 자로서의 따뜻함 같은 것 때문에 약간은 고의적으로 벌였 던 것이지만 그래도 결과가 그렇게 된 건 처음 일이었다. 어느 면으로나 나 자신보다는 싱싱함이 남아 있는 마누라의 빛나는 눈의 움직임을 직 접 눈으로 확인하면서 그 일을 하면 더 낫지 않을까 해서 일부러 불까지 켜가며 해보았는데도 소용없었다. 마누라는 마누라대로 자기의 어디가 잘못되어 그런 게 아닌가 하고 좀처럼 그러지 않던 음탕한 몸놀림까지 해가며 나를 위해 애를 썼지만 역시 헛수고였다. 겨우 마누라만을 절정 에 이르게 했는지 어쨌는지 불분명한 상태에서 내가 쓰러지자 물걸레처 럼 젖은 내 전신의 엄청난 땀을 닦아주며 마누라는 왜 그러느냐는 말을 몇 차례 반복했다. 그러더니 아마 그날 밤 그런 생각을 했는지 며칠 후 마누라가 친정엘 가더니 약 꾸러미를 들고 왔다. 말로는 친정어머니가 지어준 것이라고 했지만 직접 지어 온 게 분명할 것 같았다.

"뭐, 보약?"

녹용에 인삼에 부자 등속이 든 값비싼 보약이라는 말을 듣고 나는 마누라가 고맙다는 생각보다는 순간적으로나마 불쾌한 생각이 앞섰다. 세상의 어느 누가 자기 몸을 위해 보약을 지어 왔는데 불쾌하겠는가만 며칠 전 밤의 일이 연상되자 마누라가 추하게까지 느껴졌다. 그리고 그 일이 아니더라도, 나를 자랑해서 하는 소리가 아니라, 사실 내 체질 자체가 아무런 고민 없이 보약 같은 사치스러움을 즐길 수 있게 되어 있지를 못했다. 보약은커녕 그 무렵 몸이 그 지경이 되어가지고도 병원을 찾는 일조차 사치스럽게 느껴져 꺼려온 것은 물론 쉽게, 예를 들자면 공동목욕탕에서 자기 몸뚱이의 때를 때밀이한테 시켜 벗겨내고 있는 사람들을 볼 때에도 심한 구역질을 느끼는 나였다. 좀더 구체적으로 말하자면 먹고살기 위해 직장을 나가는데 그 직장이라는 곳이 차를 두 번씩 갈아타 가며 무려 한 시간 이십 분씩을 시달려야만 겨우 출근이 되는 곳이다. 까딱하면 야근이고 공휴일이란 일요일뿐인데도 까딱하면 일요일마저 근무를 해야 되며 어쩌다가 집에서 쉬게 되는 날에도 까딱하면 동네 길 고치는 일(집이 경기도 산 부근이라 비가 조금만 와도 땅이 질퍽거려 차가 안 들어오는 통에 새마을 운동을 해야 된다)에 동원되어야 한다든가 직장의 야근이 없는 밤에도 까딱하면 집에서도 밤을 꼬박 새우며 일을 해야만 하는 처지이면서도, 나보다 훨씬 더 열심히 일을 하면서 보상보다는 고통을 훨씬 더 심하게 받는 사람들이 주위에는 얼마나 많은가 하는 생각과 함께 지금 이런 세월에 내가 겪는 이 정도의 어려움이 무슨 어려움이 되며 이 정도의 애씀이 무슨 애씀이 될 수 있겠느냐는 생각을 잊지 않는, 어떻게 보면 지나치게 꽉 막혔거나 소년 취향적인 나였다. 그러니 보약이라는 것이 나 같은 사람이 먹어도 전혀 상관이 없는 물건으로 쉽게 느껴지지 않을 것은 너무나 당연했다.

"지금 세상이 어떤 세상인데 보약? 아니 그래 당신은 내가 숨어가지고 보약이나 먹고 있어야만 좋겠어?"

좀 웃어가면서 반 농담식으로 던진 말이지만 나로서는 거의 꾸밈이 없는 소견이었다.

"숨어서 먹긴 왜 숨어서 먹어요?"

"그럼 이렇게 멀쩡해져가지고 보약을 떳떳하게 먹으란 말이야?"

"멀쩡해요? 당신이 멀쩡하단 말이에요?"

"그럼 멀쩡하지 않고……"

"보약 먹는 것도 뭐 죄가 되는 줄 아시나봐."

"어쨌든 난 먹고 싶지 않으니까 장모님이나 잡수시라고 돌려드려."

"사람 체질에 맞춰 지어 온 걸 아무나 먹어도 되는 줄 알아요?"

"어쨌든……"

"그만두세요. 꺼떡하면 세상, 세상 하시는데 세상이 뭐 어때요? 그렇게 세상 걱정하는 분이 술은 왜 드세요? 술 드시는 건 죄스럽지 않으세요?"

"그거야 다르지."

"뭐가 달라요?"

"어쨌든……"

"난 모르겠어요. 하여튼 달이긴 달일 테니까 드시든지 말든지 마음대로 하세요."

일이 그렇게 되어 결국 분에 겨운 보약을 먹기에까지 이르렀는데, 보름에 걸쳐 그것 스무 첩을 먹고 나자 몸이 확실히 달라지긴 달라졌다. 사흘이 멀다 하고 마셔대던 술을 약을 먹는 동안 끊어서 그런지는 몰라도 밥맛도 나아지고 거리를 걸어가다 주저앉고 싶은 증세도 없어졌으며 마누라와의 교접에서 실패하는 일도 없게 되었다. 그러더니 다시 몸을 함부로 굴리게 되자 그 증세들이 하나둘 되살아나기 시작했고, 급기야 몇 달 전부터는 완전히 심해졌으며, 또 최근에는 작년 그 언젠가의 밤처럼 낭패스러운 밤을 연거푸 두 차례나 겪게 되었다.

그러자 이번에는 마누라가 어느 날 느닷없이 염소를 한 마리 통째로 염소 집에서 약으로 만들어 가지고 왔다. 살코기는 고기대로 발라 오고 뼈다귀 등속은 한약을 넣어 고아서 즙을 만들어 가지고 온 것이다. 나는 아찔했다.

"아니 이걸 어떻게 먹으라는 거야?"

"어떻게 먹긴 어떻게 먹어요? 그냥 먹으면 되는 거죠. 잡기 전에 혼을 뺐으니까 노린내는 안 날 거예요."

"뭐, 혼?"

"옛날 영화 같은 걸 보면 왜 망나니들이 사람을 죽이기 전에 칼춤을 추어 혼을 빼잖아요? 그런 식으로 이것도 잡기 전에 혼을 빼면 냄새가 안 난대요."

"……?"

"죽이기 전에 끌고 산 같은 델 정신없이 막 뛰어다닌다든가 눈앞에서 손가락으로 뻥뻥이질을 하면 빠진대요."

"허, 참……"

"먼저 무엇부터 드실래요? 고기부터 드실래요, 즙부터 드실래요?"

거의 강제적으로 나오려는 태도여서 나는 일부러라도 부르짖지 않을 수 없었다.

"안 먹겠어. 생각해보라구. 그렇지 않아도 혼을 지키기 힘든 세상인데 죽이기도 전에 혼을 빼낸 걸 먹었다가 어떡하겠어? 이걸 먹었다가 이제까지 아득바득 지켜온 내 혼마저 빠져나가면 어떡하냐구?"

갓난애를 쌀과 바꿔 먹은 이웃에 관하여

결혼을 해가지고도 줄곧 셋방만을 살다가 기를 쓰고 장만한 것이 현재 살고 있는 집이다. 값으로 따지면야 서울 변두리의 껄렁한 두 칸 전셋값밖에 안 되지만, 경기도 지구에서도 교통이 아주 불편한 그린벨트 지역 부근이라 터만은 그 나름대로 시원하게 트인 감이 있다. 건물 자체도 내부 자재가 싸구려라 그렇지 기와지붕에 붉은 벽돌을 쓴 새집이기 때문에 겉모양은 그럴듯하다. 다른 주택촌이나 마찬가지로 똑같은 규격의 집들이 팔십여 채가 들어서 있는데 땅 임자와 집을 지은 사람 간에 싸움이 벌어져 소송에 걸려 있는 관계로 아직도 비어 있는 집이 몇 채 있다. 우리 이웃집이 바로 그런 집의 하나다. 사람이 들어 살고 있기는 하나 진짜 주인이 아니고 아직은 아무에게도 팔 수 없는 집을, 이 동네 집들을 지을 때 고용되었던 듯한 한 인부 가족이 임시로 빌려 살고 있었다.

처마의 물받이가 제대로 되어 있지 않고 창에는 유리 대신 비닐이 씌워져 있으며 울안에는 아직 펌프 수도마저 놓여 있지 않다. 물론 이 집과 우리 집 사이에는 블록으로 된 담이 있지만 높이가 내 목 부근밖에 차지 않기 때문에 안이 훤히 들여다보인다. 문짝 없는 변소에서 치마를 올린 채 쭈그리고 앉아 있는 기미투성이의 아낙네 모습이라든가 악을 쓰며 울어대는 자기 애들에게 '저런 모가지를 비틀어 죽일 놈 봤나'라는 식의 욕설을 아무렇지 않게 해대는 사내의 모습을 자주 볼 수 있다.

'이웃사촌'이라는 낡은 말이 아니더라도 이웃 간에 사이좋게 지내서 나쁠 일이 무엇이 있으랴. 열 번이면 열 번 다 우리가 손해를 보더라도 사이좋게 지내기를 바라는 것이 솔직한 내 심정인데 마누라는 그렇지가 않다. 인정이 없어서라기보다는 따질 것을 지나치게 따지려드는 생활 태도 때문으로 알고 있는데 아마 일의 발단은 연탄 문제로부터였을 것이다. 한때 연탄 파동이 일어 카드제니 배급제니 하고 떠들 때 내가 집에 없자 마누라가 배급을 받은 연탄을 동네 입구에서 몇 장씩 머리에 이어 날랐던 모양이다. 그걸 보고 이웃 사내가 기사 정신을 발휘했던 것까지는 좋았다. 어디서인지 리어카를 가져와 백여 장 되는 걸 한꺼번에 실어다 우리 집 연탄광에 쌓아주었다. 거기에 감동한 마누라는 연탄 값에 오백 원을 더 얹어서 주었다. 사내는 처음에는 사양하는 체하다가 받아 갔는데 나중에 알고 보니 반장 집에 지불이 되었어야 할 연탄값이 지불되어 있지가 않았다. 어떻게 된 거냐고 추궁을 하자 사내는 이렇게 대답을 하더라는 것이다.

"양식 살 돈이 없어 내가 임시로 융통했으니 곧 갚아드리죠."

두번째는 하수도 문제 때문이었다. 한번도 그런 적이 없는데, 비가 좀 오게 되자 어느 날 갑자기 우리 집 부엌에 물이 괴기 시작했다. 어떻게 된 것인가 알아보니 이웃집과 연결되어 있는 하수도가 이웃집 안에서 문제가 생겨 그랬다. 마누라 말로는 일부러 그렇게 만든 것 같다고 했으나 설마 그랬을 리야 없을 것이고, 어쨌든 우리가 어찌 된 거냐고 성화를 부리자 사내는 작업을 시작했고, 시작한 지 한 시간이 안 되어 제대로 만들어놓았다. 그런데 끝내고 나서는 일당을 요구했다. 자기네 집 하수도를 고쳐놓고 우리한테 일당을 요구하다니 그게 말이 되느냐고 마누라는 펄쩍 뛰었고, 사내는 사내대로 우리가 고치라고 해서 고쳤으니 주어야 한다고 떼를 썼다. 마누라가 말을 안 들어줄 것 같자 나중엔 나한테 매달렸는데 사정이 딱해서 그러니 도와주는 셈 잡고 조금만 생각해 달라고 말했다. 결국 마누라 모르게 내 주머닛돈을 조금 내주어 무마가 되었다.

또 한번은 전기 문제 때문이었다. 전기세 밀린 걸 안 내자 전기회사에서 나와 이웃집 전기를 잘라버렸는데 우리 집 전깃줄에 잇지 않고는 끌어 쓰지 못하도록 모조리 잘라버렸다. 그러고는 우리더러 이웃집에서 전기를 끌어 쓰려 해도 절대로 못 쓰게 하라고, 만일 쓰게 하면 우리도 함께 벌금을 물어야 한다고 전기회사 사람은 반 공갈조의 소리를 하고 갔다. 그런데 이웃집 사내는 아니나다를까 우리 집으로 찾아와 사정을 했다. 요즈음 일거리가 없어 몇 푼 안 되는 것조차 못 내어 이 꼴이 되었지만 곧 풀리게 되면 갖다 내고 복구시킬 예정이니 그때까지만 좀 보아달라, 우리가 아무리 끌어 써도 선생님네 계량기와는 아무런 상관이 없이 되어 있으니 그런 염려는 조금도 마시고 편리를 좀 보아달라, 이웃 좋다는 게 뭐냐, 어려운 때 피차간에 서로 도와가며 사는 게 이웃의 도리가 아니냐, 우리 집엔 라디오조차 없으니 부엌에 하나 방에 하나 해서 이십 촉짜리 꼭 두 등만 켜면 된다. 초를 사다 켜려도 초값도 비싸 못 사다 켜겠다. 정말이지 요즘 같아선 약을 사 먹고 죽으려도 약 사 먹을 여유조차 없다. 죄송하다……

116

하지만 마누라는 들어주지 않았다. 그것은 일종의 도둑 행위이며, 우리더러 거기에 동조하라는 건 도둑질에 공범으로 가담하라는 것이나 마찬가지다. 이웃끼리 서로 도우며 살아야 한다는 건 그런 일에 도우라는 뜻이 아니다. 우리는 배운 사람이다. 그것이 나쁜 행위인 줄 알면서 어떻게 그 행위에 협조를 한단 말이냐, 우리는 양심상 도저히 그럴 수 없으니 다른 대책을 강구해봐라……

나로서는 어떻게 해야 바른 태도가 될지 몰라 난처한 표정만을 짓다가 결국 이렇게 말했다.

"밀린 전기세가 얼마나 되는지 그걸 우리가 빌려드릴 테니까 갖다 회사에 내시고 복구해달라고 하십시오."

그러고는 몇 푼 안 되는 그 돈을 나는 마누라의 과히 좋지 않은 눈길을 받으며 꺼내주었다. 그런데 나중에 알고 보니 그 돈을 갖다 내지 않았고 전기는 우리 집에서보다 훨씬 더 먼 줄을 이어야 되는 앞집에서 끌어다 쓰고 있었다.

또 한번은 말린 동태 때문이었다. 동태가 알을 많이 밴데다가 파리가 없어 말리기가 좋은 봄철이 되면 마누라는 으레 그걸 상자로 들여다가 말린다. 내가 술을 많이 마시는 관계로 자주 북어가 필요할 뿐만 아니라 알은 알대로 창자는 창자대로 심지어는 아가미까지 버리지 않고 젓을 담글 수 있어 여러 면에서 이익이라는 것이다. 그래서 지난번에도 한 상자를 들여다가 말렸는데 말릴 장소가 마땅치 않아(마당에 널어 말리면 개가 그냥 두지 않는 관계로) 이웃집과 우리 집 사이의 블록 담 위를 이용했다. 널빤지를 놓고 늘어놓자 볕이 좋아 사흘도 안 되어 거의 다 말랐는데 그걸 거둬들이면서 마누라는 첫날부터 한 마리가 빈다고 하더니 다음날엔 세 마리, 그 다음날엔 다섯 마리가 빈다고 이상하다, 이상하다…… 소리를 연발했다. 한 상자면 스물대여섯 마리쯤 되니까 다섯 마리가 빈다면 세어보지 않아도 눈에 띄긴 띄겠지만 세어봤는지 어쨌는지 그러더니 그 다음날에는 아주 노골적으로 화를 냈다. 또 두 마리가 빈다는 것이다. 듣기가 거북해서 내가 말했다.

"쥐가 물어 갔겠지."

"동태를 쥐가 물어 가요?"

"아니면 개가 건드렸든지……"

"개가 거길 어떻게 올라가요?"

"그럼……?"

"빤하죠, 뭐. 그곳에다 말린 내가 잘못이지."

"이웃을 의심한단 말이야?"

"그만두세요. 이런 거야 뭐 서로 나눠 먹을 수도 있는 거니까. 생각하면 소행이 괘씸하긴 하지만……"

"알지도 못하면서 괜히……"

"알지도 못하긴, 그럼 뭐 그게 다시 살아나서 바다라도 찾아갔단 말이에요?"

이런 일 외에도 그냥 웃어넘길 수만은 없는 이와 비슷한 일들이 가끔 일어났는데 어느 날인가 이 이웃집에서 이제까지는 들리지 않던 갓난애(올망졸망 두세 살이 더 되는 애들이야 있었지만 갓난애는 없었다) 울음소리가 들렸다. 만삭이었던 이웃집 아낙네가 해산을 했다는 것이었다.

"미역국도 제대로 못 끓여 먹었을 거 아냐?"

"……"

"미역 한 가닥 정도야 사다 줄 수 있지 않아?"

"누군 뭐 그럴 줄 몰라서 그래요?"

갓난애 울음소리가 유난히 영악했다. 밤이면 계속 들려, 병적으로 쉽게 곯아떨어지는 그 무렵의 내 잠까지도 설치게 만들었다. 일주일이 지나고 열흘이 지날 때까지도 그 울음소리는 멎지 않았다. 첫애를 갓난애때 병으로 잃은 경험이 있는 우리는 그 울음소리를 들으면서 섬뜩섬뜩 놀라기까지 했다.

그런데 보름 가까이 된 어느 날 밤부터 갑자기 들리지 않았다. 어쩌다가 그러는 밤도 있나 하고 지나치다가 그 다음날도 여전히 들리지 않아 신기하게 생각한 내가 웬일이냐고 묻자 마누라는 웃으며 말했다.

"쌀하고 바꿔 먹었대요."

"뭐?"

"애 못 낳는 어떤 집에 주고 쌀 한 가마 받아 왔대요."

"무슨 얘기야?"

"믿어지지가 않으시나보죠? 애를 쌀하고 바꿔 먹었다니까……"

마누라는 계속 웃었다. 물론 나는 처음에는 믿지 않았다. 하지만 곧 이어서 그것이 사실임을 알았다. 그만큼 마누라의 웃음은 자연스러운 것이 아니었고 어색한 것이었다. 그런데도 나는 무엇엔가 크게 얻어맞은 듯 멍한 상태로 있다가 신경질적으로 부르짖었다.

"보기 싫어. 그런 이야기를 그렇게 웃으면서 스스럼없이 말하는 당신이 보기 싫다구."

화신이 되어 나타난 어둠의 역사에 관하여

하나의 무슨 상징처럼 그 여인은 우리 집에 나타났다. 해방된 지 삼십 년이 되는 해라고 해서 '광복 삼십 년' 운운하는 말이 여기저기에 한참 오르내리던 무렵의 어느 비 내리는 밤이었다. 몸이 망가지는 것과는 상관없이 무모하게 마셔대던 이십대 시절의 술버릇이 아직도 그대로 남아서 어쩌다 한 번씩은 폭음을 하지 않고는 견뎌내지 못하기 때문에 그날 밤도 그렇게 몸이 흐물흐물하도록 마셔대다가 통금시간이 다 되어서야 집 앞에 당도했다. 그런데 비틀걸음으로 세상의 어지러움에 대해 혼자 독백까지 해대며 집 앞까지 다가간 나는 초인종을 누르다가 눈을 홉뜬 채 오락가락하는 정신을 가다듬지 않을 수 없었다. 어둠의 덩어리 같기도 하고 쓰레기통 같기도 한, 아침까지만 해도 보지 못했던 한 물체가 눈에 띄었기 때문이다. 시멘트로 된 대문의 문턱에 놓여 있었는데 정신을 가다듬고 자세히 보니 그것은 물체가 아니라 남루를 걸친, 숨을 쉬고 있는 사람이었다. 거리 어디서나 흔히 볼 수 있는 거지라고 곧 판단되었으나 그러면서도 나는 가볍게 지나쳐버리지를 못했다. 그대로 그냥 두면 그 자리에서 죽을지도 모를 만큼 쇠약하고 늙은 여자인데다가 잔뜩 비조차 맞은 채 움츠려 떨고 있었기 때문이다. 그리고 다른 대문간들을 다 제쳐놓고 하필 우리 집 대문간에 앉아 있다는 사실과 함께 생각을 비약시키자 별별 생각이 다 들었기 때문이다. 가령 평생을 고생만 하다가 억울하게 죽은 어떤 한 많은 여인의 넋일지도 모른다는, 또는 어느 때보다도 어렵고 메마르고 거친 오늘의 이 세월을 우리가 어떻게 살고 있는가를 시험하러 온 하늘의 사자일지도 모른다는 엉뚱한 생각까지 들었던 것이다.

그래서 나는 몹시 지쳐 있었는데도, 초인종 소리를 듣고 나온 마누라와 함께 그 여인에게 관심을 표명하지 않을 수 없었다.

"뭘 하시는 분인데 여기서 이러고 계세요?"

"……"

"가실 곳이 없으신 모양인데, 안으로 들어가시죠."

"……"

"이곳은 시골이라 야경원도 없고 파출소도 멀어 이렇게 계시다간 꼼짝없이 여기서 날을 새우셔야만 됩니다."

그래도 여인은 들은 체도 않다가 한참 후에야 비로소 우리를 올려다보더니 천식 기침 같은 개 울음소리와 비슷한 소리의 기침을 두어 차례 했다.

"정말 안 되겠어요. 들어가셔야지."

한 가정의 생활 가계부를 정리하는 사람으로서 어쩔 수 없이 냉정할 때 냉정하고 따질 때 야박할 만큼 따져도 그래도 어느 면으로나 나보다는 훨씬 감상적이고 선량한 편인 마누라는 처음엔 무심코 지켜만 보았으나 여인이 기침을 하자 그때부터는 나보다 훨씬 더한 관심을 표명했다. 직접 여인의 손을 잡아 일으켰고, 집 안으로 들인 후엔 젖은 옷을 자기의 헌 옷과 갈아입게 했으며 내 밥으로 남겨둔 밥을, 당신은 드셨죠? 라고 말한 후 차려주었다.

마누라가 밥상을 건넌방으로 들여가는 걸 본 후 나는 그 여인에 대한 관심을 일단 마무리짓고 발도 씻지 않은 채 곯아떨어졌다. 여인을 보는 순간 싹 몰려가는 듯했던 취기가 방 안에 있게 되자 다시 견딜 수 없이 몰려왔기 때문이다. 어느 때나 마찬가지로 악몽에 시달리다가 구갈을 느끼며 눈을 뜨자 방 안의 줄에 낯이 익지 않은 빨래가 몇 가지 걸려 있는 게 보였는데 여인의 옷을 마누라가 빨아 넌 것임을 곧 알 수 있었다.

물그릇을 가까이 놓아주며 마누라가 말했다.

"얻어먹으러만 다니는 사람 같지 않고 좀 이상해요."

"왜?"

"몹시 지쳐 있는 것 같아 자세히 묻지는 않았지만 누구를 찾으러 다닌다나봐요."

"누굴?"

"모르겠어요."

우리가 아침을 먹을 때까지도 여인은 일어나지 않았는데, 깨워야 할지 어쩔지 망설이던 끝에, 푹 쉬도록 스스로 깨어날 때까지 그냥 두기로 하고 나는 출근해버렸다.

그런데 퇴근을 하고 돌아오자 마누라는 이미 우리 집을 떠나간 그 여인에 대해서 내가 귀찮아할 만큼 많은 이야기를 들려주었다. 내가 출근을 한 사이 심심풀이 삼아 모든 자초지종을 듣게 된 모양이었다. 어떤 사람의 생애를 이야기할 때 기구하다거나 파란만장하다는 말을 곧잘 쓰는데 그 여인의 생애도 한마디로 요약하자면 그런 생애라고 할 수 있었다. 그러나 이야기를 듣는 동안 나는 이야기가 너무 도식적이면서도 상징적인 것 같아 많은 생각에 부딪히게 되었다. 특히 해방 이후 오늘에 이르는 우리 역사와 많은 관련을 갖고 있어 얼핏 그 여인이 우리 광복 삼십 년 역사의 어둠의 화신 같은 생각조차 들었다.

그 여인의 생애는 여순반란사건 때부터 본격적으로 무너지기 시작했다. 일제 식민지하의 그런 끔찍한 세월 속에서도 양심에 크게 부끄러울 일 없이 결혼을 하고 3남 1녀의 자녀까지 두어 복이라고 할 수도 있는 것을 누리며 살아왔는데 해방이 되고 미군정이 베풀어지고 그러다가 느닷없는 사건이 터져 남편을 잃은 것이다. 남로당의 지령을 받은 여수 주둔 국방경비대가 일으킨 반란사건은 불과 일주일 만에 진압되긴 한 셈이지만 그때 억울하게 희생당한 사람은 적지 않았다. 남편도 그중의 한 사람이었는데 그후부터 여인의 생애는 그야말로 '필설을 가지고는 도저히 늘어놓을 수 없는' 생애가 되고 말았다.

첫아들은 사변 때 전사당했다. 아직 군대에 갈 나이도 아니었는데 붙들려 가 불과 한 달도 되지 않아 유골상자가 되어 돌아왔다.

그 밑이었던 외동딸은 역시 사변 때 미군들로부터 집단 강간을 당하고 미쳐 돌아다니다가 기차에 치여 죽었다. 중학을 다니다가 그렇게 됐으니까 아직 사춘기도 되지 않아서의 일이었다. 둘째 아들은 사월학생의거에 앞장을 섰다가 부상을 당하고 병원에 입원한 지 석 달 만에 죽었다. 뇌를 다쳐 혼수 속을 헤매다가 끝내 죽은 것이다.

셋째 아들은 오월 군사혁명이 일어나고 나서 십 년, 그러니까 지금부터 오 년 전에 행방불명이 된 후 아직까지 소식이 없다. 여인이 몇 푼 모았던 재산을 깡그리 없애고 지금 꼴이 된 것도 셋째 아들을 찾기 위해서였는데 그러나 죽었는지 살았는지조차도 모르고 있다.

"우리나라 장편소설 같은 데서나 상투적으로 볼 수 있는 집안이군."

"글쎄 말이에요. 잘 곧이들리지가 않아요. 아무리 기구하다고 해도 원 그렇게까지 꾸민 것처럼 기구할 수 있겠어요? 하지만 사실이긴 사실인 것 같았어요. 그런데……"

"……"

"한 가지 이상한 걸 느꼈어요. 이야기를 듣고 너무나 딱하기에 가실 때 차비에 보태 쓰라고 돈 천 원을 드렸거든요. 그런데 받지를 않아요. 처음엔 사양하는 것이라고 생각하고 앞가슴에 강제로 넣어주다시피 했는데 끝까지 받지를 않는 거예요. 그러면서 정색을 하고 하는 말이, 자기는 거지가 아니라는 것이었어요. 우리가 강력하게 끌어 비록 하룻밤 신세는 졌다고 할지라도 구걸하면서까지 세상을 살고 싶지는 않다는 거예요."

"최후의 긍지군."

"아들을 찾을 수 있을까요? 제 생각으로는 죽었을 것만 같은데……"

물론 마누라로서야 무심히 뱉은 말이겠지만 그 여인을 우리의 역사와 관련시켜 자꾸 상징적으로만 생각하던 나는 이렇게 부르짖지 않을 수 없었다.

"또 그 말버릇! 이왕이면 왜 그런 생각을 하지? 그런 긍지를 갖고 있는 한 틀림없이 찾을 수 있을 것이라고, 찾아서 여생은 행복해질 수 있을 것이라고 생각하지 않고 말이야."

지붕

1

이상한 일이었다. 죽어 저세상에 가면서도 가능하면 한겨울의 강추위는 피해 가자는 것일까. 날씨가 풀리면서 죽는 식구들이 더 많았다. 아직 추위가 완전히 가신 건 아니나 우선 햇살과 바람이 한겨울의 그것과는 분명히 달랐다. 그래서 그런지 사흘이 멀다 하고 죽는 식구가 나왔다. 어떤 날은 하루에 두 식구씩 죽기도 했다. 이대로 가다가는 올해가 다 가기도 전에 이곳 150여 명의 식구들이 모두 다 죽게 될지도 모르겠다는 생각조차 들었다.

오늘 새벽에도 한 식구가 죽었는데 여느 때와는 달리 앰뷸런스가 오지 않았다. 나이가 그리 많지 않은 식구가 죽을 때는 대개 오게 되는 앰뷸런스가 오늘 새벽엔 왜 오지 않았는지 신혜는 알고 있었다. 오늘 새벽에 죽은 심순자 아주머니는 신장(腎臟)이나 안구(眼球) 중 어느 것도 기증하기로 되어 있지 않은 식구이기 때문이었다.

새 식구가 들어올 때마다 목사님은 말했다.

"아무것도 가진 게 없다고 서러워 마십시오. 이 세상에 나와 어떤 은혜를 입었다고 생각되신다면 그 은혜를 갚을 길은 아직 남아 있습니다. 하나님께서 주신 가장 큰 재산의 하나인 신장이나 안구라도 남겨 꺼져가는 생명을 구하고 앞을 못 보는 불행한 사람에게 광명을 주십시오……"

물론 지나친 노약자에게야 권하지 않았지만 어느 정도 나이가 많고 다른 병을 앓고 있더라도 신장이나 눈만은 괜찮아 보이는 식구에게는 서슴지 않고 권했다. 그러면 처음에는 주저하던 식구도 나중에 가선 감화되어 대개는 기증서약서를 써 내밀었다. 그러나 식구가 막 되었을 때는 물론 기회 있을 때마다 그런 설교를 해도 끝까지 기증서약서를 써내지 않는 식구도 없지 않았다. 오늘 새벽에 죽은 심순자 아주머니도 그런 식구들 중의 한 사람이었다. 나이야 이제 50대였지만 심근경색증을 앓으면서 정신도 좀 정상이 아닌 것 같았던 그 아주머니는 목사님 아닌 그 누구에게서라도 신장이나 안구 기증에 대한 소리만 나오면 노발대발했었다.

"말도 꺼내지 마. 나는 못 줘. 날더러 계속 그렇게 서약서를 쓰라고 하면 나는 여기서 나갈 테여. 정말 더럽구먼. 세상엔 공짜가 없다더니 그 말이 틀린 말이 아녀. 그것 조금 먹여주고 재워주었다고 신장과 눈알을 내놓으라니…… 어이구, 생각만 해도 끔찍해라. 한 번 죽는 것도 서러운데 왜 두 번씩 세 번씩 죽으라는 거여? 죽은 후에도 저세상이 있다면서, 그런 걸 떼어주고 저세상에 가서 나는 어떻게 살란 말이여?"

128

원 참, 무슨 그런 걱정을 다 하시느냐고, 천국에 가셔서 다시 태어나실 땐 깨끗한 육체를 새로 받으실 텐데 무슨 그런 걸 문제삼으시냐고, 어쩌다 봉사자들이 건네기라도 하면, 더 펄쩍 뛰었다. 너희들이 뭘 안다고 그런 소리를 하느냐, 옛날부터 제일 큰 형벌이 무엇이었는 줄 아느냐, 죽은 시체를 다시 토막내 죽인다는 말 듣지도 못했느냐, 죽어서도 육신이 온전해야 제대로 저세상에 가지, 그렇지 않아 가지곤 악귀가 되어 떠돌아다닌다는 걸 모르느냐, 라고 소리질렀다. 대개의 식구들은 선생님이라고 부르며 높임말을 쓰는 봉사자들한테 아주머니는 한 번도 높임말을 쓰지 않았다. 딸이나 아들 대하듯 함부로 대했다. 그것을 다른 봉사자들은 불쾌해하기도 했지만 신혜는 그렇지는 않았다. 허물이 없어 오히려 한 식구 같은 느낌을 더 주어 대하기가 편하기도 했다. 그 아주머니에게서 문득문득 어머니의 모습을 떠올렸던 것도 그 때문인지 몰랐다. 원래부터 그렇지는 않았지만 어머니도 집을 나가시기 직전 실성기가 심해지셔서는 그 아주머니 못지않게 성깔이 고약했었다. 걸핏하면 신혜에게 이년, 저년 욕을 해대며, 만만한 가재도구를 닥치는 대로 집어던졌다. 오빠가 대학에 다니다가 군대에 가 어처구니없게 죽게 된 걸 엉뚱하게 신혜 때문이라고 몰아붙이기도 했다.

죽은 식구는 앰뷸런스에 실려 병원으로 가 안구나 신장을 기증하고 화장이 되거나, 아니면 이곳 임시 묘지에 묻혔다. 식구들이 기거하는 '안식의 집' 건물 남쪽 산 한구석에 마련되어 있는 묘지에 봉분 없이 얄팍하게 묻혀 나뭇가지로 만들어진 십자가 하나를 품에 안았다. 심순자 아주머니도 그런 과정을 밟았다. 신장이나 안구를 기증하지 않고 죽은 식구들에게도 목사님은 똑같이 정성껏 기도했다. 천국이라는 낱말이 세 번, 영생이라는 낱말이 두 번 반복되는 기도였다. 봉사자들과 불편한 대로나마 기동이 가능한 식구들을 동반한 그 의식은 불과 몇 분밖에 걸리지 않았다. 그런 걸로 시간을 많이 끌려야 끌 수도 없었다. 식구들이야 상관없겠지만 봉사자들로선 그럴 여유가 없었다. 자기 몸뚱이조차 마음대로 움직이지 못하는 150명이 넘는 식구들을 불과 일곱 명밖에 되지 않는 봉사자가 치다꺼리해야 한다는 건 보통 일이 아니었다. 그 일곱 명도 남자는 두 명밖에 안 되고 모두 여자여서 더 힘이 들었다. 심지어는 남자 식구들의 목욕까지 여자 봉사자들이 시켜줘야 되었다. 식사 준비나 설거지, 빨래는 물론 똥오줌을 받아내는 일까지도 괜찮은데 남자 식구들의 목욕까지 시켜주려면 웬만큼 이를 악물지 않고는 안 되었다. 그만큼 신앙심이 두터워서 그런지 다른 봉사자들은 아무렇지 않게, 아니 어느 때는 오히려 더 재미있어하면서 그 일을 했지만 신혜는 이곳에 온 지 석 달이 넘은 아직까지도 그 일만은 자연스럽게 되지가 않았다. 그러나 날씨가 풀리면서 목욕을 하고 싶어하는 식구가 더 많아진데다 하고 싶어하지 않아도 으레 시켜주지 않아서는 안 될 식구들 때문에 신혜라고 해서 그 일만은 못하겠다고 버틸 수가 없었다.

이날도 그랬다. 잠시도 일손을 뗄 수가 없다가 오후가 되자 약간 틈이 생겼는데 그 틈을 같은 봉사자인 조금선 선생님이 붙들고 나섰다. 목욕을 시켜주러 함께 가자는 것이었다. 짜증이 나, 또 남자 식구라면 싫다고 말하고 싶었지만 생각뿐 차마 그런 말이 나오지는 않았다. 누가 시켜서 억지로 온 것도 아니고 스스로 택해 봉사자로 와서 좋은 일 궂은일 가리려고 한다면 그거야말로 얼마나 웃기는 일인가. 그래도 처음에 와서보다는 이제 천사가 다 된 셈이었다. 말이 사랑이고 봉사지 처음에는 사실 죽지 못해 사는 여자로서의 자학하는 심정도 어느 정도 포함되어 있었다. 다니다 말기야 했지만 대학교에 다닐 때까지만 해도 콧대깨나 높은 걸로 알려졌던, 남이라고는 도무지 위할 줄 모르며 살아온 여자가 전혀 그런 심정 없이 어떻게 스스로 이런 반송장들이 득시글거리는 집으로 뛰어들었겠는가. 겉으로야 '안식의 집'이라는 따뜻하고 평화로운 이름이 붙어 있긴 했다. 이름만이 아니라 실제로 하늘 아래 그 어디에도 의지할 곳 없는 이곳 식구들에게 이 이상 안식을 느낄 수 있는 집이 없을지도 몰랐다. 하지만 봉사자의 입장에서는 이 집은 성자나 천사가 되지 않고는 버텨내기 힘든, 죽음에 임박한 사람들로 가득 찬 죽음의 집 이외의 아무것도 아니었다. 세상의 냄새 중에 썩어가는 사람 냄새만큼 역겨운 게 또 있을까. 이곳에 온 첫날, 신혜는 몇 차례나 구역질을 했다. 복도, 방, 식당, 주방, 변소, 목욕탕 할 것 없이 집 안에 온통 배어 있는 형언할 길 없이 고약한 냄새 때문이었다. 어느 집에나 그 집 특유의 냄새는 있게 마련이지만 이 집 안의 냄새는 그렇게 유별날 수가 없었다. 음식찌꺼기 냄새나 분뇨 냄새, 또는 시궁창 냄새와도 완연히 달랐다. 뿌려진 소독약 냄새까지 뒤엎고 일어나 코를 찔러오는 그 냄새가 무슨 냄새인지 신혜는 처음엔 몰랐었다. 그러나 하루, 이틀, 사흘……이 지나 그 냄새에 조금씩 익숙해지면서 그것이 다른 냄새 아닌 바로 사람 썩어가는 냄새라는 것을 비로소 알았다. 이 집 식구들 중 몸의 어느 한 곳이라도 썩어가고 있지 않은 사람은 한 명도 없었다. 그저 노쇠해 있을 뿐 겉으로는 아무렇지 않은 것처럼 보여도 알고 보면 어디든 한두 군데씩은 심히 앓고 있었다. 하기야 아무리 노쇠해 있다고 해도 특별히 앓는 데가 없이 자유롭게 몸을 움직일 수 있으면 이 집 식구가 될 자격이 없으니 당연한 일이기도 했다. 집도 가족도 없는데다 얻어먹으러 돌아다닐 수마저도 없는 불구자나 병약자, 그중에서도 어른 소리를 들을 만한 사람이나 자격이 있는 것이었다.

지금은 혼자 몸이지만 한 번 결혼한 경험이 있다는 조금선 선생님은 나이가 신혜보다 일곱 살이나 더 많고 성격이 남자처럼 시원시원했다. 다른 봉사자들보다도 특히 신혜를 좋아해 무슨 일이든 둘이 함께 해야 할 일이 있으면 꼭 신혜를 동반했다. 신혜는 그것이 좋으면서도 한편으로는 싫었다. 다른 봉사자들이 쉬고 있을 때도 자기는 쉴 수 없게 만드는 일이 많기 때문이었다. 그만큼 조금선 선생님은 천성적으로 일을 좋아했다. 일을 하지 않고는 잡생각이 들고 좀이 쑤셔 못 견디겠다는 말을 입버릇으로 달고 다닐 정도였다.

　"누구부터 시키죠? 남자 식구부터 시킬까요, 여자 식구부터 시킬까요?"

　"오늘은 몇 명이나 시켜줘야 되는데요?"

　"많이 시켜줄수록 좋죠, 뭐. 적어도 네댓 명은……"

　"그럼 여자 식구들이나 시켜주고 말아요."

　"안 돼요. 남자 식구들이 더 급해요. 남자 식구들은 모두 남자 봉사자들한테 미루고 안 시켜줘서 꼴들이 말이 아녜요. 강신혜 선생도 뻔히 보면서 뭘……"

　"그래도 남자 식구들 목욕시키는 건 싫어요."

　"왜요? 부끄러워서요? 아직도 식구들한테 그런 기분이 남아 있어요?"

　"그럼 조금선 선생님은 남자 식구들 목욕을 시키면서도 아무렇지도 않단 말이에요?"

　"뭐가 어때요? 난 더 재미있던데……"

　"뭐요? 재미?"

　물론 농담으로 일부러 그런다는 걸 모르는 바 아니었지만, 농담 속에 진담이 있다고 조금선 선생님은 어쩌면 정말로 그렇게 느끼고 있는 것인지도 모르겠다는 생각이 들었다. 그렇지 않고서야 시켜주지 않고 넘어가도 상관없을 남자 식구들 목욕을 왜 그렇게 애써 시켜주려고 한단 말인가.

"놀랄 게 뭐가 있어요? 재미있잖아요? 여자들에게는 달려 있지 않은 고추도 구경하고……"

"어머, 참, 자꾸 그러실 거예요? 그러시면 난 안 갈 거예요."

봉사자들 방에서 나와 조금선 선생님이 앞장서는 대로 식구들이 있는 방들 쪽으로 따라가다가 신혜는 우뚝 걸음을 멈추고 울상을 지었다.

"알았어요. 그런 말 안할게요. 하지만 강신혜 선생은 역시 봉사자가 되려면 아직 멀었어요. 병들어 죽게 생긴 식구들 간병하면서 무슨 그런 걸 다 따져요? 남자라고 해야 거의가 다 아버지나 할아버지뻘이잖아요."

신혜의 비위를 맞추기 위해서인지 조금선 선생님은 처음부터 남자 식구들 방으로 가지는 않았다. 여자 식구들 중에서도 가장 나이가 많거나 곧 죽게 생긴 식구들이 있는 방으로 갔다. 열세 명의 식구 중 이불을 뒤집어쓰고 누워 있지 않은 식구는 하나도 없었다. 두 사람이 들어가도 눈을 뜨고 쳐다보지도 않고 모두 가느다란 신음소리만 내고 있었다. 날씨가 좀 풀렸다고는 해도 모두들 추위를 느끼고 있는 게 분명했다. 난방이 약한 상태라는 건 알지만 그렇다고 기름보일러로 된 방을 계속 따뜻하도록 땔 수는 없기 때문에 이렇게 견디도록 하고 있는 것이었다. 이럴 바에야 차라리 연탄보일러로 바꾸는 편이 나을 거라는 생각을 신혜는 겨울 내내 해왔었다. 조금선 선생님이 첫번째로 일으켜 세운 식구는 평소에 신혜로서도 유난히 냄새가 많이 난다고 느껴왔던 팔순으로 짐작

되는 대동아 할머니였다. 노망기가 심한 편도 아니고 말도 어눌하나마 알아들을 수 있을 만큼은 하는 편인데 척추가 심하게 굽고 똥오줌을 받아내야 할 정도로 몸을 거의 쓰지 못했다. 자기 고향이 어디인지도 기억을 못하면서 이따금 대동아전쟁 이야기와 일본에 떨어졌다는 원자폭탄 이야기를 해 그냥 그렇게 불렀다. 형식적으로나마 일주일에 한 번 정도씩 다녀가는 의사의 말로도, 심하지는 않으나 원폭 피해를 입은 할머니 같다고 했다. 이 할머니에게서는 별 증상이 나타나지 않고 있지만, 자식을 낳았다면 그 자식들에겐 아마 심한 증상이 나타났을 것이라고 말했다. 목욕을 하시자면서 두 사람이 부축해 목욕탕으로 데리고 가자, "목, 욕……? 곧, 죽을, 턴디……목, 욕은……무슨……죽, 더, 라도……깨, 끗이……허고, 죽으라고? 고, 맙, 구, 먼……그, 려, 야, 지……천, 당에, 가, 더라도……깨, 끗, 허게……허고……가야, 하, 나님이……좋, 아, 하시, 겠지……" 라고 느릿느릿 더듬거렸다. 그게 무슨 말씀이냐고, 곧 죽을 사람을 무엇 때문에 목욕을 시켜드리겠느냐고, 할머니는 오래오래 사실 것 같아 특별히 시켜드리는 것이니 더욱더 오래오래 사시라고 큰 소리로 말하면서, 조금선 선생님은 할머니의 옷을 벗겼다. 때를 벗기는 것도 비누질을 하는 것도 조금선 선생님이 다 하므로 신혜는 할머니의 몸을 붙잡아드리기만 하면 되었다. 자기 몸을 가눌 수 있는 사람들이라면 구태여 두 사람씩 동원될 필요가 없겠지만 그렇지를 못하니 어쩔 수가 없었다. 뼈에 가죽만을 입힌 듯 쭈글쭈글한 그 몸에서도 때는 상상했던 것 이상으로 벗겨졌다. 기력이 떨어져서 그런지 시원해서 그런지 할머니는 눈을 감은 채 쌔근쌔근 숨만을 내쉴 뿐 아무 말도 없이 두 사람이 하는 대로 가만히 있었다. 그런데 한참 때를 벗겨가던 조금선 선생님이 갑자기 에그머니나! 라고 소리를 질렀다. 신혜가 놀라 무엇 때문에 그러느냐는 얼굴로 바라보자, 조금선 선생님은 여간해선 짓지 않는 잔뜩 찌푸린 표정으로 할머니의 살 쪽을 내려다보았다. 순간적으로 눈을 감아야 할 만큼 신혜는 오싹 소름이 끼쳤다. 자신도 모르는 사이 비명조차 터져나왔다. 아무리 부정하려고 해도 틀림없었다. 자잘한 허연 구더기떼였다. 항문에서인지 음부에서인지 구물구물 기어나와 욕실 바닥으로 흩어져 갔다. 겉으로 어떤 상처가 있는 것도 아닌데 도대체 어떻게 돼서 저런 것들이! 그동안 그렇게 많은 사람들 목욕을 시켜왔지만 이런 일은 처음이었다. 종기가 나 짓물러터진 식구들에게서도 볼 수 없던 일이었다. 두 사람이 그토록 비명을 지르며 안절부절못해도 할머니는 별로 반응이 없었다. 가려움을 느낄 신경조차 마비되어 있는지 아무렇지 않게 "왜, 그려?"라고 중얼거리며 눈만 한 번 가느다랗게 떴다 감았다. 역시 조금선 선생님은 천사가 다 되어 있었다. 구역질이 날 텐데도 측은하다는 듯 쯧쯧 혀만 두어 번 찰 뿐 할머니가 눈치채지 않도록 깨끗이 닦아냈다. 밖으로 나와 있는 것들만이 아니라 속 깊숙이 있는 것들까지도 일일이 끄집어내고 샤워 물줄기로 몇 차례씩이나 씻어내었다.

그렇지 않아도 별로 내키지 않는 일인데 어쩔 수 없이 하다가 그런 것까지 보게 되니 신혜는 정말 목욕시키는 일에는 더 이상 가담하고 싶지 않았다. 그러나 조금선 선생님은 막무가내였다. 산 사람 몸에서 그런 것이 발견되도록까지 식구들을 방치해둔 데 대해 봉사자들은 책임을 느껴야 한다고 생각하는 것 같았다. 더 열을 내어 한 사람이라도 더 시켜주려고 애썼다. 의용군에 끌려간 자식이 언젠가는 꼭 돌아올 것이라고 아직도 철석같이 믿고 있는 의용군 할머니, 원래부터 벙어리인지 아니면 실어증에 걸린 것인지 하루 종일 말 한마디 없다가도 낮이든 밤이든 가

리지 않고 느닷없이 괴성을 지르며 몸을 떠는 실어증 할머니까지 시켜
주고 나서도 남자 식구를 세 명이나 더 시켰다. 시대를 잘못 만나 아직
이 꼴로 있지만 자기는 원래 큰 인물이 될 팔자를 타고 났으니 언젠가는
꼭 큰 인물이 될 거라는, 자유당 때는 무슨 회사 사장으로 정치가들 정
치자금까지 대줬다는, 마누라와 딸은 지금도 미국에서 잘살고 있다는,
하반신을 못 쓰는 큰 인물 할아버지, 이남으로 와서도 결혼을 두 번이나
했지만 이북에 두고 온 아내와 아들 생각 때문에 결국은 다 헤어졌다며,
아내야 몸이 약했으니 죽었을지 모르나 아들은 살아 있을 테니 통일이
되어 아들을 만나보기 전에는 결코 죽을 수 없다는, 반신불수에 천식이
심한 통일 할아버지, 자신이 말년에 이런 꼴이 되어 있는 건 젊은날에
노름을 좋아한데다 술집 여자한테 미쳐 마누라와 자식들을 다 버렸기
때문이라며 걸핏하면 회한의 눈물을 줄줄 흘리는, 역시 반신을 잘 못 쓰
는 바람둥이 할아버지…… 목욕을 시켜주는 동안에도 남자 식구들은
언제나 마찬가지로 짓궂었다. 마비되어 몸을 쓰지 못하면서도 여자 앞
에서의 남자 행세를 하지 못해 안간힘을 썼다. 남자의 기능까지 완전히
마비되어 있는 것 같지는 않은 통일 할아버지나 바람둥이 할아버지는
물론 완전히 마비된 것 같은 큰 인물 할아버지까지도, 조금선 선생님으
로 하여금 그 부분을 오래오래 깨끗이 씻어주기를 바라며 그 순간을 즐
기는 것 같은 표정이었다. 신혜는 얼굴이 달아올랐으나 조금선 선생님
은 전혀 그렇지 않았다. 기분 좋은데 좀더 오래 깨끗이 씻겨달라는 큰
인물 할아버지의 요구에도 '쓰지도 못하는 물건 깨끗이 씻기만 하면 뭘
해요? 냄새나 안 나면 되지'라고 아무렇지 않게 받아넘기며 그 부분에
물만 두어 차례 더 끼얹어주었다. 그것을 보면서 신혜는 언젠가 있었던
부끄러운 기억을 되살렸다. 방에서 똥오줌을 받아낼 정도가 아니고 부

축을 해주면 변소로 가 용변을 볼 만한 식구는 부축을 해주는데 그날 저녁엔 사이판도 할아버지라는 분을 부축해줬더니 변소 안에서 신혜의 손을 덥석 붙잡았다. 2차 대전 때 징용으로 끌려가 사이판도에서 사람 고기까지 먹고 살아났다는 분으로 위와 간이 나빠 기아선상에서 허덕이는 나라의 난민처럼 기형적으로 깡마른데다 부축을 해줘야 겨우 걸을 수 있는 칠순이나 된 할아버지라, 순간적으로 망령기가 발동한 것 같았다. 아니 그렇게 넘겨버리기에는 자세가 너무 이상했다. 놀라 왜 이러시느냐는 표정으로 몸을 피해도 불량배처럼 노려보며 끌어안을 듯한 자세를 취했다. 그러나 신혜가 결국 그 할아버지를 뿌리치고 변소에서 나와 조금선 선생님으로 하여금 모시고 나오게 한 것은 그 자세 때문만은 아니었다. 용변을 보고 나서 집어넣지 않고 그대로 둔 듯 성기가 바지 앞자락 지퍼 밖으로 나온 채 있었기 때문이었다. 자세히 보지야 않았지만 더욱이나 그것은 결코 기능을 다하지 못하는 노인의 것으로만 보이지는 않았다. 그때도 조금선 선생님은 그 할아버지의 지퍼를 잠가주고 부축해 나오면서 별로 대수롭지 않게 말했다.

"망령 드셨수? 물건이라고 시들시들 구실도 못하게 생겼고만 무슨 주책이우?"

2

봉사자라고는 하지만 대부분의 시간을 관(棺) 짜는 일로 보내는 정태문 선생님은 흰소리를 잘했다. 웬만한 우스개에도 곧잘 얼굴이 붉어지는 게 재미있어서인지 특히 신혜한테는 더 심하게 굴었다.

"내가 관상 잘 보는 것 모르죠? 강신혜 선생은 겉으로는 얌전한 척해도, 언제나 눈에 눈물 같은 윤기가 감도는 걸 보면 남자를 상당히 좋아하게 생겼어요. 내가 강신혜 선생 과거 한번 알아맞혀볼까요? 어떻게 돼서 이런 험한 곳까지 오게 됐는지⋯⋯?"

그런 식으로 말을 붙여와 뭐라고든 한마디 대꾸를 해주면 그 앞에서 쉽게 떠나지를 못하게 만들었다. 손으로 붙잡는 게 아니라 말로 붙잡았다. 관을 만들 나무에 톱질이나 대패질, 또는 망치질은 계속하면서 입만으로 묘하게 움직이지 못하도록 만들었다. 그날도 그랬다. 신혜가 아침 내내 한 빨래를 양지바른 곳에 널고 주방 쪽으로 가는데, 그 사이에 있는, 정태문 선생님이 대개의 시간을 보내고 있는 관 만드는 장소에서 소리가 들렸다.

"강신혜 선생, 그러면 못 써요."

햇볕을 받기 위해서인지, 허름한 창고 같은 그 건물의 문을 열어놓은 채 일을 하고 있던 정태문 선생님이 이쪽으로 시선을 보내고 있었다. 또 무슨 흰소리를 하려고 그러는가 하는 생각이 안 드는 건 아니었지만, 그래도 하도 느닷없는 말이라 신혜는 자연히 눈을 깜박일 수밖에 없었다.

"사람이 원 그렇게 속일 수 있어요?"

"속여요? 제가 뭘요?"

"애인은커녕 가족도 없다고 했잖아요?"

정태문 선생님한테 그런 이야기를 한 적은 없었고, 조금선 선생님이 물어 그와 비슷하게 어물어물 넘긴 적은 있었다.

"제가요? 언제요?"

"조금선 선생한테 그랬다면서요?"

"모르겠는데요. 기억 안 나는데요. 그랬다 하구요. 그게 뭐 잘못됐어요?"

"잘못됐죠. 속인 거잖아요? 찾아왔던데……"

"찾아와요? 누가요?"

정태문 선생님이 흰소리를 잘하는 사람이라는 사실을 순간적으로 잊을 만큼 신혜는 흠칫 놀랐다.

"부모님이랑 애인이랑…… 부모님이 그렇게 의젓하신 분인 줄은 몰랐어요. 애인도 아주 미남이시고…… 키가 후리후리한데다 탄력이 넘치던데…… 그 누구죠, 영화배우? 아메리칸 플레이보이라는 영화의 주인공, 그 친구하고 비슷하던데……"

신혜가 더 들으려고 하지도 않고 눈을 흘기며 떠나오자 정태문 선생님은 등 뒤에다 대고 계속 말했다.

"거짓말이 아니에요. 어젯밤 꿈에 찾아왔었다구요. 알죠? 내 꿈은 보통 사람 꿈과 다르다는 것?"

관 만드는 사람은 영통(靈通)을 한다는 것이 평소의 그의 주장이었다. 자기가 관상을 남달리 잘 본다든가 자기의 꿈이 보통 사람 꿈과 다르다는 것도 바로 거기에 근거를 두고 있었다. 생각해보라. 그렇게 많은 죽은 사람들의 방을 만들어주는 사람이 어떻게 영계(靈界)를 드나들지 않을 수 있겠느냐는 것이었다. 우연이었거나 또는 어떤 방법으로든 미리 소식을 들어 그랬는지 몰라도 어떤 때는 실제로 희한한 생각이 들 만큼 신통하게 알아맞힌 때도 없지 않았다. 관을 짜면서, 이 관은 어떤 식구의 것이 될 것이라든가, 며칠날엔 관이 몇 개 필요할 테니 미리 짜두는 게 좋을 것이라면서 짜면 그대로 맞는 일이 많았다. 그리고 아무 날엔 이 집에 귀한 손님들이 들이닥칠 것이라고 하면 기자들이나 요인들, 선교사들, 또는 어떤 자선단체의 사람들이 선물 보따리를 차에 싣고 몰려오기도 했다. 어떤 식구나 봉사자들의 과거를 어림짐작 알아맞히는 솜씨도 보통 수준은 넘었다. 새 식구가 들어와 묻는 대로 잘 대답을 하지 않아 답답하면 정태문 선생님이 유도심문하는 식으로 물어 알아내는 일도 있었다. 그러고 보면 이 집에서 이런 일을 하고 있긴 하지만 지혜로운 면이 있는 사람인 것만은 분명했다. 원래 목수 노릇을 한 일도 없다는, 이제 삼십대밖에 안 된 젊은 사람이 관을 손색없이 짜내는 것만 해도 그랬다. 그전에는 사다 썼었는데 하도 많이 필요하게 되니까 경비를 절감하기 위해 스스로 나서서 짜기 시작했다는 것이었다. 그러나 신혜만이 아니라 이 집의 그 누구도 정태문 선생님의 과거에 대해서 소상히는 알지 못했다. 무슨 사업을 하다가 실패한 노총각이라는 것 정도가 고작이었다. 그런데도 이상하게 여자 봉사자들 중에는 그에게 특별히 이성으로서의 관심을 갖는 사람도 있었는데 신혜는 언제 한번이라도 그런 적은 없었다. 다만 이따금 그가 던져오는 흰소리 때문에 신경을 써왔고, 이날도 그 엉뚱한 말들로 해서 내내 일이 손에 잘 잡히지 않았다. 그가 내세우는 그의 영통함을 조금이라도 믿어 그의 꿈이 현실화될까봐 그런 것은 물론 아니었다. 애인이라고 말할 만한 남자는 지금은 물론 과거 어느 때에도 없었다. 다만 자기의 순결을 앗아간 남자야 있었으나 그가 어디에 사는 누구인지는 아직도 알고 있지 못했고 구태여 알고 싶지도 않았다. 그것은 빼앗겼다기보다 내준 것이나 마찬가지이기 때문이었다. 그 무렵 신혜는 죽음 이외의 그 무엇도 자기를 구원해줄 수 없을 것 같은 극한에까지 내몰려 있었다. 국회의원을 지낸 적까지 있지만 계속 야당만을 고수해온데다 지병이 있어 집 한 채 남겨놓지 못하고 아버지가 죽은 후 집안은 말이 아니었다. 대학에 갓 입학한 신혜는 물론 3학년에 재학 중이던 오빠마저 당장 학교를 그만둬야 할 처지에 이르렀다. 그러나 아무리 가진 게 없더라도 학교마저 다니지 않아서야 어떻게 되겠느냐고, 어머니는 있는 수단 없는 수단 다 동원해 온채 전셋집을 방 두 칸짜리 전셋집으로 줄이면서까지 가르치려고 최선을 다했다. 그런 꼴이 보기 싫어서였을까. 그런 상황에서 태연스럽게 배우려고 하는 자신이 못 견디게 혐오스러워져서였을까. 어느 날부턴가 오빠는 공부보다 다른 일에 더 열성을 보이기 시작했다. 어느 대학에서나 유행처럼 번지고 있었던 시위에 앞장서는 것으로 학교생활을 일관했다. 어머니나 신혜가 눈물을 흘리며 말렸으나 소용없었다. 끝내 자기 고집을 꺾지 않더니 결국엔 영장이 나와 군대를 가게 되었다. 졸업하고 가기로 되어 있으니 영장이 나올 리가 없는데 나왔다고 오빠는 투덜거렸지만 어머니나 신혜는 차라리 잘된 일이라고 생각했다. 군대에 가 얽매이게 되면 자연히 여러 면에서 달라질 것이라고 믿었기 때문이었다. 그런데 이게 무슨 날벼락인가. 군대에 간 지 일 년도 못 되어 유골상자가 되어 돌아온 것이었다. 어떻게 된 것인지 몰랐다. 사고사라고 했지만 어떤 사고로 어떻게 죽은 것인지 구체적으로는 누구도 이야기해주지 않았다. 오발사고라느니 자살이라느니 동료들과 싸우다가 죽었다느니 간첩작전에 나가 크게 부상을 입어 고생하다가 죽었다느니 말들이 많았으나 어떤 말이 정말인지는 아무리 알려고 해도 알 수 없었다. 사람이 실성한다는 건 간단했다. 그 어려운 생활 속에서도 언제 한번 흐트러짐 없이 아버지 뒷바라지에 병구완, 그리고 자식들 교육에 그토록 정성을 쏟아오던 어머니가 오빠가 그렇게 된 후 갑자기 전혀 다른 사람이 되어버렸다. 신혜의 힘으로는 어떻게도 할 수 없도록 실성기가 심해져 결국엔 집을 나가버리고 말았다. 곧 돌아오려니 했으나 며칠, 몇 달이 지나도 종무소식이었다. 신혜가 다니던 학교까지 그만두고 친척집, 친구집, 병원, 절, 기도원 등 웬만큼 다녀볼 만한 데는 다 다녀보았으나 그 어디에서도 찾을 수 없었다. 실종신고에 심인광고까지 냈어도 허사였다. 그런 와중에서 신혜가 아무리 마음을 다져먹는다고 해도 언제까지나 멀쩡하게 버틸 수 있었다면 그것은 오히려 더 이상했을 것이다. 지치고 지쳐 절망의 끝에 이르러 죽음만이 구원해줄 수 있으리라는 결론을 얻는 데는 그리 긴 시간이 걸리지 않았다. 접근해오는 거리의 남자한테 순결을 내동댕이쳤던 것도 바로 그 무렵이었다. 망가짐으로 해서 좀더 쉽게 죽음에 닿을 수 있으리라고 생각해서였다. 하지만 역시 죽는다는 것도 뜻대로 되지 않았고, 결국엔 이런 엉뚱한 집에까지 오게 된 것이었다. 물론 도피하듯이 붙잡은 신앙이 동기가 되었지만 아직도 가시지 않고 있는 자학의 심정도 포함되어 있었음을 부인할 수는 없었다. 그런 마당에 애인이 어디 있고 부모님이 어디 있단 말인가. 설령 그동안 어디엔가 살아 있었던 어머니가 회복이 되어 찾아오는 기적이 일어난다고 해도 그것을 어떻게 기대할 수 있겠는가.

기대하지도 않았지만 물론 어머니가 찾아오는 기적은 일어나지 않았다. 대신 이 집의 식구가 되겠다고 찾아온 사람이 둘이나 있었다. 역시 날씨가 풀려서인 것 같았다. 교통이 불편한 곳이라 몸을 자유롭게 움직일 수 없는 사람들로서는 한겨울 강추위가 몰아칠 때는 찾아오고 싶어도 찾아오기가 힘들 것이었다. 물론 단독으로 오는 일이야 없지만 누구의 안내를 받아 와도 그랬다. 그냥 두면 거리에서 얼어 죽을 것 같아 어쩌다가 경찰서나 군청 같은 데서 어쩔 수 없이 데려오는 일은 있었으나 그것도 극히 드물었다. 데려오는 사람들로서도 강추위가 몰아칠 땐 더 부담스럽기 때문일 게 뻔했다. 또 데려온다고 해서 무조건 다 받아주지는 못하기 때문에 이 집으로서도 한겨울에 찾아온다고 해서 좋을 건 없었다. 받아줄 경우에는 괜찮아도 그렇지 못하고 돌려보내야 할 경우에는 그만큼 더 난처하기 때문이었다.

이날 처음에 온 사람은 어떤 젊은이가 오토바이에 싣고 왔다. 무슨 장사꾼인지 오토바이 뒤에 합판으로 짠 때가 끼고 퇴색한 커다란 상자를 싣고 있었는데 그 속에 넣어가지고 왔다. 그가 집 앞에 바짝 다가왔을 때까지도 신혜는 그 속에 설마 사람이 들어 있으리라고는 미처 짐작하지 못했다. 라면이나 헌옷가지 같은 무슨 구호품, 살아 있는 무엇이라면 돼지나 염소 같은 것쯤 되지 않을까 생각했다. 그런데 그 속에서 사람이 나왔다. 젊은이가 두 손으로 들어 꺼내놓았는데 얼핏 봐선 한쪽 다리를 제대로 못 쓰는 것 외에는 그다지 큰 이상은 없는 사람처럼 보였다. 나이도 별로 많이 들어 보이지 않았다. 할아버지라는 호칭보다는 아저씨라는 호칭이 더 어울릴 것 같았다. 날마다 하지는 않았을지 모르나 세수도 자주 한 얼굴이고, 깨끗하게 보이지는 않으나 옷도 두툼히 입은 편이었다.

다른 잡일도 하면서 총무 일도 함께 보는 남자 봉사자 박해준 선생님이 사무실에서 나와 맞이하자 젊은이가 말했다.

"이분이 이 집에서 살고 싶다고 데려다 달라고 졸라대 데려왔는데 어떤 수속을 밟아야 되죠?"

으레 그렇듯이 박해준 선생님이 싫을 것도 반가울 것도 없다는 덤덤한 얼굴로 두 사람을 번갈아 쳐다보다가 물었다.

"두 분은 어떤 사이신데요?"

이쪽에서 무슨 의심이라도 할까봐 그러는지 젊은이는 지나치리만큼 강한 어조로 나왔다.

"아무런 사이도 아니에요. 그냥 시장길에서 오다가다 몇 차례 마주쳤었는데, 어찌나 졸라대는지…… 아, 글쎄 날더러 자기한테 껌 장사 밑천으로 쓰던 돈 오천 원이 있으니 그걸 줄 테니까 데려다 달라잖아요? 내가 그런 돈을 받겠어요?"

"그러니까 지금까지는 껌 장사를 하며 살아왔단 말이군요?"

"말이 껌 장사지 비럭질을 한 거죠, 뭐. 더러 보셨을 거 아니에요? 다방이나 술집 같은 데서…… 가게에선 백 원씩 받는 껌을 이백 원씩 받는 거지들……"

"그런데 이제는 왜 그렇게 살지를 못하겠다는 거예요?"

"몸이 아프대요. 몸이 너무 아파 돌아다니지를 못하겠대요. 오래전부터 아팠었지만 참아왔는데 이제는 더 이상 못 참겠대요."

"그럼 병원엘 가보셔야지……"

"병원에 육 개월이나 있다가 퇴원을 한 거라는데요, 뭐. 살림 조금 있는 것 병원에서 다 까먹고, 하나 있던 딸마저 어디로 달아나버려 어쩔 수 없이 껌 장사를 하기 시작한 거래요."

알았다고, 목사님한테 함께 가보시자며 박해준 선생님이 앞장을 서자, 젊은이는 머뭇머뭇 뒤로 물러섰다.

"나는 그냥 돌아가면 안 됩니까? 일이 좀 바쁜데……"

"안 되죠. 결정 여부를 알고 가셔야 되니까."

"결정을 누가 하는데요?"

"목사님께서요. 물어볼 걸 물어보셔서 이 집에 있어야만 할 사람이면 있게 하시고 그렇지 않으면 다시 돌려보내시니까."

다른 면에서도 그렇지만 특히 그 면에선 목사님은 아주 철저했다. 비단 식구만이 아니라 봉사자 한 명을 있게 하는 데도 그랬다. 와서 있으라고 사정을 한다고 해서 있을 사람도 드물겠지만, 스스로 와서 있겠다고 사정을 해도 다 받아주지는 않았다. 심지어는 신혜조차도 스물세 살이라는 나이가 너무 어리다고 망설였었다. 여행하는 기분으로, 또는 대학생이 방학 때 며칠 동안 시골로 봉사활동 나가는 기분으로 있으려면 아예 있어서는 안 된다는 말을 몇 번이나 반복했었다.

세 사람이 목사님 방으로 들어가는 걸 보고 신혜는 자기가 해야 할 일로 돌아왔다. 결국 오토바이에 실려 온 그 사람은 있는 걸로 결정이 되었다. 그러나 오후 좀 늦게 두번째로 찾아온 사람은 있지 못하고 돌아갔다. 일에 쫓겨 신혜가 자세히 보지는 못하고 스치듯이 보았지만 두번째 온 사람은 열 살이 갓 넘어 보이는 소녀의 손에 부축되어 왔다. 오토바이에 실려 온 사람보다도 나이도 훨씬 더 들어 보이고 몰골도 눈뜨고 자세히 보기가 민망할 정도였다. 화상을 입었는지 얼굴이 온통 흉터였고 눈도 한쪽은 흰창만이 있었다. 거기에다 무슨 병이 있는지 몸도 전체적으로 부석부석했다. 어서 빨리 따뜻한 방에 눕혀드리고 싶도록, 어쩐지 곧 죽을병에 걸려 있는 사람처럼 보였다. 신혜의 판단으로는, 아까 오토바이에 실려 왔던 사람은 받아주지 않더라도 이 사람은 받아줘야 될 것 같았다. 그런데 결국 있지 못하고 돌아간 것이다. 목사님 방에서 나와 돌아갈 때의 광경 역시 스치듯이 볼 수 있었는데 어린 소녀가 뺨이 젖도록 눈물을 흘리고 있었다. 물론 모든 건 목사님이 알아서 하니 자기가 신경 쓸 일은 아니지만, 그 소녀의 눈물이 잠자리에 들 때까지도 뇌리에서 지워지지 않았다. 신혜가 잠자리에 누워 조금선 선생님에게 그 이야기를 비친 이유도 거기에 있었다. 왜 나이도 별로 많지 않고 병도 그다지 깊어 보이지 않는 사람은 받아주면서 그보다 훨씬 더 비참하게 보이는 사람은 안 받아주었는지 모르겠다고 하자 조금선 선생님은 한참 묵묵히 있다가 신중하게 말했다.

"나도 얼핏 보았었는데, 겉으로만 봐서야 알 수 없는 것 아니겠어요? 겉이 괜찮아 보여도 속으로는 곧 죽을병을 앓는 사람이 있는가 하면 겉은 곧 죽게 생겼는데 속은 괜찮은 사람도 있으니까…… 그리고 말 들으니까 나중에 온 사람은 그 소녀가 친손녀라던데 아무리 어려도 가족은 가족이니까…… 자기 할아버지는 여기에 두고 그 소녀는 고아원에 갈 셈이었던 모양인데 그것도 바람직한 일일지는 생각해봐야 될 문제고……"

그러나 다음날 낮에 어쩌다가 그 이야기가 나왔을 때 정태문 선생님은 전혀 다르게 말했다.

"강신혜 선생은 관상으로 봐서는 예술이라도 하게 생겼는데 말하는 걸 보면 영 둔쎈스란 말이야. 척하면 삼천리라고, 그걸 판단 못하겠어요? 소녀가 모시고 나중에 온 사람은 한쪽 눈이 불구잖아요? 그리고 몸이 퉁퉁 부었으니 신장도 나쁠 테고…… 무슨 말인지 알겠어요? 우리 식구들을 불쌍하게 생각해서 아무데서나 무조건 자선금을 주는 줄 아세요? 주는 사람들도 있죠. 하지만 그것 가지곤 이 식구들, 어림없어요. 세상엔 가는 게 있어야 오는 게 있는 법이에요. 병원이든 환자든 신장이나 안구 같은 거라도 기증받아야 한푼이라도 좀 많이 내놓지 그런 것도 없는데 덮어놓고 내놓을 줄 알아요? 그리고 여기 식구들도 그래요. 대개 다 기증서약서를 쓰지만 여기서 공짜로 먹여주고 입혀주고 재워주지를 않아보세요. 그래도 그런 걸 그렇게 많은 사람들이 쓸 것 같아요? 목사님으로서도 처음에야 이런 것 저런 것 따지지 않으셨겠지만 세상이 워낙 갈수록 각박해져 이 집도 문을 닫아야 할 지경이 되니 어쩌실 수 없겠죠."

3

한 대의 앰뷸런스가 다녀갔다. 며칠이 지났다. 또 한 대의 앰뷸런스가 다녀갔다. 또 며칠이 지났다. 다른 또 한 대의 앰뷸런스가 다녀갔다. 또 다시 며칠이 지났다. 몇 대인지 모를 앰뷸런스가 다녀갔다. 완전히 봄이 왔다. 웬만큼 심히 앓고 있는 식구들도 밖으로 나와 햇볕을 쬘 수 있을 만큼 한낮은 따뜻했다. 식사 시간과 예배 시간, 성경공부 시간을 제외한 자유 시간에는 많은 식구들이 집 앞과 옆에 놓여 있는 벤치에는 물론 우물가, 장독대 옆, 언덕배기, 비탈 등에 나와 웅크리고 앉아 있는 일이 많았다. 하늘을 보는 사람, 산의 나무를 보는 사람, 한없이 펼쳐진 벌판을 보는 사람, 저 멀리 이 집과 이어져 뻗어 있는 길을 보는 사람, 고개를 끄덕이며 옆 사람과 끊임없이 이야기를 주고받는 사람, 옆에 아무도 없는데 혼자 뭐라고 계속 중얼거리고 투덜거리다가 소리 없이 웃는 사람, 아무 말도 하지 않고 아무 표정도 짓지 않고 아무 곳도 보지 않는 사람……

그런 식구들을 향해서, 햇볕을 받아 번쩍번쩍 빛을 되쏘아내는 검은 빛깔의 승용차 두 대가 들이닥친 것은, 이 집으로서는 가장 한가로운 시간인 오후 세시쯤이었다. 자연히 식구들의 눈은 일제히 그쪽으로 쏠릴 수밖에 없었다. 물론 승용차들이 이 집 앞으로 들이닥치는 일이 처음 있는 일은 아니었다. 지난 연말에만 해도 몇 대씩이나 들이닥쳤었다. 그러나 봄볕을 받아서인지 이날의 승용차들은 검은 빛깔인데도 이제까지의 승용차들과는 달리 유난히 호화스럽게 빛나 보였다. 몇몇은 일어섰고 몇몇은 웅성거렸다. 어떤 식구는 환성을 지르기도 했다. 눈이 거의 보이지 않는 식구들까지도 그 웅성거림과 환성에 무슨 일인가 해서 눈을 치켜뜨며 자리에서 움직였다.

전화 연락이 있었는지, 아니면 들이닥치는 걸 보고서 박해준 선생님이 연락을 드린 것인지, 목사님이 안에서 알맞게 나왔다. 교회 일로 자주 드나드는 전도사님과 집사님도 마침 목사님 방에 와 있었던 듯 함께 나왔다. 미리 알고 와서 기다린 것인지도 몰랐다.

승용차에서는 정확히 여덟 사람이 내렸다. 운전기사 두 사람을 제외한 여섯 사람이 무얼 하는 사람인지는 신혜로서는 알 수 없었다. 미국인으로 보이는 의젓하게 생긴 늙수그레한 외국인 남녀와 역시 의젓하게 생긴 늙수그레한 한국인 남녀, 그리고 젊은 한국 남자 두 사람이었다. 젊은 한국 남자 두 사람 중 한 명은 어깨에 카메라를 메고 있는 걸로 보아 비서 아니면 기자 같았고, 다른 한 명은 외국인 남녀 옆에 바짝 들러붙어 떠나지를 않는 걸로 보아 통역 같았다. 하지만 나이 많은 외국인 남녀와 한국인 남녀는 성직자인지 재벌인지 고관인지 분별이 되지 않았다. 어쨌든 겉모습만으로도 세상의 많은 사람들이 우러러볼 위치에 있는 사람들인 것만은 분명해 보였다.

승용차들이 들이닥칠 때는 대개의 경우 그랬듯이 이날도 절차는 비슷했다. 인사들이 교환되고 몇 개의 선물 꾸러미들이 전달되고 사진이 찍히고 떠들썩한 말소리가 오가고 웃음소리…… 이날의 말소리와 웃음소리는 외국인이 섞여 있어서 그런지 좀 색달랐다. 외국인이라도 젊은 선교사들이 섞여 있었던 그전에는 이렇지 않았었다. 그때에는 자유로움과 훈훈함이 감돌았는데, 지금은 질서 정연함과 정중함이 감돌았다. 사진은 계속 찍혔다. 선물 꾸러미가 전달되는 광경만이 아니라 각양각색의 식구들 모습도 찍혔다. 외국인 부부, 한국인 부부가 걸어가다가 잠시만 머뭇거리면 그곳은 다 찍혔다. 그곳에는 대개의 경우 사람의 몰골과는 가능한 한 거리가 멀어 보이는 식구들이 있었다. 밖으로 나오지 못하고 방 안에서 쓰레기더미처럼 누워 있거나 쓰레기통처럼 앉아 있는 식구들도 찍혔다.

살펴볼 만큼 살펴보고 둘러볼 만큼 둘러본 그들은 목사님 방으로 들어가 커피를 마셨다. 커피는, 조금선 선생님이 시키는 대로 신혜가 가지고 가 따랐다. 목사님은 물론 교회 관계 사람들이 올 땐 혼자 도맡다시피 하여 따라왔던 차를 오늘만 유달리 자기에게 따르라고 시키는 조금선 선생님이 못마땅했으나 그런 걸 가지고 투정을 부릴 수는 없는 노릇이었다. 신혜가 커피를 따르는 동안 그 안에서 주고받는 이야기는 뜻밖에도 고려장(高麗葬)에 관한 것이었다. 아마 생명의 존엄에 관한 이야기 끝에 한국인 부부 입에서 그 이야기가 나온 것 같았다. 통역을 맡은 사람이 외국인 부부에게 통역을 해주자, 외국인 부부는 고개를 내저으며 거기에 대한 자기들의 견해를 이야기했다. 외국인들이 하는 영어를 구체적으로 다 알아들을 만한 실력은 못 되기 때문에 신혜도 통역하는 사람의 말을 귀담아 들을 수밖에 없었는데, 외국인들은 고려장에 관한 자기들의 견해에 이어 안락사(安樂死) 이야기까지 꺼냈다. 결론적으로 그들의 이야기는, 고려장이야 천만부당한 일인 건 말할 것도 없고, 요즈음도 세계적으로 논의가 되고 있는 안락사라는 것도 있을 수 없는 문제라고 했다. 설령 식물인간으로 십 년씩 살더라도 하나님께서 주신 생명을 어떻게 인간의 마음대로 할 수 있느냐는 것이었다. 목사님은 말없이 고개를 끄덕였고, 한국인 남자가 어색한 웃음을 보이며 스치듯 반문했다.

"그렇다면 죽은 사람의 육체에 칼을 대는 것은 어떻게 생각하십니까?"

"칼을 대다뇨?"

"신장이나 안구 같은 걸 다른 사람에게 이식하는 행위 말입니다. 그것도 하나님의 뜻을 거역하는 행위 아닐까요? 하나님께서 그에게 준 육체를 왜 다른 사람에게……"

"아니죠. 그거야 별개의 문제죠. 그는 이미 죽었고, 죽은 그가 남긴 육체로 해서 새로 한 생명이 태어나게 되는 거니까."

"죽지 않고 살아 있는 사람에게서도 이식받는 경우가 있지 않습니까?"

"그렇죠. 하지만 그 경우에도……"

"모르겠습니다, 뭐가 뭔지…… 나도 물론 목사님께서 하시는 이 일이 보통 위대한 일이 아니라고 생각하고 있기 때문에 이런 이야기를 하는 거죠. 내 생각으로는 안락사라는 제도도 찬성을 해야 될 것 같아요. 식물인간으로 십 년씩 살다니…… 그래 가지고, 그 주위 사람들이야 말할 것도 없고 그 당사자에게도 좋을 게 뭐가 있겠습니까. 거기에 하나님께서 주신 생명……운운하는 말을 끌어다 대는 건 설득력이 별로 없다는 이야기죠. 식물인간만이 아니라 소생 가망이 없는 불치병 환자들은 적당한 시기에 안락사시켜 본인도 고통에서 헤어나게 해주고 또 그들로부터 신장이나 안구를 이식받을 사람들에게도 알맞은 시기에 혜택을 준다면 얼마나 바람직하겠습니까? 우선 목사님부터 이 일을 하시기가 훨씬 수월하실 것이고…… 나는 이런 생각도 해봤어요. 우리나라는 현재 피가 부족해 외국에서 수입을 해 쓰는 형편인데 그런 걸 수입만 해 쓸 게 아니라 우리도 좀 수출을 할 수는 없을까 하는…… 피 아닌 신장이나 안구 같은 것도 우리나라에서 쓰고 남아 수출을 할 수 있게 된다면 좋지 않겠어요? 꿈만은 아닐 것 같아요. 목사님같이 이런 일을 하는 사

150

람들이 많아진다면…… 어쩌다가 큰 죄를 지은 사형수들이 남겨주는 그런 것만 가지고는 어림없는 일이고……"

신혜로서는 도무지 갈피를 잡을 수 없는 이런 이야기를 주고받다가 그들은 곧 떠나갔다. 그런데 떠나가기 바로 직전에 웃지 못할 뜻지 않은 사건이 벌어졌다. 집 앞 벤치에 앉아서 햇볕을 쬐고 있던 식구들 중의 한 명인 혁명 할아버지가 발작을 일으킨 것이었다. 4대 독자 외아들을 4·19혁명 때 잃고 사업마저 5·16혁명이 일어나면서 망하게 되어 술만 마시다가 이 모양으로 폐인이 되고 말았다는 할아버지였다. 일주일에 한 번씩 다녀가는 의사의 말로 간경변이라 일 년을 더 넘기기 어려울 것이라고 했다. 주독으로 얼굴이 흉측스럽게 검붉은데다 정신도 황폐해 이따금 발작 증세를 보여왔었다. 걸핏하면 식구들이나 봉사자들한테 시비를 벌여 고래고래 소리를 지르면서 별별 험한 욕설을 하는 일이 많았는데 이날도 그랬다. 무엇 때문인지, 떠나가기 위해 승용차에 오르려는 방문객들 앞에 나서서 느닷없이 눈을 부라리고 손가락질, 삿대질을 해대며 큰 소리로 욕설을 해댄 것이었다.

"야, 이 개놈의 새끼들아! 내 똥이나 빨아먹을 새끼들! 우리를 어떻게 보고 그런 개수작들을……!"

박해준 선생님이 얼른 나서서 가로막아 끌어갔으니 망정이지, 하는 꼴로 봐서는 금방 누구의 멱살이라도 움켜잡을 기세였다. 미국인 부부야 무슨 말인지 못 알아들었겠지만, 한국인들은 어리둥절해서 저 사람이 왜 저러냐고 중얼거렸다. 죄송하다고, 평소에 광기가 있는 사람이라 그러니 이해하시라며 목사님이 양해를 구해도 나이 많은 남자는 불쾌한 감정을 누그러뜨리지 못하고 투덜거렸다.

"아무리 광기가 있어도 그렇지, 우리한테 저럴 수가 있어요? 우리가 뭘 잘못한 게 있다고…… 가끔 와보려고 했더니 다시는 못 올 곳이구 면."

마치 멀쩡한 사람이 악감정을 가지고 그랬을 때나 똑같이 그러면서 운전기사에게 '갑시다!' 라고 소리친 후 떠나갔다.

이곳 식구들을 누구보다도 잘 이해할 것 같았던 그분이 그렇게 떠나가서인지 어이없다는 듯 목사님은 혼자 어색하게 쓴웃음을 웃었다. 그러나 그 일이 계속 마음에 걸리는지 밤에 하루 일과가 마무리 단계에 이르렀을 때 봉사자들을 모아놓고 한마디 하였다. 여러분들이 여러 가지로 힘든 줄은 안다. 하지만 좀더 신경을 써서 다스리고 이끌어간다면 오늘 오후에 있었던 그런 불상사는 막을 수 있었을 것이다. 그분들의 근본적인 의도가 어디에 있든 간에 어쨌든 우리 '안식의 집' 에 도움을 주려고 하는 분들인데 그런 식으로 보내드려 좋을 게 뭐가 있겠는가, 오늘 오후에 광기를 보인 그 식구가 아니더라도 평소에 광기가 심한 편이어서 위험하게 느껴지는 식구는 앞으로 손님이 오는 날은 밖에 나와 있지 못하게 하는 방향을 취해주기 바란다……

언제나 그랬지만, 목사님의 이 한마디에 대한 반응은 가볍지가 않았다. 목사님으로서는 어느 정도 심사숙고 끝에 한 말인지는 모르나, 목사님의 지시니 그대로 안 따를 수도 없고, 따르자니 그것은 결코 간단한 일이 될 수 없었기 때문이다. 이 집 식구들 중 광기가 없는 식구들보다는 있는 식구들이 훨씬 더 많은데 어떻게 그 짓이 가능하겠는가. 물론 정도의 차이는 있으나 그것도 확연히 구분되는 것이 아니었다. 심하지 않은 사람도 갑자기 심해지는 일이 많은 것이었다. 물론 날씨가 추울 때라면 간단했다. 추울 때라면 나와 있으라고 해도 나와 있지 않겠지만 앞으로 몇 달 동안은 갈수록 따뜻해지고 더워질 게 아닌가. 따뜻하고 더워

밖으로 나와 있으려는 사람을 어떻게 강제로 방으로만 몰아넣는단 말인가. 그것도 손님이 올 때는 무조건 모두 다 그렇게 하라면 몰라도 광기가 심한 식구만 골라 그러라니 난감하지 않을 수 없었다.

목사님 앞에서는 불평 한마디 하지 않고 있다가 목사님이 사라지자 제각기 한마디씩 하던 봉사자들은, 엉뚱하게 화살을 오늘 방문 온 손님들 쪽으로 돌렸다. 도대체 무엇을 하는 사람들인데 우리 식구가 그런 욕 좀 했다고 그렇게 기분 나빠했는지 모르겠다. 무슨 그런 욕을 먹어도 될 짓을 하는 사람들이라 제 발이 저려 그런 것은 아닐까라고 한 여자 봉사자가 말하자 다른 또 한 여자 봉사자가 그 말에 동조하며 박해준 선생님을 향해 그분들이 무엇 하는 사람들이냐고 물었다. 총무 일을 맡고 있기 때문에 알고 있으리라고 믿어 물었을 텐데, 아는지 모르는지 박해준 선생님은 아무 대답도 하지 않고 굳은 표정만 지었다. 그러자 이번엔 그런 쪽에 비교적 밝은 조금선 선생님한테도 물었다. 그러나 조금선 선생님은 몰라요, 내가 어떻게 알아요? 라고 고개를 내저었다. 신혜가 말을 꺼낸 건 그 때문이었다. 봉사자들 중엔 자기만큼도 아는 사람이 없는 것 같았던 것이다. 목사님 방에서 커피를 따를 때 그들이 주고받던 이야기를 들려주자, 한 여자 봉사자가, 어머, 그래요? 그럼 무엇 하는 분들일까요? 안락사며 신장과 안구 이야기를 했다면 의료계통 사람들인 모양이죠? 라고 반응을 보였다. 정태문 선생님이 나선 건 바로 이때였다. 진작부터 무언가 아는 체를 하고 싶었으면서도 전혀 몰라서 그랬던지 계속 아무 말도 않고 있다가 불쑥 내뱉었다.

"그분들이 무얼 하는 사람들인지 우리가 알아야 할 필요가 어디 있습니까? 의료계통 사람이면 어떻고 고관나리라면 어떻고 재벌이면 어떻다는 거예요? 그런 이야기를 했다면 아마 신장과 안구은행 같은 거라도 구상하고 있는 재벌쯤 되는 모양이죠. 혈액은행이야 우리나라에도 있고, 외국엔 그런 은행들이 많이 있다고 하지 않습니까? 신장과 안구만이 아니라 심장까지도 관할하는…… 그런 기업이 제자리를 잡는다면 굉장하겠는데요. 대량으로 위탁을 받아 갈아 끼우기를 원하는 돈 많은 사람들한테 판다면…… 그렇게 되면 이곳 '안식의 집'이 뭐가 되는 셈일까요? 뿔을 얻기 위해 사슴을 사육하고, 쓸개를 얻기 위해 곰을 사육하듯, 신장과 안구를 얻기 위해 임종을 지켜주는 인간목장……? 모르겠습니다. 나야 곧 떠날 사람이니까 알아서 잘들 해보시죠, 뭐."

이날 밤 신혜는 악몽에 시달렸다. 정태문 선생님의 흰소리 때문이었던 것 같았다. 자신이 직접 간병해왔던, 그러나 죽음 직전이나 죽어서 앰뷸런스에 실려 갔던 그 식구들이 눈과 신장이 없는 육신으로 나타나 덤벼드는 꿈이었다. 꿈이 아니고 반쯤 깨어 있는 상태에서의 환각인지도 몰랐다. 괴기영화의 한 장면처럼 소름끼치게 덤벼들며 자기의 눈과 신장을 내놓으라고 아우성을 쳤다. 거짓말인지 정말인지는 몰라도 거의가 다 일제 때나 6·25사변 때 월남전 때 또는 4·19 때나 무슨 데모사건 같은 역사적으로 큰 사건이 있었을 때 가족 전부나 일부를 잃었고 자신도 그 원인으로 해서 병을 얻었다고 주장하던 아저씨, 아주머니들이었다. 죽기 전에도 모두 비참한 몰골을 하고 있었는데 꿈과 환각 속에서는 그보다도 훨씬 더 끔찍한 몰골을 하고 있었다. 식은땀을 흘리며 신음소리를 지르다가 신혜는 끝내 자리에서 벌떡 일어났다. 현실이 아닌 꿈과 환각이었다는 깨달음은 왔으나 그래도 무서움이 가시지를 않았다. 견딜 수 없도록 심장이 계속 격렬히 뛰었다. 더 이상 이곳에 있을 수가 없을 것 같았다. 자기가 어떤 상태에 이르러 이곳에 왔는데 이게 어찌된 일이란 말인가. 절망의 끝에서 죽음을 택했다가 뜻을 이루지 못해 그보다 더 비장한 각오로 이곳에 와 이런 일을 했던 게 아닌가. 물론 자기 능력으로는 너무나 부치는 일인 줄 모르는 바 아니었지만, 이 세상에 이보다 더 희생적으로 남을 돌보고 사랑하는 일도 많지 않을 것이라고 믿고 최선을 다해왔지 않은가. 그런데 이 꿈과 환각, 이 견디기 힘든 흔들림은 무엇인가. 아무데도 갈 곳 없는, 병들어 죽음에 임박한 식구들의 지붕은 될 수 있는 이곳이 자기의 지붕은 될 수 없단 말인가.

신혜가 이런 흔들림 속에 빠져 있는데, 더욱이나 얼마 지나지 않아 정태문 선생님이 이곳을 떠났다. 흰소리를 잘해 그냥 괜히 한 말인 줄 알았더니 그날 밤 스치듯이 잠깐 비쳤던 말이 사실이었던 것이다. 이곳에 와 이 년 가까이나 열심히 일해온 그가 갑자기 떠나는 데 대해 봉사자들은 모두 의아해했다. 그는 떠나가면서 별다른 이야기는 없이 이렇게만 말했다.

"한때는 못된 일, 세상 사람들로부터 지탄받을 일만 해왔었죠. 그런데 그 짓도 자꾸 하다 보니 별로 재미가 없더군요. 그래서 몇 년 전부터는 좋은 일, 맨주먹으로도 남을 위할 일을 찾아다니면서 해와봤죠. 외딴섬에 가서 선생 노릇도 해보고, 또 이런 일도…… 옛날 「상록수」의 주인공처럼 요즈음 세상에서 소위 말하는 봉사라는 것을 해보려고 애써왔는데, 글쎄요, 이것도 내게는…… 힘들어서가 아니라 이런 것이 과연 진정으로 누구를 위한 것이 될 수 있느냐는 데에 대한 회의가 와졌다고 할까…… 그러나 나야 뭐 원래 그런 사람이니까 그렇게들 아시고 남아 계시는 분들은 잘해보시도록……"

그가 떠났다고 해서 당장 큰 문제가 생기지는 않았다. 관이야 그가 짜지 않더라도 그전처럼 사다 쓰면 될 것이고, 다른 일들도 여섯 사람이 나눠 조금씩 더 열심히 하면 될 것이었다. 그런데 그가 일으키고 간 바람이 그리 약하지가 않았다. 봉사자들 거의 모두 흔들리는 말들을 했고, 특히 가장 믿을 수 있다고 생각했던 조금선 선생님마저 어느 날 조용한 자리에서 이런 말을 했다.

"나중에 가서 나를 원망할지 몰라 미리 말해두지만 나도 올봄이 가기 전에 떠나게 될 거예요. 나는 이곳에 올 때부터 목사님께 말씀을 드렸었어요. 정확히 이 년 육 개월만 있겠다고. 그런데 다음달이 약속한 달이거든요. 이 달이 될지 다음달이 될지는 모르겠습니다만, 남편이 교도소에서 나오게 되면 있고 싶더라도 더 이상 어떻게 있겠어요?"

떠난다는 말도 그렇지만 그보다도 교도소라는 말에 더욱 놀라 모두들 눈을 휘둥그렇게 뜨자, 조금선 선생님은 평소의 그답지 않게 심각히 말을 이었다.

"남편은 사상범으로 교도소 생활을 하는 마당에 내가 밖에서 이런 일 아닌 무슨 일을 할 수 있었겠어요? 뒷바라지할 애들이라도 있다면 모르지만 그렇지도 않은데 돈벌이나 하겠다고 돌아다니겠어요, 어쩌겠어요? 그래서 해온 일인데 나도 모르겠어요, 잘한 일인지 어쩐 일인지……"

이 집에 온 후 자기에게 기둥이나 마찬가지 역할을 해온 조금선 선생님으로부터 이런 말까지 듣고 나니 신혜는 정말 암담했다. 물론 자기의 신앙이 깊지 못한 탓일지 모르나 조금선 선생님마저 떠나고 나면 이 집에서 자기가 과연 어떻게 버티어갈 수 있을 것인가. 그렇다고 이 집을 떠나서는 과연 어디로 가 더 이상의 무슨 일을 한단 말인가.

그리하여 신혜는 낮이나 밤이나 틈나는 대로 기도하는 데 매달릴 수밖에 없었다. 그러던 어느 날이었다. 올봄 들어 처음으로 비가 내렸다. 구질구질 아침부터 내리기 시작한 비가 오후가 되어도 멎지를 않았다.

집 안에 켜켜이 굳어 있는 죽음의 냄새를 온통 들쑤셔 헤집어놓은 그 비 때문이었을까. 신혜가 이 집에 온 이후 가장 큰 사건이 벌어졌다. 목욕을 시키려고 목욕탕에 부축해 데려다놓은 한 식구가 자해(自害)를 한 사건이었다. 일종의 발작이었으나 지난번 혁명 할아버지의 발작과는 비교가 되지 않았다. 목욕탕 타일 벽에 사정없이 자기 이마를 짓찧어 피투성이가 된 채 쓰러진 것이다. 봉사자들 사이에 침묵 아저씨라고 불리던 식구였다. 신혜가 이곳에 온 지 한 달쯤 된 지난겨울 경찰서에서 데려온 사람이었다. 쉰 살도 채 안 되어 보이는데 사지를 거의 못 쓰고 말을 못했다. 무슨 말을 물으면 눈빛이나 표정, 고개의 끄덕임만으로 겨우 대답했다. 밥도 늘 뜨는 둥 마는 둥 이제껏 내내 누워서만 지내오다시피 했고, 똥오줌도 받아냈었다. 그런 그를 다른 식구들이나 마찬가지로 목욕을 시키기 위해 조금선 선생님과 함께 목욕탕에 막 데려다놓았는데, 마침 무슨 일 때문인지 한 봉사자가 와서 목사님께서 찾으신다며 조금선 선생님을 불러갔다. 그와 둘이 목욕탕에 남게 된 신혜는 자기가 옷을 벗기기 어색해 조금선 선생님이 돌아올 때까지 기다릴 생각으로 잠깐 밖에 나와 있었다. 바로 그 순간이었다. 신음소리를 듣고 놀라 신혜가 뛰어들었을 때는 이미 쓰러지고 난 다음이었다. 경악하는 신혜의 소리에 봉사자들은 물론 목사님까지 달려왔다. 숨은 아직 붙어 있었으나 워낙 쇠약해 있었던 사람이라 살아나기는 힘들 것 같았다. 그의 얼굴을 뒤집어 살피던 목사님이 잠시 감았던 눈을 뜨며 담담히 말했다.

"앰뷸런스를 부르지."

그러나 웬일일까. 목사님으로서는 일단 병원으로 옮기라는 말이었는지도 모르는데 봉사자들은 모두 그 말에서 신장과 안구 생각부터 한 것일까. 말은 못하고 사지는 잘 쓸 줄 모르나 이 식구도 분명히 기증서약서에 서명한 사람이라는 걸 알고 있어서일까. 봉사자들 중 어느 누구도, 심지어는 총무 일을 맡고 있던 박해준 선생님까지도 곧바로 전화통 있는 데로 달려가지는 않았다. 신혜 역시 언제까지나 움직이지 않을 자세로 고개를 숙인 채 서 있었다.

밧줄

임병하라는 이름을 가진 사형수의 교수형은 어느 맑은 오월 대낮에 집행되었다. 어느 때나 마찬가지로 교무과장 김씨에 의해 유언 녹취가 있은 다음 교화사 함씨로부터 교화가 있은 후 교도소장 박씨의 명에 의해 교도 편씨가 집행을 했고 의무관 송씨가 검시를 한 것이다.

며칠 후였다. 의무관 송씨 집에 한 사내가 찾아왔다. 퇴근 후 곧장 집으로 와 저녁밥을 아주 맛있게 먹고 막내놈을 무릎에 앉힌 후 홍세미가 나오는 텔레비전 연속극을 보고 있는데 식모애가 손님이 오셨다고 해서 나가보니 한번도 본 일이 없는 서른두셋가량의 사내가 서 있었다. 텔레비전 연속극의 고민하는 사내처럼 초조하게 서 있다가 다가서며 말했다.

송의무관님 되십니까?

그렇소만……?

뭘 좀 여쭤보고 싶은 게 있어서……

올라오시죠.

계속 초조한 몸놀림을 하고 있다는 것뿐 사내에겐 이렇다 할 별 특징이 없었다. 생김새도 수수했고 차림새도 수수했다. 아무 곳에서나 흔히 볼 수 있는 사람처럼 세월의 어려움이 전신을 휘감고 있었으나 눈에 거슬릴 정도로 꺼칠하다거나 남루하지는 않았다.

자리에 마주앉은 후 송씨는 사내의 입에서 무슨 말이 나오기를 기다렸으나 사내는 입을 열지 않고 담배부터 꺼내 피웠다.

물어보실 말씀이란……?

사내는 대답 대신 기침을 했다. 시선은 한번도 마주 보내오지 않고 기침을 하면서 담배를 태우더니 한참 있다가 말했다.

막상 여쭤보려고 하니까 좀 뭣한 생각이 드는군요.

사내는 여전히 시선은 보내오지 않고 순간적으로 엷게 혼자 뜻 모를 고소를 짓더니 기침을 한 번 더 하고 나서 말했다.

임병하라는 사람의 검시를 하셨다죠?

임병하?

송씨는 깜짝 놀랐다. 까맣게 잊고 있었던 그의 시체가 퍼뜩 떠올랐기 때문이다.

왜요? 하시지 않았나요?

아닙니다. 했습니다. 그래서 어쨌다는 겁니까?

사내는 담배를 눌러 끄고 빠른 동작으로 한번 마주보더니 다시 새 담배를 꺼내었다.

아무리 돌이켜봐도 자기에게 잘못은 전혀 없었으므로 송씨는 이어서 말했다.

뭐가 잘못되기라도 했습니까?

사내는 고개를 좌우로 내젓더니 말했다.

그게 아니고 그냥 여쭤보고 싶었을 뿐입니다.

여쭤보다뇨? 뭘 여쭤본단 말입니까?

송씨는 조금 화가 나서 목소리를 높였다. 그러자 사내는 비로소 빤히 맞바라보며 물었다.

그가 정말로 죽었습니까?

뭐라구요?

임병하라는 그 사람이 정말로 죽었느냐구요.

허어.

송씨는 하도 어처구니가 없어 그렇게 웃고 나서 말했다.

지금 나한테 농담을 하시는 겁니까?

사내는 다시 고개를 좌우로 내젓더니 가라앉은 소리로 혼잣말하듯 중얼거렸다.

농담을 하긴 왜 제가 농담을 하겠습니까? 그저 사실을 알고 싶었을 뿐이죠.

송씨는 다시 어처구니없는 웃음이 나오려는 걸 참았다. 사내가 혹 정신이상자가 아닌가 하는 생각이 들었기 때문이다. 그래서 새삼 사내를 찬찬히 뜯어보았으나 역시 초조한 몸놀림을 하고 있다는 것뿐 보통 사람들과 특별히 다른 면이 보이지는 않았다.

마지막으로 한 번만 더 여쭤보겠는데, 분명하죠? 임병하라는 사람이 분명히 죽었죠?

글쎄올시다. 그자가 예수처럼 부활이라도 했다면 모르지만 내가 검시를 할 땐 분명히 죽어 있었습니다.

알았습니다.

사내는 일어섰다. 일어서서 무슨 말인가를 더 할 듯하다가 고개만 꾸벅하고 느릿느릿 걸어 나갔다. 걸어 나가는 그의 뒤통수를 보면서 송씨는 이 사내가 의심하는 것처럼 임병하라는 그 사람이 혹 죽지 않고 살아 있을지도 모른다는 엉뚱한 생각이 들었다.

다시 며칠 후였다. 교도 편씨 집에 그 사내가 찾아왔다. 편씨는 약간 알코올중독 상태에 있어 퇴근 후엔 으레 집에 들어가기 전 누구와 어울리지 못하면 혼자라도 대개는 술을 몇 잔씩 마시는 버릇이 있었는데 그날도 그렇게 얼근해져 그의 십팔번인 '인생은 나그네길……' 어쩌고 하는 유행가를 속으로 흥얼거리며 집 앞에 당도했다. 이미 어둠이 꽤 짙어진 때였지만 에너지 절약이니 뭐니 해서 보안등을 켜지 않고 있어 처음엔 그 사내가 집 앞에 서 있다는 것을 미처 알아보지 못했다. 아니 누군가 서 있다는 것을 알아보기야 했지만 그가 자기를 기다리고 있는 사람이라고는 전혀 생각하지 않았다. 그런데 사내가 담배를 한번 크게 빨고 나서 발밑에 꽁초를 버려 밟은 후 앞으로 나서며 말했다.

교도소에 계시는 편선생님 되십니까?

편씨는 흠칫 놀라 위로 한 걸음 물러서며, 네? 네, 라고 대답했다. 그러나 대답을 하고 나서 생각하니 '선생님'이라고 하는 단어가 자꾸 간지럽게 귀에서 맴돌았다.

뭘 좀 여쭤보고 싶은 게 있어서……

무슨 말씀이신데……?

여기서 여쭤봐도 되겠습니까?

글쎄요. 집 안으로 들어오셔야 할 텐데 집이 워낙 누추해서…… 이게 우리 집이 아니고 세를 들어 살고 있거든요. 어디 저 앞 구멍가게에라도 좀 들어가시겠소? 여긴 보다시피 산비탈이라 잠깐 들어가 앉을 만한 자리도 변변치 않아서……

좋습니다. 가시죠.

사내는 앞장을 서서 구멍가게 안으로 들어섰다. 편씨는 조금 멈칫거려지는 바가 없지 않았으나 그렇지 않아도 술을 한잔 더 마셨으면 하던 욕구가 강렬하던 때여서 오히려 잘됐다고 생각했다.

뭘 드시겠습니까?

구멍가게 안 나무 의자에 앉자마자 사내는 가게 주인한테 은하수를 한 갑 달라는 말부터 하고 나서 편씨에게 물었다.

아무거나 선생 좋으신 걸로…… 나야 뭐 소주나 한잔 먹죠.

외상값이 꽤 밀려 있다는 생각과 함께 가게 주인의 눈치를 보아가며 편씨는 말했다.

소주? 다른 술이 더 좋으시면 다른 술을 드시죠. 맥주든지 정종……

아뇨. 나한테는 소주가 꼭 맞습니다.

그러시죠. 그럼……

사내는 소주 한 병과 오징어를 시켰다. 그러나 술을 따라놓고도 사내는 술 마실 생각은 하지 않고 담배만 피웠다.

편씨가 술을 한 잔 들이켜고 나서 물었다.

물어보실 말씀이란……?

술부터 드시죠. 저는 술을 마시기 시작하면 한없이 드는 습성이 돼놔서 이런 식으로는 잘 안 마시죠.

아무리 그렇더라도 함께 듭시다. 어떻게 나 혼자서만 계속 들 수 있겠소?

그럴까요, 그럼……

사내는 한 잔을 단숨에 들이켜고 잔을 내밀어 따르고 나서 상대의 얼굴은 보지 않고 물었다.

임병하라는 사람을 아시죠?

네?

임병하……

임병하? 잘 모르겠는데…… 이 동네에 사는 사람인가요?

사내는 엷은 웃음을 짧게 웃고 나서 편씨가 비운 후 내미는 잔을 받아 들며 말했다.

왜 모르세요, 며칠 전에 사형당한 임병하……

아하, 그렇지, 그 사람 이름이 임병하였지. 나도 건망증이 좀 있는 모양이죠? 아마 술을 너무 마셔서 그런 병이 생겼을 거요.

건망증? 그렇군요. 하긴 등에 업은 애를 찾는다는 말도 있으니까.

내가 알면서도 일부러 모른 척한 줄로 아시는 모양인데 정말이오. 순간적으로 잊어버렸었소. 그런 걸 다 기억하고 있다가는 아마 나는 살지 못할 거요.

어쨌든 좋습니다. 그 사람을 죽인 것이 바로 편선생님이셨죠?

죽이다니? 거 무슨 말씀을 그렇게 하쇼? 나는 사람을 죽인 적은 없소, 형을 집행했을 뿐이지.

아, 제가 실언을 했군요. 사과드리고 다시 여쭙겠소. 그 사람 형을 집행한 게 편선생님이시죠?

거 선생님이란 말 좀 쓰지 마시오. 귀에 거슬리오. 내가 임의로 집행한 게 아니고 명에 따라서 집행했을 뿐이오.

그거야 물론 그렇겠죠.

그래서 어쨌다는 거요? 그것이 내 직업이오. 농사꾼이 농사를 짓듯……

아, 그런 걸 따지자는 게 아니고……

그럼 뭐요?

분명하죠, 그 사람 사형이 집행된 것이?

다 아시면서 찾아와놓고 새삼스럽게 묻는다는 게 이상하지 않소?

확인을 하고 싶은 거요.

분명하오. 내 손에 의해 집행됐소.

알겠습니다. 그럼 한마디만 더 여쭙겠습니다. 그 사람이 사형당할 때 혹 다른 사형수들과 다른 점이 없었습니까?

없었소. 아주 허망하게 죽었소. 어떤 사람은 애를 먹이기도 하는데 그 사람은 오히려 더 쉬웠던 것 같소.

사내는 고개를 끄덕인 후 담배를 꺼내 물며 일어섰다. 술값을 계산한 후 사내는 무슨 말을 더 할 듯 편씨를 마주보았으나 편씨가 잘 가시라고 말하자 고개만 꾸벅하고 사라져갔다. 사라져가는 그를 보면서 편씨는 교승에서 축 늘어지던 순간의 임병하를 퍼뜩 떠올렸고 그 사람과 이 사내가 어떤 사이일까에 대해서 상상하기 시작했다.

다시 며칠 후였다. 교무과장 김씨 집에 그 사내가 찾아왔다. 오래전부터 눈독을 들여오고 있는 다방 마담이 하나 있어 그날 저녁도 할 일도 없으면서 공연히 그 다방엘 가 마담과 차 한 잔씩을 함께 먹으며 노닥거리다가 조금 늦게 집에 오자 아내가 어떤 분이 찾아왔었다고 말했다. 어떤 분이라니 어떻게 생긴 사람이냐고 물었더니 처음 보는 사람인데 어떻게 어떻게 생겼다고 말했다. 생각을 해봐도 아는 사람 중엔 떠오르는 사람이 없어 궁금한 얼굴을 하자, 전화번호를 가르쳐주었으니 전화를 걸어올 것이라고 했다. 혹 교도 발령을 바라는 보조원 녀석이 아닌가 하는 생각도 들었으나 그런 녀석이라면 집 전화번호를 이제야 알아갔을 리도 없을 것 같아 계속 궁금해하고 있는데 아닌 게 아니라 조금 있으니까 전화가 왔다. 몸을 씻고 아내가 꺼내주는 타월을 받아드는 순간 전화벨이 울렸던 것이다.

여보세요, 여보세요. 김교무과장님 댁이죠?

그렇습니다. 누구시죠?

교무과장님 들어오셨나요?

내가 교무과장입니다.

아, 그러세요? 아까 찾아갔다가 그냥 온 사람인데 다시 찾아가겠습니다.

무슨 일이신데요?

가서 말씀드리겠습니다. 바로 근처 다방이니 오 분 안에 가겠습니다.

전화가 딸깍 끊기는 순간 김씨는 흠칫 놀랐다. 전화 끊기는 소리에 놀란 게 아니라 '다방'이라는 말 때문에 놀랐다. 조금 전에 노닥거리다가 온 그 다방의 마담 생각이 났기 때문이다. 어떤 놈이 내가 그 다방 마담한테 눈독을 들이고 있다는 것을 알고 공갈을 치려는 게 아닌가 하는 생각조차 들었다.

그러나 오 분이 채 안 되어 나타난 사내를 막상 대하자 그런 불안은 곧 사라졌다. 우선 몸놀림이 공갈을 치려는 것보다는 호소를 하려는 것 같았기 때문이다.

피곤하실 텐데 늦게 죄송합니다.

아, 뭐 괜찮습니다. 무슨……?

임병하라는 사람을 아시죠?

……?!

얼마 전에 사형당한 사람 말입니다.

네, 압니다.

그 사람에 대해서 좀……

시간이 늦었다고 생각되어 그런지 사내는 약간 서둘러대는 태도였다. 그러나 김씨는 이야기를 듣고는 순간적으로 당황했다. 그 당황감을 메우기 위해 담배를 찾으려는데 그걸 곧 눈치채고 사내가 담뱃갑을 내밀었다.

무얼 알고 싶으신데요?

담배를 태워 물고 김씨는 가슴을 진정시키면서 전혀 당황하지 않은 것처럼 사내를 보았다.

그 사람의 유언을 녹음하신 걸로 알고 있는데……?

그거야 직책상으로 당연히……

그러시겠죠. 그 내용을 좀……

무엇 때문이시죠?

그렇지 않아도 유언 녹음을 끝낸 후 꺼림칙한 점이 없지 않았었는데 이렇게 되니 김씨는 켕기지 않을 수 없었다.

그냥 알고 싶어서입니다.

빤한 거 아뇨? 사람이 죽어갈 때 하는 말이란……

빤하다뇨?

댁 같으면 죽어갈 때 무슨 말을 하겠소?

켕기는 바라 김씨는 필요 이상으로 날카롭게 말했다.

글쎄요? 그렇지만 모든 사람이 다 같을 수는 없지 않습니까?

다르기야 다르죠. 그러나 종합적으로 보자면 마찬가지죠. 더 좀 살고 싶어한다는 이야기요. 빨리 죽여달라고 말하는 사람들의 그 말도 따지고 따지면 더 좀 살고 싶어하는 데서 오는 것임을 나는 수차례 느껴왔소.

그래서 그 사람도 더 살고 싶어했다는 이야기요?

물론이죠.

그렇게 말씀하실 게 아니고 내용을 좀더 구체적으로……

구체적인 거야 테이프를 틀어봐야 알죠.

테이프? 그렇죠. 녹음테이프가 있겠죠?

내가 미쳤소? 그 사람의 그런 테이프를 집에 갖다놓게……

그러시겠죠. 그러니 기억나시는 대로라도 좀……

나는 그렇게 두뇌가 명석하지를 못하오. 할 일이 없어 내가 일일이 그런 걸 기억하고 있겠소?

김씨는 그렇게 잘라 말했으나 말을 해놓고 나니 너무 심한 것 같아 이런 말을 덧붙여주었다.

다른 말은 기억나지 않고 단 한 가지 이런 말은 기억나오. 자기 아내한테 하는 말 중에 자기의 어린 자식이 크거든 자기가 사형을 당했다는 이야기를 꼭 해주라고……

꼭 해주라고? 왜 그랬을까요? 다른 사람들 같으면 자기 자식한테는 반드시 그런 사실을 숨기려고 할 텐데……

그래서 나도 좀 이상한 생각이 들긴 합디다만 뭐 그럴 수도 있겠죠.

사내는 고개를 끄덕이며 한동안 말없이 앉아 있다가 일어서며, 실례했소, 라고 말한 후 허청허청 구두를 채 신지도 않고 걸어 나갔다. 그런 그를 보면서 김씨는 녹음에선 뺐지만 임병하의 유언 중에 자꾸 되풀이되었던 '아무 죄 없이'라는 말을 떠올렸다. 아무 죄 없이 사형을 당했다는 말을 자기 자식한테 꼭 들려주라고 그는 거듭 말했었다.

다시 며칠 후였다. 교화사 함씨 집에 그 사내가 찾아왔다. 요 며칠 동안 이상하게 몸살기가 느껴져, 저녁을 먹은 후에 가끔 찾아갔던, 친구가 목사로 있는 집 부근 교회에도 한번 가지 않다가 이날은 몸이 좀 괜찮아진 것 같아 가보려고 막 집을 나서던 참이었다. 대문간에서 한동안 어정거리고 있었던 듯 사내는 함씨가 나서자마자 말로써 붙잡았다.

이 댁이 교화사로 계시는 함선생님 댁입니까?

네. 내가 바로 함인데요.

아, 그러세요. 뭘 좀 여쭤보고 싶은 게 있어서……

함씨는 사내에게서 갇힌 자들의 분위기 같은 걸 순간적으로 느꼈다. 자기가 교화해왔던 그 많은 수인들, 그들 가운데서도 교화당하기 전의 상태에 있는 수인이 아니라 교화를 당해 참회하는 눈빛을 보이기 시작하는 수인의 분위기가 느껴졌다.

무슨 말씀이신데요?

사내는 곧바로 대답할 듯 후닥닥 한번 돌아보더니 담배를 꺼내 물며 걸으면서 말했다.

어디를 가시던 중인 모양인데 가시면서 말씀하시죠.

성경 속의 불처럼, 다른 건물들과는 다르게 의미를 강요하며 빛을 발하고 있는 교회 건물을 향해 두 사람은 걸었다.

저 교회에 친구가 목사로 있어 그곳을 찾아가는 길인데……

좋습니다. 저야 교회를 싫어하는 편이지만……

싫어하다뇨? 왜요?

담배를 크게 빨아 한숨 쉬듯 내뿜으며 사내는 다시 돌아보았다. 역시 곧바로 말을 할 듯하다가 걷더니 한참 후에 말했다.

교회가 우리를 무얼 어떻게 해주는 건 아니지 않습니까?

그건 그렇지 않죠.

그럼 무얼 해준단 말입니까?

무얼 해주기를 바라는데요?

무엇이든지…… 이를테면 씻을 수 없는 죄를 씻어준다든지……

씻어주죠. 믿으시면 씻어주죠.

교를 믿는 사람들은 다들 그렇게 말을 합디다만 정말 그럴까요?

사내는 잠깐 고소 비슷한 걸 보였으나 아주 웃어버리지는 않고 꽤 진지한 태도를 보였다.

그런데 그것이 이상하게 자연스럽게 보이지가 않았다.

무슨 죄를 지으셨는지는 모르지만 어차피 우리는 모두가 다 죄인이니까…… 이건 상식화된 이야기이긴 합니다만……

교회의 울안으로 들어서긴 했으나 건물 안으로 들어서지는 않고 계단 옆 기둥 부근에 두 사람은 섰다. 밤 예배를 보려는 사람들이 하나둘씩 분주히 건물 안으로 들어갔다. 그들이 신경이 쓰이는지 벽돌로 쌓인 담 근처로 발길을 옮기며 사내는 말했다.

그렇다면 이미 죽은 사람의 혼이나 위해 먼저 기도하고 싶군요.

죽은 사람?

얼마 전 사형당한 임병하라는 사람을 아시죠?

아……

함씨는 머리가 어찔해옴을 의식했다. 임병하를 교화시키느라 애먹었

172

던 일이 너무나 강하게 머리를 쳐왔기 때문이다. 대개의 수인들, 더욱이나 사형 언도까지 받은 사람들은 성경 몇 구절만 읽어주고 설교 몇 차례만 해주면 금방 달라지는데 임병하는 그렇지가 않았다. 사형장으로 들어가기 전 고별의 악수를 하는 순간까지도 비웃음 같은 걸 보였다. 그러니까 그는 끝내 교화를 당하지 않은 채 죽은 셈이었다.

모르십니까, 임병하? 그 사람의 교화를 맡으셨던 걸로 알고 있는데……

네, 맡았습니다. 그런데 결국……

결국 어쨌단 말입니까?

교화를 못 시키고 말았습니다.

못 시키다뇨?

끝내 내 이야기에 귀를 기울이지 않더군요. 내가 며칠 동안 몸살을 앓은 것도 따지자면 그 사람 때문이었습니다.

몸살을?

사내는 엷은 웃음을 짧게 웃고 나서 이어 물었다.

왜 그랬을까요? 왜 끝내 그 좋은 말들에 귀를 기울이지 않았을까요?

글쎄요. 나도 그 생각 때문에 며칠 동안 잠을 못 잤고 그 결과 몸살을 앓은 거지요.

어떤 식으로 귀를 기울이지 않았는지 자세히 좀……

그걸 어떻게 다 일일이 말씀드리겠습니까? 예를 들자면 이런 말을 한 적이 있죠. 육신의 죽음이란 별게 아니다, 옷이 해어지면 옷을 벗듯 우리는 모두가 다 일정한 때에 이르면 육신의 옷을 벗는 것이다라고 했더니, 그러면 당신이 먼저 내 앞에서 그 육신의 옷을 한번 벗어보시겠소? 그러면 그걸 보고 나도 편하게 벗을 테니까라고 말을 하더군요. 그래서 말문이 막힌 적이 있죠. 물론 나는 아직 때가 이르지 않았다. 때가 이르지 않았는데 그것을 스스로 벗는다면 그것도 죄악이다라는 말을 해줄 수 있었지만 그런 말을 했다고 해도 그는 틀림없이 가만히 있지 않았을 겁니다.

교화사 자격이 없으시군요.

사내는 웃음을 보이며 가볍게 말했으나 함씨는 순간적으로 무엇에 찔리는 기분이었다. 그래서 솔직히 말했다.

이제껏 오 년을 넘게 이 직에 종사해왔지만 처음으로 크게 회의를 느꼈습니다.

혹 이런 생각은 들지 않습니까? 그가 아무 죄가 없었다고…… 사형언도를 받았지만 그것은 무언가 잘못 되어서였을 것이라고……

무슨 말씀을……

꼭 그렇다는 게 아니라 혹 그럴 수도 있지 않느냐는 이야기입니다.

사내는 손목시계를 들여다보았다. 그러고는 그 말을 끝으로 목례를 한 후 사라져갔다.

미친 녀석! 사라져가는 그를 보면서 함씨는 속으로 그렇게 중얼거렸으나 웬일인지 자신의 중얼거림에마저 회의가 왔다.

다시 며칠 후였다. 교도소장 박씨 집에 그 사내가 찾아왔다. 회식이다 마작이다 계집이다 뭐다 해서 거의 매일 밤 열한시가 넘어서야 들어오곤 했는데 식모애가, 사흘 동안이나 계속해서 어떤 남자가 찾아왔었다는 말을 들려주었다. 어떤 남자인지 신경이 안 쓰이는 바는 아니었으나 그렇다고 회식을, 마작을, 계집을 끊을 수는 없었으므로 그를 만나기 위해 일부러 일찍 들어올 수는 없었다. 그래서 그날도 마찬가지로 열한시가 조금 넘어 들어왔는데 그날은 각오를 단단히 했던 듯 사내가 그때까지 서 있다가 차에서 내리자마자 다가섰다.

잠깐 실례하겠습니다.

각오를 단단히 하느라고 술을 마셨는지 술냄새가 확 풍겼고, 말씨가 약간 시비조였다.

시간이 너무 늦었습니다만 일찍은 만나뵐 수가 없어서……

아, 그동안 몇 차례 찾아왔었다던 분이 바로……?

네. 세 차례 찾아왔고, 전화를 두 번 했었죠. 그러다가 안 되게 생겨 오늘은 여관에서 잘 셈 잡고 기다린 겁니다.

무슨 일이신지 직장으로 찾아오셨으면 될 텐데……

직장? 교도소 말입니까? 주소를 알기 위해 가긴 했었지만 그곳에서 할 성질의 이야기가 못 되어서……

무슨 이야기신데요? 안으로 들어오시죠.

이 밤중에 이런 사내를 집 안으로 들어오게 할 생각은 추호도 없었으나 사흘 동안이나 헛걸음을 치게 한 데 대한 미안감과 한편으로는 조금 겁이 나기도 해서 박씨는 부드러운 어조로 그렇게 말했다.

아닙니다. 여관을 찾아가기에도 늦었으니 여기에서 몇 마디만 여쭙겠습니다. 지난번 교수형을 당한 임병하 말입니다.

누구? 임병하?

그를 죽인 데 대한 복수를 엉뚱하게 자기한테 하려는 게 아닌가 해서 박씨는 더욱 겁이 났다.

그 사람 사형 집행을 명령한 게 바로 소장님이셨죠?

네? 네. 그렇지만 그거야……

물론이죠. 소장님 마음대로 하신 게 아니라 위에서의 지시대로 했을 뿐이라는 이야기시겠죠?

그렇죠.

그러니까 그걸 따지자는 게 아니고 한 가지 여쭙기만 하겠는데, 그 사람 집행 명령을 교도한테 내릴 때 어떤 이상한 느낌 같은 거 들지 않았습니까?

이상한 느낌이라니, 무슨……

말하자면 죄 없는 한 사람이 무고하게 죽어간다든가……

뭐라구요?

박씨의 소리가 너무 커서 그런지 사내는 엷게 웃더니 담배를 꺼내어 태웠다. 별 정신 빠진 놈 다 본다는 느낌이 없지 않았으나 박씨는 흥분을 가라앉혔다. 그러자 사내가 몇 모금 빨지도 않은 담배를 내던지며 말했다.

설령 그렇더라도 소장님으로서야 무슨 죄가 되겠습니까? 그렇지만 사람을 죽이는 마당에서 그런 생각을 한번쯤은 해볼 필요가 있지 않을까요?

이 늦은 시각에 날 데리고 장난을 하는 거요?

장난이라뇨?

장난이 아니고 뭐요? 말투가 꼭 죄 없는 사람을 공연히 죽였다는 투 아뇨? 도대체 법을 어떻게 생각하고 하는 소리요?

사내는 다시 엷게 웃었다. 그리고 땅을 보다가 갑자기 고개를 들며 말했다.

법이라는 것이 무엇인지 저는 잘 모릅니다. 그렇지만 그것도 사람에 의해서 이루어졌고 행해지는 거니까 잘못이 있을 수도 있지 않을까요?

박씨는 뭐 이 따위 새끼가 있느냐는 욕설과 함께 큰 소리를 쳐주고 싶은 충동을 간신히 억제하고, 피곤하오. 더 이상 그런 이야기로 왈가왈부하고 싶지 않소. 나는 그만 들어가보겠소, 라고 말한 후 초인종을 누르려고 했다. 그러자 사내가, 아니, 잠깐…… 하면서 앞으로 나섰다.

불쾌하신 모양인데 한마디만 더 드리겠습니다. 만약에라도 좋고 사실이라고 해도 좋습니다. 임병하라는 사람이 지은 죄 말이오. 사형을 당할 만큼 큰 죄를 임병하 그 사람이 짓지 않고 제가 졌다면 어떻게 하시겠습니까?

도대체 지금 무슨 말씀을 하시고 있는 거요?

왜요? 제 말씀이 어렵습니까? 임병하라는 사람이 오판의 희생자라면 어떡하시겠느냐는 이야기입니다. 진범은 따로 있는데 임병하가 대신 죽었을 경우……

아니 그렇다면 당신이……!

그렇게 단정을 내리신다고 해도 곤란합니다. 그렇지만 충분히 그럴 수도 있지 않겠습니까?

그건 모르는 소리요. 법이나 재판 과정이 얼마나 엄격한데……

사내는 고개를 강하게 가로저었다. 그리고 한동안 침묵하다가 분명한 어조로 말했다.

구태여 소장님한테 이제 와서 이런 이야기를 할 필요는 없겠지만 임병하는 결백합니다. 그 죄는 임병하가 짓지 않고 제가 졌습니다. 진범이 그가 아니라 저라는 이야기입니다.

허허 허허.

믿어지지 않으시는 모양인데 사실입니다. 한때는 이러지 않고 견디려고도 해봤습니다만 그러기엔 그것이 제겐 너무나 큰 짐으로 느껴졌습니다. 저의 죄를 남이 대신 벌 받도록 그냥 지켜본다는 건 얼마나 무서운 일입니까?

박씨는 말문이 막히다 못해 어이없는 웃음조차 더 이상 웃을 수 없는 상태가 되어 사내의 얼굴만 빤히 쏘아보았다. 쏘아보는 걸 의식할 텐데도 사내는 숙인 고개 그대로 한참 동안 서 있기만 하다가 비로소 고개를 들며, 피곤하실 텐데 실례했습니다. 현재 입장에서 제가 취할 수 있는 길이 어떤 것인지 생각해봐주시기 바랍니다. 며칠 후 다시 찾아오겠습니다, 라고 말한 후, 그가 말하는 길을 통속적으로 상징해주는 것 같은 컴컴한 길을 약간씩 비틀거리며 걸어 내려갔다.

사람이
그리운 땅

눈은 멎어 있었다. 상태는 해장국집에서 나와 아직 어둠이 완전히 걷히지 않은 도시의 대로를 걷기 시작했다. 해장국 속에 우거지들과 함께 그득 들어 있던 엉긴 핏덩이들. 조금 말랑말랑하고 오돌오돌하면서 구수함이 느껴지던 그것들이 이제야 비로소 조금씩 비릿하게 느껴져왔다. 담배를 태우고 싶다는 생각이 들었으나 담배 가게가 얼른 눈에 들어오지 않았다. 눈이 많이 쌓이지는 않았지만 길은 미끄러웠다. 한바탕 뱃속에 정신없이 몰아넣은 해장국의 열기로 좀 가셨던 추위가 걸을수록 다시 서서히 목덜미로부터 몰려들었다. 퇴색한 철에 맞지 않는 홈스펀 상의 깃을 세우고 주머니에 양손을 집어넣었다. 버스 정류장 부근에서 담배 가게를 발견하고 재빨리 다가갔으나 아직 문이 닫힌 그대로였다.

버스는 모두 텅텅 비어 있었다. 택시도 손님이 타고 있는 것보다는 타고 있지 않은 게 더 많이 눈에 띄었다. 멈췄다가 떠나가는 버스를 상태는 몇 대나 그냥 지나쳐 보내었다. 버스의 이마와 옆구리에 붙어 있는 번호와 행선지 표시의 표지판을 볼 생각도 않고 그냥 지나쳐 보내면서 우두커니 서 있었다. 여차장이 차 문 밖으로 고개를 내놓고 왜 그렇게 정신나간 듯이 서 있느냐고 소리치듯 행선지를 외쳐대었다. 저것만은 변하지 않았군. 칠 년 전에도 그랬다. 출퇴근 시간에 그렇게 사람을 잡아먹을 듯이 붐비는 교통도 새벽엔 늘 한산했다. 어쩌다가 술에 만취해 외박을 하고 새벽에 여관을 빠져나오면 도시 전체가 물에 헹궈낸 걸레 같았었다. 물에 헹궈낸 걸레. 그러고 보면 길이며 건물들은 너무 많이 변했다.

누구네 집을 찾아가든 날이 좀더 밝은 후라야 되겠다는 생각에서 상태는 다시 발걸음을 떼어놓았다. 신문 장수들이 길바닥에 신문들을 폐지더미처럼 쌓아놓은 채 적당한 분량만큼씩 나누고 있었다. 가게들이 하나씩 둘씩 문을 열기 시작했다. 켜져 번쩍이던 불빛들이 여기저기서 스러져갔다. 차량의 수가 늘어가고 사람의 수도 불어났다. 사람들은 모두 쫓기듯이 분주히 움직였다. 길이 미끄러워 쓰러질 듯 비틀거리면서도 용케 잘들 걸어갔다. 두 정류장을 더 걸어가자 버스표와 함께 담배를 파는 가게가 문을 열어놓고 있었다. 비싼 건 없고 싼 것만 있다는 담배 가게 주인의 말에, 상태는 아무거나 달라고 말한 후 주인이 내주는 대로 담배를 받아들었다. 성냥도 한 갑 달라고 해서 태워 물자 기침이 나왔다. 예상치 않았던 기침이 아주 세게 나와 고통을 참기 힘들었다. 허리를 굽히고 한동안 콜록거리면서 구역질까지 했다. 그러나 끄지 않고 계속 빨아대면서 상태는 걸었다. 처음만큼 심하지는 않으나 기침은 계속 나왔다.

몇 정류장을 지나왔는지 생각이 안 날 정도로 오랫동안 걷다가 상태는 문득 사람들이 떼거리로 거리에 몰려나와 붐비고 있다는 사실을 깨달았다. 벌써 출근 시간이 다 되었나? 버스들도 택시들도 아까와는 전혀 달랐다. 그득그득 실려서 바삐바삐 달려가고 있었다. 어디로 갈까? 누구를 만날까? 가족이나 애인이 있다면 물론 그들을 만나야겠지만 가족은커녕 애인도 없으니. 애인? 상태는 혼자 쓴웃음을 웃었다. 애인이라고 감히 말할 만한 여자가 상태에게도 없었던 건 아니었다. 순애라는 순박한 이름을 가졌던 그 여자를 상태가 만난 것은 신파 속의 한 장면 같은 사연으로 해서였다. 밤이 늦어서인지 그날따라 상태는 버스에 앉아서 퇴근을 할 수 있었다. 꾸벅꾸벅 졸면서 가고 있는데 누가 뒤에서 등을 두들겼다. 등이 근질거려올 만큼 가만가만 두들기며 들릴 듯 말 듯 한 소리로 속삭이듯 불렀다. 여보세요. 여보세요. 퍼뜩 정신을 가다듬고 돌아보니 바다에서 막 잡아낸 생선 같은 여자가 어색하게 웃고 있었다. 죄송하지만 버스표 하나만 빌려주세요. 처음 보는 사람한테 그런 말을 쉽게 할 수 있는 인상이 아닌데, 그러니 귀찮기보다는 오히려 친근감까지 느껴졌다. 그러나 워낙 갑작스러운 말이라 빤히 바라보고만 있자 여자는 여전히 속삭이듯 말했다. 급히 서둘러 오느라고 지갑을 빠뜨리고 왔나봐요. 핸드백 속에 넣은 줄 알았더니 없잖아요. 아무리 봐도 의도적으로 버스표 하나를 구걸할 여자는 아닌 것 같아 상태는 마주 웃으면서 백 원짜리 하나를 꺼내주었다. 그리고 다시 졸다가 하숙집이 있는 정류장에서 내려 걸었다. 그런데 다시 등 뒤에서 그 목소리가 들려오지 않는가. 이 부근에 사시나 보죠? 싱싱함에 비해선 몸매가 가는 편인 버스 속의 그 여자가 어깨가 닿을락 말락 한 생머리를 너풀거리며 아까보다는 좀 밝게 웃고 있었다. 아, 어떻게 여기까지? 이모님이 이 근처에 사시거든요. 오늘 밤이 이모부 제삿날이어서 어머니 심부름을 왔는데 다른 걸 챙기는 데 바빠 그만 깜빡 잊어버리고 지갑을…… 고마웠어요. 꼭 갚아 드릴게요. 필요하시다면 오늘 밤에라도…… 핫하, 밤이 이렇게 늦었는 데 지금 가지고 나오시겠다는 이야기입니까? 네, 가지고 나올 수 있어 요. 이모님 집이 바로 저기거든요. 저 담배 가게가 있는 구멍가게…… 아, 그래요? 그 가게라면 내가 거의 매일 들르는 곳인데…… 오늘 밤 에도 들어가는 길에 또 거기서 담배를 한 갑 사게 되어 있습니다. 머리 맡에 담배가 없으면 나는 잠을 못 자는 성미거든요. 호호. 그 정도세요? 그 정도로 골초예요? 뭐? 골초? 핫하. 두 사람은 연인처럼 가게 앞까지 걸었고, 결국은 여자가 담배를 한 갑 내와 담배 값에서 백 원을 제외한 나머지를 상태가 내주는 데에까지 이르렀다. 그렇게까지 철저히 따질 생각은 전혀 아니었는데 여자는 아주 자연스럽게 그렇지 않을 수 없도 록 만들었다. 무슨 담배를 피우시냐고 묻더니 그 담배를 가지고 와 얼마 만 더 주시면 된다고 하며 손을 내밀었던 것이다. 그날 밤의 그런 사연 으로 해서 두 사람은 가끔 만났고 나중엔 흔한 세상의 연인들 같은 사이 로 되고 말았다. 함께 여행도 갔고 여관에도 들었으며 살도 섞었다. 분 명히야 알 수 없지만 상태의 느낌으로도 그 여자는 분명히 순결을 바쳤 던 것 같았고 여관에 들고 살을 섞는 횟수가 많아질수록 상태가 아니면 살 수 없을 것처럼 매달렸다. 임신을 하게 되자 그것은 더욱 심해졌으며 하루라도 빨리 식을 올리자고 만날 때마다 조르는 지경이 되었다. 순애 라는 그 여자 자신만이 아니라 그 여자의 어머니며 이모까지 합세하여 나섰다. 알겠습니다. 전세방 한 칸만이라도 얻을 돈이 쥐어지면 올리려 고 했는데 그렇게 졸라대시니 내달에라도 올리겠습니다. 전세방을 못 얻어도 월세방은 얻을 수 있을 테니 말입니다. 말로만이 아니라 상태는

184

실제로 그렇게 결심했다. 결혼 비용에 월세방이라도 한 칸 얻자면 최소한 얼마를 가불해야 될 것이라는 계획까지도 세웠다. 그런데 공교롭게도 청천벽력 같은 일이 바로 그 무렵에 생겼다. 아직까지도 상태는 자신이 어떻게 되어 그 사건에 휘말린 것인지 어리벙벙하지만 청천벽력이라도 그것은 이만저만한 청천벽력이 아니었다. 상태가 갇히자 사정은 하루아침에 달라졌다. 법정이며 교도소며 불과 대여섯 차례 드나들어준 것으로 이쪽에 대한 관심의 모두를 마무리지었다. 그 여자의 어머니며 이모만이 아니라 뱃속에 삼 개월이 넘는 애를 가지고 있는 순애라는 순박한 이름의 그 여자마저도 그랬다. 정확히 여섯번째 면회를 오는 것을 최후로 그 여자는 이미 자기의 뱃속엔 애가 들어 있지 않다는 걸 고백했다. 눈물이야 글썽거리고 있었지만 그것은 당연한 일일 수밖에 없다는 표정이었다. 잘했어. 잘했다구. 더 많은 말이 터져나오려는 것을 참으며 상태는 간신히 그렇게 부르짖듯 말했다. 그러고는 순간적으로 그 얼굴이 보기 싫어 안으로 들어와버리고 말았는데 그 이후 그 여자는 다시 나타나지 않았다. 그 여자는 물론 그 여자의 어머니며 이모도 마찬가지였다. 꼭 한 차례 함께 나타나 그 여자를 다른 곳으로 시집보냈으니 깨끗이 잊으라고 통고를 해왔을 뿐이었다.

영등포 쪽으로 가는 버스가 와서 서자 상태는 무엇에 놀란 사람처럼 바삐 올라탔다. 처음엔 그 여자의 옛집이 있는 남가좌동이나 한번 가볼까 하는 생각도 들었으나 그것이 얼마나 부질없는 짓인가 하는 생각이 겹쳐 들었기 때문이었다. 애인이었던 여자를 만날 입장이 못 되는 지금에 와서 상태가 만날 사람이란 오직 형곤이밖에 없었다. 영등포에 있는 어느 출판사에서 근무를 하며 시를 쓰는 형곤이는 상태한테 제일 친하다고 할 수 있는 친구였다. 고등학교 동창으로 고등학교 때부터 문학에 남다른 재질을 보였던 그는 한때 상태의 병신 누이동생을 미칠 정도로 좋아했었다. 생김새며 몸매야 가냘픈 대로 괜찮았지만 폐를 심히 앓아 피를 토할 정도로 병신이었던 누이동생을 그는 옛날 신파조 연애소설의 주인공처럼 사랑하였다. 대학교 입시 준비로 정신이 없었었야 할 그 시기에 거의 매일 상태의 집을 드나들며 누이동생이 앓는 아픔을 대신 앓아주려고 애썼다. 릴케며 발레리며 서정주며 김수영 등의 시가 그로 하여금 누이동생의 아픔을 대신 앓아주는 유일의 수단이 되었다. 그들의 시를 변사조로 읊어주면 누이동생은 그 창백한 얼굴에 홍조를 띠거나 귀기가 서린 듯 퀭하게 반짝거리던 눈에 눈물을 글썽거리곤 했다. '주여 그들에게 이틀만 더 남국적인 날을 베풀어주소서' 라든가 '너는 마침내 나타나는구나 내 행로의 순수한 종말이여' 라든가 '시방 저는 텅 빈 항아리 같기도 하고 또 텅 빈 들녘 같기도 하옵니다' 라든가 '오오 눈물의 눈물이여 음악의 음악이여 달아난 음악이여 반달이여' 같은 구절들이 누이동생한테는 순간적으로나마 구원 같은 걸 생각하게 해주었는지 모를 일이었다. 그러나 상태는 싫었다. 병신을 더욱 병신으로 만들어주는 것만 같은 그런 청승이 싫어 소리쳤다. '남국적인 날 좋아하네' 라든가 '순수한 종말 좋아하네' 라든가 '눈물의 눈물 좋아하네' 라는 식으로 장단을 깨며, 신파 좀 그만 치우고 썩 꺼져 입시 공부나 하라고 소리치곤 하였다. 그래도 그는 여간해서 듣는 일이 없더니 당연하게 대학 입시에서 떨어지고 말았다. 아니 그가 대학 입시에서 떨어진 것이 그가 그렇게 거의 매일 상태의 집에 드나들며 그런 식으로 노닥거린 때문만이라고는 할 수 없을 것이다. 그런 식으로 노닥거리면서도 학교에서의 성적은 항상 1등이나 2등을 다툴 만큼 뛰어난 편이었으니까. 그런데 입시가 있을 바로 그 무렵의 겨울 누이동생이 역시 신파 속의 한 장면처럼 숨을 거두고 만 것이었다. 그것은 우선 형곤이보다 상태한테 더 큰 충격이 아닐 수 없었다. 바로 전해에 어머니를 잃고 외롭게 남매로 자라다가 그 지경이 되니 그 책임이 바로 자기에게 있는 것만 같아서였다. 자신만이 그렇게 느낀 것이 아니라 누이동생도 눈을 감으면서 말했다. 오빠, 왠지 모르게 오빠가 날 죽이는 것만 같아…… 그러나 충격은 충격이라고 해도 상태는 언제까지나 그 사실에 붙들려 있을 수만은 없었다. 가능한 한 쉽게 벗어나 앞에 펼쳐지고 있는 다른 사실을 붙들어야만 되었다. 화장장을 다녀온 그 다음날부터 바로 남은 입시 공부로 들어갔다. 그런데 형곤이는 달랐다. 화장장에서는 물론 그곳을 다녀오고 난 며칠 후에도 곧잘 고래고래 소리를 칠 만큼 미쳐서 날뛰었다. 늬가 죽였어. 늬가 죽였다구! 라고 느닷없는 소리로 말꼬리를 붙들고 늘어졌다. 밥도 잘 안 먹고 잠도 잘 자지 않으며 멍해져서 이따금 헛소리나 중얼거린다는 말을 그의 어머니가 들려주기도 했다. 그러니까 그가 대학 입시에 떨어진 건 순전히 상태 누이동생의 죽음 때문이라고 할 수 있었다. 어쩌면 그는 대학 입시를 겉으로만 치렀을 뿐 실제로는 치르지 않은 것인지도 몰랐다. 대학 입시에 떨어진 후 그는 육 개월도 더 넘게 비틀거렸다. 이제는 릴케와 발레리의 시가 아니라 보들레르와 랭보의 시를 흥얼거리며 남의 집 처마 밑 같은 데 쭈그리고 앉아 햇볕이나 쬐면서 시간을 보내는 일이 많았다. 그러다가 어떤 깨달음에서였던지 자원입대를 했다. 군대라는, 이제까지와는 이질적인 삶 속으로 뛰어들면 견딜 수 없는 것들을 견디게 될 힘이 생기지 않을까 해서였던 것 같았다. 하지만 그는 역시 군대에서도 견뎌내지 못했다. 무엇보다도 김치 때문이라고 했다. 김치 때문에 참지를 못하다니? 그러나 알고 보니 그것은 당연했다. 구령과 군가를 누구보다도 힘차게 부르고 포복과 사격 솜씨가 누구보다도 뛰어났던 한 동료가 그 거대한 김치 탱크 속에서 시체로 발견된 사실이 있었다는 것이었다. 실족사냐 자살이냐 그것은 별로 문제가 되지 않았다. 김치만 보면 치밀어 오르는 구역을 그는 끝내 견딜 수가 없었다. 탈영자가 설 땅이 어떠리라는 것을 몰랐을 리 없으면서도 탈영을 단행했다. 붙들려 가기까지 한 달이 채 못 되는 그 기간 동안 군대 밖에서 김치를 열심히 먹으려고 애썼지만 허사였다. 결국 제대를 하고 돌아와 그는 말했다. 아주 간단한 방법이 있었는데 그걸 몰랐었거든. 김치가 구역스러우면 그것을 안 먹으면 되는데 말이야. 그것을 꼭 먹어야만 살 것 같다고 느꼈었거든. 말대로 그는 제대하고 사회생활을 하면서는 김치는 먹지 않았다. 특히 젓이 들어가 비릿한 김치는 자기 자리로부터 가능한 한 먼 쪽으로 옮겨놓았다. 그의 집에서는 그를 위해 특별히 따로 백김치라든가 물김치 같은 걸 항상 마련해놓고 있었다. 나이도 좀 들고 군대에서의 생활, 특히 그 김치 탱크 속의 죽음에 대한 경험 때문인지 상태의 누이동생에 대해서는 많이 잊어버리고 있었다. 상태가 어쩌다가 말을 꺼내도 그전처럼 흥분하는 일이 없고 고개를 끄덕이는 정도로 지나쳤다. 시도 보들레르나 랭보를 치우고 영문으로 번역된 러시아 시들을 보고 있었다. 대학에 대해선 별로 매력을 느끼지 못하는 것 같았다. 다시 열심히 시험공부를 하여 좋은 대학에 들어가려는 기색을 전혀 보이지 않았다. 집에서 자꾸 성화를 부리자 그 성화에 못 견딘 탓인지 시험공부를 거의 하지 않고도 들어갈 수 있는 미미한 대학에 들어가더니 일 년 남짓 다니다가 그것도 치워버렸다. 그러나 잡지에 시들을 발표할 수 있는 위치에 서게 된 여건 때문인지 취직은 상태보다 오히려 더 빨리 되었다. 봉급이 낮은 출판사이긴 하지만 자기의 적성에 비교적 알맞은 직장이라고 했다. 주로 문학 서적의 교정을 보는 일이니 독서를 하는 셈 잡으면 된다고 말했다. 그러나 처음에 말했던 것과는 달리 그는 거기서도 견뎌내지 못했다. 그로서는 견뎌내었으나 직장이 그를 가만두지 않았다. 몇 달 동안 야근까지 시키며 철저히 부려먹더니 어느 날부터 갑자기 나오지 말라는 선언을 내렸다. 그 직장에서만이 아니라 두번째 들어간 출판사에서도 세번째 들어간 출판사에서도 마찬가지였다. 지금 다니는 곳까지 치면 아마 대여섯 군데쯤은 옮긴 셈이 될 것이다.

　버스에 짐짝처럼 실려 가다가 영등포 시장 앞에서 역시 짐짝처럼 부려진 상태는 방향이 잘 잡히지 않아 한동안 멍히 서 있었다. 추운데도 햇살은 맑았다. 군데군데 녹지 않은 눈들과 함께 눈을 시게 만들었다. 담배를 꺼내어 태워 물고 기침을 하며 기억을 되살리자 간신히 떠올랐다. 골목길, 양품점, 다방, 구두 수선, 라이터 만년필 수선, 3층 건물, 퇴색한 벽, 삐걱거리는 계단, 퀴퀴한 냄새, 변소, 헐멍한 문, 의자들, 핏기 없는 사람들…… 상태는 우선 골목길부터 찾았다. 다른 곳에 비하면 그래도 영등포는 그다지 많이 변한 편이 아닌 것 같았다. 조금 걷자 골목길이 옛날 거의 그대로 뻗어 있었다. 양품점은 보이지 않았으나 다방은 보였다. 옛날 이름은 '길목'이었는데 이제는 '너와 나'로 변해 있었다. 물론 주인도 바뀌었는지 건물 입구며 아크릴도 단장이 되어 있었다. 희한했다. 구두 수선, 라이터 만년필 수선도 그대로 있었다. 그런데 어? 막상 있어야 할 낡은 3층 건물이 보이지 않고 대신 지은 지 얼마 되지 않아 보이는 5층 건물이 들어서 있었다. 시멘트에 수성 페인트를 칠한 흔히 볼 수 있는 건물이긴 하나 작아도 아담하게 보였다. 이사 간 모양이구나. 상태는 낭패라는 느낌과 함께, 형곤이가 자기를 찾아준 마지막 면회 때를 떠올렸다. 성격이 원래 그런 놈이긴 하지만 이쪽에서 섭섭하다는 느낌이 들 만큼 형곤이는 거의 면회를 오지 않았다. 칠 년 동안 모두 합쳐야 다섯 번이 되지 않을 것이다. 그나마도 처음부터 삼 년 동안에 왔지 이후에는 한번도 오지 않았다. 하하 자슥…… 너 참 보기와는 다르게 드라마틱한 놈이로구나. 공판 이전엔 무죄가 될 줄 알았던지 그런 식으로 웃어대던 놈이 막상 실형 선고를 받고 항고를 해서도 관철이 안 되자 아무 말도 하지 않았다. 상태의 눈이나 깊숙이 들여다보다가, 건강해라, 라는 소리만 풀이 없게 내뱉고 사라져가곤 했다. 시는 잘 써지니? 라고 어쩌다가 물으면 술에 취하면 잘 써지지, 그런데 깨어나서 읽어보면 시가 아니라 플래카드가 되어 있거든, 그렇게 대답했다. 직장엔 다니면서도 생활은 늘 어려운지 사식 같은 것도 별로 넣어주지 않았다. 마지막 면회 때도 겨우 일주일분을 넣었다고 하며, 살냄새 맡으러 다니는 취미가 생겼거든, 그러면서 허옇게 웃었다. 무슨 말인지 잘 들어오지 않아 멍한 얼굴을 보이자, 살냄새 맡으러 다니는 취미 때문에 주머니가 늘 비어 있다구라고 덧붙였다.

상태는 새로 지은 5층 건물 앞에서 걸음을 멈췄다. 틀림없이 이사 갔을 것 같은 생각이 들기는 했으나 그렇다고 그냥 지나칠 수는 없었기 때문이다. 그런데 들어가보기도 전에, 아니 들어갈까 말까 망설이기도 전에 눈을 번쩍 뜨이게 만드는 것이 있었다. 놋쇠판을 부식시켜 만든 조그마한 네모 표지였는데, 거기에는 뜻밖에도 형곤이가 다니는 출판사 이름이 새겨져 있었다. 그렇다면? 상태는 웃음이 나왔다. 그 냄새나는 우스꽝스러운 건물에 사무실 두 칸을 세 얻어 살던 출판사가 그동안 돈을 벌어 이 건물을 지었다는 이야기가 아닌가. 어쨌든 반갑다는 느낌과 함께 상태는 바삐 건물 안으로 들어섰다. 조그마한 책상을 앞에 놓고 앉아 있는 수위가 의문스러운 눈으로 위아래를 훑어보며 어딜 가느냐고 물었다. 편집부, 편집부가 몇 층입니까? 편집부 누굴 찾으시는데요? 유형곤씨라고 아마 지금쯤 과장이나 부장이 되어 있을 텐데요. 상태의 말에 수위는 히쭉 웃고 나서 말했다. 그런 분 없는데요. 없다뇨? 글쎄요. 없는 것 같은데요. 수위는 고개를 갸웃거리다가 자기 말에 자신이 없는지 올라가 보시라며 편집부는 3층에 있다고 가르쳐주었다. 그러나 수위의 말은 틀리지 않았다. 편집부로 들어서자, 앉은 자리로 보아 부장인 것 같은 안경을 쓴 사내가 맞아주었는데 그 사람 벌써 그만두었다고 말했다.

그만두다뇨?

몸이 아파 나올 수가 없게 되었어요.

몸이? 어디가 어떻게 아팠는데요?

신경쇠약이라나 노이로제라나……

부장은 상태에게보다는 책상 위의 원고에 더 자주 시선을 보내며 오른손가락으로 자기 머리 위에 원을 그려 보였다. 머리가 이상해졌다는 뜻인 것 같았다.

언제부터……?

오래됐어요. 아마 삼사 년 되죠.

그래 지금 살기는…… 그전에 해방촌에서 살았었는데……

거기서야 옛날에 이사했었죠. 안양으로 이사했었는데 요즈음은 어디 뭐 산속으로 들어갔다고 합디다. 무슨 기도원이라든가…… 왜 머리 이상해진 사람들 고치는 곳 있지 않소?

그 정도로 심히……?

부장은 무슨 말인가 장황히 늘어놓을 듯하다가 혼자 웃으며, 말도 마쇼, 그러면서 계속 원고를 넘겼다.

쫓기듯 밖으로 나온 상태는 건물이 자기를 향해 쓰러지는 것 같은 현기를 느끼며 바삐 걸었다. 어디로 가야겠다는 생각도 없이 뛰다시피 골목을 빠져나온 후에야 서서 숨을 돌렸다. 그랬었구나. 그래서 요 몇 년 동안 그렇게 나한테 발걸음을 한번도 안했었구나. 상태는 다시 담배를 태워 물고 이제 또 어디로 갈 것인가를 생각하기 시작했다. 마땅히 그 기도원이라는 곳을 찾아가야 되겠지만 어디인지도 모르는 그곳을 지금 당장 갈 수는 없었다. 우선 춥고 우선 아는 사람이 그리웠다. 형곤이 말고도 친구라고 불렀던 자들이 전혀 없는 건 아니었다. 쉽게 떠오르는 자들만 쳐도 좋이 일고여덟 명은 되었다. 그러나 이상했다. 그들 중엔 그 누구한테도 찾아가고 싶지가 않았다. 비단 그들이 면회 한번 와주지 않았다거나 지금 찾아간다고 해도 따뜻이 대해주지 않을 것이라는 생각에서만이 아니었다. 아무리 따뜻이 대해준다고 해도 그들한테서는 어떤 진심이랄까 푸근함 같은 것을 느낄 수가 없을 것 같아서였다. 상태는 기침을 하면서 다시 걷기 시작했다. 날씨가 춥다고 해서 생활을 포기하고 있는 것 같은 사람들은 없어 보였다. 낡은 목도리로 귀를 동여맨 아낙네들이 얼어가는 귤을 무더기로 놓고 팔고 있었다. 염색한 군인 옷을 입은 사내가 과자부스러기 몇 봉지를 리어카 목판 위에 벌여놓은 채 발을 연신 움직이며 손으로 귀를 만지작거리고 있었다. 주간지들을 늘어놓은 진열대 옆에서 소년이 연탄불이 들어 있는 깡통을 껴안다시피 하고 있었다.

어떻게 되어서 그 선배가 떠올랐는지 모르겠다. 마땅히 만날 친구가 없는 마당에 만날 사람이란 그 선배밖에 없을 것 같았다. 선배라고 해야 대학교의 삼 년 선배니까 친구나 다름없는 사이라고 할 수도 있다. 공판 때 한 번, 교도소에 있을 때 한 번, 그렇게 두 차례 면회를 왔었다. 몸도 성치 않고 생활 때문에 여간해서 시간을 낼 수 없는 그가 두 차례씩이나 찾아주었다는 건 보통 일이라고 할 수가 없다. 역시 만난 지가 오래되어

요즈음은 어떻게 살고 있는지 모르나 큰 변화야 없었을 것이다. 상태는 그 선배가 사는 장위동 쪽으로 가기 위해 버스 정류장까지 걸었다. 그러나 멈춰 있는 버스들은 물론 정류장 표지판의 글씨들을 보아도 장위동으로 직접 가는 것은 보이지 않았다. 혹시 알 수 없다는 생각에서 옆에 서 있는 사람한테 물었으나 틀림없었다. 직접 가는 건 없고 한 번은 갈아타야 한다는 대답이었다. 갈아타서라도 가기 위해 상태는 우선 종로 쪽으로 가는 버스에 올랐다. 출근 시간이 지난 탓인지 아까보다는 훨씬 덜 복잡했다. 언 몸을 녹이는 데 승객들의 체온이 별로 도움이 안 될 정도로 헤싱헤싱했다. 초만원만 아니지 만원은 만원인데도 몸이 얼어 그렇게 느껴지는 것인지도 몰랐다. 대학에 입학해서 처음으로 맞던 겨울, 상태는 시골로 내려가지 못했다. 맡고 있던 아르바이트 때문에 방학이 되었는데도 내려가지 못하고 애의 집과 학교 도서관을 왔다갔다하면서 겨울을 견디었다. 사실 시골이라고 해봐야 가족이 없으니 내려가나 마나였지만 그래도 상태는 내려가지 않고 있는 게 아니라 못 가고 있다는 느낌에서 벗어날 수가 없었다. 무엇보다 처음 겪는 서울의 겨울은 시골의 겨울보다 훨씬 추운 것 같았다. 도서관을 가기 위해 캠퍼스의 언덕을 오르려면 칼끝 같은 바람으로 자신도 모르게 눈물이 비질비질 흘러나왔다. 그 무렵 어느 날 캠퍼스에서 그 선배를 만났다. 목발을 짚은 불구의 다리라 미끄러운 길이 무리였던지 절뚝절뚝 앞서가던 그 선배가 갑자기 나무를 붙잡으며 비틀거렸다. 눈을 감고 숨을 가쁘게 몰아쉬는 폼이 금방 쓰러지기라도 할 것 같아 상태는 바삐 달려가 붙잡아주지 않을 수 없었다. 괜찮아요. 나오지 말걸 하도 답답해서 나왔더니…… 다리는 괜찮은데 머리가 이렇게 가끔…… 그가 사월의거 때의 희생자라는 이야기를 언젠가 과우로부터 들은 일이 있는 상태는 괜히 미안감 같은 게 느꺼졌다. 붙들어주어 걸게 하며 별 필요도 없는 몇 마디를 나누었던 것도 그 때문이었다. 머리가 어지러우시다는 이야기군요? 머리도 다치셨던 모양이죠? 아뇨. 머리야 부상 같은 걸 입지는 않았는데 이상하게 가끔 어지럽거든요. 진찰을 해보셨나요? 진찰이야…… 병원 생활을 일 년이나 했는데…… 다리말고 머리에 대한 진찰 말입니다. 종합진찰을 받았었으니까 다 포함이 됐었겠죠. 그리고 의사 선생한테 따로 이야기를 한 적도 있고…… 의사 선생님 말로는 병원에 오래 있어 생긴 신경성 어지럼증이니 퇴원하면 곧 낫게 될 거라고 했는데, 퇴원한 지 벌써 이 년이 다 되거든요. 몸이 채 회복도 되지 않은 상태에서 공부를 계속해서 그런 게 아닐까요? 글쎄요. 주위에선 더 쉬라고들 했었는데 답답해서 견딜 수가 있어야죠. 그는 이때만이 아니라 다른 때도 접촉하면서 보니 답답하다는 말을 자주 썼다. 단순히 밖에 나가 활동하지 못하고 집에 갇혀 지내는 일만을 두고 말하지는 않았다. 누가 비위에 틀리는 짓을 해도 그랬고 학교나 사회나 돌아가는 일이 마음에 맞지 않을 때도 그랬다. 언젠가 그의 자취방으로 그를 찾아간 적이 있었다. 수업이 비는 시간을 틈타, 그가 알려준 대로 학교 부근에 있는 그의 자취방을 찾자, 굴속 같은 방에서 아무것도 하는 일 없이 누워 있었다. 이상했다. 자주 찾아간 것이 아니고 처음으로 찾아간 것이니 반갑게 맞이해줄 줄 알았는데 그게 아니었다. 누웠던 몸을 겨우 일으키며 어서 오라는 말을 하기야 했지만 말 속에 감정이 전혀 배어 있지를 않은 것 같았다. 괜히 찾아온 게 아닌가 하는 생각이 들 정도로 어색하게 만들었는데 한참 후에야 이유를 알 수 있었다. 그가 들려준 이야기의 요지는 이런 것이었다. 그 무렵 그는 자취를 혼자 한 게 아니라 다른 후배 하나와 함께 했다. 잘 알지 못하는 후배인데 딱한 입장에 있어 함께 있도록 했다는 것이었다. 물론 자기 처지가 그를 먹여 살릴 만큼 넉넉한 게 결코 못 되지만 아르바이트를 구할 때까지 당분간이야 못 살겠느냐 해서 결단을 내렸다는 것이다. 그런데 함께 있으면서 보니 그 후배가 도무지 되어먹지를 않았다. 방 한번 깨끗이 치우는 일은 고사하고 밥이며 빨래조차도 자기로 하여금 하게 만드는 경우가 많았다. 그러나 그것까지는 그래도 참을 수 있었는데 어제 아침엔 도저히 참을 수 없는 일이 벌어졌다. 자기 주머니를 보니 생활비로 쓸 돈의 절반가량이 비어 있더라는 것이었다. 그래서 크게 화를 내자 어제 나가서 아직 들어오지를 않는다고 했다. 선배는 이 이야기 끝에 쓸 일이 있어 썼으면 썼다는 이야기를 해줬어야 할 게 아니냐, 그리고 화를 좀 냈다고 이렇게 들어오지를 않으면 어떻게 되느냐고 참으로 답답하다고 말했다. 그 선배가 아니라도 누구라도 답답하게 느낄 일이긴 했지만 그렇다고 밥조차 먹지 않고 수업까지 빠지며 그렇게 우울하게 누워 있다는 건 상태로선 쉽게 이해가 가지 않았다. 그리고 언젠가는 이 선배가 학교 신문에 꽤 장황한 글을 썼는데 그 글을 읽고 상태는 공연히 자기의 얼굴이 붉어짐을 느꼈다. 그 논조가 그렇게 격렬할 수가 없기 때문이었다. 어떤 교수한테 드리는 서한 형식의 글로 대강 이런 내용이었다. 그 선배의 한 친구가 교수로부터 책을 한 권 빌려 본 일이 있는데 어떻게 잘못하여 그 책을 잃어버린 모양이었다. 희귀본이라 돈을 주고도 살 수 없으니 이만저만 큰 문제가 아니었다. 그 선배의 친구가 교수를 찾아가 자초지종을 이야기하고 많지 않은 돈으로나마 변상을 해드리겠다고 말했다. 그러나 교수는 노발대발했다. 선배의 친구 말을 믿지 않고 아무리 많은 돈을 주어도 필요 없으니 그 책만 가져오라고 말했다. 잃어버린 책을 찾을 길 없는 선배의 친구는 이러지도 저러지도 못하고 말았는데 나중에 보니 그 교수의 학점이 나와 있지를 않았다. 시험은 잘 보았는데 그 책을 못 돌려주자 졸업을 안 시키려고 학점을 안 준 것이었다. 그래서 그 친구는 끝내 졸업을 못한 채 낙오자가 되고 말았다. 그 책이 아무리 수백만 원을 주어도 못 살 책이라고 할지라도 책이라는 것이 도대체 어디에 필요한 것이며 학문의 의의가 어디에 있는데 어떻게 그런 인격으로 강단에 설 수가 있겠느냐고 했다. 교수의 실명을 밝히지 않은 글인데다가 그 친구가 다니는 대학이 다른 대학으로 되어 있었기 때문에 큰 말썽이야 없었지만 그 글에서도 선배는 끝에다 답답하다는 말을 쓰고 있었다.

상태는 종로 3가에 와서 버스를 갈아탔다. 역시 헤성헤성한 편이라고 할 수 있으나 물론 빈 좌석은 없었다. 그런데 올라타서 한 정류장을 가자마자 앞에 앉아 있던 사람이 내려, 앉아 갈 수 있게 되었다. 점심때가 가까워오는지 차창의 햇살이 봄의 햇살을 연상시켰다. 그러나 그런 햇살을 받으면서도 으슬으슬 몸의 소름은 가시지 않았다. 문득 담배 생각이 났으나 '금연'이라는 글자가 보여 참았다. 그런데도 기침이 나왔다. 기침 소리 때문인지 운전수가 백미러로 이쪽을 보는 것 같았다. 운전수 앞에는 '아빠! 조심, 사고는 싫어'라고 씌어 있었다. 선배는 학교를 졸업하고서도 좋은 직장을 잡지 못했다. 몸의 불구 때문에 시험을 쳐서 들어갈 수 있는 좋은 직장을 잡지 못하고 원호대상자로 해서 어떤 미미한 국영 기업체에 들어갔으나 곧 그만두었다. 불쑥불쑥 엄습해오는 어지럼증 때문에 일을 할 수 없어 스스로 그만두었다고 했으나 주위의 이야기로는 권고사직을 당했다고 했다. 선배보다 나이가 한 살 위이고 고등학교를 나온 별로 예쁘지는 않으나 마음씨가 고운 한 여자가 오랫동안 선배의 곁을 맴돌았는데 그 여자가 그랬다. 결국 선배는 그 여자와 결혼했다. 가난하기는 그 여자의 집 역시 마찬가지였듯 결혼을 한 후에도 생활은 늘 어려웠다. 원호대상자라고 해서 연금을 얼마나 받는지 셋방을 면치 못한 채 허덕허덕 살아갔다. 애가 생기자 더욱 심했는데 언젠가는 그의 입에서 이런 소리가 나올 정도였다. 결혼을 한다든가 애를 갖는다든가 하는 게 어떤 사람한테는 왜 죄악이 되는가를 요즈음에 와서야 비로소 실감할 수 있겠습디다. 좀더 치열하게 살고 싶어 남들 하는 대로 따라 해봤더니 내 경우는 너무 벅찬 것 같아요. 그러나 벅찬 대로 그는 열심히 살아갔다. 직장생활이 불가능하다는 걸 알고는 소자본으로 할 수 있는 장사를 해가며 살아갔다. 국민학교 앞에 문구점을 차리고 문구 외에 완구들도 곁들여 팔았다. 힘들지 않느냐고 묻자 잠시도 가게를 떠나서는 안 되기 때문에 힘이야 좀 들지만 애들을 상대하는 재미가 그런대로 괜찮다고 했다. 면회를 왔을 때도 물었더니 그저 고개를 끄덕거리다가 이런 말만 했다. 애들은 역시 애들이라 재미도 있지만 힘도 들어요. 우리 집엔 완구고 먹는 것이고 몸에 위험하게 생긴 건 일절 안 갖다 놓거든요. 그런데 애들은 꼭 그런 것만 찾다가 없으면 앞 가게로 가거든요. 그런 것만 못 팔면 상관없는데, 사는 김에 함께 사기 때문에 다른 것까지 못 파니 문제가 좀 있죠. 그래도 어쩔 수 없지 않느냐, 애들이 선배님을 배반한다고 선배님까지 애들을 배반할 수야 없지 않느냐라고 위로 비슷한 소리를 해주자 선배는 웃으며 고개를 끄덕이고 나서 한마디 했다. 그런데 왜 상태 씨는 배반했소? 이 사회가 상태 씨를 배반했다고 상태 씨마저 이 사회를 배반해서야 되겠소? 물론 상태가 갇힌 게 정말로 죄를 지었기 때문이라고는 생각하지 않을 텐데도 어떤 뜻에서인지 그런 말을 던졌다. 모르긴 몰라도 이럴 경우 위로의 말이라는 것이 얼마나 공허할 것인가 해서 그런 역설로 대신하는 것 같았다.

　장위동 손님 내리라는 차장의 말에 번쩍 정신이 들어 뛰어내린 상태는 한번도 와본 일이 없는 곳에 온 사람처럼 두리번거렸다. 아무리 많이 변했다고 해도 이렇게까지 변할 수가 있을까. 머릿속에 이미 그려져 있던 약도와는 골목길 하나도 같지 않았다. 길이 있어야 할 곳에 집이 있고 집이 있어야 할 곳에 가게가 있었으며 가게가 있어야 할 곳에 쓰레기통이 있었다. 아무리 좁은 길이라도 길을 끼고 있는 건물들은 모두가 필요 이상으로 솟아 점포들을 어미가 새끼들을 품듯 품고 있었다. 그 국민학교가 무슨 학교였는지는 그 이름이야 생각나지 않지만 어떤 국민학교 앞의 문구점이라는 사실 외의 다른 사실로는 도저히 찾을 수 없을 것 같았다. 구멍가게 주인한테 국민학교가 어디쯤 붙어 있느냐고 묻자 두 군데를 가르쳐주었다. 하나는 걸어서 오 분쯤 가면 있고 다른 하나는 차를 타고 두 정거장을 더 가야 있다고 했다. 우선 가까운 데부터 가보기로 하고 구멍가게 주인이 가르쳐준 대로 두번째 골목길로 들어서 다시 오른쪽 첫째번 길로 돌아섰다. 아, 상태는 우뚝 걸음을 멈췄다. 틀림없었다. 건물도 교문도 다 낯이 익은 학교였다. 하얀 바탕에 검정 글씨로 써서 건물의 모가지에 매달아놓은 '반공' '방첩'이 무엇보다 의식을 일깨웠다. 그런데 이상했다. 아니 당연한 일일 것이다. 오래되어 약간 찌부러진 단층 건물이던 선배의 문구점 역시 하나도 달라져 있지 않았다. 주위는 전부 달라져 있는데 학교와 선배의 문구점만은 그대로였다. 단숨에 문 앞으로 다가간 상태는 나오려는 기침까지 참으며 가게 안을 살폈다. 그러나 가게 안에 앉아 있다가 일어서서 맞이해준 사람은 그 선배나 부인이 아니라 전혀 본 일이 없는 쉰 살 가까이 되어 보이는 나이에 비해 혈색이 좋은 사람이었다.

주인 안 계십니까?

주인? 내가 주인인데요.

아니 그럼……?

누굴 찾으시는데요?

송일주 씨라고 다리를 저는……

오, 그전에 이 가게에 세 들어 있었던 사람 말이군요?

세……? 그렇죠. 아마 그럴 겁니다.

벌써 오래됐어요. 내가 이 가게를 세놓았었는데 심심풀이 삼아 다시 맡았죠.

언제……? 그럼 그분은 어디로……?

이 년 다 되어가죠. 그 사람 이민 갔어요.

이민……?

미국에 누구 아는 사람이 사는 모양이더군요. 여기서 살기가 워낙 힘든데다가 그쪽에서 연락이 있고 하니까 간 모양인데, 글쎄요. 거기 가선 어떻게 사는지……

상태는 더 이상 아무 말도 못하고 멍하니 한참이나 서 있다가 꾸벅 고개를 숙여 인사한 후 돌아서 느릿느릿 걸었다. 방학 중일 텐데도 무슨 일 때문인지 애들이 10여 명이나 떼뭉쳐 쏟아져 나오며 귀를 먹먹하게 만들었다…… 그런데 왜 상태 씨는 배반했소? 이 사회가 상태 씨를 배반한다고 상태 씨마저 이 사회를 배반해서야 되겠소……? 귀를 먹먹하게 하는 애들의 왁자지껄함 속에서 상태는 웃음을 머금은 채 내던지던 선배의 소리도 듣고 있었다. 이제 보니 그 소리는 상태에게 던졌던 소리이기보다 선배가 자기 자신에게 던지고 싶어했던 소리일지도 모른다는 생각이 들었다. 물론 그를 이해하기 위해서는 완전히 그의 입장이 되어 보아야만 알겠지만 글쎄 그는 꼭 그럴 수밖에 없었을까. 다리까지 바쳐야 했던 땅을 끝내 버릴 수밖에 없을 만큼 그렇게 극도로 절박했던 것일까. 큰길로 빠져나와 계속 걷던 상태는 왕대포라고 쓰인 싸구려 술집으로 들어섰다. 춥고 피곤하고 갈증도 났기 때문이다. 대낮인 탓인지 술집 안에 손님은 하나도 없었다. 드럼통 모양의 화덕에 연탄불이 있기는 하나 그것도 피운 지가 얼마 안 되는 듯 가스 냄새가 코를 찔러왔다. 젊은 부인이 파를 다듬고 있다가 별로 달가워하는 기색이 아닌 얼굴로 일어섰다. 모든 게 밖이나 별차 없이 썰렁하게 느껴졌으나 상태는 냄새가 코를 찌르는 화덕을 껴안고 앉아 막걸리를 시켰다. 플라스틱 용기째 막걸리를 갖다주며 젊은 부인은 안주는 뭘 들겠느냐고 따지듯 물었다. 뜨끈한 국물 같은 게 좋겠다고 하자 끓여놓은 건 없고 끓여야 되는데 동태찌개가 어떠냐고 했다. 시간이 오래 걸리게 생기면 그만두라고 말하자, 금방 된다고 하면서 부인은 바삐 몸을 움직였다. 시간이 오래 걸리게 생기면 그만두라는 말을 해놓고 생각하니 웃음이 나왔다. 어디 갈 곳이 있다고 시간 타령을 한단 말인가. 선배마저 만날 수 없게 된 이 마당에서 만날 사람이란 정말 아무도 없는 것 같았다. 동태찌개가 되기도 전에 막걸리를 연거푸 두 잔이나 비우면서 상태는 단 하나의 얼굴이라도 떠올리려고 애썼다. 애인도 친구도 선배도 만날 수 없는 이 시간, 만나서 반가울 사람이 누구일까를 두고두고 생각했다. 동태찌개가 다 되어 막걸리를 모조리 다 비우자 얼굴이 홧홧거렸는데, 그 홧홧거리는 기운 속에서 생각하고 또 생각했다. 그러나 떠오르지 않았다. 많은 얼굴들이 잠깐잠깐 스치고 지나갔으나 그저 스치고 지나갈 뿐 붙들고 늘어지지는 않았다. 술기운 때문일까. 정말 외롭다는 느낌이 물살처럼 온몸을 감쌌다. 밖으로 나서자 추위가 그 느낌들을 죽여갔다. 발걸음이 조금씩 휘청거렸다. 행인들이 흘끗흘끗 이상한 눈초리를 보내며 앞으로 뒤로 쫓기듯 움직여 갔다. 중풍이라도 앓은 듯 노인 한 사람이 지팡이를 짚고 불편한

다리를 한 발짝 두 발짝 떼어놓았다. 그렇구나. 그 스승이 있었구나. 상태는 걸으면서 그 스승을 찾아갈까 말까 잠깐 생각했다. 언제든 한번쯤은 마땅히 찾아뵈어야 할 분이긴 하지만 지금 이런 몰골로 찾아가도 괜찮을지 어쩔지가 망설여졌다. 지팡이를 짚고 걸을 바에야 차라리 걷지를 않겠다. 그 스승은 언젠가 그런 말을 한 적이 있었다. 국민학교 때의 스승이니까 지식 면으로 따지면 별로 보잘것없는 분이었다. 상태의 생애에 결정적으로 어떤 큰 영향을 끼친 스승이라고도 볼 수 없었다. 물론 어릴 때의 스승이 참된 스승이라는 예로부터의 말도 있고 또 그 스승과 상태와의 사이엔 몇 가지 남다른 사연이 있기는 하다. 하지만 스승 소리가 나올 때 국민학교 때부터 대학교 때까지의 그 많은 스승들을 다 제치고 그 스승이 맨 먼저 떠오르는 것은 이상했다. 국민학교 때 상태는 자칫하면 학교를 그만둘 뻔한 적이 있었다. 휴전 직후였기 때문에 잘사는 집보다는 못사는 집이 더 많을 때이긴 했지만 그래도 상태의 집은 너무나 가난했다. 어머니 혼자 역에 나가 오징어 장수 같은 걸 하여 연명해 가고 있었는데 그것이 견딜 수 없어 상태는 다니던 학교를 그만두고 가출을 했었다. 입고 간 옷 때문에 학교 친구들로부터 크게 놀림을 받고 나서였다. 입을 옷이 없자 어떤 군인이 버리고 간, 몸에 맞지 않는 커다란 군복을 어머니가 입혀주는 대로 입고 갔었는데 그걸 보고 애들이 에워싸 웃어대었던 것이다. 제일로 심하게 웃어대던 놈을 정신없이 두들겨 패고 학교에서 도망 나온 상태는 집으로 갈 수가 없었다. 집으로 가면 틀림없이 그 애의 부모나 담임선생이 찾아올 것 같아서였다. 도둑차를 타고 이웃 소도시로 도망간 상태는 별수없이 거지가 되는 수밖에 없었다. 처음 하루는 아무것도 먹지 않고 역 대합실 의자에 쪼그리고 앉아 보냈으나 다음날엔 배가 고파 도저히 견딜 수가 없어 주로 식당을 찾아다니며 비럭질을 했다. 그러다가 어떤 식당 주인의 눈에 들어 그 집에서 잔심부름을 하며 있게 되었다. 손님도 끌고 그릇도 나르고 배달도 다니는 일이었다. 힘이 없다고 큰 배달이야 시키지 않았지만 가까운 여인숙 같은 데에 한두 그릇씩은 시키기도 했다. 그런데 어느 날 어디서 누가 보아가지고 가르쳐주었는지 어머니와 담임선생이 헐레벌떡 쫓아왔다. 통곡을 하다시피 하며 쥐어뜯는 어머니 손을 말려 상태를 일으켜 세운 담임선생은 다른 말은 하지 않고 가난이라는 것에 대해서만 짧게 한마디 했다. 아직 어려 너는 잘 모를지 모르나 가난이라는 것은 조금 불편한 것일 뿐이지 결코 부끄러운 것은 아냐. 가난해서 좋은 옷을 입지 못한 것이 뭐가 부끄럽다고…… 내일부터는 다시 학교에 나오리라 믿는다. 무슨 돈으로 어떻게 마련했는지 결국 어머니가 입어도 애들이 놀려대지 않는 옷을 한 벌 마련해주었고 학교를 다시 나가게 되었는데, 그 이듬해 있은 중학교 입학시험에 수석을 하게 되었다. 그 이듬해까지 계속 담임을 맡은 그 스승은 그 시험 결과를 보고 상태의 손을 붙잡은 채 눈물을 줄줄 흘렸다. 아무리 과거 일이 생각나 감개가 무량했다고 해도 그렇게까지 눈물을 보인다는 일이 상태에게는 보통 민망하지가 않았다. 졸업을 하여 중고등학교를 다니는 동안에도 그 민망함 때문에 상태는 거의 찾아뵙지 않는데 그 스승은 오히려 이따금 찾아오곤 했다. 그 학교에 볼일이 있어 왔다고 하며 잠깐씩 만나고 가곤 했다. 그러나 상태가 서울로 올라와 대학에 다니면서부터는 거의 잊어버리고 말았다. 가난에 쪼들릴 때마다 그 스승의 말이 문득문득 생각나기야 했지만 그렇다고 일부러 찾아뵙는다거나 편지를 띄울 만큼 상태는 부지런하지는 못했다. 그런데 대학교에 다니면서 가정교사를 할 때 서울에서 우연히 만날 수 있게 되었다. 어떤 국민학교 애를 가르치게 되었는데 그 애의 담임선생

이름이 그 스승의 이름과 똑같아 알아봤더니 시골의 그 학교에서 서울의 그 학교로 옮겼다고 했다. 어떻게 돼서 이곳으로……? 뭐 그럴 만한 사정이 좀 있었지. 시골에서 서울로 오면 다들 출세한다고들 말하지 않나? 나도 출세를 좀 해보고 싶어 옮겨와본 거지. 스승은 별로 웃지도 않고 그렇게 말했으나 물론 그것이 농담일 것이라고 상태는 생각했다. 출세욕이야 누구에게나 다 있다고 하지만 그 나이(이미 쉰이 넘어 있었다)에 국민학교 교사로서 무슨 출세를 어떻게 하겠다고 상경을 했을 것인가. 그런데 아닌 게 아니라 나중에 사모님을 통해 이야기를 들으니 시골의 그 학교에 있을 수 없는 사정이 생겼다는 것이었다. 학생끼리 싸움이 벌어져 한 학생이 중상을 입는 사고가 발생하여 그 책임을 지게 된 것이라고 했다. 선생 노릇을 다시는 않겠다고 입버릇처럼 말씀하셨지. 그런데 이곳 사립학교에 그전 동창이 있었던 모양이우. 어떻게 알고 거기까지 쫓아내려오지 않았겠수? 그러나 이곳 사립학교에서도 오랫동안 선생 노릇을 하지는 못했다. 상태가 대학을 졸업하여 직장을 잡게 되었을 때 한번 찾아가니 건강 사정으로 그만두었다고 말했다. 교단에서 졸도를 하는 일이 생겼다는 것이다. 집으로 찾아가니 기동을 하기는 했으나 마음대로 하지를 못했다. 발이 말을 안 듣는지 조심조심 걸었다. 그러면서도 옆에서 붙잡아주어도 뿌리쳤고 지팡이를 들어주어도 뿌리쳤다. 선친께서 살아 계실 때 들려주신 말씀이 있어. 지팡이를 짚고 걸을 바에야 차라리 걷지를 말라는 것이었지. 그런 말을 하면서 이마에서 땀까지 내비치며 기를 쓰고 혼자 한 발 두 발 움직였다.

스승을 찾아가기 위해 상태는 택시를 잡았다. 직접 삼양동으로 가는 버스가 없는데다가 어디서 갈아타야 하는지 잘 알 수가 없었기 때문이다. 물론 물어보면 되겠지만 춥고 피곤한데다 마침 빈 택시가 자기가 서 있는 부근에 와 멈춰 자기도 모르게 올라타고 말았다. 교도소에서 노역의 대가로 받은 돈을 택시비로 날리기엔 너무 아까웠으나 술기 때문인지 그런 것에 그다지 신경이 쓰이지 않았다. 삼양동 버스 종점까지 가자고 말하자 택시 운전수는 대꾸도 않고 한참 가다가, 같은 방향으로 가는 손님이 있으면 태워도 괜찮죠? 라고 묻기보다는 그럴 테니 알아서 하라는 어조로 말했다. 엉겁결에 그러시라고 대답을 하기야 했지만 상태는 결코 유쾌한 기분은 아니었다. 차림새를 보고 무시하는 것이 아닌가 하는 생각조차 들었다. 그러나 막상 앞좌석에 합승 손님이 타자 기분이 정반대가 되었다. 머리를 요란스럽게 볶고 화장을 진하게 한 여자이기는 했으나 몸매가 아주 율동적으로 보이는 점이 맘에 들었다. 화장 냄새를 곁들인 살냄새가 성욕을 도발시켰고 순간적으로 순애의 속살 곳곳을 어른거리게 만들었다. 날짜까지 확정짓지야 않았었지만 순애와의 결혼을 결심하고 그 계획을 추진 중일 때 상태는 그 주례를 스승한테 부탁했었다. 그때쯤엔 건강이 많이 좋아져 주례는 충분히 볼 수 있을 것 같아 부탁했더니 스승은 생각해보지도 않고 고개를 좌우로 내저었다. 자기같이 가정생활이 원만치 못한 사람은 주례를 설 자격이 없다는 것이었다. 선생님의 가정생활이 왜 원만치 못하냐고 했더니 스승은 상태로선 전혀 모르고 있던 사실을 들려주었다. 내 가정생활이 원만치 못하다는 건 내 생활이 가난하다든가 집사람과 나와의 사이가 안 좋다든가 하는 걸 말하는 게 아냐. 결혼을 하게 되면 뭐니 뭐니 해도 제일 큰 게 자식 문젠데 나는 자식을 둘 낳아가지고 둘 다 실패를 했거든. 하나는 죽고 하나는 살아 있기야 하지만…… 살아 있는 한 아들에 대해서는 상태도 모르는 바 아니었다. 직접 어울려보지야 않았지만 말을 아주 심히 더듬고 머리도 제대로 쓰지 못한다는 소리를 친구들로부터 들은 일이 있었다. 그러나 잃었다는 아들에 대해서는 전혀 모르고 있었다. 선생님두…… 그게 제 결혼과 무슨 문제가 된다고 그러세요? 조금도 개의치 않을 테니 염려 마시고 맡아주세요. 아직 날짜를 정하지는 않았지만 정하게 되면 다시 찾아올 테니까요. 떼를 쓰다시피 그렇게 말하고 돌아왔으나 그후 상태는 다시 찾아뵐 기회를 갖지 못했다. 갇히는 몸이 되었기 때문이다. 갇혔다는 소식을 들었으면 스승으로서도 한번쯤은 다녀갔을 듯한데 웬일인지 공판정에도 교도소에도 나타난 일이 없었다.

삼양동이라고 해서 예외는 아니었다. 울퉁불퉁 먼지가 풀썩거리던 길이 아스팔트로 단장된 건 물론 종점 길의 도로 폭이 그전의 배는 넓어져 있었다. 그러나 택시에서 내려보니 종점 부근의 건물들은 그다지 많이 달라져 있는 것 같지 않았다. 물론 더 빽빽해지고 말쑥해지기야 했지만 가정집이 헐리고 빌딩이 들어서 있지는 않았다. 두세 군데 골목길을 기웃거리기야 했으나 상태는 어렵지 않게 스승의 집을 찾을 수 있었다. 한번도 손질을 하지 않은 듯 대문부터 페인트가 많이 벗겨지고 녹이 슬어 있었다. 문패는 없고 초인종은 붙어 있기는 하나 고장이 났는지 눌러도 반응이 없었다. 대여섯 차례 두들기자 분명히 사모님이 아닌 어떤 사십대의 부인이 나와 맞아주었다. 옛날에 사시던 분 이사 갔습니까? 옛날이라뇨? 누굴 찾으시는데요? 칠팔 년 전에 사시던 백세현 씨라고…… 백세현? 맞아요. 이름은 잘 모르겠지만 백씨는 백씨거든요. 잠깐 기다려보세요. 부인은 안으로 들어가더니 삼십대의 다른 부인을 데리고 나와 말했다. 주인댁 며느님 되니까 물어보세요. 주인댁의 며느리라면 그 반벙어리 아들의 부인이라는 이야기가 아닌가. 그래서 그런지 인상이 과히 좋아 보이지는 않았다. 백세현 선생님 계시냐는 말에 부인은 약간 놀라는 표정 뒤에 웃음을 머금으며 대답했다. 돌아가신 지가 언젠데요.

돌아가시다뇨? 옛날에 돌아가셨어요. 제가 이 집으로 들어오던 해니까 벌써 육 년이나 됐네요. 어디서 오셨는데요? 어머님은 계시는데…… 사모님 말씀이십니까? 네. 지금 계십니까? 집에 계시지 않고 시장에 계시는데…… 시장에 가시면 닭 파는 데가 두 군데 있거든요. 그 첫번째 집에 애 아빠랑 함께 계시니까, 만나실 일이 있으면 가보세요. 닭 파는 데라뇨? 그럼 사모님이 닭 장사를……? 왜 그렇게 놀라세요? 어머님이 하시는 게 아니고 저랑 애 아빠랑 하는데 애가 아파 제가 들어와서 어머님이 대신 나가 계시는 거예요. 가보세요. 가시면 바로 만나실 수 있을 테니까요. 알겠다고 말하고 뒤돌아선 상태는 머리가 멍멍해짐을 느꼈다. 전혀 생각조차 하지 않았던 며느리, 애, 애 아빠, 닭 장사 같은 스승과는 관련될 수 없는 세계 때문이었다. 처음엔 그냥 말까도 생각했으나 상태는 시장 부근에 이르러선 찾지 않으면 큰일이라도 날 사람처럼 눈을 뒤집다시피 하여 열심히 찾았다. 며느리가 말한 대로 시장 안에 두 군데의 닭집이 나란히 있었는데 그 첫번째 집에 사모님과 아들은 있었다. 겨울이라 닭 사는 손님이 별로 없는지 닭들이 아우성을 치는 닭장과 돌려서 털을 뽑는 기계와 배를 가르고 내장을 긁어내는 칼과 도마, 그리고 그들을 씻는 펌프며 함지박과 함께 두 사람은 문이 없이 홀 한쪽에 붙어 있는 온돌방에 정물처럼 걸터앉아 있었다.

어서 오세요.

닭을 사러 오는 손님인 줄 안 모양이었다. 말을 잘 못하는 아들은 눈동자만 굴렸고 사모님이 말했다.

안녕하세요? 절 알아보시겠습니까?

사모님은 잘 알아보지 못하는 것이 분명했다. 단골손님인 줄 알았는지 처음엔, 네, 그럼 알다마다요, 라고 가볍게 대답한 후, 어떤 걸 고르겠느냐는 표정으로 닭장에 눈을 가져갔다. 그러다가 상태가 미소를 짓자 그제야 눈을 깜박거리더니 손을 덥석 잡았다.

아니, 학생 아니유? 어디 잡혀 들어갔다던……?

아, 알고 계셨군요. 지금 댁에 들러 나오는 길인데 선생님께선……

그때 바로 죽었지. 학생 다녀가고 나서 한 일 년 살았나……

건강이 많이 좋아지셨었는데 어떻게……?

또 쓰러졌다우. 아마 학생이 잡혀 들어갔다는 기사가 신문에 났을 무렵일 거유. 참 알 수 없는 일이라고 나한테 몇 차례나 말을 해쌓더니 그 무렵에 그만…… 도대체 어떻게 된 거유? 정말로 그런 죄를 짓기는 진 거유? 어쩌다가 그렇게 크고 무서운 죄를 지게 되었수?

글쎄요. 저도 잘 모르겠어요.

모르다니? 그게 무슨 소리유?

상태가 말을 못 하고 웃자 사모님은 죄를 진 게 사실이라는 수긍의 뜻으로 받아들였는지 더 이상 그 말은 묻지 않고 언제 나왔느냐고 물었다. 바로 이때 한 여자 손님이 들어섰다. 어서 오시라는 사모님의 인사말에 이어 흥정이 오고 갔다. 값이 결정되자 아들이 익숙한 동작으로 의식을 진행했다. 칼로 목을 딴 닭을 기계 속에 넣고 돌렸다. 별로 요란하지 않은 둔중한 소리를 내며 돌아가던 기계는 순식간에 닭을 털 하나 없는 맨 고깃덩이로 만들었다. 그 고깃덩이를 아들은 자르고 가르고 긁어내고 씻어냈다. 발목을 자르고 배를 가르고 창자를 긁어내고 피와 오물을 씻어냈다. 함지박의 물이 핏물로 변하자 쏟아내고 다시 부어 헹구었다. 그 동작을 보면서 상태는 얼핏 교도소 안에서 한 동료가 하던 말을 떠올렸다. 살인을 했다는 그 동료는 말했다. 형씨는 그렇게 생각하지 않으쇼? 세상이 피를 부르고 있다고…… 실성한 놈의 소리 같아 가볍게 들어

넘겼는데 이 현장을 보니 어이없게도 그 말이 떠올랐다. 어린 날 동화를 가르치고 꿈을 가르치던 스승 아들의 이 공공연한 살해 행위를 나는 어떻게 이해해야 할 것인가. 아들이 잡은 닭을 비닐종이에 넣고 다시 봉투에 넣으라고 바쁜 사모님한테 그만 가보겠다고 말하자 사모님은 왜 그냥 가려구? 하면서도 애써 붙잡지는 않았다. 사실 스승이 살아 있지 않은 이 마당에 무슨 이야기가 더 오갈 필요가 있겠는가. 스승이 살아 있다면 한 잔의 술을 나눌 수야 있으리라. 아니 세상에 대한, 삶에 대한 좀 더 깊은 이야기를 할 수 있으리라. 그러나 이 현장에 오래 서 있으면 서 있을수록 그만큼 더 많은 피를 구경하는 일밖에 아무것도 못하리라는 생각과 함께 상태는 그곳을 나섰다. 새벽에 먹었던 해장국 속의 핏덩이마저 이상한 환영으로 달려들었다. 시장을 벗어나 큰길로 나서자 갑자기 더 추위가 느껴졌다. 이제 또 어디로 갈 것인가. 애인도 친구도 선배도 스승도 모두 그들의 길을 떠나 만날 수 없는 지금. 이제 정말로 또 누구를 찾아 어디로 간단 말인가. 멀쩡한 대낮 사람들이 붐비는 거리인데도 상태는 폐허에 서 있는 것처럼 아득했다. 담배를 뽑아드는데 다시 기침이 나왔다.

창호지

"요것이 자네 조부께서 마지막으로 손수 뜨신 종이네. 여기다 자네가 지방(紙榜)을 쓰게."

할아버지와 함께 창호지 공장 일을 해왔던 일꾼들 중의 한 사람인 노씨 아저씨가 내게 접혀진 창호지 한 장을 내밀었다. 나는 어리둥절했다. 서울에서 막 내려와, 구체적으로 할아버지가 어떻게 돌아가셨는가조차도 채 모르고 있는 상태였기 때문이다. 그러나 주위 사람들을 한번 둘러보았을 뿐 나는 시키는 대로 하지 않을 수 없었다. 보잘것없는 한자 실력과 서투른 붓글씨 솜씨를 발휘하여 '顯祖考學生府君神位'라고 썼다. 아직 대학교에 재학 중이긴 하지만 나는 지방이라는 것에 대해선 남달리 좀 아는 편이었다. 지방뿐이 아니라 장의(葬儀) 절차에 대해서도 내 또래의 친구들에 비하면 좀 알고 있는 편에 속했다. 이미 큰아버지, 할머니, 아버지의 죽음을 겪은 바 있기 때문이다.

"자네가 임종을 지켜드렸으면 좋았을 틴디…… 임종허시는 순간 자네를 찾으시더구만."

내가 쓴 지방을, 노씨 아저씨는 촛불과 향이 타고 있는 저쪽 할아버지의 영정이 기대 세워져 있는 벽에 정성스럽게 붙였다.

"그럼, 아저씨가 임종을……?"

"나만이 아니라 일허는 사람들 다 있었지. 김씨, 박씨…… 그리고 자네 모친도…… 워낙 느닷없이 당헌 일이라 연락이고 뭣이고 무슨 정신이 있었간디…… 오죽혀야 의사 손 한번 써보지 못혔겠나? 의사를 부르기사 불렀지만 벌써 때가 늦어 있더랑게."

"병명이 뭐래요?"

"심근경색이라나 뭣이라나…… 노환이신 셈이지. 허기사 칠순이시니 적게 사셨다고야 할 수 없지 않았나? 허긴 아침까장도 내내 암시랑토 않으셨지만…… 쓰러지시기 직전까장도 종이를 뜨셨당게. 종이를 뜨시다가 지통(紙筒)으로 꼬꾸라지신 거여."

나는 갑자기 거대한 무언가가 숨통을 거세게 죄어오는 것 같은 느낌에 사로잡혔다. 끝내 그런 최후를……

몸을 대강 씻고 옷을 상복으로 갈아입은 후 나는 드문드문 모여드는 문상객들을 맞았다. 그러나 문상객들과 절을 나누면서도 '지통으로 고꾸라지신' 그 최후에 대한 생각에서 계속 벗어날 수 없었다. 어차피 사람은 누구나 다 언젠가는 죽게 되어 있는 것이라면 할아버지는 거의 천수를 누렸다고 할 수 있는 셈이었다. 그리고 죽기 바로 직전까지 자기의 평생의 업에 몰두하셨으니 어느 면에서는 누구보다도 행복한 삶을 살았다고도 볼 수 있는 것이었다. 하지만 내가 오늘날까지 옆에서 보아온 그분의 생애를 돌이켜보면 결코 그렇게 천수라든가 행복이라는 말로 간단히 단정을 내릴 수는 없을 것 같았다. 아니, 어떻게 생각하면 더할 수 없이 지긋지긋하고 한 많은 생애일 것 같기도 했다. 특히 생전에 그분이 겪어온 집안이며 세상의 못 볼 꼴들을 생각한다면 그분 자신으로선 분명히 그렇게 느끼며 눈을 감았을 것 같았다. 운명할 때 나를 찾았다는데 내가 옆에 있었더라면 나에게 과연 무슨 말을 했을 것인가. 내가 살아남은 유일의 핏줄이니까 아마 집안 이야기를 했을 것이다. 특히 아버지의 죽음과 관련된 이야기였을는지도 알 수 없다. 따지고 보면 아버지가 죽은 것은 결과적으로 할아버지의 망령에 가까운 병적인 완고함 때문이라고 말하는 사람들도 있으니까.

아버지는 할아버지와 걸핏하면 싸웠다. 창호지 공장 때문이었다. 말이 공장이지 사실 창호지 공장이 어린애들의 소꿉장난 놀이터나 또는 쓰레기장처럼 되어버린 지는 이미 옛날이었다. 이 땅에 혁명이 일어나고 근대화 바람이 휘몰아치면서 완전히 사양길에 접어든 것이었다. 태풍처럼 휘몰아친 근대화 바람은 우선 눈에 보이는 것들부터 깔아뭉갰다. 집이, 건물이 헐려 길이 넓어지고, 산이, 전답이 깎여 호텔이, 유흥장이 들어섰다. 황톳길이며 자갈길은 아스팔트길로, 초가며 목조건물은 시멘트투성이 건물로 둔갑했다. 덩달아 집집마다의 창들조차 하나같이 창호지 아닌 유리로 뒤바뀌어갔다. 거기다가 대규모 종이공장들이 생겨나 다른 종이들과 함께 창호지도 양산해내기 시작했다. 그러니 가정집에서 대대로 이어오며 농사짓듯 이끌어온 소규모 창호지 공장이 될 리 만무였다. 두세 사람의 일꾼을 불러 할아버지를 위시한 집안 식구들이 진땀을 흘리며 애를 써도 일꾼 삯을 주고 나면 겨우 비린 반찬 꼬랭이를 살 돈을 건지거나 아니면 적자를 면하기 힘들었다. 그런데도 할아버지는 결코 창호지 공장의 문을 닫으려고 하지 않았다. 닫기는커녕 자신의 눈에 흙이 들어가기 전에는 절대로 닫을 수 없다며 과거에 모아놓았던 살림을 점차 줄여가기까지 했다. 젊을 때는 하는 일 없이 떠돌다가 나이가 들어서는 정치를 해보겠다고 소란을 피웠던 아버지는 창호지 공장 일에는 관심이 없었지만 할아버지가 그 공장 때문에 살림을 줄여가자 참지 못했다.

"고집도 부리실 디 가서 부리셔야죠. 아부지의 고집은 고집이 아니라 병이라구요. 동리 사람들이 뭣이라고 허는 줄 알아요? 다들 망령이 들었다고 혀요."

"뭣이라구? 이눔이…… 인제 지 애비헌티…… 나가! 당장 썩 나가지 못혀! 이 천하에 불효막심헌 눔 같으니라구……"

"세상을 알어야죠. 지금 세상이 어떤 세상인디 이까징 걸 공장이라고……"

"시상, 시상…… 얼른허면 늬눔은 시상타령인디, 아니 시방 시상은 늬눔마냥 정치를 험네 뭐를 험네 허는 핑계로 돈이나 쓰며 빈둥빈둥 돌아댕겨야 되는 시상이란 말이여? 내가 평생토록 일혀 모아놓은 살림 내가 허는 일이 쪼매 안 되어 줄여먹는 건 아깝고 늬눔이 대의원인지 뭣인지를 허겄다고 길가에 뿌리고 댕기는 건 안 아깝단 말이여? 늬눔이 대의원인지 뭣인지가 아니라 나랏님이 된다고 혀도 나는 늬눔 힘으로 시상 살지 않을 텅게 걱정 말어, 이눔아!"

그런 식의 싸움이 하루 이틀도 아니고 틈만 있으면 벌어졌다. 남남이라도 그러기가 쉽지 않았을 것 같았다. 아버지와 어머니 사이도 마찬가지였다. 할아버지가 말을 안 듣자 그 화풀이를 아버지는 곧잘 어머니에게 했다. 그러나 어머니는 아버지로부터 손찌검을 당해도 눈물바람만 할 뿐 아버지가 요구하듯이 할아버지를 공격하거나 설득하려고 하지는 않았다. 할아버지가 집안의 전답을 모조리 다 움켜쥐고만 있었던 게 아니고 얼마만큼은 이미 아버지에게 내놓았기 때문이었다. 그것을 아버지는 선거운동에 썼는지 아니면 선거운동을 핑계삼아 다른 데에 썼는지 이럭저럭 다 날려버린 것이었다. 그러고서도 모자라 할아버지가 소유하고 있는 남은 전답마저 마음대로 하지 못해 그렇게 성화니 어머니로서야 염치가 없었을 게 당연했다.

"나는 못혀라우. 죽어도 못혀라우. 사람이 염치가 있지 아부님이 그 고생혀서 사들인 논밭 아무 쓰잘 데 없이 다 날리고 무슨 낯으로 또 내놓으라고 혀라우?"

"쓰잘 데 없이 날리다니? 아니 그럼 내가 그 돈을 갖고 노름을 혔다는 거여, 지집질을 혔다는 거여?"

"매한가지지라우, 뭐. 안 뿌려도 좋을 돈 길거리에 뿌리고 댕겼는디 그게 별다를 게 어디 있어라우?"

"그려도 아부지가 공장에 쑤셔박는 것보다는 열배 낫어. 옛날이나 시방이나 자금 없이 정치가 되는 줄 알어?"

"정치? 대의원이 되는 것도 정치허는 거대라우? 우리 처지에 그런 정치는 혀서 어쩌자는 거대라우? 시상엔 얼마나 똑똑허고 잘난 사람들이 많은디 당신이 뭣이 잘났다고 당신까장……"

"아니, 이 여편네가……! 내가 뭣이 어떻다는 거여? 보자보자 헝게 남편 알기를 아주…… 내가 남만 못헐 게 뭣이 있어? 아마 고등핵교밖에 안 댕겼다고 혀서 그러는 모양인디 꼭 학벌이 좋아야만 정치를 허는 것인 줄 알어? 국민핵교도 안 댕겨갖고 국회의원을 혀먹은 사람이 얼마나 많은디…… 도리어 배우지 못헌 사람이 정치를 더 잘허는 벱이여. 집안 좋고 학벌 좋은 사람들이 어떻게 못 배우고 못사는 국민들 입장을 알겠어?"

"흥, 말은 좋네라우. 어쩌튼 난 아부님을 졸라댈 염치는 없응게로 알어서 혀라우. 졸라대봤자 뻔헐 거구라우. 아부님의 성질 잘 알잖아라우? 당신이 졸라서 안 되는 일이 내가 조른다고 혀서 될 것 같아라우?"

그렇게 잘라 말하던 어머니가 무슨 생각이 든 것일까. 끝내는 어느 날 할아버지에게 그 이야기를 꺼내는 걸 나는 들을 수 있었다. 학교에서 돌아오니 어머니가 집에 없어 나는 집 한쪽에 딸린 공장으로 가보았다. 예상대로 어머니는 그곳에 있었다. 잠시 쉬는 틈이었는지 비다* 돌리는 노씨 아저씨는 보이지 않았고 할아버지와 어머니만이 보였다. 할아버지가 지통에서 발(簾)로 떠 작기**에 짜주는 창호지를 받아 건조철판에 말리는 일을 돕고 있었다. 공장에서 하는 일 중 가장 쉬워 특별한 기술이 없어도 가능해 가끔 내가 도운 적도 있는 일이었다. 하고 싶어도 아버지가 못하게 해 웬만해선 공장 일은 할 생각을 않는 어머니가 그렇게 열심히 하고 있는 것부터가 수상했지만 나는 곧 상황을 파악했다. 두 분은 일만 하고 있는 게 아니라 나를 보고서도 본 체 만 체할 정도로 진지하게 이야기도 하고 있었다.

"……너까장 그러면 허는 수 있겄느냐만 나는 내 눈에 흙이 들어가기 전까장은 더 이상 안 내놓을라고 혔다. 내가 죽은 후에야 어차피 다 느네들 것이 되겄지만……"

"죄송혀라우. 저도 어지간허면 이렇게까장 나서지 않을라고 혔는디 어찌나 못살게 구는지…… 한 번만 더 살펴주셔라우."

---

* 삶아 헹군 닥나무를 가는 기계.
** 짠 물기를 없애는 기계.

"남은 전답이라고 혀봐야 그것이 몇 푼어치나 되겄냐? 그것마저 날리지 못혀 그 꼴이니…… 돈이 소중혀서보다도 사람이 돈을 쓸 디다 써야지……"

"……"

"그눔은 애시당초 글러먹은 눔이여. 젊을 적 대핵교에 떨어져갖고도 붙었다고 속이고 학자금 타다가 엉뚱헌 디다 쓴 눔인디 더 말허면 뭣 허겄어? 그려도 널 만나갖고 사람이 좀 된 줄 알았더니 나이가 들어서도 요 모양이니…… 허헝, 지까징 것이 정치…… 지까징 것 겉은 눔이 정치를 허겄다고 나성게로 정치허는 사람들이 그 모양으로 욕을 먹는 줄 모르고…… 넋 떨어진 눔!"

"참말 뭣이라고 말씀드릴 수가 없어라우. 아부님도 보시다시피 요즈음엔 실성헌 사람 같지 않아라우? 그냥 이대로 끝까장 나가다가는 필시 무슨 일을 저지를 것만 같어서……"

"무슨 일을 저질르긴, 지까징 것이 뭐, 이 애비를 죽이겠다는 거여, 집에 불을 질르겠다는 거여…… 알겄어. 늬 입장을 봐서 논 몇 필지 남은 것 중에서 마지막으로 한 필지 더 내줄 텅게 삶아먹든지 구워먹든지 알아서 허라고 혀. 그 대신 나머지는 털끝만치도 더 손댈 생각 말고…… 더 손댈라고 혔다가는 그때는 참말 무슨 일 크게 날 텅게……"

"알았어라우. 명심허졌어라우."

그러나 그렇게 해서 더 내주게 된 논 한 필지도 아버지의 정치 자금으로는 부족했던 모양이었다. 선거가 임박해올 때쯤 아버지와 할아버지, 또는 아버지와 어머니 사이엔 그전보다 더 심한 싸움이 연일 끊이지 않았다. 욕설이 오고 가다 못해 나중엔 손찌검을 하거나 살림살이를 때려 부수는 사태까지 벌어지곤 하였다. 밤늦게 술에 취해 들어와 혼자 받은 밥상을 마당으로 내던지며 길길이 소리를 치는 정도의 일은 예사로 벌어졌다.

"쌍놈의 세상, 이렇게 살아서 뭣혀? 혓바닥을 모래밭에 처박든지 석유를 몸뚱이에 뿌리든지 콱 뒈지고 말아야지. 나이 마흔이 넘어갖고도 망령 든 노인 눈치, 지 여편네 눈치…… 도무지 챙피혀서 거리를 돌아댕길 수가 있어야지……"

하지만 할아버지는 더 이상 양보하지 않았다.

"이 넋 떨어진 눔, 이 정신 허갱이 빠진 눔아, 그렇게 늬 마음대로 못혀 환장허겠거든 이 애비를 죽이면 될 거 아녀, 이눔아!"

그렇게 결사적으로 맞서 버티며 끝내 더 이상은 내놓지를 않았다. 자금이 부족해서였는지 어째서였는지는 모르겠지만 아버지는 그렇게나 노래 부르던 대의원 선거에서 무참하게 떨어졌다. 모르긴 몰라도 아마 돈을 더 많이 들였다고 해도 아버지가 당선되기는 힘들었을 것이다. 그러나 아버지는 그렇게 생각하지 않았다. 자신이 떨어진 것은 순전히 자금이 부족해서였다고 입버릇처럼 되뇌며, 날이 갈수록 행동이 이상해져 갔다. 폐인처럼 낮이나 밤이나 늘 술로 버티며 어떤 때는 밖에서 피투성이가 되어 들어오기도 했다. 알고 보니, 당선자 측에게, 선거 공약을 어기고 물량 공세를 취했다며 고소하겠다고 시비를 하다가 얻어맞은 것이었다. 그런 일말고도 폐인이 아니면 쉽게 할 수 없는 짓을 수차례나 저질렀다. 아무 연락 없이 며칠씩 집에 안 들어오는가 하면 거지꼴이 되어 파출소에 갇혀 연락을 해오기도 했고, 어떤 때는 술집 여자나 몸 파는 여자에게 무슨 못된 짓을 저지르기라도 했었는지 얼굴에 커다란 송충이가 붙어 있는 것 같은 흉측한 손톱자국을 내가지고 들어오기도 했다. 그러다가 내가 고등학교 졸업반이었던 그해 겨울 거리에서 동사(凍死)하

고 말았다. 개골창에 얼굴을 처박고 죽은 시체로 발견이 되었는데 검진
결과 타살이 아닌 동사로 판명이 났다고 경찰이 알려주었다.

그 사실 앞에서도 할아버지는 눈물을 보이지 않았다. '원 천하
에……!' 소리를 신음처럼 내뱉고 지통에서 발로 떠 건져 올리던 창호
지 일만을 멈추었을 뿐이었다. 어머니와 나, 또는 다른 일꾼들의 얼굴을
보기가 안됐던지 더 이상 아무 소리 없이 공장 밖으로 나가버렸다. 그리
고 장례 일에도 일절 관여하지 않았다. 공장이 쉬고 장례가 치러지는 기
간 동안 내내 방에 누워만 있었다. 그러는 그 할아버지를 어떻게 이해해
야 할지 나는 그때 당시로서는 잘 가늠되지가 않았다. 그러나 할아버지
가 아버지의 죽음에 대해 누구보다도 비통해하고 있다는 것을 나는 대
학에 들어가고 나서 알 수 있었다. 1학년 여름방학 때의 일이었다. 방학
이 되자마자 시골이 집인 친구들은 모두들 하나같이 살길이나 나선 것
처럼 서둘러 보따리들을 쌌지만 나는 차라리 그냥 서울에 머물러 있고
싶어했다. 아버지의 죽음을 위시한 몇 죽음과 창호지 공장으로 연상되
는 시골의 그 답답한 분위기에 묻히기보다는 서울에 남아 도서관이나
드나드는 것이 훨씬 나을 것 같아서였다. 그러나 나는 그런 용단을 내리
지 못했다. 하숙비는커녕 차비도 다 떨어진 상태였고, 또 그런 문제가
아니더라도 방학이 되었으니 일단 시골의 어른들께 인사를 드려야 될
게 아니냐는 생각 때문이었다. 방학이 되고서도 일주일이나 망설이다가
내려가자 할아버지는 변함없이 손수 창호지를 뜨고 있었다. 어머니 역
시 아버지의 죽음에 대해서는 이미 잊어가고 있는 듯 조용히 건조철판
에 창호지를 말리고 있었다. 그런데 나를 보자 두 분은 내가 예상했던
것보다 훨씬 더 반색을 했다. 할아버지와 어머니의 얼굴에서 그토록 밝
은 표정을 나는 이제껏 한번도 본 일이 없었던 것 같았다. 저녁 밥상에

는 영계백숙이 놓였고, 할아버지는 어쩌다 무슨 잔치가 있을 때나 한잔씩 드는 막걸리까지 받아오게 해서 들었다. 그리고 내게 여러 가지를 물었다. 대학교에서는 무엇을 배우느냐는 둥 하숙 생활은 하기 힘들지 않느냐는 둥 서울 집들 중에 이제 문을 창호지로 바른 집은 한 집도 없느냐는 둥…… 그러나 그런 기분은 잠깐이었을 뿐 어느 순간부터 할아버지의 표정은 달라지기 시작했다. 내 얼굴에서 아버지의 얼굴을 떠올리기라도 한 것일까. 내 얼굴을 뜯어보듯이 찬찬히 보다가 갑자기 굳은 표정이 되며 아무 말도 하지 않았다. 저녁 밥상을 물린 후 마당에 모깃불을 피워놓고 멍석에 앉아서도 마찬가지였다. 아무 말 없이 담배만 피우다가 한숨과 함께 '넋 떨어진 눔……!' 하고 중얼거리더니 답답해 더 못 견디겠다는 듯 일어나 밖으로 나갔다. 동네에 바람을 쐬러 가는 것이 아닌가 했다. 연로하신 분이 술에 젖어 어두운 바깥으로 나가는 게 꺼림칙했으면서도 크게 신경 쓰지 않은 것은 그 때문이었다. 그런데 바람만 쐬고 곧 들어올 줄 알았던 할아버지는 좀처럼 들어오지를 않았다. 나간 지 한 시간, 두 시간, 세 시간이 지나 자정이 가까워오는데도 들어오지를 않는 것이었다. 처음엔 전혀 신경을 쓰지 않는 것 같던 어머니도 나중엔 초조해지는지 내게 말했다.

"요상허구나. 여간혀서 이런 적이 없으신디…… 들어오시겄지, 뭐. 고단헐 틴디 너 먼저 싸게 자거라."

하지만 그럴 수는 없다고 생각되어 나는 밖으로 나가 찾아보았다. 동네 입구 주막이며 정자나무 부근, 그리고 더러 갈 만한 노인 친구분들 집까지도 다 가보았다. 그러나 모두들 본 적도 없다고 말했다. 초조감이 불안감으로 변했지만 나는 그냥 들어오는 수밖에 다른 도리가 없었다.

"왜? 안 보이시대? 요상허구나, 어딜 가셨길래 여태까정…… 이 밤중에 가실 디가 없으실 턴디…… 가만있자…… 공장에 가신 건가?"

문득 짚이는 게 있는지 어머니는 자리에서 일어나더니 바삐 공장 쪽으로 갔다. 집 한쪽에 딸려 있긴 하나 공장의 구조가 이쪽에선 그 안에 누가 있는지 없는지 알 수 없도록 되어 있었다. 하지만 이 한밤중에 혼자 공장에……? 생산이 수요를 따르지 못해 밤일을 해야 할 상태라면 몰라도 그거야 나로선 이야기로써밖에 들을 수 없었던 옛날 일이 아닌가. 그리고 또 실제로 밤일을 한 적은 한번도 없었고, 어쩌다 저녁에 좀 늦게까지 할 땐 일꾼들이랑 함께 하기 때문에 그 뒤치다꺼리를 하느라 어머니가 눈코 뜰 새 없이 바빴지 않은가. 그러나 워낙 평생을 창호지 뜨는 일로 보내와 창호지 신이 들렸다는 소리를 들을 정도니까 또 혹시 모르겠다는 생각을 했는데, 아니나다를까 틀림없었다. 공장 앞으로 다가가 보니 불빛이 흘러나왔고, 열린 문 안으로 들어서 보니 할아버지 혼자 창호지를 뜨고 있었다. 아, 그런데 어머니와 나는 동시에 얼어붙은 듯 아무 말도 못하고 우뚝 걸음을 멈출 수밖에 없었다. 중얼중얼 뭐라고 주문 외듯이 계속 혼자 중얼거리며 열심히 지통에서 발로 창호지를 떠올리는 할아버지의 모습이 너무나 섬뜩하게 보였기 때문이다. 흥가같이 우중충한 공장 내부와 흐린 불빛의 분위기 때문이었는지는 몰라도 사람의 모습이 아니라 어느 이야기 속에 나오는 신령 같은 모습이었다. 평소에 자주 들어온 창호지 신이 들렸다는 표현이 그렇게 적합하게 느껴질 수가 없었다. 그러나 우리가 더욱 섬뜩하게 느낀 것은 그 모습보다도 할아버지의 그 광적인 중얼거림 속에 역시 아버지에 대한 말들이 섞여 있음을 들을 수 있었기 때문이다. '허헝, 지까징 것이 정치……' 라든가 '넋 떨어진 눔' 이라든가 '그런 정신 허갱이 빠진 눔을 자식새깽이라고 키워……' 라든가 하는 말들을 울먹이는 소리처럼 또는 신음소리처럼 혼자 중얼거리며 창호지를 뜨고 있었던 것이다.

할아버지의 묘소는 이미 아버지의 묘소 옆에 마련되어 있었다. 아버지의 묘소보다 약간 위쪽이긴 했지만 많이 떨어지지 않아 한 방에 함께 있는 것이나 마찬가지로 느껴졌다. 우리가 도착하기 전에 벌써 산역(山役)을 맡은 사람들이 파놓은 묘소를 보고 누군가가 말했다.

"살아 있을 적에 그렇게 싸웠는디 죽어서도 또 싸우라고 자리를 이렇게 잡았당가?"

할아버지와 비교적 가까웠던 편이나 성품은 완전히 달라 흰소리를 잘 하는 정 노인이었다. 그동안 서울 딸네집에 갔었다고, 이날 출상하는 날에야 나타나 이것저것 간섭하려고 들더니 장지까지 따라온 것이었다.

"설마 그러기사 허겠어라우? 저승에 가셔서는 서로 사이좋게 잘 지내시라고 일부러 이렇게 잡았는디…… 얼매나 좋아 보여라우? 척 봐도 명당자리 아녀라우?"

묘소자리를 고를 때 직접 관여를 했던 듯 노씨 아저씨가 대꾸했다.

"명당? 자네는 명당의 명자도 몰르는 모양이구만. 몽둥이 맞은 개의 주둥아리 꼴을 허고 있는 명당도 다 있당가?"

"예에? 어르신네두 참…… 그것이 무슨 말씀이시기라우?"

아무리 농이라지만 농도 할 때가 따로 있지 그게 무슨 망령된 소리냐는 투로 노씨 아저씨는 화를 내는 표정을 보였다. 다른 사람들도 불과 한두 사람만이 킥킥거렸을 뿐 대개 다 정 노인에게 힐난하는 투의 눈길을 보냈다. 그러나 정 노인은 그런 반응들엔 전혀 아랑곳없이 아까보다 더 큰 소리로 떠벌려대었다.

"아, 이 사람아, 이 산세(山勢)를 잘 보게나. 다른 사람들마냥 자네도 이 산이 남생이같이 생겼다고 생각허는가? 시상에 요런 남생이도 다 있

222

나? 남생이 주둥아리가 요렇게 생겼어? 시방은 산중에 들어와 있응게 잘 모르겠지만 멀리 떨어져서 보면 영락없는 개라구. 개 중에서도 거꾸로 매달려 몽둥이를 맞은 개. 그리고 바로 이 묘자리는 주둥아리 부분이고……"

노씨 아저씨는 화난 표정을 짓다 못해 어처구니없는 웃음을 웃었다.

"다른 많은 것들 놔두고 왜 하필 개대라우? 그것도 멀쩡한 개가 아니라 거꾸로 매달려 몽둥이를 맞은 개……"

"아, 그거야 죽은 이눔 팔자가 그래서 그런 거겄지. 자네가 이 자리를 물색헌 모양인디 자네가 몰라서 그랬다고 혀도 지눔이 팔자를 그렇게 안 타고났으면 이런 자리에 묻힐 리가 있겄냐?"

"지가 고른 건 아니지만, 아드님 옆자리를 고르다 봉게 그렇게 된 것 아니겄어라우?"

"그래서 그전에 아들눔 묻을 때도 내가 이야기를 헐라다 말었었는디…… 지눔이 그런 자식은 자식이 아니라고 디려다볼려고도 허지 않는 걸 내가 무엇 땜시 콩 놔라 팥 놔라 허겄나?"

정 노인은 농으로 시작한 것 같던 말을 점차 농이 아닌 것처럼 진지하게 말해갔다. 그러나 어느 누구도 그 말을 진지하게 받아들이려고 하지 않았다. 누군가는 '쓰잘 데 없는 소리……!'라고 깔아뭉개듯이 한마디 내뱉기도 했다. 따라서 파놓은 구덩이에 관을 들어앉히고 명정(銘旌)을 덮고 흙을 끼얹는 절차는 조금도 지체 없이 진행되었다. 나로 하여금 누군가가 첫 삽을 끼얹게 해 시키는 대로 내가 끼얹자 산역을 맡은 사람들이 순식간에 메워갔다. 그런데 바로 이 순간 나는 물론 어느 누구라도 다 당황해하지 않을 수 없는 광경이 벌어졌다. 이제껏 그렇게 흰소리로 사람들을 민망하게 하던 정 노인이 이번엔 왈칵 큰 소리로 호곡을 하기 시작한 것이다. 직접 상을 당한 우리 가족이나 친척, 또는 평소에 할아버지 옆에서 그림자처럼 일해왔던 노씨 아저씨보다도 훨씬 더 슬피 발광을 하듯이 울어대는 것이었다. 묻혀가는 관을 향해 뛰어들어 함께 묻히기라도 할 듯이 울어대는데 그 동작이 너무 격해 처음엔 무슨 쇼를 하는 게 아닌가 생각될 정도였다.

"야, 이눔아! 너까장 가면 나는 어쩌란 말이여, 이눔아. 이 싸가지없는, 지지리 팔자도 못 타고난 눔, 팔자라고는 거꾸로 매달려 몽둥이나 맞을 개팔자밖에는 못 타고난 눔, 시상에 창호지밖에 아무것도 모르는 눔, 창호지에 미쳐 큰자식, 여펜네, 작은자식까장 다 죽인 눔, 야, 이눔아. 창호지가 도대체 뭣이간디 그려 이눔아, 그걸로 밥벌이라도 허든 옛날 한창때라면 모르겠다 이눔아, 시방은 밥벌이는 고사허고 밑천까장 다 까먹는 시상이 되었잖어, 이눔아. 그런디 그것이 뭣이간디 좋다고 고것헌티 미쳐서 여펜네, 자식들 먼저 다 보내고 요 꼴이 되었느냐 말이여, 이눔아……!"

슬퍼서 그러는 건지 불쌍해서 그러는 건지 화가 나서 그러는 건지 도무지 종잡을 수 없는 욕설투성이의 넋두리였다. 비교적 친한 편이었던 친구 사이였으니까 그것은 좋게 해석해서 슬퍼해주는 것이라고 보아야 옳았다. 그런데도 나는 순간적으로 정 노인의 입을 틀어막거나 아니면 정 노인을 그 자리에서 쫓아버려야 할 것 같은 충동감마저 느꼈다. 욕설이야 우정에서 우러나왔다고 보아 얼마든지 묵인할 수 있다고 하더라도 할아버지가 창호지에 미쳐 큰아버지, 할머니까지 죽였다는 말은 묵인할 수가 없을 것 같았기 때문이다. 엄밀히 따지면 아버지도 마찬가지지만 내가 알기에 큰아버지나 할머니가 죽은 건 할아버지가 창호지에 미친 것과는 아무런 상관도 없었다. 내가 태어나기 전에 죽었기 때문에 확실한 건 알 수 없으나 여러 사람들로부터 들은 이야기를 종합해보면 큰아버지는 태어날 때부터 약간 백치적인 면이 있었다. 일제시대 때 할아버지가 주재소에 끌려가 고문을 당한 적이 있는데 바로 그 무렵 할머니가 큰아버지를 배고 있었기 때문이다. 큰아버지를 밴 몸으로 면회를 다니느라 심적으로 고통을 받았을 뿐만 아니라 실제로 형사의 발에 채기도 했으니 당연히 그럴 수밖에 없었다. 완전한 백치는 아니었지만 뇌를 다친 것처럼 말도 행동도 나이에 비해 너무 늦었다. 학교에 들어갈 수 없었던 것도 그 때문이었다. 서당에야 좀 다녔으나, 그것도 따라갈 수 없어 곧 포기해야 했다. 그러나 사지만은 멀쩡하고 힘도 세어 일을 하는 데는 전혀 지장이 없었다. 물질* 같은 거야 머리를 잘 써야 하기 때문에 곤란했지만 다른 잡일은 충분히 잘 해내었다. 닥나무를 나르고 찌고 벗기고 삶고 씻는 일이라든가 논을 돌보고 밭을 가꾸는 일은 웬만한 일꾼보다 오히려 낫게 하는 점이 없지 않았다. 비교적 일찍 장가를 보낸 것도 다른 생각 없이 일에 몰두하도록 하기 위해서였다. 그런데 장가를 든 지 채 일 년도 되지 않아 입영통지서를 받게 되었다. 예상 밖의 일이었다. 신체검사에서 병종을 맞아 안 가게 될 것이라고 하더니 느닷없이 가게 된 것이었다. 새로 맞은 며느리가 좀 딱하게 느껴지기야 했지만 할아버지나 할머니로서는 어쩔 수 없는 일이었다. 아니 천치 취급을 받는 자식이 당당히 군대를 갈 수 있게 되었다는 사실에 오히려 흐뭇하기조차 했다. 아둔한 점이 신경을 전혀 안 쓰이게 하는 건 아니었으나 전쟁 때라면 몰라도 휴전이 되었으니 설마 무슨 일이야 있겠는가 했다. 그러나 설마가 사람 죽인다는 말은 틀린 말이 아닌 모양이었다. 청천벽력 같은

---

* 원료에 닥풀을 먹여 발로 뜨는 일.

일이었다. 입대하고 나서 휴가도 한 번 오지 않더니 일 년도 더 지나 완전히 다른 꼴이 되어 돌아온 것이었다. 자세히 들여다봐도 알아보기가 힘들 정도였다. 화상으로 얼굴이 흉측하게 일그러진데다 척추를 다쳐 걸음조차 자유롭게 걷지를 못했다. 타고 가던 트럭이 낭떠러지에서 굴러 그런 꼴로라도 살아날 수 있었던 게 기적이라고 했다. 하늘을 원망하고 땅을 쳐봐도 이미 소용없는 일. 할아버지와 할머니는 곧 체념했지만, 그러나 며느리가 더 걱정이었다. 울고불고 몸부림을 치며 남편의 얼굴을 바로 쳐다보려고 하지도 않는 모습을 보니 차라리 갈라서는 것만 못할 것 같기도 했다. 그래도 생각했던 것보다는 잘 버텨 그럭저럭 삼 년 가까이나 별 탈 없이 살아갔다. 남편이 얼굴이나 몸은 그 꼴이어도 성품이 괜찮아 깍듯이 위해주니까 참을 수 있었던 것 같았다. 그런데 역시 참는 데도 한계가 있었던 듯, 아니나다를까 삼 년이 채 되지 않아 일을 저질렀다. 공장의 일꾼 한 사람과 은밀한 관계를 맺어오다가 발각이 된 것이다. 그런 어처구니없는 사연으로 큰어머니가 집을 나간 후 큰아버지는 사람 꼴이 더 말이 아니었다. 풀이 죽어 하루 종일 말 한마디 하지 않다가도 이따금 몸을 가누지 못할 정도로 술에 취해 들어와 새끼 잃은 짐승처럼 흐느껴 울곤 하였다. 그러다가 어느 날 공장에 딸린 헛간에서 시체로 발견되었다. 술에 취해 실수로 그런 것인지 아니면 일부러 그런 것인지 피딱을 삶을 때 쓰는 양잿물을 먹은 것이었다. 그러니까 큰아버지가 할아버지 때문에 죽었다는 건 말이 되지 않았다.

할머니의 죽음도 마찬가지였다. 언제부턴가 앓아왔다는 천식(喘息). 아마 이십 년도 더 넘을 것이라고 어머니는 말했었다. 스스로의 손으로 목울대를 쥐어짜며 눈자위에 눈물이 질펀해질 때까지 숨넘어가는 기침을 그치지 않는 그 고질병. 그러나 하루에 몇 차례씩은 어김없이 그런 순간들을 겪어야 되는 숨을 쉬면서도 할머니는 집안의 어느 누구보다 부지런했다. 두 아들이나 두 며느리보다는 물론 할아버지보다도 더 일찍 일어나 집안 청소를 위시한 여러 가지 사소한 일들을 도맡다시피 했다. 왜 그렇게 새벽부터 일어나셔서 그러시느냐고 그런 일들은 자기들이 할 테니까 제발 쉬시라고 며느리들이 말려도 막무가내였다. 삭신이 쑤셔 늦게까지 누워 있을 수가 없고, 또 기침도 방 안에 누워 있는 것보다는 차라리 밖에 나와 일을 할 때 덜 나오기 때문이라고 했다. 청소를 마치면 부엌일은 대개 며느리들에게 맡기고 공장 일을 거들었는데 공장일 중에서 할머니가 특히 많이 했던 일은 닥나무 껍질을 벗기는 일과 벗긴 속껍질을 가마에 삶는 일이었다. 큰아들이 그렇게 부상을 입고 군대에서 돌아오게 된 후엔 큰며느리가 가능하면 외면하려고 하는 큰아들의 궂은 손발 노릇까지 대신해줘가며 그 일을 하곤 했다. 그런데 큰며느리가 공장 일꾼과 일을 저지른 후 집을 나가고 그 여파로 큰아들이 그런 시체로 발견된 후엔 공장 일에서 일체 손을 떼었다. 그런 끔찍한 일이 일어나자, 무지한 시골 노파들이 대개 다 그렇듯이 할머니 역시 미신 쪽으로 기울어졌다. 공장에 무슨 귀신이 붙은 모양이라고 생각하기 시작한 것이었다. 공장 일만이 아니라 집안일에서도 손을 떼고 점쟁이며 무당이며 부적 같은 것에 갈수록 자꾸 빠져갔다. 아무 때 아무 곳에서나 할아버지에게 불쑥 그런 소리들을 꺼내곤 하였다.

"알지라우? 큰뜸 영순 할매? 저 지난 적에 서울로 돈 벌러 간다고 간 뒤뜸 동수 아부지가 객사혔다고 알아맞힌 용헌 점쟁이 할매 말이라우. 그 할매가 날더러 그러는디 우리 공장에 서양귀신이 붙었다는구만이라우. 서양귀신은 쇠귀신이라 창호지귀신이 이길 수가 없대라우. 창호지귀신은 조선귀신인디 조선귀신이 어떻게 서양귀신을 이기겄어라우? 생각혀봐라우. 쇠허고 창호지허고 싸우면 무엇이 이기겄는지…… 그러니 인제 창호지귀신을 그만 섬기라고 허도만이라우. 오십 년 동안이나 섬겨온 창호지귀신을 그만 섬기라니…… 기가 맥힐 노릇이지만 계속 섬기다가는 밤낮 궂은일만 생길 것이라고 허니 어쩌겄어라우?"

할아버지의 귀에 그런 말들이 제대로 들어올 리 없었다. 배우지는 못했어도 할아버지는 같은 또래의 다른 노인들처럼 미신을 믿는 편은 아니었기 때문이다. 어쩌다 공장에 고사 같은 것을 지내는 걸 보면 전혀 안 믿는다고야 할 수 없을지 모르나 그래도 할머니의 그런 말에까지 귀를 기울일 정도는 되지 않았다.

"헐 일 없으면 발바닥이나 긁어. 쓰잘 데 없는 디 쫓아댕기지 말고……"

"쓰잘 데 없다니라우? 오죽허면 내가 그런 디를 쫓아갔겄어라우? 며느리가 그런 일을 저질르고 자식이 그런 꼴로 죽었는디도 당신은 아무렇지 않아라우?"

"시상을 오래 살다 보면 이런 일 저런 일 다 겪는 벱이여. 우리 집만 그런 일을 겪은 건 아니잖어?"

"우리 집말고 또 누구네 집에서 그런 일을 겪었단 말이라우?"

"지난 적 동란 때를 생각혀봐. 얼매나 끔찍헌 일들을 겪은 집들이 많어? 왜정시대 때도 그렇고……"

"그때허고 시방허고 같아라우? 옛날엔 끔찍헌 일을 겪었어도 시방은 얼매나 태평허게 잘사는 사람들이 많은디……"

"우리라고 태평허게 못 사는 것이 뭐가 있어? 우리가 시방 살아 있을 것을 살아 있는 것이여? 옛적에 열 번이라도 죽었을 목숨, 아직까장 이렇게 멀쩡허게 살어서 헐 일 허면서 밥 잘 먹고 잠 잘 자는디 뭐가 부족혀? 죽은 자식이야 뱃속에 있을 적부터 그 난리를 겪은 자식 아니여? 천치로 태어나 인생이 불쌍혔지만 나는 그 자식을 볼 적마다 당신에게 발길질을 헌 그 왜놈 생각이 나 차라리 눈에 안 보일 적이 심사가 편혔어."

"그게 무슨 말이라우? 눈에 안 보일 적이 심사가 편허다니. 그럼 그 자식이 죽기를 바라기라도 혔단 말이라우? 시상에 어쩌믄 그런…… 당신도 변혔구만이라우."

"그런 꼴로 오래 살기만 허면 뭣 허겄어? 그 자식은 어지러운 시상이 맹근 벌 받은 씬디……"

"참말로 당신…… 그러고 봉게 영순 할매 말이 맞구만이라우. 창호 지귀신이 붙은 당신 때문에 그 자식이 죽었다고 혀서 화를 냈었는디 인 제 봉게 화를 낼 일이 아니었구만이라우. 평생을 함께 살아도 모를 것이 사람 속이라더니 참말로 무섭구만이라우. 나는 당신이 그런 생각을 허고 있는 줄은 꿈에도 몰랐지 뭐라우? 당신이 그렇게 저주를 퍼부응게 가가 지 명대로 살 리 있었겄어라우? 안 되겄어라우. 영순 할매 말대로 부적이라도 붙이고 굿이라도 혀야지 그냥 이대로 나가다가는 집안에 무슨 흉헌 일이 또 생길지 누가 알겄어라우?"

그런 식으로 할아버지를 몰아붙이며 할머니는 부리나케 밖으로 나가 부적을 가지고 들어왔다. 그것을 공장이며 집안 여기저기에 붙이는 과정에서 할머니는 할아버지와 또 말다툼을 벌였지만 할아버지는 결국 그것까지는 참아주었다. 그러나 어느 날 무당을 데려와 굿을 하려고 할 때는 참지 않았다. 노발대발하여 집 안에 들어오지도 못하게 쫓아버렸다. 쫓겨가면서 무당은 할아버지에게 노골적으로 욕설을 퍼부었다.

"환장혔고만 환장혔어. 창호지귀신 들린 늙은이가 환장혔어. 나를 몰라봐도 유분수지…… 두고 봐라, 이 귀신아. 이 집안이 어찌 될지 두고 봐. 기둥, 서까래는 고사허고 문짝 하나, 돌쩌귀 하나, 밥그릇 하나, 수저 하나, 양푼 하나, 쪽박 하나 남는가 두고 봐, 이 귀신아…… 내가 쫓겨가는 건 분허지 않다만 늬 집안, 늬 인생이 불쌍코나……"

무당의 그런 저주가 주효해서였을까. 무당을 쫓아내고 난 그날부터 당장 문제가 생겼다. 할머니가 몸져눕게 된 것이었다. 천식 때문에 방금 숨이 넘어가는 것 같은 기침을 계속해오긴 했지만 자리에 누워 있으면 활동하는 것보다 더 못 견디겠던 할머니가 그날부터 누워 식음을 전폐하다시피 했다. 어디가 심히 아파서보다도 할아버지가 고집을 부려 무당을 쫓아낸 게 야속해 그런 것 같았다. 잘 먹어도 기력이 쇠잔할 나이에 아무것도 먹지를 않으려드니 하루하루 금방 달라질 수밖에 없었다. 사흘도 가지 않아 헛소리를 지르기 시작했다.

"얼래, 저 귀신 좀 봐. 저녀러 서양귀신, 저 염병헐 쇠귀신이 날 죽일라고 허네, 썩 물러가지 못혀, 이 요망헌 것아!"

허깨비가 보이는지 자리에서 벌떡 일어나 매서운 표정으로 그런 소리를 지르기가 예사였다.

처음엔 대수롭지 않게 생각하고 그다지 관심 두지 않던 할아버지도 나중엔 겁이 나는 모양이었다. 옆에 붙어 앉아 달래기도 하고 화를 내기도 했다.

"푸닥거리를 허는 게 그렇게 소원이라면 내가 허도록 헐 텅게 정신채려. 당신까장 이러면 내가 어떻게 종이 일을 허겄어? 다른 사람들은 몰라도 당신만은 내 심사 알아줘야 될 것 아녀? 나이 열일곱 살 때부터 일흔 살이 다 된 오늘날까장 종이 일을 허면서 살어온 사람이 종이 일을 않고 무슨 일을 허면서 살었어? 종이 일을 안 허면 나는 죽은 목숨이나 매한가지여. 종이 일을 허는 것은 내가 살어 있다는 것을 증명허는 것이나 매한가지란 말이여. 제발……"

할아버지의 입에서 그런 하소연조의 말이 나왔고, 끝내는 그것으로도 모자라 그렇게 욕설을 들으며 내쫓았던 무당을 스스로 부르는 사태조차 벌어졌다. 그러나 한번 내쫓았던 무당을 내쫓았던 사람 스스로가 부른 것이 화근이었을까. 할머니는 무당이 푸닥거리를 하고 간 다음날 새벽에 처참하게 죽었다. 푸닥거리를 하던 날 밤엔 기력을 되찾아서였는지 아니면 실성기가 더욱 심해져서였는지 덩실덩실 춤까지 췄는데 이상하게 다음날 새벽, 닥나무 속껍질을 삶는 가마 아궁이 부근에서 시체로 발견되었다. 불을 지피려다가 그렇게 된 듯 장작이 들어 있는 아궁이 속에 머리가 반쯤 처박혀 있었다. 할아버지 말로는 새벽에 방에서 나갈 때 알았으나 측간에 가는 줄 알고 전혀 신경을 쓰지 않았다고 했다. 그러니까 할머니의 죽음 역시 할아버지 때문이었다고 말한다는 건 지나치지 않을 수 없다. 비록 두 분이 다 창호지 공장 안에서 처참하게 죽었다고는 해도 어째서 그것이 할아버지가 죽인 것이 된단 말인가. 할아버지가 진작 창호지 공장의 문을 닫았다면 두 분은 과연 그렇게 죽지 않았을까.

산역을 맡은 사람들이 봉분(封墳)을 만들고 출상객들이 막걸리를 한 잔씩 마시는 동안에도 정 노인은 유난히 많이 떠들었다. 모두가 다 할아버지에 관한 추억담들인데 그중엔 이런 이야기도 섞여 있었다.

"……어쩌네 어쩌네 혀도 그 고집허고 집념 하나는 알아줘야 되어. 이눔이 뜨는 창호지는 왜정 때부터도 유명혔는디 이눔 창호지 때문에 왜눔 창호지가 안 팔리자 방해를 안혔간디. 주재소 형사를 시켜 못 만들게 혔는디 그려도 말을 듣지 않고 만들었당게. 붙잡혀 가 고문까장 당허고 나와서도 소용없는 거여. 더 말허면 뭣혀? 동란 때는 어쩠간디……

피난을 가면서도 닥돌을 땅에 묻고 닥방맹이는 가지고 간 눔인디, 뭐……"

    장례를 마치고 나자 나는 한꺼번에 몰려오는 피로를 걷잡을 길이 없었다. 해지기 전부터 잠이 들어 이튿날 해가 중천에 떠서야 자리에서 일어났다. 당연한 일인지 몰라도 집 안이 폐허처럼 삭막했다. 집 안 가득 맑은 햇살이 쏟아져 들어오고 있는데도 우중충함은 그대로 가시지 않은 채 죽음의 정적이 무겁게 감돌았다. 이제 어머니와 나 둘뿐이구나, 라는 생각이 퍼뜩 머리를 스쳐감과 함께 나는 어머니를 찾았다. 어머니는 할아버지가 기거하시던 방을 치우고 있었다. 유품들을 정리하다가 나를 보자 "고단혔었던개비구나, 시장허자?"라며 일어나 부엌으로 갔다. 어머니가 부엌에서 상을 차리는 동안 나는 할아버지의 유품들을 살펴보았다. 역시 제일 먼저 눈에 띄는 게 닥돌과 닥방망이었다. 이것들이 바로 정 노인이 말하던 것들이라는 걸 나는 곧 알아차렸다. 물론 이날 처음 보는 게 아니었지만 다른 때와는 느낌이 달랐다. 정 노인의 말이 연상됨과 함께 이것들에 묻은 손때와 닳아진 부분들이 이상한 뭉클감을 불러일으켰다. 이것들이 할아버지가 창호지 일을 맨 처음 시작할 때 쓰던 것이었는지 아닌지는 몰라도 얼핏 할아버지의 혼백의 형상물 같은 느낌조차 들었다. 어머니의 느낌도 나와 같았던지 밥상을 들고 와 말했다.

    "잘못혔는개벼, 야. 저 닥돌허고 닥방맹이를 함께 묻어드릴 걸 그랬나벼. 살아생전에 그렇게 신주단지 모시듯 간직허셨던 것인디……"

    미처 뭐라고 해야 할지 몰라 내가 묵묵히 밥만 먹고 있으니까 어머니는 금방 고쳐 말했다.

    "아녀. 함께 안 묻어드리길 잘혔어. 저승에 가셔서나 쪼매 편허셔야지. 창호지가 뭣이간디 평생을 그눔의 것에 매달려 그 고생을 허셨는지…… 사람들 말대로 아매 창호지귀신이 씌었었나벼. 글 않고서야 그 나이가 되셔가지고도 그렇게까장 혀가 빠지게 그 일을 허셨을 리가 없지. 오죽혀야 돌아가시기 직전까장 손수 뜨시다가 지통으로 고꾸라지셨었어? 그 정도 허셨으면 창호지에 대한 여한은 없으실 것도 같은디…… 무엇 땜시 임종허시면서까장 그런 유언을 허셨는지……"

유언이라는 말에 나는 흠칫 놀라며 입에 가져가려던 밥숟갈을 멈추고 어머니에게 시선을 보냈다. 그러나 어머니는 하려던 말을 잇지 않고 내게서 시선을 피하며 말을 돌렸다.

"싸게 막 먹자. 밥도 못 먹게 내가 괜헌 말을 꺼냈는개비고나."

그러고는 서둘러 음식을 입게 가져갔다. 하지만 수저를 움직이긴 하면서도 신경은 다른 데에 가 있는 듯 움직임이 자연스럽지를 못했다.

"무슨 유언을 하셨는데요?"

"아녀. 나중에 이얘기혀."

"마찬가지죠, 뭐. 그렇지 않아도 임종하시는 순간 저를 찾으셨다면서요?"

"누가 그려? 노씨가 그려?"

"네."

"그러면서 뭐라고 그려?"

"다른 말은 없으시구요. 그냥 제가 임종을 지켜드렸으면 좋았을 것이라고……"

"그거야 말허면 뭣 허겠어? 남은 핏줄이라고는 너밖에 없는디…… 임종 지켜드리는 자식이 진짜 자식이라는 말이 있잖어? 허지만 어쩌겄어? 서울에 있었는디……"

어머니는 더 이상 아무 말도 하지 않았다. 도대체 무슨 유언을 하셨기에 어머니는 이토록 주저하시는 것일까. 아버지에 대한 이야기일까? 아니면 재산? 재산이야 당연히…… 아니, 몇 푼 안 되는 재산이지만, 할아버지의 성품으로 보아 그것을 창호지 공장을 위해 쓰라고 하셨을는지도 알 수 없다. 어떤 기업이든 기업으로 벌어들인 재산은 사회에 환원시켜야 된다는 그런 거창한 생각을 하셔서가 아니라 창호지에 대한 집념이 너무 강해 그런 말씀을 하셨을는지도 알 수 없는 것이었다. 아까 어머니가 말을 돌리기 전에 한 말도 바로 창호지에 대한 할아버지의 여한에 관한 것이 아니었던가.

어머니가 이야기를 다시 꺼낸 건 밥상을 다 치우고 나서였다.

"이런 말을 너헌티 혀야 될지 안혀야 될지 모르겄다만…… 저 공장 말이다. 늬 생각은 어떠냐? 할아부지가 돌아가셨는디도 우리가 계속 허는 게 좋겄냐, 아니면 이참에 아주 문을 닫아버리는 것이 좋겄냐? 내 맘 같으선 생각허고 말고 헐 것도 없이 문을 닫아야 될 것 같다만…… 혀 봤자 쪼매라도 무슨 소득이 있어야지……"

"글쎄요. 어머니 생각대로 하시죠, 뭐. 하려고 해도 할 사람도 없잖아요? 할아버지가 안 계신데 누가 하겠어요?"

"노씨가 있잖냐? 할아버지 밑에서 이십 년 가차이나 일을 혀왔으니 그 양반 솜씨도 예사 솜씨는 아니지……"

"그분이 맡아서 하시겠대요?"

"우리가 맡으라면 맡을지도 모르지. 허지만 너도 알다시피 그 양반이 가진 것이 뭐가 있냐? 이날 이때까장 노모허고 함께 살면서 에미조차 없는 두 아들들 치다꺼리허느라고 모아놓은 게 있어야 말이지. 우리가 공장을 그냥 넘겨준다고 혀도 혼자 힘으로는 못헐 거여. 운영은 우리가 허면서 일은 그 양반을 시킨다면 몰라도……"

"그렇다면 구태여 할 필요 없겠죠. 그분이 다 맡아서 하시겠다면 공장을 넘겨드릴 필요는 있을지 모르지만……"

"내 생각도 그런디…… 늬 할아버지 유언 땜시 그려."

"뭐라고 하셨는데요?"

"문을 닫지 말고 노씨더러 맡아서 혀보라는 거여."

나는 갑자기 벌떼들의 울음소리를 듣는 것처럼 귀가 웽웽거려옴을 느꼈다. 할아버지로서는 당연한 유언이었을지 몰라도, 그러나 그렇게까지……!

나는 말문이 막혀 한동안 입을 열지 못하다가 물었다.

"노씨 아저씨에게 직접……?"

어머니는 무겁게 고개만 끄덕였다.

"그 말씀을 듣고 노씨 아저씨가 뭐랬어요?"

"알겠다고…… 어르신네의 뜻을 잘 이어받을 텡게 염려 놓으시라고…… 그렇게로 비로소 쪼매 밝은 얼굴이 되시며 눈을 감으신 거여."

나는 어머니가 내게 할아버지의 유언에 관한 이야기를 왜 그렇게 주저했는가를 알 수 있을 것 같았다. 그러나 그것을 좀더 분명히 알게 된 건 이날 저녁 노씨 아저씨를 만나고 나서였다. 그분을 만나 상의를 해봐야 어머니가 고민하고 있는 문제에 대한 단안을 내릴 수 있을 것 같아 나는 스스로 찾아갔다.

"글 안혀도 내가 찾어가 만나볼까 혔었는디……"

방에 있는지 노모와 아들들은 보이지 않고 노씨 아저씨 혼자 닭장을 손질하고 있다가 맞이해주었다. 나는 망설이지 않고 모든 사실을 이야기했다. 할아버지의 유언으로 인한 어머니의 고민, 그리고 나의 입장에 대해서 솔직하게 말한 다음, 아저씨의 의사는 어떠시냐고 물었다. 그런데 노씨 아저씨는 나로선 미처 거기까지는 생각지 못했던 엉뚱한 말을 꺼냈다.

"자네 모친헌티 들었으면 알겄지만 그 어르신네가 날더러 공장을 맡어서 허라시면서 자네 모친헌티 헌 말이 있어. 나허고 손을 잡고 함께 혀보라는 거였어. 그 말씀을 나는 단순허게 운영은 자네 모친이 맡고 일은 날더러 허라는 뜻으로만 받어들이지는 않었어. 자네도 모든 걸 알 나이가 되었응게 숨김없이 말허겄지만 내가 혼자 몸이 된 지 오 년이 넘었고 자네 모친 역시 혼자 몸이 된 지 그쯤 되잖어? 그려서……"

엉뚱하나, 그렇다고 가볍게 넘겨버릴 수도 없어 나는 말없이 듣고만 있었다. 어머니로서도 나한테 거기까지는 말을 안 꺼냈을 뿐, 어쩌면 노씨 아저씨와 같은 생각을 하고 있는지도 모르는 것이었다. 아직 쉰도 되지 않은 사십대 후반의 나이가 아닌가.

"그렇게로 나나 자네 모친이 결정헐 문제라기보다는 도리혀 자네가 결정헐 문제지. 그 어르신네의 유언이 아무리 그러셨다고 혀도 자네가 무시헐라면 얼마든지 무시헐 수는 있을 텅게……"

내가 아무 말을 않고 있자, 한참 만에 노씨 아저씨가 말을 이었다.

"나야 어떻게 혀서라도 창호지 일을 계속헐 수 있었으면 좋겄지만 나 혼자 마음으로는 안 되는 일이고…… 사실 요새 시상에 창호지 공장을 헌다는 건 예삿일이 아니지. 사람이 모든 일을 돈만 생각허고 허지는 않는다고 혀도 그것도 한도가 있지. 이것은 밑도 끝도 없는 시암을 파는 일이나 매한가진데 지 넋 지대로 지닌 사람이면 누가 헐라고 허겄어? 그런디 나도 이 일을 이십 년 가차이 허다 봉게 그 어르신네가 왜 그렇게, 집안에 그런 화들을 당혀가면서도 끝까장 혔는지 쪼매는 알 수 있을 것 같도만. 아무리 큰 나라, 아무리 큰 공장에서 만드는 창호지도 그 어르신네가 뜨신 창호지를 따라갈 수 없다는 걸 생각혀봐. 그것이 예삿일 같혀도 생각혀보면 예삿일이 아니잖어? 그러고 봉게 그 어르신네가 지넜을 지대로 안 지녀서 그러신 게 아니라 도리혀 그 반대인 것 같은 생각이 들더랑게. 창호지는 옛적부터 우리나라 종인디 그것을 제일 잘 뜨시는 그 어르신네가 안 뜨시면 어찌 되겠어? 우리나라 넋을 그 어르신네가 안 지켜가는 것이나 매한가지가 아니냔 말이여?"

　노씨 아저씨의 입에서 튀어나온 우리나라 넋이라는 그 과장된 말에 나는 실소를 머금었지만, 그러나 뭐라고 대들지는 못했다. 대들기는커녕 오히려 이 나이가 되도록 이제껏 한번도 깊이 생각해본 적이 없는 문제에 대해 처음으로 심하게 부닥친 것 같은 느낌이 들어 부끄럽기조차 했다. 알겠다고, 저도 깊이 생각해보고 어머니와 의견도 한번 더 나눠보고 결정하겠다는 말을 남기고 노씨 아저씨로부터 돌아서는 내 발길은 결코 가벼운 편은 아니었다.

살

버릇처럼 자주 몰려오는 죽고 싶다는 생각을 떨쳐버리기 위해 거의 매일을 술로 살았던 내 나이 스물예닐곱 살 때의 일이다. 술에 취해 '바람이 인다…… 살려 애써야 한다……' 는 투의 시구를 흥얼거리며, 그것이 흡사 살려고 애쓰는 한 수단이나 되는 것처럼 아주 열심히 살냄새를 맡으러 다닌 적이 있었다. 나이가 어느 정도 든 사람은 다 알고 있다시피 당시엔 '종삼' 이라고 하면 누구에게나 통할 정도로 종로 3가 일대가 특히 창녀촌으로 유명했었다. 밤의 골목길에는 물론 한낮의 번화가에까지 창녀들이 몰려나와 진을 치고 남자들을 끌어들였다. 가방이나 서류봉투 같은 걸 들고 있으면 잽싸게 낚아채가지고 달아나며 스스로 따라가지 않을 수 없게 만들었다. 시골에서 올라와 가정교사 등속의 짓들을 해가며 겨우 대학을 졸업한 후 어느 보잘것없는 회사에 취직을 한 나는 한마디로 내 인생이 처량하여 견딜 수가 없었다. 그렇게나 애써 살아온 내 인생이 결국 이 몇 푼의 봉급 봉투로 낙착되고 마는 것인가 하는 생각과 함께 도무지 세상을 무엇 때문에 살아야 하는가 하는 이유가 잡혀지지가 않았다. 아니 좀더 솔직해지자면 그런 이유가 잡혀지지 않은 데는 한 여자로부터의 실연도 문제가 되어 있었다. 결혼해서 남들처럼 아들딸 낳고 잘 살아보자는 약속까지야 하지 않았지만, 잘하면 그런 단계에까지 이를 수도 있었던 한 여자가 갈수록 너무나 답답해만 뵈는 내 인생의 앞날을 예견한 나머지 내게서 아주 떠나가버렸던 것이다. 돌이켜 생각하면 우스운 일이나 당시의 내게 있어선 그처럼 견디기 힘든 일도 다시 없었다. 그 여자가 내게서 떠나간 사실도 사실이려니와 그 여자의 예견을 부인할 만큼 내 인생의 앞날에 대해 자신을 가질 수 없었던 나 자신에 대해서도 참을 수가 없었던 것이다. 아무리 뛰고 아무리 바동거려봐야 기적이 일어나지 않는 한 나의 앞날은 손금처럼 너무나 빤하게 한계가 그어져 있었다. 그 한계를 눈앞에 훤히 보면서 고역스러운 삶을 견뎌가는 것처럼 어리석은 일이 어디 또 있단 말인가. 그리하여 기계적인 직장생활의 뒤끝엔 으레 술에 취하는 것이 일이었는데 그러던 어느 날 그 새로운 세계에 대한 경험을 하게 되었다. 보잘것없는 직장의 말단사원답게 구겨지기조차 한 누런 서류봉투를 가슴에 끼고 술냄새를 풍기며 어깨를 잔뜩 움츠린 채 걷고 있는데 누군가가 앞을 가로막았다.

놀다 가. 써비쓰 잘해줄게.

그 말투만으로도 나는 그 여자가 창녀라는 걸 금방 알아차렸다. 경험이야 없었지만 그 부근이 창녀촌이라는 거야 이미 알고 있었고 친구들로부터 그 부근을 지나다가 곤욕을 당했다는 이야기도 수차례 들었기 때문이었다. 아니 언젠가 한번 내가 실제로 붙들릴 뻔한 적이 있었기 때문이었다. 그러나 그때는 대낮인데다 술에 취해 있지도 않아 말을 걸어오는 여자의 얼굴도 보지 않고 뛰듯이 걸음을 빨리해 피해 왔었다. 하지만 이날은 상황이 달랐다. 주위가 어두울 만큼 어두웠고 술도 얼큰히 취해 있었으며 주머니엔 약간의 돈도 있었다.

써비쓰?

나는 술의 힘을 빌려 그렇게 반문하며 여자의 얼굴을 뜯어보았다.

입으로 해줄게.

여자는 내 귀에 입을 가까이 대고 작은 소리로 말하더니 어느 사이 내 서류봉투를 빼앗아 들었다. 어어…… 그러나 이미 때는 늦어 여자는 저만큼 앞서가고 있었다. 차라리 잘된 것인지도 몰랐다. 그것을 구실 삼아 어색해하는 또 다른 하나의 나를 죽이고 당당히 따라갈 수가 있었기 때문이었다. 그러나 당당한 척 따라가면서도 나는 한편으로 조금씩 떨고 있었다. 창피한 이야기가 될지 모르나 그때까지 나는 동정(童貞)이었다. 엄살이 아니라 학교를 다닐 땐 먹고 자는 일과 등록금을 버는 일과 학점을 따는 일에 쫓겨 동정이 주체스럽네 어쩌네 하는 식의 사치스러운 감정을 가져본 적조차 없었다. 본능을 억제하기 힘들면 자위행위로 해결하면서도 그것에서 그렇게 못 견딜 정도의 부족함을 느끼지는 않았다. 그래서 오죽해야 한번은, 나로 하여금 실연의 고배를 마시게 한 여자와 여관에서 하룻밤을 함께 지새우면서도 나는 깨끗할 수 있었다. 물론 입술이며 가슴까지는 허용하면서도 그 부분만은 절대로 안 된다고 뿌리치는 그 여자의 완강한 거부도 문제가 되었지만 그러나 나 스스로도 그 여자의 처녀를 빼앗기 위해 또는 나의 동정을 바치기 위해 최선을 다하지는 않았다. 그런 나의 동정을 이런 식으로 거리의 여자한테 바쳐야 할 처지에 놓이다니…… 하지만 조금씩 떨긴 하면서도 나는 결코 아깝다거나 섭섭하다는 느낌이 들지는 않았다. 죽고 싶다는 생각이 하루에도 수차례씩 몰려오는 마당에 동정이라는 거야 아무렇게나 되든 그 것이 문제될 리가 없었다.

굴속 같아 오히려 아늑하게 느껴지는 빨간 불이 켜져 있는 방으로 안 내한 후 여자는 내 목을 끌어안고 말했다.

긴밤 잘 거야? 시간으로 놀 거야? 쪼금만 내고 긴밤 자.

긴밤은 뭐고 시간은 뭔데?

그것도 몰라? 알면서도 괜히……

처음이거든.

홋홋, 처음이라면 누가 좋아할 줄 알고…… 괜히 시치미 떼지 마. 처 음 오는 거 안 좋아해. 어서 돈이나 내.

여자가 요구하는 돈은 가난뱅이인 나한테도 너무나 적다고 느껴졌다. 그런 느낌에서 약간만이라도 벗어나기 위해 요구한 액수보다 좀더 내놓 자 여자는 순간적으로나마 세상에서 가장 행복해 뵈는 표정을 보였다.

아쭈, 기마이 좋은데…… 좋았어. 해달라는 대로 다 해줄게.

그렇게 되어 그날 밤 나는 한 여자의 알몸을 통째로 차지할 수 있었 다. 사람으로 태어나 어느 정도 나이가 차면 누구라도 당연히 하게 되는 경험이지만, 당시의 내게 있어 그것은 그렇게 평범한 경험일 수가 없었 다. 그야말로 혁명 같은 하나의 사건이었다고 말할 수 있었다. 당시까지 내가 상상할 수 있었던 남녀 간의 관계를 완전히 뒤엎을 만큼 여자는 자 신이나 나를 가능한 한 동물적으로 되도록 애썼는데 그것이 그렇게 황 홀할 수가 없었다. 좀 과장해 표현하자면 사람의 삶 중에서 이렇게 황홀 한 순간이 있는 한 사람은 평소의 지겨움을 견디며 살아도 괜찮을 것 같 은 생각조차 들었다.

그 이후 나는 세상이 싫어지는 병만 도지면 아무 때나 술을 마시고 그곳을 찾았다. 돈이 없을 땐 빌려서라도 닥치는 대로 여자를 사 하룻밤을 지새우거나 또는 잠깐 일을 끝내는 것을 일상생활의 일부로 만들어버렸다. 그런 곳을 드나들게 되면 대개는 다 경험하게 되는 그 말 못할 병에 대한 경험까지 가지면서도 그 짓을 멈추지 않았다. 처음엔 단골을 정해놓고 다니다가 나중엔 매번 다른 여자를 택했다. 어떤 때는 어린 여자를, 또 어떤 때는 일부러 나이 많은 여자를 택해보기도 했고, 어떤 때는 이뻐 보이는 여자를, 또 어떤 때는 일부러 못생겨 보이는 여자를 택해보기도 했다. 어린 여자는 어린 여자대로 나이 많은 여자는 나이 많은 여자대로 이쁜 여자는 이쁜 여자대로 못생긴 여자는 못생긴 여자대로 나로 하여금 세상이 싫어지는 병으로부터 일시적으로나마 해방시켜주었다. 첫 경험의 여자처럼 모두가 황홀하게만 해줬던 것은 아니고 어떤 여자는 내게 입에 담지 못할 쌍욕을 퍼부으며 싸움을 걸어오기도 했지만 희한하게도 그 속에서마저 나는 일종의 휴식 비슷한 걸 느끼곤 하였다.

아무리 합리화시켜보려고 해도 도저히 정상이라고는 말할 수 없는 그런 삶을 견뎌가고 있던 어느 날이었다. 그날이 마침 토요일이어서 나는 또 그곳을 찾았다. 퇴근 후 직장의 동료들과 함께 꽤 늦게까지 술집에 앉아 있다가 그들과 헤어져 하숙집으로 가는 대신 그곳으로 갔다. 여자를 마음껏 골라 살 수 있을 만큼 주머니가 풍족해 있지는 않았으나 잘하면 그럭저럭 하룻밤을 지새울 수 있을 것 같기도 했다. 그러나 그게 잘못이었을까. 아니, 여자를 살 수야 있었다. 그것도, 그 거리에선 여간해서 만나기 힘든, 싱싱하고 탄력 있어 보이는 여자를 골라 살 수 있었다. 일부러 고르려고 해서 고른 게 아니라 붙잡혀놓고 보니 그런 여자였다. 그런데 주머니가 풍족해 있지를 못해 그날 밤따라 팁을 주지 못했다. 팁은커녕 주머니를 털어보니 그 여자가 부른 금액에도 오히려 좀 모자라는 액수였다.

긴밤 자려고?

돈은 좀 모자라지만 이 시간에 하숙집으로 기어들어가고 싶지는 않군. 부족하다면 시계라도 풀어 맡기지.

아냐. 이 정도면 됐어. 다음에나 또 찾아와.

돈이 적어 약간 서운한 듯하면서도 여자는 그렇게 말했다. 인상도 그렇지만 창녀치고는 비교적 마음씨가 고운 것 같았다. 다른 여자들이 대개 다 그래왔듯이 이 여자도 돈을 들고 밖으로 나간 후 조금 있다가 대야에 물을 떠 가지고 들어왔다. 그 물이 무엇을 하기 위한 물인가를 나는 이미 잘 알고 있었다.

씻지는 않아도 괜찮으니까 장화(콘돔)나 가져와.

장화 안 신어도 돼. 병 없어.

알아. 인상을 보니 아가씨는 없겠어. 하지만 내가 있거든.

거짓말. 한번 꺼내봐.

꺼내보나마나. 있다니까.

물론 거짓말이었다. 한때 걸린 적이야 있었지만 지금은 다 나아 깨끗했다. 그러나 그때의 그 경험 때문에 불안해 그 이후론 여자의 인상이 어떻든 꼭꼭 미리 대비를 해왔었다.

장화도 돈 주고 사와야 된단 말이야. 병 있어도 나는 괜찮으니까 그냥 놀아.

내 말이 거짓말임을 모를 리 없는 여자는 그렇게 말하면서 옷을 벗으려고 했다.

돈? 그렇겠지. 하지만 그게 몇 푼이나 되겠어? 부족하면 이걸 맡아두라니까.

나는 시계를 풀어 여자의 손에 놓아주었다. 여자는 순진한 촌색시처럼 눈을 내리깔고 짬짬하다가 시계는 그냥 놓아두고 밖으로 나갔다. 아무리 창녀지만 그 적은 돈 때문에 시계를 맡을 수는 없다고 생각한 것 같았다. 여자가 장화를 사러 나간 후 나는 나 자신이 얼마나 우스꽝스러운 속물인가를 순간적으로 깨달으며 자기혐오에 빠졌다. 그러나 다음 순간 이것도 별로 살고 싶지 않은 이 지겨운 세상을 내가 그만큼 더욱 살아보려고 애쓰는 행위가 아닌가 하는 생각으로 자신을 위로했다. 무슨 일 때문인지 여자는 장화를 사러 나간 후 무려 반 시간가량이나 지나서야 돌아왔다. 꽤 취해 있어 그사이 나는 설핏 잠조차 들었었는데 여자는 장화주머니를 내 얼굴에 내려놓아 잠을 깨운 후 옷을 벗으며 말했다.

놀러 온 게 아니라 잠자러 왔나보지? 지금 생각 없으면 이따가 들어올까?

무슨 소리야? 얼마나 참았는데……

그럼 빨리 놀아.

왜? 이 방에서 함께 자는 거 아냐?

자긴 자. 그런데 조금 있으면 임검 나올 시간이거든. 잡히면 벌금 물어야 돼. 아저씨도 창피당하고…… 그러니까 한 번 놀고 나갔다가 이따가 다시 들어올게.

그사이 어디 가 있으려고?

엄마 방에.

엄마?

주인아줌마 말이야. 그 방에 있으면 괜찮아.

좀 미심쩍기야 했지만 창피를 당하지 않기 위해선 그 편이 오히려 나을지도 모르겠다는 생각이 들었다. 그렇게나 열심히 이런 곳을 드나들었어도 그사이 임검을 당한 적은 한번도 없었지만 구태여 그런 거짓말을 할 리가 없을 것 같기 때문이다.

여자가 옷을 다 벗고 이불 속으로 들어오자마자 나는 서둘러 일을 시작했다. 늘 그래왔듯이 여자가 신겨주는 장화를 신고 그 진흙길을 바쁜 걸음으로 걸었다. 길이 예상했던 것보다도 훨씬 더 진창이었으나 시간이 오래 걸리지는 않았다. 그야말로 우동 한 그릇 먹는 정도의 시간이었다.

술에 취해 오래 걸릴 줄 알았더니 금방 끝나는데…… 그럼 한숨 자. 나 나갔다가 이따 들어올게.

알았어. 아주 안 오면 안 돼.

너무 쉽게 끝내 좀 아쉬운 감이 없지 않았고, 또 그것이 비록 음담이나 신파에 불과할지라도 여자와 이야기를 하면서 시간을 보내고도 싶었지만 상황이 상황인지라 나는 그렇게 말할 수밖에 없었다. 그러나 여자가 나간 후 나는 잠을 이룰 수가 없었다. 한 차례 일을 끝내는 그사이 술기가 다 가셨기 때문일까. 갈수록 의식이 말짱해가며 온갖 공상에만 사로잡혔다. 술에 잔뜩 취해 있을 때는 쉽게 잠이 들어도 취했다가 막 깨어난 상태에선 언제나 그랬다. 더욱이나 양쪽 옆방에서 번갈아가며 들리는 노골적인 교성들로 해서 잠은 고사하고 다시 아랫도리가 부풀어오르기 시작했다. 시계를 보니 이제 열한시 사십분. 도대체 임검은 몇시에 나온단 말인가. 열두시가 되고 새벽 한시가 될 때까지도 임검은 나오지 않았다. 임검만이 아니라 여자도 나타나지 않았는데, 견디다 나는 더 이상 견뎌갈 수가 없었다. 여자를 데려다가 일을 벌이지 않으면 이야기라도 나누든지, 그렇지 못하면 술이라도, 아니 돈도 없고 시간도 늦어 술은 살 수 없으니 냉수라도 한 사발 들이켜야 될 것 같았다. 공상에 공상이 꼬리를 물어 세상이며 자신에 대한 혐오감이 갑자기 불처럼 다시 일기 시작했다.

나는 일어나 바지와 와이셔츠만을 걸치고 방 밖으로 나왔다. 한시가 넘어 있었지만 밤에 시장이 이루어지는 이 집 안은 아직 한창이었다. 어느 방 하나 깊은 잠 속에 빠져들어 있는 것 같지가 않았다. 교성이 아니면 웃음소리, 그것도 아니면 싸우는 소리라도 들렸다. 어떤 방에선 화투를 치는지 흑싸리가 어떻고 매조가 어떻다는 소리와 함께 딱! 딱! 화투짝을 쳐대는 소리도 들렸다. 집의 구조로 보아 이런 집은 주인아주머니의 방이 대개 어디쯤에 붙어 있을 것이라는 걸 나는 잘 알고 있었다. 복도의 불이야 꺼져 있었지만 방 안에서 흘러나온 불빛들로 해서 나는 곧 '내실'이라고 쓰인 나뭇조각이 붙어 있는 방문 앞에 설 수 있었다. 웬일일까. 불은 켜져 있는데 이 방만은 조용했다. 임검을 피하기 위해 이 방으로 창녀들이 몰려들어 있다면 이 방이 더 시끄러울 것 같은데 조용하니 이상하지 않을 수 없었다.

아주머니!

나는 노크와 함께 큰 소리로 불렀다. 드르륵 문이 열리며 주인아주머니의 얼굴이 밖으로 내밀어졌다. 퇴물 창녀 같은 얼굴이 아니라 후덕한 시골 아줌마 같은 얼굴이었다. 자지는 않았어도 졸고 있었는지 눈을 끔벅거리며 반하품을 했다. 나는 물음에 앞서 방 안부터 휘 둘러보았다. 그러나 방 안엔 주인아주머니뿐 아무도 없었다. 아니, 한쪽 구석에 누군가가 잠들어 있었으나 그것은 열 살도 안 되어 보이는 사내애였다.

왜 그러우?

내 방 아가씨 여기서 안 잡니까?

누구 말이우?

누구인지 이름은 모르겠고……

어떤 방인데요?

저쪽 끝에서 두번째 방……

아, 미자 말이군. 살결이 곱고 키가 좀 큰 애 말이죠? 그 방에서 안 잤수?

안 잤어요. 임검 나올 시간이라면서 아주머니 방에 가 있겠다고 나왔어요.

알았수. 들어가 계슈. 내가 찾아 들여보낼 테니……

다른 손님 방에 들어간 모양이죠?

돈을 적게 내니까 그렇지 않수? 생각해보우. 몸을 팔아 사는 애가 밤새 그걸 벌어가지고야 어떻게 살겠는지……

화라도 내어야 할 판이었지만 나는 말문이 막힐 수밖에 없었다. 사실이 그랬다. 비록 하룻밤이라도 한 여자의 알몸을 통째로 사면서 돈을 그걸 내놓다니……

냉수 한 그릇을 얻어 마시고 내 방으로 돌아와 누워 있자 채 십 분도 되지 않아 미자가 돌아왔다. 다른 손님 방에 있다가 온 게 분명한 듯 잠옷 차림이었다.

왜? 벌써 깼어? 한숨 자라니까 자지도 않았나봐.

잠이 와야 자지. 아무리 그렇다고 사람을 그렇게 속일 수 있어?

후훗, 미안해. 속이려고 해서 속인 게 아니고 아줌마 방에서 자고 있는데 다 늦게 한 손님이 나타나 마구 떼를 쓰잖아?

그렇다고 하룻밤에 긴밤 손님을 둘씩이나 받으면 어떻게 해? 둘씩이나. 손님들 기분도 기분이고 또 자기 몸도 생각해야지. 그래도 몸이 괜찮은 거야?

몸? 내 몸 말이야? 아쭈. 고양이 쥐 생각해주는데……

미자는 내 머리맡의 담뱃갑에서 담배를 한 대 뽑아 물었다. 기침을 콜록거려가면서 피우지야 않았지만 전혀 세련되어 보이지가 않았다. 그만큼 얼굴에도 아직은 덜 닳아진 면이 있었다. 비록 하룻밤에 혼자서 긴밤 손님을 둘이나 받아놓고 양쪽 방을 넘나드는 행위를 보통으로 행하고는 있어도 그것이 이 여자의 의사는 아닐 것이라는 느낌을 갖게 해주는 구석이 있었다.

꽤 쎈 모양이야? 그사이를 못 참고 찾아 나선 걸 보면…… 아까 만족스럽지가 못했던 모양이지? 빨리 한 번 더 놀아. 맥을 못 춰야 안 들볶지……

미자는 절반도 채 태우지 않은 담배를 비벼 끄고, 브래지어도 없이 걸친 잠옷을 훌떡 벗고 다시 이불 속으로 기어들었다. 그러나 잔뜩 부풀어 있었던 내 아랫도리는 어느 사이 안쓰러울 정도로 처량하게 움츠러들어 있었다. 창녀라는 건 직업 자체가 하루에 몇 남자를 상대하든 상관없는 것으로 되어 있음을 모르는 바 아니나 그래도 지금 이 순간 나와 똑같은 처지의 한 남자가 다른 방에서 이 여자를 기다리고 있을 것이라는 생각이 들자 기분이 이상했다.

뭐가 이래? 이래 가지고 어떻게 놀겠다고……

장화를 신기기 위해 내 남근에 손을 가져간 미자는 그것이 처량하게 죽어 있음을 보고 말했다. 그러면서 그것을 일부러 살려보려고 손으로 한동안 애썼다. 그러나 좀처럼 그것은 살아나지 않았다.

놀지는 말고 그냥 이야기나 해.

밤이 이렇게 늦었는데 이야기는 무슨 이야기?

아무 이야기나…… 미잔 죽고 싶다는 생각 해본 적 없어?

죽긴 왜 죽어? 악착같이 살아야지.

악착같이? 악착같이 살아서 뭣 하게?

뭣 하긴 뭣 해? 한번 잘살아봐야지.

잘? 어떻게?

좋은 집에서 먹고 싶은 것 마음대로 먹고, 입고 싶은 옷 마음대로 입고…… 아들 낳고 딸 낳고…… 그런데 아마 나는 애는 못 낳을 거야.

애를 못 낳다니? 왜?

너무나 많은 남자들을 상대했잖아? 너무나 많은 남자들을 상대하면 애가 안 생긴대.

무슨 소리. 그런 염려는 하지 않아도 돼. 나중에 결혼해서야 한 남자만을 상대할 것 아냐?

하긴…… 이런 곳에 있다가 살림을 나간 언니 보니까 애를 낳긴 낳더라. 머스맨데 애가 아주 잘생겼어.

걱정 마. 미자는 더 잘생긴 애 낳을 테니……

한숨을 쉬고 나서 미자가 말했다.

사실 애를 낳아도 걱정이지. 크게 되어 즈 엄마가 이런 생활한 줄 알면 어떻게 되겠어? 틀림없이 무시할 거야. 다 소용없어. 애를 낳아 키워 놓고 무시당하느니 나나 호의호식하며 잘사는 편이 훨씬 나을 거야. 돈만 많으면 돼. 돈이나 실컷 벌어봤으면 좋겠어.

실컷? 얼마나 벌어야 실컷 버는 게 될까?

더도 말고 억 정도만 있으면 좋겠어.

억? 억이라…… 그 돈을 어떻게 벌지? 미자한텐 손님이 많을 테니까 열심히 벌면 벌 수 있을지도 모르겠군.

이 짓 해서……? 어림없어. 이 짓 해가지곤 하룻밤에 긴밤 손님을 둘씩 받아 일생 동안 벌어도 안 돼.

하하, 그래? 넷씩 받으면……?

시간 손님이라면 몰라도 긴밤 손님을 어떻게 넷씩 받아? 내가 힘든 게 문제가 아니라 손님들이 그러도록 놓아둘 것 같애? 모두가 눈들을 부라리고 밑천을 뽑으려고 야단들인데…… 우선 아저씨부터도 그렇지 않아?

하하, 그런가? 따지고 보니 그렇군.

이런 식의 너절너절한 이야기들로 얼마나 시간을 보냈을까. 아마 둘이 함께 깜박 잠이 들었던 모양이었다. 무슨 소린가에 깨어나 정신을 차리니 누군가가 문을 두들기고 있었다. 임검이 이제야 나왔나? 그러나 문 밖의 목소리는 주인아주머니의 목소리가 분명했다.

미자야! 미자야! 미자 자니?

미자는 나보다 먼저 그 소리를 듣고도 일부러 그러는지 가슴께에 걸쳐 있던 이불을 머리끝까지 뒤집어썼다. 나는 미자를 흔들어 깨워 일어나게 할까 하다가 대신 문을 열고 무슨 일이냐고 물었다. 그런데 밖에는 주인아주머니 외에 내 나이 또래의 한 남자가 서 있었다. 임검을 나온 경찰인가? 그러나 복장으로 보아 그렇지는 않다는 걸 금방 알아차릴 수 있었다. 바지에 와이셔츠 차림인데 와이셔츠 윗단추 두 개는 잠그지도 않고 있었다. 와이셔츠 아랫부분이 밖으로 삐어져 나오도록 혁대도 엉성하게 매고 있었다. 첫눈에 봐도 상당히 취해 있는 얼굴이었다.

알았어요. 나오지 않을 모양인데 그렇다면 내가 들어가죠. 아주머니는 내 방에 있는 술병이나 가지고 오쇼.

미자 외에 내가 내복 바람으로 아랫도리를 이불로 가린 채 엉거주춤하게 있는 걸 뻔히 보면서도 사내는 다짜고짜 방 안으로 들어섰다.

아니, 여보쇼, 누구신데 남의 방에······?

나는 정신이 번쩍 들지 않을 수 없었다.

남? 호호호, 같은 날 밤에 같은 기집을 번갈아가며 끼고 자는 판에 남은 무슨 놈의 남······ 당신과 나는 오늘 밤 한 몸이나 마찬가지요.

그 소리를 듣자마자 나는 이 사내가 누구인지가 직감됐다. 그렇지 않아도 아까 미자가 이 방에 와 시간을 끌 때 신경이 쓰였던, 오늘 밤 나나 똑같이 미자를 긴밤으로 산 손님이 틀림없었다.

알겠습니다. 누구신지 알겠어요. 이 아가씨를 보내드릴 테니 가 계세요.

분명히 사태를 알고 있을 텐데도 미자는 이불을 뒤집어쓴 채 꿈쩍도 하지 않았다. 그러고 보니 미자는 지금 발가벗은 몸 그대로인 것 같았다.

그럴 수야 있겠소? 나한테 보내게 되면 나야 좋겠지만 당신이 섭섭할 것 아뇨? 일이 이렇게 된 마당에 누가 갖고 누가 포기할 게 아니라 공동으로 함께 갖는 게 어떻겠소? 일은 간단하오. 내가 이 방에서 함께 새우면 될 테니까.

하도 어처구니가 없어 나는 말도 못하고 사내를 한동안 쳐다봤다. 헝클어진 머리와 피로에 지친 눈, 까뭇까뭇한 턱수염이 세상을 어렵게 살아온 사람의 분위기를 풍기고 있었다.

내가 쓴웃음을 웃으며 말했다.

혼음을 하자는 이야깁니까?

혼음? 호호호, 혼음이야 이미 한 셈 아뇨? 방을 다른 방만 썼다뿐이지 내가 지나온 터널을 당신도 지나왔을 테니까. 아니, 당신이 지나온 터널을 내가 나중에 지나왔는지도 모르겠군.

아마 그가 입에 올린 터널이라는 낱말 때문이었을 것이다. 행동은 무례하게 해도 그가 적어도 나만큼의 학식은 갖춘 사람처럼 느껴졌다. 아니, 학식만이 아니라 사람 자체가 나보다는 훨씬 순수할 것 같은 느낌조차 들었다.

사내는 큰 소리로 주인아주머니를 불러대다가 대답이 없자 방 밖으로 나서며 말했다.

내가 술을 가져올 테니까 한잔 마시면서 이야기합시다.

그렇지 않아도 아까까지 술 생각이 간절했던 터였으므로 나는 그 소리만은 반갑게 들렸다. 그가 나가 그의 방에서 술병을 가져오는 사이 나는 옷을 대강 걸쳤다. 이불을 뒤집어쓰고 있던 미자도 재빠른 동작으로 일어나 잠옷을 입으며 투덜거렸다.

사람 죽여주는구먼.

그러고는 밖으로 나가려고 했으나 그때는 이미 사내가 다시 와 그녀의 팔을 붙든 후였다.

어딜 가려고 해? 넌 우리에게 팔린 몸이야. 이 밤이 다 가려면 아직 멀었어.

사내가 들고 온 술병은 4홉들이 소주로 아직 삼분의 일도 비워져 있지 않았다. 술병 외에 그는 찢어진 오징어 조각들도 들고 있었다.

나 못 살아. 오늘 밤은 왜들 이러지? 술에 취해가지고도 곯아떨어지지를 못하니⋯⋯ 도대체 왜들 이러는 거야? 돈 그것 내놓고 한 번들 놀았으면 됐지 나한테 무슨 유감이 있다고들 이래?

돈? 왜? 돈이 부족해?

사내는 바지주머니를 뒤지기 시작했다. 그러나 종이 부스러기뿐 돈이 나오지 않자 잠깐 기다리라고 말한 후 다시 나가더니 자기 방에 가 상의를 들고 왔다.

자, 여기 있다. 돈 여기 있어. 가져. 필요하면 얼마든지 가지라고.

사내는 상의 안주머니에서 꽤 많은 액수로 보이는 지폐를 꺼내 미자 앞에 내밀었다. 다발로 묶여져 있지는 않았으므로 그것들은 미자 무릎 위에서 흩어져 내렸다. 그 돈을 보자마자 미자의 눈빛이 금방 달라졌다.

정말 나 주는 거지? 내일 아침 깨어나 뒷소리하면 안 돼. 날더러 자기 주머니 뒤져 가졌네 어쩌네 군소리만 해봐라. 여기 증인 있으니까, 이거 내가 훔친 거 아냐.

미자는 그렇게 다짐하고서도 그 사실이 믿어지지 않는지,

이게 설마 위조지폐는 아니겠지?

그러면서 돈을 들여다보았다.

위조지폐? 호호호, 그래 위조지폐다. 잘 보라구. 다른 돈들과 다를 테니, 호호호……

위조지폐는 아닌 것 같고…… 혹시 아저씨 간첩 아냐?

호호호호, 간첩? 호호호, 맞았어. 간첩이다, 나는 간첩이야.

간첩도 아닌 것 같은데…… 그럼 도둑놈……? 그렇지? 아저씨 도둑놈이지? 이 돈 어디서 도둑질했지?

호호호호, 얘가 참 똑똑한데…… 어떻게 알지? 이게 도둑질한 돈이라는 거? 네 말대로 나는 도둑놈이고 이 돈은 도둑질한 돈이야. 왜? 싫으니? 도둑질한 돈이면 싫어?

아냐. 세상에 도둑놈들투성인 걸 뭐. 도둑놈 아닌 사람 돈만 받자면 몸을 팔아 먹고사는 우리들은 아마 다 굶어 죽을 거야. 괜찮아. 아저씨가 도둑놈이라도 나 이 돈 받을래. 대신 그냥 먹고 떨어지지는 않고 해달라는 대로 해줄게. 이 방에서 셋이 함께 놀아달라고 해도 놀아줄게.

누가 먼저 놀고 누가 나중에 놀지 않고 같은 시간에 함께 놀 수도 있어.

같은 시간에 함께? 어떻게?

여자는 문이 둘이란 말 듣지도 못했어? 한 사람은 윗문을 맡고 다른 사람은 아랫문을 맡으면 되잖아?

흐흐흐, 흐흐흐, 문? 애가 갈수록 똑똑해지려고 하는데…… 문이라니? 어디서 그렇게 고상한 말을 배웠지?

사내는 좀 과장되게 느껴질 정도로 한바탕 눈물이 날 정도로 더 웃고 나서 내게 술을 따르며 말머리를 돌렸다.

당신, 아니 형씨라고 부르는 게 좋겠죠. 통성명이야 안하는 게 나을 거고…… 형씨의 의견은 어떻소? 애의 말대로 애의 두 문을 우리가 하나씩 맡고 동시에 일을 벌여보는 게 어떻겠느냐는 이야기요.

글쎄요. 괜찮을 것 같은데요.

물론 사내가 진정으로 그런 일을 벌일 태세였다면 나는 그렇게 대답을 하지는 못했을 것이다. 그러나 사내가 농담을 하기 위해서, 또는 웃기 위해서 일부러 그러는 것 같아 나는 자연스러운 어조로 맞받았다.

그런 흐리멍덩한 대답이 어디 있소? 좋으면 좋다 싫으면 싫다 분명히 말하시오.

좋소.

정말이오? 내가 간첩이며 도둑놈이라는 이야기를 듣고서도 좋단 말요?

그렇소.

그건 무슨 이유요?

형씨가 간첩이며 도둑놈이라면 나도 간첩이며 도둑놈일 것 같은 생각이 들기 때문이오.

그건 또 왜요?

같은 터널을 같은 날 밤에 지나왔으니 말이오.

사내는 다시 과장된 웃음을 한바탕 웃었다.

딴은 그럴 것 같기도 하오. 그렇다면 몇 가지만 물어보겠소. 세상에 태어나서 형씨가 최초로 한 도둑질은 어떤 것이었소?

글쎄요. 어떤 것이었을까요? 형씨부터 말씀해보시오.

나는 네 살 때 어머니의 젖을 몰래 훔쳐 먹었던 일이었소. 동생이 생기자 어머니는 동생에게만 젖을 주고 내게는 주지 않았는데 그것이 억울해 어머니가 잠든 사이 나는 어머니의 가슴을 풀어헤치고 몰래 젖을 빨아 먹었소.

그것도 도둑질이라고 한다면 나도 생각나는 게 있소. 몇 살 때였는지 잘 기억이야 나지 않지만 아주 어릴 때 부엌에 숨겨놓은 누룽지를 훔쳐 먹은 일이 있었소.

내가 사내의 그 시답잖은 말에 왜 그렇게 보조를 맞춰가기 시작했는지는 나 자신도 몰랐다. 아마 얼근해져가는 술기 때문이었을 것이다. 아니 권태로움과 외로움에 젖을 대로 젖어 있어 보이는 사내에게서 나 자신의 일부를 보았기 때문인 것 같았다.

누룽지라면 좀더 커서였겠죠. 국민학교쯤 다닐 때였을 거요. 나는 국민학교 때 어떤 도둑질을 한지 아쇼? 담임선생님이었던 여선생님의 색연필을 훔친 적이 있었소. 어느 날 청소 시간에 선생님의 탁자 밑에서 반 도막짜리 빨간 색연필 한 자루를 주웠소. 그것을 줍자마자 그것이 선생님께서 우리들의 시험지에 점수를 매길 때 쓰는 색연필임을 금방 알아차렸소. 그래서 탁자 위 필통 속에 그것을 꽂아놓으려고 했는데 그때 마침 거기서 냄새가 나기 시작했소. 뭐라 할까. 말로는 표현할 수 없는

258

냄새였는데 곧 그것이 그 색연필에 밴 선생님의 냄새라는 걸 알았소. 내가 밤에 잠자리에 누우면 그 얼굴이 천장에 나타나는 이쁜 여선생님의 냄새. 나는 그 냄새로 해서 도저히 그 색연필을 탁자 위 필통 속에 꽂아 놓을 수가 없었소. 그 대신 내 주머니 속에 넣었던 것이오.

그 나이에 벌써 색에 눈을 뜨셨다는 말씀이시군.

색? 호호호, 그렇지, 그것도 색은 색이겠죠. 그렇지만 색에 정작 눈을 뜬 것은 중학교 때였죠. 중학교 때부터 나는 미래의 내 자식들을 내 손으로 무수히 죽였소. 다락방에서 변소에서 산에서, 심지어는 으슥한 울타리 밑에서도 나는 사정없이 많이 그들을 죽였던 것이오. 사흘이 멀다 하고 수음을 했다는 말이오. 아니 사흘이 뭐요? 거의 매일, 아니 어느 때는 하루에도 두세 차례씩 그 짓을 했소. 그것도 그냥 한 게 아니라 이쁜 영화배우들의 육체를 머릿속으로 그려가면서, 또는 실제로 잡지에 실린 그들의 수영복 사진을 훔쳐보면서 했던 것이오.

중학교 때라면 빠르긴 좀 빠르지만 왕년에 그 짓 안해본 사람 있소?

색도 색이지만 도둑질도 본격적으로 했소. 아버지의 안주머니에 손을 댔던 것이오. 중학교 때만이 아니라 고등학교 때까지도 그 짓은 계속되었소. 아버지의 안주머니에 손을 대는 일만이 아니라 콘사이스값 얼마, 영어사전값 얼마……식으로 책값이며 잡부금을 거짓 청구해 썼던 것이오.

그것도 마찬가지요. 왕년에 그런 짓 안해본 사람이 어디 있겠소?

형씨도 그랬단 말이오?

물론이죠. 아버지의 안주머니만이 아니라 어머니의 몸뻬 주머니까지도 뒤졌었소.

몸뻬 주머니? 호호호, 그럼 대학교 때는 어떤 도둑질을 했소?

대학교 때라, 글쎄요. 대학교 때 생각을 하면 지금도 눈앞이 아찔한데 시골에서 올라와 학교를 다닌답시고 고생깨나 하며 별별 지저분한 짓들을 다했죠. 그러나 도둑질이라면 어쩌네 어쩌네 해도 지식에 관한 도둑질을 들 수 있겠죠.

지식에 관한 도둑질?

누구한테 편지 한 장을 쓸 때도 유명한 사람들의 좋은 구절 하나라도 도둑질해 쓰려고 애썼으니까요.

흐흐. 그거야말로 왕년에 그래 보지 않은 사람 어디 있소?

그럼 형씨는 대학교 때는 무슨 도둑질을 했단 말이오? 대학교에 다니면서까지 아버지의 안주머니를 뒤지지는 않았을 거고……

처녀 도둑질이 있지 않소?

처녀?

많이 따먹지는 못하고 대여섯 따먹어봤는데 하나만 빼놓고는 다 가짜였소.

하나라도 진짜가 있었다면 그거야말로 큰 도둑질이었군요.

그럼 형씨는 처녀 도둑질은 하나도 못해봤단 말이오?

할 뻔하려다가 미수에 그쳤죠. 겨우 입술과 가슴만을 훔치는 데서 끝났죠.

동정을 금치 못하오. 도둑질 중에서도 가장 가슴 떨리는 도둑질을 못해보다니…… 그럼 군대 시절은 어땠었소?

군대 시절이라…… 글쎄요. 군대에서야 무슨 도둑질 같은 걸 할 수 있는 자유를 안 주지 않소?

그렇죠. 그러니까 바로 그 자유를 도둑질해야 될 거 아뇨?

자유?

나는 순간적으로 흠칫해지는 느낌이었다.

왜 놀라시오?

글쎄요. 왠지 그 말이 무서운 말처럼 들리는군요. 도대체 군대에서 어떻게 자유를 도둑질했단 말이오?

어렵기야 어렵죠. 그러나 가령 취침시간 같은 때 잠을 안 잘 수는 있지 않소? 불을 끄고 자리에 누워서도 잠을 자지 않고 공상을 한단 말이오.

공상이야 그 시간이 아니라도 얼마든지 할 수 있는 거 아뇨?

내 말이 그 말이오. 취침시간 때가 아니라도 훈련을 받는다든지 작업을 한다든지 보초를 선다든지 할 때도 가능한 한 많은 공상을 하는 거요.

하하하.

무슨 직장을 가지고 계시는지는 모르지만, 직장에서도 그렇소. 근무 중에 공상으로 자기 시간을 갖게 되면 그 근무가 별로 고되게 느껴지지가 않죠.

말을 듣고 보니 나도 그런 도둑질을 많이 한 것 같소.

그럴 거요. 그 도둑질이야 하려고 하지 않아도 자연적으로 할 수밖에 없는 도둑질이니까. 자, 우리 도둑놈들끼리 건배합시다.

딱딱한 마른 오징어 조각에 소주를 계속 들이켰으니 취해오지 않을 리가 없었다. 술기운에 지쳐 눈조차 슬슬 감겨왔다. 미자 역시 앉아 있긴 하면서도 슬슬 졸고 있었다. 마음 내키는 대로 해선 주인 여자 방으로 달아나 자고라도 싶을 텐데 사내가 안겨준 돈 때문에 참고 있는 것이 분명했다.

자, 너도 한잔 들어라. 두 문을 한꺼번에 열어주려면 술을 좀 마셔두는 게 좋을 게다.

사내는 잔을 비워 미자에게 따랐다.

귀신 하품하는 소리들 그만 하고 놀 테면 빨리 놀아. 빨리 놀고 빨리 자야지 언제까지 이럴 거야? 나는 졸려 죽겠는데……

미자는 술은 마실 생각 않고 노골적으로 하품을 했다.

노는 게 뭔데? 너는 그 짓 하는 것만을 노는 것이라고 생각하냐?

그럼 이게 노는 거야? 이야기를 하려면 좀 재미있는 이야기를 하든지……

무슨 이야기가 재미있는데……?

도둑놈이면 도둑놈답게 정말 도둑질한 이야기를 해보라구…… 괜히 무슨 자유가 어떻고 공상이 어떻고…… 그게 무슨 도둑질이야? 누군 뭐 왕년에 도둑질 안해본 줄 알어?

너도 왕년 찾니? 왕년에 어떤 도둑질을 했는데……?

주인 마나님 반지…… 나는 그것이 그렇게까지 비싼 것인 줄은 몰랐걸랑. 그런데 그것이 쌀 백 가마 값이래. 빵간 생활 일 년 하고 나왔지 뭐.

그러니까 이곳에 오기 전에 가정부 노릇을 했었다는 이야기구나?

가정부? 고상한 말 쓰네. 가정부는 무슨 가정부야, 식순이지. 식순이 노릇도 하고 공순이 노릇도 하고 다순이 노릇도 하고…… 안해본 것만 빼놓고 다했어.

다순이라니? 다방?

잘 아네. 빵순이 노릇도 했어.

빵순이? 빵집? 호호호, 그래 도둑질은 그때 한 번 하고 말았니?

하자마자 걸려들게 되니 할 생각이 나야지. 그 방면엔 소질이 없는 것 같아.

그래서 소질을 찾아 이 방면을 택했군? 좋아. 잘 택했어. 윗문, 아랫문 찾는 것만 봐도 이 방면엔 소질이 많은 것 같아. 앞으로 계속 잘 키워 보라구.

사내는 미자와 한동안 그렇게 흰소리를 건네다가 다시 나를 향해 말했다.

그런데 말이오. 형씨는 혹 그런 것 느껴보지 못했소? 하지 않으려고 해도 자연적으로 할 수밖에 없는 그 자유에 대한 도둑질이 의외로 엄청난 결과를 가져온다는 사실……

엄청난 걸과……?

가령 쉬운 예로 근무 중에 근무에 정신을 쏟지 않고 공상으로 자기 시간을 갖다가 동그라미 하나를 잘못 보았다고 합시다. 천만을 억으로 보았을 경우 어떻게 되느냐는 이야깁니다.

……

돈 이야기를 하자는 게 아니라 공상 이야기를 하자는 겁니다. 사소하게 시작된 공상이 끝내는 엄청난 공상을 몰고와 그것을 실행에 옮기려다가 실패할 경우 그자의 처지는 어떻게 됩니까?

사내의 혀가 약간 꼬부라지며 눈조차 게슴츠레해졌다. 마른 오징어 조각도 별로 씹는 일 없이 술만 비웠으니 이미 쓰러졌을 듯한데 용케도 버텨가고 있었다. 그러나 말의 내용은 주정뱅이나 오입쟁이가 아니라 무슨 학문이라도 전공하는 학자의 그것 같았다. 주정처럼 또는 농담처럼 주고받던 이야기가 이렇게 엉뚱한 이야기까지 끌어내는 결과가 되리라곤 나도 미처 생각지 못했던 일이었다.

사내는 담배를 뽑아 느릿느릿 태워 물었다. 아무 말 없이 끝까지 다

태우면서 이따금 한숨을 내뿜었다. 그러다가 담뱃불을 짓이겨 끄면서
불쑥 물었다.

형씨는 혹 무엇을 실행에 옮기려다가 실패해 쫓겨본 적이 있소?

쫓기다뇨? 경찰한테 말이오?

꼭 경찰이 아니더라도 우리를 쫓는 대상이야 많지 않소? 빚쟁이라든
지 어떤 그림자라든지 또는 자기 자신한테라도 말이오.

아, 그거야……

있으시다는 말씀이군. 하지만 막다른 골목에 다다라본 적은 없겠죠?
쫓기다가 쫓기다가 막다른 골목에 다다랐을 경우 사람들은 대개 두 가
지 방법 중의 하나를 택하죠. 하나는, 쫓아오는 대상을 향해 덤벼드는
것이고 다른 하나는 세상에서 가장 큰 도둑질을 하는 것이죠.

세상에서 가장 큰 도둑질?

그게 무엇이냐고 묻는 표정을 보였으나 사내는 대답하지 않았다. 대
답만 하지 않는 게 아니라 더 이상의 아무런 말도 없이 벽에 등을 기댄
채 눈을 감았다. 갑자기 몰려오는 피로를 주체하지 못하는 것 같은 몰골
이었다.

아이 속상해 죽겠네. 놀려면 빨리들 놀든지……

술도 이미 바닥이 나 있었으므로 우리가 할 일이란 이제 미자의 바람
대로 빨리 놀고 자는 일밖에 없을 것 같았다. 그러나 말이 그렇지 사내
가 아무리 많은 돈을 내놓았다고 하더라도 어떻게 두 남자가 한 여자를
동시에 범할 수가 있단 말인가. 동시에 범하기는커녕 번갈아가면서라도
어떻게 한 방에서 한 여자를 그럴 수가 있단 말인가. 하지만 태도로 보
아 사내가 자기 방으로 건너가 잘 것 같지는 않았다. 실제로 미자가 사
내를 흔들었으나 사내는 눈만 한 번 떴다 감을 뿐 꿈쩍도 하지 않았다.

나는 미자에게 눈짓으로 사내와 함께 자라고 말한 후 사내가 정해둔 방으로 건너왔다. 술기운에 못 이겨 나도 건너오자마자 곧 지쳐 떨어져 자고 말았다. 몇 시간이나 잔 것일까. 미자가 깨우는 소리가 들려 눈을 뜨니 이미 날이 환히 밝아 있었다.

건너와 해장국 먹으래.

해장국?

응. 그 손님이 샀어. 식으니까 빨리 와.

나는 잠이 좀 덜 깬 상태이긴 했으나 건너가지 않을 수 없었다. 언제 시켰는지 이미 배달되어 온 해장국 세 그릇이 소주 한 병과 함께 모락모락 김을 피워 올리고 있었다.

어서 오쇼. 간밤엔 실례가 많았소. 해장 한잔 합시다.

술이 깬 얼굴이어서 그런지 사내는 간밤과는 여러 가지로 달라 보였다. 헝클어진 머리칼이나 까뭇까뭇한 턱수염은 여전하나 어딘지 모르게 훨씬 생기가 돌아 보였다.

어떻게 몸 좀 푸셨습니까?

네. 덕택에…… 얘가 제법이더군요. 그런데 형씨한텐 미안하게 됐소. 본의는 그게 아니었는데……

아닙니다. 취해가지고 세상모르게 잘 잤으니 마찬가지죠, 뭐.

사내는 해장국도 술도 내게만 권할 뿐 자기는 별로 비우지 않고 담배를 태워 물며 한동안 침묵했다. 그러다가 자조 비슷한 웃음과 함께 내게 시선을 주며 말했다.

형씨 덕택에 몸은 잘 풀었소만 할 일을 해내지 못했소.

할 일?

내가 간밤에 말하지 않았소? 세상에서 가장 큰 도둑질…… 나는 나

자신의 목숨을 도둑질하려고 며칠 전부터 별러왔었소. 바로 어젯밤 그 일을 단행하려고 했었는데 형씨를 만나게 된 거죠.

　자신의 목숨을……? 자살을 하려고 했단 말입니까?

　사내는 여전히 자조 비슷한 웃음과 함께 고개를 두어 번 약하게 끄덕여 보인 후 말했다.

　그런데 이상하죠. 새벽에 일어나니 왜 그런지 죽어서는 안 될 것 같은 생각이 갑자기 들더군요. 아마 형씨 때문일 것이오.

　아니 왜 나 때문에……?

　내가 곧 형씨일지도 모른다는 생각이 들었던 것이오. 내가 죽는 거야 상관없을지 모르지만 형씨까지 죽어서야 되겠소? 모르긴 몰라도 아마 또다시 스스로 죽어야겠다는 생각을 갖지는 않을 것 같소.

　무슨 소린지 종잡을 수 없어 나는 어리벙벙한 표정을 짓는 수밖에 없었다. 그러나 표정으로 보아 그가 단순히 웃기 위해 하는 소리는 아니라는 걸 알 수 있었다. 아니 실제로 그는 창녀촌을 벗어나 나와 헤어질 무렵에 내 앞에서 약봉지로 보이는 작은 봉지 하나를 주머니에서 꺼내어 쓰레기통에 버리며 말했다.

　이게 뭔지 아쇼? 청산가리요.

조문(弔文)

구태여 역사상 유명한 사람이 아니더라도 사람의 최후 쳐놓고 그렇지 않은 게 어디 있겠는가만 내가 아는 바 외국의 경우로는 독일의 장군이었던 롬멜의 최후만큼 많은 걸 생각하게 만드는 최후도 그리 많지 않을 것 같다. 위기에 처해 있던 조국을 위해 그토록이나 전력투구했던 그가 끝내는 자기 나라 총통의 지령하에 독살을 당해야 했다는 그 사실도 사실이려니와 그보다도 바로 독살을 지령한 그자와 그 독살의 음모에 가담했던 자들이 그의 부인한테 다음과 같은 조문(弔文)을 보냈다는 사실이 더욱 그렇다.*

　부군의 사망으로 인한 충격에 심심한 애도의 뜻을 전하는 바입니다. 부군

---

*『롬멜 전사록(*The Rommel Papers*)』 22장 참조.

의 명성은 북아프리카에서 이룩한 영웅적인 전투와 함께 영원히 기억될 것입니다.

— 총통 히틀러

우리가 항상 독일 국민과 함께 있기를 열망했던 부군께서 부상으로 인해 영웅으로서의 최후를 마친 데 대해 본인은 큰 충격을 받았습니다. 여기에 본인과 전 독일 공군은 영부인께 마음으로부터 깊은 조의를 표하는 바입니다.

— 원수 괴링

부군의 서거로 인한 영부인의 불행에 접하여 우리는 진정 어린 애도를 표하는 바입니다. 부군의 서거로 인해 독일 육군은 가장 위대한 지휘관을 잃게 되었습니다마는 부군의 이름은 아프리카 군단의 영웅적인 전투와 함께 영원할 것입니다. 영부인의 슬픔에 깊은 조의를 표합니다.

— 국무대신 괴벨

그 재미없고 실감 안 나는 묵은 이야기를 다시 꺼낸다는 게 어느 면에서는 새삼스러운 일이기는 하나 그래도 문득문득 떠오르는 때가 있다. 어느 정도의 이성과 양식을 가지고 그 세월을 산 사람이면 다 알고 있듯이 그 무렵의 그 어지러움이야 몇 마디로 요약할 수 있는 그런 것이 아니었다. 그야말로 전쟁 때나 못지않게 혼란스러웠던 그 무렵 대학에 갓 입학한 우리는 고등학교 때와는 여러 가지로 달리 펼쳐지고 있는 새 세계에 어떤 자세로 어떻게 뛰어들어야 할 것인가에 대해 주춤거리지 않을 수 없었다. 아직 술이라고는 입에 대본 일조차 없는 우리에게 선배들은 입학식 날부터 술을 강제로 입에 퍼부어주었고 같은 또래의 여자 앞에서는 얼굴도 제대로 못 드는 우리로 하여금 작부들과 강제로 입을 맞추도록 했으며 더 짓궂은 선배는 심지어 창녀촌으로까지 끌고 가 꿈에서조차 잃은 적이 없는 동정(童貞)을 주체스러운 것이라고 해서 벗어버리도록 만들었다. 불알 두 쪽밖에는 가진 것이라고는 없는 촌놈이 큰 뜻을 품고 올라와 대학이랍시고 입학을 하자마자 이런 꼴들을 당하게 되니 자연히 멍멍해질 수밖에 없었는데, 그러나 차츰 젖어가다 보니 문제는 그런 것이 아니었다. 대학 생활을 거친 사람이라면 누구나 다 알고 있다시피 그런 것이야 아무래도 상관없었고 아무것도 가진 것 없이 배우는 일이라는 것도 그리 큰 문제가 아니었다. 물론 고생이야 좀 되었지만 하숙비가 없고 등록금이 없으면 가정교사 자리라도 구해서 이를 악물고 열심히 하면 되었다.

그런데 어느 정도 젖을 만큼 젖어 대학이라는 곳이 어떤 곳이고 대학생이라는 것이 어떻게 처신을 해야 하는 것인가를 어렴풋이나마 깨달을 듯 말 듯하게 되자 이제까지는 거의 문제 삼으려고조차 하지 않았던 엉뚱한 것이 고개를 벌떡 들며 달려들었다. 모르긴 몰라도 아마 우리 사학과 입학생들에게 그것의 정체를 맨 처음 가르쳐준 건 다한 선생이었을 것이다. 다한 선생이란 수업 중에 '한 많은 역사'니 '한 많은 민족'이니 하는 말들을 자주 써서 우리들 간에 통용된 별명인데 그러나 '한'이라는 낱말이 풍기는 분위기의 선보다는 좀 굵은 선의 분위기가 느껴지는 사람이었다.

아직 오십이 채 안 되었지만 많은 무게 있는 논문으로 우리 사학계에선 어느 누구도 무시할 수 없는 존재였다. 그가 학교 일뿐만 아니라 국사 편찬 등 국가의 여러 중요한 사학 관계 일에 종사해온 것도 그가 다져놓은 위치가 그만큼 확고하기 때문일 것이었다.

따라서 그에 대한 우리의 기대는 첫 강의시간부터 부풀어 있었다. 어떤 사람일까. 사진이야 신문이나 잡지 같은 데서 더러 보았지만 실제 몰골은 어떨까. 키는 얼마나 크며 걸음은 어떻게 걷고 복장은 어떤 복장을 하고 있을까. 강단에 서서는 어떤 표정과 어떤 목소리로 어떤 제스처를 써가며 어떤 이야기를 할까.

물론 다른 선생들에 대해서도 마찬가지였지만, 우리 사학과 입학생들로서는 그 어떤 선생에 대한 기대보다도, 우리의 전공과목을 맡고 있으며 대외적으로 이름이 나 있는 그 선생에 대한 기대가 더 클 수밖에 없었고, 그러니 우리는 자연히 맞선을 보기 몇 분 전의 촌처녀만큼이나 들떠서 설레지 않을 수 없었다. 그런데 웬걸 맥 빠지게도 강의는 첫 시간부터 휴강이었다. 누군가가 칠판에 '휴강'이라고 큼지막하게 써놓자 우리들은 처음에야 일제히 환성을 질렀지만 곧이어서는 제각기 한마디씩의 쌍소리들로 강의실 안을 흔들었다.

그만큼 더 기대를 하고 있어서 그랬는지는 몰라도 이상하게 다한 선생의 시간은 다음 시간에도 그다음 시간에도 휴강이었다. 우리는 마침내 술렁이기 시작했으며 휴강의 이유가 도대체 무엇인가를 구체적으로 캐보았다. 누군가의 입에서는 몸이 좀 불편해서라는 가벼운 대답이 나왔다. 또 누군가의 입에서는 좀 바쁜 일이 있어서라는 흐리멍덩한 대답이 나왔다. 또 누군가의 입에서는 무슨 세미나 때문이라는 시답지 않은 대답이 나왔다. 그러다가 우리는 꽤 여러 시간의 휴강을 거친 후에야 비로소 다한 선생의 시간을 맞을 수 있었고 이제까지의 휴강 이유가 국사편찬에 관한 국가적인 시책에 종사하기 위해서였음이라는 걸 다한 선생으로부터 직접 들었다.

웬일인지 처음부터 다한 선생은 심상한 표정이 아니었다. 우리가 상상했던 것과는 달리 아주 평범한 생김생김이었고 평범한 복장에 평범한 목소리였지만 처음부터 무엇엔가 못마땅해하고 불쾌해하며 분노까지 하고 있는 듯한 인상이었다. 그것이 단순히 그동안의 휴강에 대한 민망함을 우리 앞에서 일시적으로 커버해보자는 수작으로 보기에는 무언가 지나치게 신경을 쓰게 만드는 깊은 면이 엿보였다.

우리는 아무도 떠들지 않았다. 다른 선생들한테는 흔히 건넬 수 있었던 새로 입학한 학생다운 천진한 농지거리마저도 던지지 않았다. 강의가 유다른 명강의여서라거나 전혀 모르는 세계에 대한 경이적인 깨우침의 내용을 담고 있어서가 결코 아니었다. 첫날 강의 내용을 몇 마디로 요약하자면 다음과 같았다.

여러분들은 이미 국민학교에서, 중고등학교에서 국사를 배운 일이 있고 또 앞으로 국사를 전공해갈 사람들이니까 잘 알고 있겠지만 주체성이라는 걸 아무리 살려가면서 보더라도 우리의 역사가 '한의 역사' '오욕의 역사' '피투성이의 역사'임을 부정할 수는 없을 것이다. 결코 자랑스러울 수 없는 이런 역사를 배우고 가르쳐야 될 때 우리가 어떠한 자세와 어떠한 비판안(批判眼)을 갖느냐 하는 것은 무엇보다 중요한 문제가 아닐 수 없다. 물론 우리로서는 마땅히 우리의 것을 내세우고 자랑하려는 입장을 취해 잘못 인식되어온 우리 역사의 오욕적인 면들을 가능한 한 씻어주는 방향으로 나가야 하겠지만 그렇다고 여기에 어떤 무리나 억지가 있어서는 안 될 것이다. 그러나 구태여 말하지 않아도 잘 알다시피 정확한 역사란 몇십 년 몇백 년이 지나지 않고는 밝혀지기 힘든 것이므로, 이제까지의 우리 역사에 잘못 기록된 면이 얼마든지 있을 것이라는 걸 일단 긍정하고 들어가야 하며, 따라서 우리는 이제까지의 우리 역사를 한 페이지, 한 구절이라도 수정할 수 있는 논문을 발표할 줄 알아야 할 것이다. 옛날엔 난리로 불렸던 것이 몇백 년이 지난 오늘엔 혁명으로 불리는 일도 있으며 옛날엔 매국노였거나 폭군으로 알려졌던 사람이 몇백 년이 지난 오늘엔 더할 수 없는 애국자, 더할 수 없는 지도자로 판명이 되기도 하는 것이다. 역사에 기록될 만한 어떠한 정책 하나하나가 다 마찬가진데. 흔히 말하는 '역사의 심판'이란 바로 이런 것을 뜻하는 것이거늘 여러분들은 앞으로 심판자로서의 본분을 한시라도 잊어서는 안 될 것이며, 따라서 이제까지 전개되었던 역사, 지금 전개되고 있는 역사, 앞으로 전개될 역사에 항상 남다른 사관(史觀)으로 도전하지 않으면 안 될 것이다……

다한 선생이 아니더라도 역사를 전공하는 사람이면 누구나 다 할 수 있을 법한 이런 상식적인 내용이었는데도 우리가 강의를 들으면서 그렇게 조용할 수 있었다는 것은 아무래도 이상하다. 너무나 기다렸던, 수차례의 휴강 끝의 시간이었기 때문일까. 아니 그 표정, 그리고 피 묻은 백묵 때문이었는지도 모르겠다. 시종일관 무엇에 노해 있는 듯한 그 표정으로 그는 말을 하다가 갑자기 피 묻은 백묵들을 보였던 것이다. 피 묻은 백묵. 좀 기분 나쁜 표현이 될지는 모르나, 내가 비교적 뒷좌석에 앉아 있은데다가 그 시간에 피곤해 있어서 그랬는지는 몰라도 그가 맨주먹의 맨 손가락들을 펼쳐 보였는데 이상하게 내 눈엔 그것이 순간적으로 피 묻은 백묵들처럼 보였다. 얼핏 보아서는 그가 보통 사람들과 다른 점이 아무것도 없었지만 바로 그것 한 가지가 달랐다. 오른쪽 손가락들 끝이 흡사 문둥병 환자의 그것처럼 잘려나가 있었던 것이다. 글씨를 쓰기에도 불편할 것 같았다. 그러나 물론 그는 아주 달필의 글씨를 칠판에 다른 선생님들보다 훨씬 더 빠른 속도로 써나갔는데 그것이 아마 우리를 잠시나마 긴장시켰던 것 같기도 하다.

나중에 안 일이지만 손가락이 그렇게 된 건 고문을 당한 때문이라고 했다. 사변 당시 손톱이 온통 뽑혀 나가는 고문을 당하면서도 끝내 자기 고집을 꺾지 않았다는 일화가 붙어다녔다. 그 일화를 선배들로부터 듣고 난 우리들은 모두 피 묻은 백묵 같은 그 기분 나쁜 손가락들을 기분 나쁘게 보지 않고 오히려 사랑하게 되었다. 따라서 우리는 술집이 아니라 잔디밭 같은 데서라도 한가하게 어울리기만 하면 다한 선생과 관련된 이야기에 필요 이상으로 열을 올리곤 했다. 지내면서 보니 그는 비단 학업에서뿐만이 아니라 다른 일에서도 우리로 하여금 그러지 않을 수 없게 만드는 남다른 면을 보였다.

가령 그 사건만 해도 그렇다. 당시에 신문에도 났으니 알 만한 사람은 알 것이다. 우리들이 다한 선생을 위시하여 또 다른 두 선생과 함께 답사여행을 강원도 양양 부근의 산중으로 갔다가 조난을 당한 적이 있었다. 엄청난 비를 만나 계곡의 물에 완전히 갇혀버렸다. 여학생까지 셋이나 끼여 있어 어쩌지도 못하고 꼼짝없이 갇혀 몇 시간을 견디다가 어두워지기 시작하고 물도 많이 빠져나간 것 같아 우리는 생각 끝에 그냥 건너기로 결정했다.

모두들 손을 잡고 건너자는 의견도 나왔으나 그러다가 한 사람이 넘어지면 모두 함께 넘어질 위험성이 있으니까 한 사람씩 차례차례 건너자는 것으로 의견을 모았다. 고개를 갸우뚱거리며 처음엔 위험하다고 말리던 다한 선생도 우리가 워낙 강력하게 조르자 고개를 끄덕이며 말했다.

"좀 위험하긴 하지만 세상을 살아가자면 이 정도의 위험이야 아무것도 아닐 테니까 그럼 그러기로 하지, 그 대신 내가 맨 먼저 건너고, 다음에 유선생, 그다음에 김선생, 그리고 한 사람씩 차례차례 건너보지."

누군가 자기가 먼저 건너겠다고 외치는 사람이 있었으나 다한 선생은 들은 체도 않고 등산화를 신은 그대로 성큼성큼 물속으로 걸어 들어갔다. 물은 무릎 부근을 조금 넘어섰고 그냥 보기에는 물살도 과히 세어 보이지 않았다. 혹 어쩔까 했으나 무사했다. 돌에 가볍게 걸린 듯 잠깐 삐끗하긴 했지만 전혀 힘들지 않고 건넌 것 같았다. 우리는 손뼉을 치며 환성을 질렀다. 그러나 다 건너 저쪽으로 오른 후 다한 선생은 말했다.

"보기보다는 물살이 세니까 너무 서둘지 말고 천천히…… 그리고 무엇보다 발밑의 돌을 조심하도록!"

하지만 우리들은 별로 조심들을 하지 않고도 아무 사고 없이 모두 건널 수 있었다. 아니 마지막 한 여학생을 제외하고는 모두 무사했다. 그런데 그 마지막 한 여학생으로 해서 일은 크게 벌어졌다. 몸이 다른 여학생들에 비해 약하다거나 운동신경이 둔한 학생이라면 우리가 그렇게 방심하지는 않았을 것이다. 그러나 모두들 무사히 건넌데다 남은 한 학생이 믿을 만한 학생이어서 다 된 것이나 마찬가지로 생각하고 서둘렀는데 바로 그 순간이었다. 돌에 세게 걸린 듯 비명소리와 함께 넘어졌고, 넘어지자 떠내려가기 시작했다. 아, 그 일이 벌어지던 순간의 다한 선생과 다른 두 선생과 우리들 사이의 괴리! 부끄러워라, 정말 부끄러웠다. 나를 포함한 우리 모두와 다른 두 선생은 다한 선생 앞에서 부끄러웠다. 못 보아서가 아니라 분명히 보았으면서도 어느 누구 하나 뛰어들지 않았는데 오직 다한 선생 혼자만이 뛰어들었다. 뛰어들되 조금이라도 주저함이 있었던 게 아니고 너무 급히 뛰어든 나머지 다한 선생조차 넘어졌고 결국은 두 사람이 함께 휩쓸려 떠내려가게 되다가 여학생은 희생되고 다한 선생은 살아나긴 했지만 크게 부상을 입었다. 큰 바위에 걸려 더 이상 떠내려가지 않을 때 구조해놓고 보니 여학생은 이미 심장이 멎어 있었고 다한 선생은 의식은 잃었으나 심장만은 뛰고 있어 인공호흡으로 깨어나게 했다. 하지만 그 후유증이 심해 거의 한 달 가까이나 입원해 있지 않으면 안 되었다. 돌에 부딪혀 가슴이며 옆구리며 아랫도리 등 여러 군데를 다쳐 혈뇨(血尿)를 보는 상태가 되었다.

당연한 일일지 모르나, 병원의 입원실에 누워서도 다한 선생은 자신보다는 죽어간 학생에 대한 생각을 더 많이 하는 것 같았다. 흡사 그 학생을 죽인 것이 자기 자신이기나 한 것처럼 두고두고 한탄해하였다. 그러면서, 자기보다 먼저 그 학생을 살려놓지 왜 자기를 살려 이렇게 괴롭게 만드냐고, 그냥 겉으로 입에 발린 소리가 아니라 정말로 화를 내며 우리를 나무랐다. 그러려고 해서 그런 게 아니라 자연히 그렇게 되었다고 해도 곧이듣지 않고 자기라는 사람의 무용가치에 대해서 흥분을 하여 떠들었다. 우리는 놀랐다. 아무리 열이 있고 신경이 날카로워진 상태라고 해도 다한 선생이 스스로의 입으로 그런 자기비하의 소리를 할 수 있었다는 것은 좀 의외였다. 자기의 무용가치에 대한 이야기는 나이가 어느 정도 든 사람들이 입버릇처럼 하는 이야기의 경지를 지나쳤는데 무엇보다도 국가적인 시책으로 요즈음 개편 중에 있는 국사에 있어서의 자기 발언의 반영도와 관련되었다. 우리로서는 얼핏 이해가 안 가는 이야기였다. 횡설수설 떠든 이야기를 종합해보면, 자칫하다가는 자기도 어용학자가 되어 자기의 사관과는 전혀 엉뚱한 역사의 기록자가 될지도 모른다는 이야기 같았는데 그때만 해도 시국이니 정국이니 하는 것에 그다지 민감해 있지 못했던 우리로서는 구체적인 저 밑바닥의 뜻이야 이해 못할 게 당연했다. 지금이야 다 이해가 가지만, 아니 얼마 지나지 않아 모든 사건이 터지고 나서는 속속들이 이해를 했지만 그 당시로서는 역시 이해를 잘 못했던 이야기가 많았다. 예를 들자면 그중엔 이런 이야기도 있었다.

다한 선생이 외국에 교환교수로 가 있을 때 그곳에서 의사 노릇을 하고 있던 한국인 친구의 이야기라고 했다. 총을 세 군데나 맞아 거의 치명상에 가까운 상처를 입은 어떤 환자를 무려 다섯 시간이나 걸린 대수술 끝에 간신히 살려냈다. 자신도 놀랄 만큼 기적적으로 수술이 잘되어 석 달 만에 퇴원할 수 있게 되었다. 입원해 있는 동안 의사와는 물론 간호원과도 정이 깊이 들어 퇴원할 때는 모두 기쁨 속에서도 섭섭해하였다. 그런데 상당한 시일이 지난 후 의사와 간호원은 신문에서 그 환자에 관한 너무나 충격적인 기사를 읽게 되었다. 바로 그날 그 환자가 교도소에서 사형을 당했다는 기사였다. 반국가행위를 저지르다가 총을 맞았다는 거야 이미 대강 알고 있었지만 그토록이나 정성을 다해 살려놓은 그 사람이 불과 얼마 지나지 않아 그런 식으로 죽어갔다고 생각하니 단순한 허망감을 지나 무언가 지독한 이 세상의 모순을 절감하지 않을 수가 없었다고 의사는 말하더라는 것이었다. 재미있는 이야기이긴 했지만 당시의 다한 선생과는 아무 상관도 없을 것 같던 이런 이야기를 무엇 때문에 들려주는가 했는데 이것도 지나고 나서야 알게 되었다.

여름방학을 시골에서 보내고 새 학기가 되어 올라와보니 어쩐지 학교 안의 분위기가 이상했다. 너무나 황송하게 맑은, 마음에 그리는 여자의 목소리처럼 맑은 햇살이 쏟아져 내리고 있는데도 괜히 을씨년스럽고 흉흉함을 어쩔 수가 없었다. 그것은 휴강시간에 잔디밭에서 들려준 한 친구의 우스꽝스러운 꿈 이야기 때문인지도 몰랐다. 우리가 사학을 전공하기 때문이겠지만 우리의 일상 또는 꿈속에는 몇백 년 전, 몇천 년 전 역사 속의 인물이 곧잘 살아서 움직였는데 그날 그 친구의 꿈에서도 그랬다. 단순히 꿈이라기엔 다분히 조작적인 데가 있는 것 같았지만 간밤에 만적(萬積)을 보았다고 했다. 잘 알다시피 만적은 고려시대 최충헌이라는 사람의 사노(私奴)로서 반란을 일으켰던 사람이다. 누구는 잘살고 누구는 못살란 법이 어디 있느냐, 어떤 놈은 명령하고 어떤 놈은 복종하란 법이 어디 있느냐, 어째서 우리는 태어날 때부터 노예여야만 한단 말이냐, 왜 이렇게 죽는 날까지 억울하게 당하면서만 살아야 한단 말이냐, 일어서자, 다 같이 일어서서 우리를 마음대로 부리는 놈들을 쳐죽이고 우리도 한번 사람처럼 살아보자. 한 번만이라도 사람처럼…… 그리하여 들고 일어서려 했으나 결국엔 거기에도 밀고자가 있어 붙들려 역적죄로 강물에 던져져 죽었는데 그러니까 무려 팔백 년 전 사람을 간밤에 만났다는 것이었다. 이 친구의 이야기를 요약하면 이렇다. 너희들 물에 빠져 죽은 사람의 넋 건진 걸 본 일이 있느냐. 나는 본 일이 있다. 내가 어렸을 때, 우리 큰아버지가 학살당한 것을 비관해서 큰어머니가 앞 강물에 빠져 죽었는데 그 넋을 건지겠다고 우리 아버지가 동네 무당과 함께 소란을 피운 적이 있었다. 배를 타고 강을 뒤졌던 것이다. 그래서 결국 넋을 건졌는데 알고 보니 넋이라는 것이 다른 게 아니고 한움큼의 시커먼 머리칼이더라. 그것을 본 이후 나는 나도 모르는 사이에 어느덧 머리칼과 넋을 연관시켜 생각하는 버릇을 갖게 되었다. 동시에 강물에 빠져 죽은 사람들의 원귀(寃鬼)까지도 떠올리며 곧잘 공상에 빠져들었다. 간밤에 내가 만적을 만난 것도 요즈음 내가 빠진 머리칼을 너무나 많이 보았기 때문일 것이다. 요즈음 이상하게 내 머리칼이 염병을 앓고 난 사람처럼 무더기로 빠져 방바닥, 마룻바닥에서는 물론 밥상에서도 책상에서도 세숫대야에서도 재떨이에서도 커피잔에서도 심지어는 변솟간 타구 속에서도 아무 때나 발견하게 되어, 앉아서도 머리칼, 누워서도 머리칼, 공상을 하면서도 머리칼…… 머리칼, 머리칼, 머리칼…… 그래서 머리칼 노이로제에 걸릴 지경이 아닐 수 없었다. 따라서 수십 번 수백 번 큰어머니를 생각하고, 큰어머니와 같은 처지의 많은 사람들을 생각하고, 내가 평소에 들먹거리기 좋아했던, 강물에 처형되었다는 만적이라는 인물까지 생각했었던 것이다. 아마 틀림없이 그래서 그런 것 같은데, 간밤엔 꿈속에서 내가 방바닥에 무수히 떨어져 있는 머리칼들을 쓸어 모아 손으로 움켜쥐어 휴지통에 내버리려 하던 바로 그 찰나, 흰 무명옷을 입은 건장한 장정 한 사람이 나타나 느닷없이 내 목덜미를 움켜쥐고 "내 넋 내놔! 내 넋! 내 넋!" 하고 소리치며 눈을 부라리는 게 아닌가. 그래서 나는 벌벌 떨며 "도도도대체 다다당신이 누누구요?" 하고 물었더니 "만적이다. 만적! 눌린 자들 일으키려다 실패했던 만적! 만적을 몰라? 그렇지. 네놈이 나를 알 턱이 없지. 잔말 말고 어서 내 넋이나 내놔! 내 넋! 내 넋! 내 넋!" "마만적……? 바반갑습니다. 잘 알고 있습니다. 얘기하는 사람들이 많이 있습니다. 고정하시고 차근차근 얘기를 해보십시오. 당신의 넋이라니 이 머리칼들이 당신의 넋이란 말이요?" 나는 쓸어 모아 손에 쥐고 있던 머리칼들을 그의 코앞에 내밀었다. 그러자 만적이라는 그 친구는 더욱 눈을 부라리며 "이놈아! 어째서 이게 내 넋이란 말이냐? 내 넋이 이렇게 꼽슬꼽슬하고 보들보들하고 약하고 노리끼리한 줄 아느냐? 내 넋은 이렇지가 않아! 꼿꼿하고 억세고 시커멓고 질겨! 빨리 내놔! 못 내놓겠어, 엉? 어서 못 내놔?" 그러면서 그 친구는 사정없이 내 목을 눌러대는 것이었다. 나는 갈수록 숨이 막혀 비명을 질렀는데 물론 꿈이었기 때문에 비명을 지름과 동시에 깨어나고 말았다.

이 친구의 꿈 이야기를 듣고 난 우리는 모두들 낄낄낄 웃홋홋 하하하 웃어대며 한마디씩 했다.

"늬 머리칼이 곱슬머리가 아닌데 곱슬곱슬하고 노리끼리했다고 한 걸 보니까 그건 머리칼이 아니라 일팔륙 털이었던 모양이지?"

"이것은 내 머리칼이 아니라 일팔륙 털이다. 너는 일팔륙 털도 시커 멓고 꼿꼿하고 질기냐? 라고 한번 대들어보지."

"하기야 따지고 보면 머리칼보다는 일팔륙 털이 진짜 넋일지도 모르지. 사람에 있어 일팔륙은 나무에 있어 뿌리나 마찬가지니까."

그 자리엔 여학생은 끼여 있지 않았기 때문이겠지만 이런 쌍소리들을 하면서 우리는 다시 낄낄낄 웃홋홋 하하하 한바탕 웃어댔다. 그러다가 무슨 약속이나 한 것처럼 일제히 곧 숙연해졌고, 계속 침묵하며, 씁쓸한 얼굴들을 했다. 어쩌면 그 순간 우리는 대부분 꿈속에서나 농담 속에서가 아닌 참말 만적에 대해서 그의 넋에 대해서 생각을 하며, 그것을 현실 속으로 끌어내보고 있었기 때문이었는지 모른다. 그러나 어느 누구도 그런 구체적이고 당당한 이야기를 꺼내지는 않았고 다만 그 무렵의 시국 이야기를 약간씩 비쳤을 뿐이었다. 신문의 만화 이야기로부터 시작해서 한 친구가 심각해지면 한 친구가 웃고 한 친구가 열변을 토하면 한 친구가 쌍소리를 해서 이것도 저것도 아닌 두루뭉수리를 만들어가며 떠들어댔다.

그런데 그때 누군가가 처음부터 꺼내고 싶었던 이야기를 참았던 듯 좀 조용해지자 불쑥 내던졌다.

"말 들으니까 이번 학기부턴 다한 선생 안 나온다며?"

"무슨 소리야? 시간표에 엄연히 나와 있어 수강 신청까지 하고 나서?"

"글쎄, 그래서 나도 긴가민가한데 말이야. 말 듣기엔 그래, 다한 선생이 안 나오고 다른 사람이 맡을 거라고……"

"다 회복되어 퇴원한 지가 언젠데……?"

"그게 아니고 다른 껀이 생겼다는 모양이야."

"껀이라니? 요직에라도 앉게 됐다는 이야기야?"

"그 반대라는 것 같아. 주겠다고 불렀는데 거절을 했다나…… 그것만 거절한 게 아니고 이제까지 맡아왔던 국사편찬위 고문 자리도 다 내놓았다는 모양이야."

"……"

"그 성격, 그 고집에 어용이 될 수는 없었던 모양이지. 좌우간 한바탕 크게 붙고 모두 다 때려치웠다는 이야기가 있어."

"그렇다고 학교까지 그만둘 건 없지 않아?"

"학교야 자의가 아니겠지."

그러나 다시 수업시간이 시작되어 강의실로 찾아든 우리는 어떻게 해서 그런 풍문이 퍼졌었는가에 대해 아연해하지 않을 수 없었다. 그 시간이 마침 그 학기에 들어선 다한 선생의 첫 시간이었는데 시간이 되자 다한 선생은 일 분도 늦지 않고 정확히 나타났다. 그런데 이상했던 것은 그가 나타나자 누군가 한 사람이 박수를 치기 시작했고 나중에는 거기에 따라 모두들 함께 친 사실이다. 물론 입원해 있다가 건강한 모습으로 나타났으니 그럴 만도 하지만 그래도 뭔가 짚이는 게 있었다. 아까 잔디밭에서 한 친구가 들려줬던 그 이야기들이 어쩌면 단순한 풍문만은 아닐지도 모른다는 생각이 퍼뜩 들었다.

"박수는 무슨 박수야? 내가 개선장군으로라도 보이나?"

약간 자연스럽지 못한 웃음이긴 했으나 좀처럼 보기 힘든 웃음을 보인 후 다한 선생은 강의로 바로 들어갈 듯하다가 무슨 생각이 났는지 밑도 끝도 없이 갑자기, "요즈음도 등산들 다니나?"라고 묻더니 대답은 기다리지도 않고 말했다.

"열심히들 다니라구…… 젊었을 땐 어지간한 건 등산만 해도 다 극복이 되니까…… 특히 실연을 당했다든가 무엇에 배반을 당한 것같이 미칠 것 같을 때 말이야…… 물론 나이가 들면 그것으로도 잘 안 되지만……"

왜 그런 말을 하는지 역시 당시로서야 깊은 뜻을 이해하지는 못했지만 우리는 무언가 하여튼 다한 선생의 신상에 어떤 변화가 일고 있음을 막연하게는 느꼈다. 그렇지만 그 변화가 그렇게까지 빨리 우리를 곤혹스럽게 만들 지경에 이르리라고는 미처 생각 못했었다.

그날 강의는 예나 다름없이 정상적으로 진행됐다. 다음번 강의도 마찬가지로 아무 일 없이 진행됐다. 두 시간 다 만민공동회의 민중대회에 대해서 이야기했다

그리고 꼭 한 차례, 획기적이라면 획기적일 수도 있는 일이 벌어졌다. 간경변으로 대학병원에 오랫동안 입원해 있던 교양국어 담당의 선생 한 분이 죽어 병원 영안실로 조문을 간 적이 있는데 그날 밤 그곳에서 다한 선생이 일대 쇼를 벌였다. 쇼라는 낱말 자체가 다한 선생과는 너무나 동떨어진 말이지만 그날 밤의 일은 누가 봐도 쇼는 쇼였다. 무슨 술을 어떻게 마셨는지 거의 흐물흐물해져 나타나 임시로 쳐진 장의사 텐트 밑에 우리들을 모아놓고 '개떡'이라는 말을 스무 번도 더 반복했다. '개떡 같은 세상' '개떡 같은 친구'를 반복하면서 그날 밤 영안실에 안치된 선생에 대해 떠들었다. 딸꾹질까지 섞어가며 한 소리를 또 하고 또 했는데 간추리자면 이런 내용이었다.

언젠가 잡지에서 어떤 화가가 쓴 자기의 술버릇에 관한 이야기를 읽은 적이 있다. 그 사람은 술을 마시기 시작하면 열흘이고 보름이고 밥알한 톨 입에 대지 않고 술만 마신다는데 술을 마시되 안주 역시 입에 대지 않는다는 것이다. 소금으로 안주를 대신하되 완전히 무의식의 상태에 이르러야 잔을 놓는다. 이층 창문 같은 데서 떨어져서도 손끝 하나다치지 않은 적이 있는 것도 바로 그런 무의식의 상태에 이르러 있기 때문이라는 이야기였다. 그런데 바로 이 친구(죽어 영안실에 있는 국어선생)가 그렇다. 한번 마시기 시작하면 언제나 끝장을 본다. 글쎄, 열흘까지 밥알 한 톨 입에 대지 않는지 어쩐지는 잘 모르지만 안주 역시 거의 먹지 않는다. 소금을 먹는 게 아니라 어쩌다. 김치 아니면 맹물이나한 모금씩 먹는데 그것도 적어도 소주 이홉들이 한 병을 다 들이켜고 날정도가 되어야 그렇다. 무슨 술을 철모르는 사람처럼 그렇게 무모하게마시냐고 하면, 요즈음 같은 이런 세상에 술만 먹는 것도 과분하지 그럼날더러 안주까지 먹으란 말이냐며 오히려 이쪽을 힐책한다. 그럼 술을안 마시면 될 게 아니냐고 하면, 술을 안 마시면 세상이 하도 개떡같이생각되어서 세상을 좀 좋게 생각해보려고 마신다는 것이다. 술에 취하지 않은 쨍쨍하게 맑은 의식으로는 아무리 좋게 생각해보려고 해도 이놈의 세상이 조금도 좋게 생각되지가 않으니 그러다가는 자살이라도 하고 말 테니 죽지 않기 위해선 마실 수밖에 없다는 것이었다. 그러니까이 친구한테는 술이 기호품이 아니라 이 세상을 살아 버티기 위한 하나의 약이었다고 할 수 있는데 그래가지고도 이제야 죽었다는 건 오히려많이 산 셈이라고 하지 않을 수 없다.

이런 이야기를 하다가 다한 선생은 우리가 뒤에서 보고 있건 말건 부근의 나무 곁으로 가 오줌을 싸고 와선 이제 죽음에 관한 이야기를 했다.

사람들은 어떻게 살아갈 것이냐 하는 문제에 대해서는 많이 생각하지만 어떻게 죽어갈 것이냐 하는 문제에 대해선 생각하지 않는 것이 보통인데, 어떻게 죽어갈 것이냐 하는 문제도 어떻게 살아갈 것이냐 하는 문제에 못지않게 중요하다는 사실을 알아야 한다. 세상이 개떡 같다고 이 친구처럼 술이나 퍼마시다가 술로 인한 병에 걸려 죽어서야 그것을 어찌 바람직한 죽음이라고 할 수 있겠는가. 죽어가면서 이 친구가 한 말이 "좀더 많은 일을 하고 싶었는데……"였다는 말을 들었는데 말만 그래 가지고 무슨 소용이 있겠는가. 물론 오늘의 시대가 그런 삶, 그런 죽음을 강요했다고 할지라도 강요하면 할수록 그만큼 더 거기에 도전하는 자세가 필요했을 것이다. 죽어도 영합은 못하겠고 옭아매는 통에 뜻대로는 안 된다고 해서 술 속으로 도피해 살다가 그 도피 속에서 죽어가는…… 그거야말로 얼마나 비열하고 값없는 죽음인가. 이미 죽은 사람을 욕하는 것 같아 안됐지만, 나는 지금 화가 나면 났지 조금도 슬픈 게 아니다. 왜 내가 슬퍼하겠는가. 이런 개떡 같은 친구의 죽음을 슬퍼할 이유는 하나도 없다. 내가 슬퍼하는 죽음은 바로 그런 죽음…… 엊그제 만민공동회 민중대회를 이야기하면서 잠깐 비친 적이 있는 신기료 장수 김덕구(金德九)의 죽음 같은 그런 죽음…… 그런 죽음이야말로 슬퍼하지 않을 수가 없다. 비록 신기료 장수라는 그런 가난하고 천한 생활을 하면서도 좀더 나은 살 길을 찾는 민중대회에 앞장섰다가 보부상(堡負商)들의 물푸레나무 몽둥이에 맞아 죽는…… 그렇다고 물론 여러분이나 내가 그런 식의 죽음을 당해서야 안 될 것이다. 하지만 이런 개떡 같은 친구처럼 죽을 바에는 차라리 김덕구처럼……

다한 선생의 말을 들으면서 우리는 주변에 자꾸 신경을 쓰지 않을 수 없었다. 무엇보다도 초상을 당한 집 식구들이 들을까봐 겁이 났기 때문이다. 그런데 아니나다를까 우리와 얼마 거리를 두지 않고 앉아 있던, 초상집의 친척들로 보이는 몇 사람이 이쪽을 몇 차례 돌아보는 듯하더니 듣다 듣다 들을 수가 없었던지 그중의 한 사람이 다가와 시비를 걸었다.

"이게 어떤 개새끼야? 이게 죽은 사람 친구 되는 대학교 선생님이야?"

다한 선생보다 대여섯 살 아래로 보이는 게 분명한데 그 사람도 꽤 취한 듯 금방 멱살이라도 움켜쥘 것처럼 달려들었다. 우리들이 잽싸게 말려 괜찮았지 그렇지 않았으면 아마 발길질이라도 당했을는지 모를 일이었다. 그 사람이 그렇게 나오자 다한 선생은 그저 허허허 웃고 나서 "이런 개떡 같은 사람 보게"라고 중얼거리는 것으로 그쳤지만 어쨌든 그날 밤의 그 쇼야말로 두고두고 화제가 될 일이었는데 그러나 그 쇼를 끝으로 다한 선생은 풍문처럼 우리 앞에서 사라져버리고 말았다.

전 학기처럼 다시 휴강, 휴강, 휴강……으로 계속 나가더니 마침내 학교를 그만두었다는 소리가 들렸고 매일 등산만 다닌다는 소리가 들렸다. 내 눈으로 직접 확인한 건 아니니 정말로 그렇게 매일 등산을 다녔는지 어쨌는지는 모르겠지만 언젠가 강의 시작하기 전에 산 이야기를 잠깐 꺼냈던 것으로도 그렇고, 또 실제로 지난번 만적의 꿈 이야기를 했던 친구가 등산을 하다가 산에서 우연히 만나 술까지 나눠 마셨다는 것으로 보아 근거가 있기는 있는 말 같았다. 술을 나눠 마시면서 이야기를 해보니 풍문은 거의 사실인 것 같았는데 만적의 꿈 이야기며 등산 이야기가 나오자 이런 말을 하더라는 것이었다.

"말이 나왔으니 말이지만 잠자던 만적의 넋이 깨어난 것도 산에서였지. 개경(開京) 북산(北山)에서 친구들과 함께 나무를 하다가 만적이 그런 결단을 내렸거든. 어떤 사람들은 산에 오르는 것도 일종의 도피 행위라고 말하지만 그런 의미에서 나는 산을 오르는 것만은 절대 도피 행위가 아니라고 생각하지. 순수하게 즐기는 사람의 경우는 말할 것도 없고 어떤 수단으로 이용하는 사람의 경우도 말이야."

그런데 어떻게 된 것일까. 친구가 산에서 그렇게 만난 일이 있다는 날로부터 불과 보름이나 되었을까. 우리는 신문의 3면에서 다한 선생의 이름을 발견하고 너무나 큰 충격을 받았다. 자세히 씌어 있지는 않았고 '반국가적 용공 혐의' 운운의 몇 마디와 함께 다한 선생을 수사기관에서 소환해 갔다는 기사가 한구석에 조그맣게 나와 있었다. 비단 우리 사학과에서뿐만이 아니라 그날은 학교가 온통 그 기사 때문에 난리였다. 몇몇 모여 있는 자리만 가면 다 그 이야기였다. 그러나 교직원들은 모두가 함구무언이었고 직설적으로 물어도 굳은 표정으로 고개만 좌우로 내저었다. 가정교사네 뭐네 해서 수업이 끝난 후에도 대부분 별로 시간 여유를 갖지 못했던 우리였지만 그런 가운데서도 우리는 견디지 못했다. 수업이 끝난 후 모두 모여 일단 다한 선생 집을 한번 방문해보자는 것으로 토론 끝에 결정했다. 사실은 휴강, 휴강, 휴강으로 계속되던 진작에 그랬어야 옳았는데 너무 늦었다는 이야기들을 하면서 하여튼 찾아가 자세한 내막을 알아보자고 했다.

다행히 우리들 중의 하나가 다한 선생의 집을 알고 있어서 찾아가는 일은 어렵지 않았다. 학교 앞에서 버스를 타고 사십 분이나 걸리는 먼 거리였지만 버스에서 내려서는 얼마 걷지 않았다. 아무 곳에서나 흔히 발견할 수 있는 별 이렇다 할 특징이 없는 단층 주택으로 비탈을 약간 올라가 연녹색 대문을 달고 있었다. 초인종을 누르자 일하는 사람으로 보이는 마흔 살 가까운 여자가 문을 열어주었는데 아무도 안 계신다는 대답이었다. 사모님은 어디 가셨느냐고 하자 경찰서에 가신다면서 이침에 나가셔서 아직 안 들어오셨다고 했다. 선생님은 언제 불려 가셨느냐고 하자 이렇게 말했다.

"행사인지 뭐신지 순갱 옷을 입지는 않은 사람들인디 두 사람이 어저께 낮에 느닷없이 들이닥쳐가지고 사모님이랑 다른 식구들이랑 눈 멀뚱히 뜨고 있는 디서 안방이랑 선상님 서재랑 다 뒤지고 나가더니 밤중에 선상님이 산에서 돌아오시자마자 어디서 숨어 있었는지 금방 나타나가지고 저녁 진지도 못 드시게 하고 붙들어 갔어라우. 시상에 선생님이 무신 죄를 졌다고 그러는지 정말 기가 맥히고 매가리가 터져 말이 안 나오느만이라우."

경찰서까지 찾아가볼까 하는 의견도 나왔으나 차마 그러지는 못하고 우리는 돌아오는 길에 마실 줄 모르는 막걸리만 마셨다. 마셔봤자 고통밖에 따르지 않는 그 못 마시는 막걸리를 애써 마시면서 우리는 무언가 처음으로 진지하게 마음이 통해 심각해졌던 것 같다. 그렇다. 그전까지야 그저 그렇고 그렇게 강 건너 불 보듯이 바라보기만 하면서 이따금씩 지진해졌다가도 곧 시들해졌던 것이 예사인데 그날은 너무나 노골적이다 싶게 진지한 한마디씩을 불쑥불쑥 했다. 그러나 그뿐 우리는 막걸리만 비웠지, 무엇을 어떻게 하지는 못했다. 아, 정말 무엇을 어떻게 할 수 있었단 말인가.

술집을 나왔을 때는 이미 많이 어두워져 그나마 함께 어울려 움직이는 행위조차도 일단 그만두지 않을 수 없게 되었다. 소름이 끼칠 만큼 맑은 햇살과 교정의 잔디, 잔디에 누워서 보던 하늘, 하늘 속의 내일, 꽤 쌓이고 있을 낙엽, 은행잎이 책갈피에 끼여 있던 대출한 도서관의 책, 읽어도 읽어도 죽는 날까지 읽어도 영원히 읽지 못할 책들과 흐르는 시간, 텅 비어 있는 도서관의 의자들, 막히는 숨, 술 뒤의 고통, 그 고통의 절망의 연습, 아직 너무나 모르는 인생…… 취기와 함께 뒤죽박죽이 되어 있는 온갖 의식에 우리는 부대끼면서 고작 유행가를 기어들어가는 소리로 흥얼거리는 일밖에 아무것도 못하다가 각자 흩어지는 수밖에 다른 도리가 없었다.

그후 다한 선생의 안부는 우리로 하여금 계속 막걸리를 마시게 만들었다. 등산을 하라던 다한 선생의 말을 떠올리긴 했으면서도 산에는 한번도 오르지 않고 수업이 끝나 좀 한가하게 어울리기만 하면 우리는 술만 마셨다. 마시면 고통스럽기만 한 술을 사람들이 왜 그렇게 즐겨 마시는가를 조금씩 터득해가기 시작한 것도 바로 그 무렵부터가 아닌가 생각된다. 가정교사 노릇을 하고 있어 술을 마시면 특히 입장이 곤란했던 나로서도 누가 권하기 전에 스스로 마신 적이 있을 정도였으니까.

'소환 문초'가 '구속'으로 되었다는 또 다른 몇 줄의 기사가 난 후 다한 선생의 안부는 지상을 통해서는 일절 알 수 없게 되었다. 보다 더 큰 불가사의한 일이 계속 터져 그랬는지는 몰라도 신문사 측에선 다한 선생 건에 관해선 별로 관심조차 없는 것 같았다. 구속이 되었으면 재판이 시작되어 선고 공판이 있어야 되는 게 당연할 텐데 뭐가 어떻게 되어가는지 종무소식이었다. 그리하여 우리가 알아보는 길은 다한 선생의 사모님을 직접 통하는 길밖에 없었는데 사모님 역시 자세한 경과에 대해서는 너무나 모르고 있었다. 연구에 필요했던 몇 권의 소비에트, 중국 관계의 일본 서적과 일기장이 압수되어 갔다는 사실, 꼭 한 번밖에 면회를 못했다는 사실, 그러나 옷가지와 사식은 안면이 있는 수사관을 통해 계속 넣어줘왔다는 사실, 수사관 이야기로는 큰 죄가 아닌 게 밝혀졌으니 곧 풀려나게 될 것이라고 하더라는 사실 등이 우리가 사모님으로부터 알아낸 사실의 전부였다.

그러나 곧 풀려나게 될 것이라던 다한 선생은 가을이 다 가고 겨울이 와 방학이 곧 시작될 무렵까지도 풀려나오지 않았고 그 결과 사모님조차 앓아눕게 되었다는 소식만이 들렸는데 바로 그 무렵의 일이었다.

우리 교내는 다한 선생의 기사가 신문에 났을 때나 비슷하게 또 한번 발칵 뒤집혔다. 정치학을 담당하고 있는 분으로 야당성을 띤 종합잡지에 자주 글을 실었던 선생 또 한 분이 붙들려 간 사건이 발생했기 때문이었다. 우리 사학과 신입생으로서는 강의를 직접 들은 적은 없지만 마침 그분의 이종동생뻘 되는 학생이 우리 과에 있어 평소 그분에 관한 이야기는 자주 들어오던 터였다. 협박 전화 비슷한 게 계속 걸려왔었다는 이야기를 들었는데 끝내 일이 벌어졌다고 그 친구는 오히려 덤덤한 표정이었다.

그해 겨울방학이 있기 전까지 우리 교내를 중심으로 한 큰 사건은 그 정도에서 머물렀다. 물론 교내를 벗어난 나라 전체로 따진다면 별별 수수께끼 같은 해괴망측한 사건들이 벌어지던 때였지만 우리는 우리 교내에서 벌어진 그 정도의 사건에마저도 머리를 식힐 틈이 없었다.

다른 친구들이야 달랐겠지만 겨울방학이 되어 시골에 내려간 후론 나는 모든 것을 거의 잊다시피 하고 지냈다. 신문조차 읽지 않았으므로 뭐가 어떻게 되어가는지 전혀 알지 못했다. 알고 싶지도 않았다. 언제 가봐도 나아진 것이란 아무것도 없고 눈에 띄는 모든 것이 어머니의 해수병처럼 마른 속을 긁어대기만 하는 그런 집안의 풍경은 나로 하여금 그런 식으로 지내면서도 견딜 수 있게 하기에 충분했다.

그러나 방학이 끝나 다시 올라와서는 방학을 그런 식으로 보냈던 내가 얼마나 용서받지 못할 놈인가를 곧 깨달았다. 다한 선생에 대해서,

친구들에 대해서, 그리고 더 많은 모든 것들에 대해서 정말 큰 죄를 졌다는 생각에서 벗어날 수가 없었다. 그러지 않을 수 없도록 친구들은 그 사이에 바짝 성숙해져 어른스럽게 웅성거렸고, 무엇보다 교정이 너무 삭막했다. 무더기로 피어난 꽃이 꽃으로 보이지가 않았고 언제 봐도 꿈을 키워주어야 할 나무들이 나무로 보이지가 않았다.

구속 중에 죽었다는 도저히 믿어지지 않는 다한 선생의 죽음에 대해서 친구들은 두 가지로 떠들었다. 자살이라는 설과 타살이라는 설이 그것이었다. 자살이라고 주장하는 친구들은 신문의 기사와 사모님한테 보내 온 관계당국의 조문을 근거로 삼았고, 타살이라고 주장하는 친구들은 다한 선생의 신조로 보아 절대 자살을 할 분이 아니고 구속 중의 자살이란 불가능한 일이라는, 함께 구속됐다가 풀려난 정치과 선생의 증언을 근거로 삼았다.

그 누구도 확실한 걸 알지는 못했고 서로가 주장하면서도 그 주장들에 자신을 갖지 못했다. 한 가지 분명한 건 자살이든 타살이든 사모님한테 조의는 표해야 한다는 사실이었다. 우리는 없는 주머니들을 그 나름대로 털어 조의금을 모아가지고 오후에 사모님을 찾아갔다. 앓아누웠다더니 회복이 되기는 된 듯 우리들에게 차까지 손수 끓여 내왔으나 바로 보기가 민망할 만큼 수척해진 몰골이었다. 결코 위로가 될 수 없는 몇 마디의 위로의 말 끝에 누군가의 입에서 관계당국의 조문 이야기가 나오자 사모님은 잠깐 생각하는 듯하더니 두말없이 내어 보여주었다. 한결같이 타이프로 찍혀 있었는데 모두 세 통이었다.

우리 사학의 발전을 위해 많은 공헌을 해오셨으나 최근 국가에 역행하는 행위로 소환되었다가 스스로의 잘못을 뉘우치고 자결을 택한 부군의 죽음에 진실한 애도의 뜻을 표하는 바입니다.

—○○○○○

　뜻 아니한 부군의 자결로 깊은 상심에 젖어 계실 영부인께 삼가 위로의 뜻을 전합니다. 우리 사학계에 끼친 부군의 학문적인 업적은 길이 기억되리라 믿습니다.

—○○○○○

　구속 도중 자신의 죄과를 뉘우친 나머지 스스로 목숨을 끊은 부군의 죽음에 우리들 수사 관계자들은 모두 공동책임을 의식함과 함께 슬픔을 금하지 못하고 있습니다. 삼가 고인의 명복을 빌며 영부인께 깊은 조의의 뜻을 표합니다.

—○○○○○

　돌려가면서 다 읽고 난 후 우리들은 아무 말 없이 서로의 얼굴들만 돌아보았다. 그 조문들의 내용대로 자결한 게 분명할 것 같은 생각이 들어서가 아니라 사모님이 그 조문들에 대해 어떻게 생각을 하고 있는가, 그대로 믿고 있는가, 믿고 있다면 설령 자결한 게 아니고 타살이라고 해도 입을 다물고 있는 편이 낫지 않을까 하는 생각에서였다. 그런데 이때 바로 그 친구, 붙들려 갔다가 풀려나온 정치과 선생의 이종동생 되는 그 친구가 결코 견딜 수가 없다는 듯 약간 격한 어조로 말했다.
　"아니야, 아니야, 이런 날강도 같은…… 우리 형님이 두 눈으로 직접 똑똑히 보았다는데 자살이라니 이건 순전히……"
　더 말하려는 것을 누군가가 무릎을 눌러 제지했고 우리들은 너나 없이 동시에 사모님 표정을 살폈다. 만약 그 조문들의 내용을 그대로 믿고 있었다면 그 친구의 말에 얼마나 경악할 것인가 하는 초조감으로 불안해하면서. 그런데 이상했다. 이상하다기보다 너무나 뜻밖이었다. 사모님은 우리들이 그렇게 흥분하고 있는 게 오히려 어색하다는 듯 엷은 쓴웃음 비슷한 걸 잠깐 입가에 스치더니 초점 없는 눈에 눈물을 글썽거리며 무겁게 입을 열었다.

"나도 다 알고 있어요. 그분과 이십 년이 넘도록 함께 살아왔는데 그분이 어떤 분이라는 걸 왜 내가 모르겠어요. 그분은 절대 그렇게 값없이 돌아가실 분이 아니에요. 틀림없이 항거하셨을 거예요. 항거하시다가 어떻게 잘못되셨겠죠."

물구나무서기

그 남녀가 우리 문화원에 처음 나타난 것은 어느 진눈깨비가 흩날리던 날의 오후였다. 날씨만 좋았다면 그날도 나는 우리 군내의 전통문화 자료수집이라는 명목하에 두셋의 친구와 함께 산속의 절터 같은 곳이나 기웃거리며 풍광을 즐겼을 것이다. 그런데 그놈의 진눈깨비 때문에 토요일 오후가 되었는데도 사무실에 눌러앉아 아무 하는 일 없이 시간을 보내고 있었다. 책을 손에 쥐고는 있었지만 그 무렵 필요에 의해 일부러 읽던 『연려실기술』『대동야승』 등의 역사책은 아예 뒷전으로 밀어놓고 시며 소설이며 잡문 나부랭이들이 실린 월간지를 훑어보고 있었다. 노크 소리가 들린 것은, 마침 나의 눈이 "죽음이여 마지막 따뜻함이여 다시 태어남이여"라는, 시라기보다는 유행가 구절 같은 구절에 머물러 있을 때였다. 나는 흠칫 놀랐다. 내 대답 소리가 떨어지자마자 사무실 안으로 들어서는 남녀가 얼핏 사람 같지가 않았기 때문이다. 그것은 한마디로 방금 전에 내가 읽은 시구 속의 그 '죽음'이라든가 '마지막'이라든가 '다시 태어남' 같은 낱말들의 분위기를 그대로 풍기고 있는 무슨 화신 같다고 할 수 있었다. 물론 남자나 여자나 하나씩 따로 떼어놓고 보면 거리의 어디에서라도 만날 수 있는 흔한 불구자이긴 했다. 남자는 사무실 안에서도 목발이 없이는 움직일 수 없을 만큼 한쪽 다리를 완전히 못 쓰는 다리병신이었고, 여자는 누가 봐도 단번에 알아볼 수 있을 만큼 낙타등 같은 등을 가진 심한 꼽추였다. 그런데 이 흔히 볼 수 있는 불구 남녀가 그런 화신처럼 보인 것은 둘의 어울림에서 오는 야릇한 느낌 때문일 것 같았다. 그것은 맹인 부부라든가 문둥이 부부 또는 실성기가 있는 거지 부부 등을 볼 때 느껴지는 것과는 전혀 다른 느낌이었다. 더욱이나 그들은 차림부터가 보는 사람으로 하여금 어리둥절하게 할 정도로 세련되어 보였다. 남자의 가죽점퍼도 그렇지만 여자의 반코트며 스카프가 이런 시골에선 흔히 볼 수 있는 것들이 아니었다. 그 차림들만으로도 그들이 무엇을 구걸하러 온 사람들은 아닐 것이라고 확신한 나는 의자를 권하는 데 주저하지 않았다.

"여기가 문화원 사무실이 맞습니까?"

남자가 의자보다 우선 난로 옆으로 바짝 다가서 진눈깨비로 젖은 머리칼을 한번 쓸어올리며 묻자 여자도 선 채로 난로에 손을 내밀며 물었다.

"원장님 되세요?"

이 순간 나는 또 한번 흠칫 놀랐다. 여자의 목소리가 너무나 자연스럽지 못했기 때문이다. 보통 사람으로서는 일부러 꾸며서 내려고 해도 내기 힘든 목소리였다. 일종의 쉰 목소리이긴 했으나 아무리 심하게 쉬었다고 해도 그렇게 탁하고 갈라지고 잦아들 수는 없을 것 같았다. 나중에 알아보니 척추의 이상에 따른 자연스러운 현상이었는데 그런 상식을 갖지 못한 나는 처음엔 이 여자가 일부러 그러는 게 아닌가 하는 생각까지 했었다.

"아닙니다. 원장님은 따로 계시고 나는 실무를 보는 사람입니다. 여직원이 하나 있는데 토요일이라 일찍 보냈습니다."

나는 대개의 경우에 그렇듯이 사무적으로 명함을 내밀었다. 무슨 구걸을 하러 온 사람들이 아닌 게 분명하다면 문화원을 찾아오는 이유란 거의가 빤하기 때문이었다. 물론 교묘한 속임수로 사기를 치려든다든가 골동품의 진품 여부를 가려달란다든가 하는 등의 엉뚱한 일로 찾는 사람들이 없는 바도 아니지만 십중팔구는 문화에 관계되는 무슨 행사에 협조를 구하는 일이었다. 따라서 이 남녀도 되어먹지 않은 어설픈 시 나부랭이나 또는 이제 겨우 붓 잡는 법이나 익혔을까 말까 한 서예 나부랭이로 전람회를 하겠으니 장소라도 좀 알선해달라는 이야기를 하기 위해서인 모양이라는 생각이 들어서였다. 아무리 어설픈 작품들이라고 해도 그런 일이라면 문화원으로선 우선 반갑게 받아들여야 되고 또 최대한 협조를 해주지 않을 수 없었다.

"아, 사무국장님이시군요? 처음 뵙겠습니다. 나는 황인하라고 합니다. 그리고 이 사람은 내 마누라입니다."

경망하다고 할까 호기스럽다고 할까, 남자는 겉으로 풍기는 분위기보다는 훨씬 구김이 없었다. 손을 내밀어 악수를 청하고 나서 그는 말을 이었다.

"이 읍에도 소위 문화인이라고 할 만한 사람들이 삽니까?"

그냥 문화인이면 문화인이지 소위 문화인이라고 할 만한 사람들이라니, 나는 불쾌할 정도로 말이 귀에 거슬렸으나 그렇다고 화를 낼 수도 없어 어색하게 웃었다.

"글쎄요. 황형이 말하는 문화인이라는 게……"

"아, 예술 하는 사람들 말입니다."

"많죠. 여기가 도요지니까 도예가들만 해도……"

"도예가? 도자기 하는 사람들 말입니까? 도자기야 어디 예술이라고 할 수 있습니까? 생활용긴데……"

"왜요, 요즈음엔 다들 예술로 생각하던데…… 국전이나 민전에도 도예 부문이 있지 않아요?"

"있죠. 그렇지만 나는 도자기는 예술로 보지 않아요. 생활예술은 엄격한 의미에서는 예술이 아니니까요."

뭐라 할까. 이 순간 나는 이 남자가 처음 생각했던 것보다는 좀 학식이 있는 사람이라고 느꼈다. 도자기를 예술이 아니라고 단정지어서가 아니라 그 말을 그처럼 자신 있게 할 수 있는 태도가 그런 느낌을 들게 했다.

"그럼 황형이 말하는 예술이란……"

"다 아시지 않습니까? 그림을 한다든가 글을 쓴다든가……"

"그런 사람들도 있긴 있죠. 중앙에서 크게 이름을 얻고 있는 사람들은 아니지만……"

황인하는 손짓까지 하며 내 말을 가로잘랐다.

"에이, 그런 거야 전혀…… 중앙에서 이름 얻는 것하고 예술하고 무슨 상관 있습니까? 그런 건 전혀 문제 삼을 필요 없고 예술을 하는 사람…… 화가도 좋고 시인도 좋습니다. 그런 사람이 있습니까?"

나는 두세 사람을 퍼뜩 떠올렸다. 그러나 그들에 대해 이야기하기 전에 먼저 묻지 않을 수 없었다.

"왜 그러시죠?"

"소개 좀 해주시겠습니까?"

몸의 추위가 어느 정도 가셨는지 황인하가 난로에서 떨어져 의자에 앉자 여자도 따라서 옆에 앉았다. 목발이 제대로 세워지지 않고 미끄러지자 여자가 붙잡아 의자와 의자 사이에 비스듬히 고정시켰다.

"소개해드리는 거야 간단하지만 무엇 때문에 그러시는지⋯⋯?"

황인하는 조금도 주저하지 않고 자초지종을 이야기했다. 여자도 어쩌다가 한마디씩 끼어들어 거들었다. 사연은 간단했다. 황인하 부부는 서울에서 살다가 작년에 이곳 읍내에서 별로 멀리 떨어지지 않은 백사라는 곳으로 이사 왔다. 한마디로 서울이 지긋지긋하게 싫었기 때문이었다. 콘크리트도 싫고 소음도 싫고 매연도 싫고 수돗물도 싫고 사람들도 싫었다. 거리에서 스치는 사람들만이 아니라 친척도 가족도 친구까지도 다 싫었다. 예술을 하는 친구들만은 그래도 괜찮더니 나중에는 그 친구들마저도 이상하게 싫어졌다. 그래 이사 와 두 사람은 아는 사람이 아무도 없는 현재의 집에서 그 누구와도 가까이 지내지 않고 살아왔다. 그러나 이제 다시 사람이 그리워진다는 것이었다. 적어도 예술을 하는 사람들만은 만나서 잡담이라도 나누고 싶다고 했다.

무슨 전람회의 장소 부탁 같은, 내가 예상하고 있었던 부탁이 아닌 데에 나는 일단 마음을 놓았다. 알겠다는 표정으로 고개를 끄덕이며 물었다.

"예술을 하시는 모양이죠?"

"네. 서양화를 전공했습니다. 시도 좀 써봤구요."

나는 웃음이 나오려는 걸 참았다. 나도 시를 써보려고 고등학교 때부터 지금까지 십오륙 년 동안을 버둥거려왔지만 아직 어디 가서 시를 쓴다고 자신 있게 말해본 적이 없기 때문이었다. 도대체 서양화를 얼마나 전공했고 시를 얼마나 써봤기에 이 사람은 이렇게 당당히 말할 수 있단 말인가.

나는 다시 고개를 끄덕여 보이고 나서 즉시 김정현에게 전화를 걸었다. 미술학원을 가지고 있는, 이 읍내 유일의 서양화과 출신 친구였다. 비록 중앙에 진출하여 활약하고 있지는 않지만 작품은 물론 이론 면에서도 그 누구에게 뒤떨어지지 않는, 나와는 거의 매일 만나다시피 하는 친구였다. 김정현은 그렇지 않아도 애들 수업이 끝나, 너한테 막 전화를 걸려던 참이었다고 하면서 바로 오겠다고 말했다.

"김정현이라고 홍익대를 나와 여기서 미술학원을 하고 있는 친굽니다. 나이도 비슷하고, 같은 서양화를 전공하셨으니까 대화가 통하실 겁니다. 바로 오겠다고 하니까 만나보시죠."

"고맙습니다. 홍대를 나왔다면 대학은 나와 다르군요. 나는 서울대를 다니다가 말았습니다."

다니다가 말았다는 이야기가 좀 이상했으나 구태여 그런 거짓말을 할 것 같지는 않아, 아, 그러시냐고 하자, 황인하는 말을 이었다.

"몸이 이렇게 되고 나니까 학교라는 게 다니고 싶지가 않아지더군요. 그리고 또 예술이라는 것은 학력이 큰 문제가 되는 건 아니지 않습니까?"

"글쎄요."

나 역시 대학을 중도에서 그만두었기 때문에 그 말이 반갑게 들렸으나 그렇다고 그 말에 전적으로 수긍할 수는 없었다. 나는 대학을 다니고 싶지 않아 그만둔 게 아니라 형편 내지는 내 무능 때문에 다니지 못했기 때문이었다. 그리고 물론 예술이야 학력이 크게 관계 안 된다고 하지만 그래도 많이 배운 사람의 경우와, 그렇지 못한 사람의 경우는 어딘가 달라도 다른 것이 사실이라는 생각을 숨길 수 없었기 때문이었다.

김정현이 머리칼이며 옷의 진눈깨비를 털며 들어선 것은 십 분도 안 되어서였다. 내가 황인하 부부에 대한 자세한 이야기와 함께 인사를 시키자 김정현은 그의 평소 성품대로 깜짝 반가워했다.

"이 읍내에 사신다면 우리가 금방 알았을 텐데 백사만 해도 꽤 떨어져 있어 전혀 모르고 있었군요. 앞으로 자주 만나시죠. 이곳을 나오시기가 불편하시면 우리가 찾아갈 테니까."

"좋습니다. 종종 놀러 오십시오. 김형은 바로 여기가 고향이신 모양이죠?"

"아니에요. 나도 오 년 전에 이사 왔어요. 대학을 졸업하고 빌빌거리다가 염소를 한번 키워보려고 왔는데……"

"염소?"

황인하가 갑자기 배꼽을 쥐다시피 하며 웃자 부인도 덩달아 웃었다. 부인은 웃다가 기침을 했는데 기침 소리마저 쉬어 갈라져 있었다. 무엇이 그렇게 우스우냐는 표정으로 김정현과 내가 멋쩍어 바라보고 있자 황인하가 말을 이었다.

"왜 하필 염소죠? 그 무렵 김형 몸이 형편없으셨던 모양이죠?"

"몸이 형편없다뇨?"

"정력적으로 말입니다. 그러니까 정력제인 염소를 키우셨겠죠?"

"아하, 난 또…… 핫핫핫."

"정력제로는 염소보다 땅강아지가 좋아요."

"땅강아지?"

"왜 모르세요? 귀뚜라미 비슷한 털이 촘촘히 난 곤충. 그걸 가루로 만들어 먹으면 좋아요."

이번에는 김정현과 내가 배꼽을 쥐다시피 하며 웃었다. 그러나 황인하는 웃지 않고 계속 말했다.

"참새알도 좋고 도마뱀도 좋죠. 참새알을 복령가루라는 약제와 반죽하여 환을 지어 먹고 도마뱀은 역시 가루를 만들어 먹는데 말 안 듣는 가운뎃물건 말 듣게 하는 덴 최고예요."

우리는 다시 배꼽을 쥐지 않을 수 없었다. 말이 우스워서가 아니라 말의 내용이 그의 신체와는 너무나 걸맞지 않게 느껴졌기 때문이다. 더욱이나 오래 사귄 친구들 사이라거나 또는 여자가 없는 자리라면 몰라도 처음 만난 사이인데다 부인까지 멀쩡히 옆에 앉혀놓은 자리가 아닌가. 하지만 그의 걸맞지 않은 이 한마디로 해서 그들 부부와 우리의 간격이 느닷없이 놀라울 정도로 좁혀진 것만은 사실이었다.

김정현은 무조건 단골 중국집으로 전화를 걸어 몇 가지 요리와 고량주를 시켰다. 그리고 아주 좋은 대화 상대를 만난 듯이 남녀 앞으로 좀 더 얼굴을 들이밀며 미소와 함께 말했다.

"그 방면에 대해서 꽤 조예가 깊으신 것 같은데 그럼 해구신에 대해서도 아시겠군요?"

"아, 물론이죠. 물개자지. 물개자지도 좋죠."

부인은 웃기는 했으나 크게 부끄러워한다거나 남편에게 힐책하는 눈을 보내지는 않았다.

"좋다는 건 아셔도 어느 정도로 좋은지는 모르시겠죠? 한번은 내 책상 서랍에 그것을 넣어두었는데 말입니다. 그 책상 앞으로 잘생긴 여자가 지나가니까 그 서랍이 요란한 소리를 내며 스스로 열리지를 않겠습니까?"

우리가 아까 웃었던 것보다도 훨씬 더 심하게 부부가 웃었다. 어느 때 어느 자리에서나 누구한테든 말씨름에서 지기를 싫어하는 김정현이었지만, 이건 대낮부터 술도 취하지 않은 채 너무하는 게 아닌가 하는 생각이 들었다. 그러나 황인하는 물론 부인도 전혀 어색하게 받아들이는 눈치가 아니었다.

술과 요리가 와 판이 무르익자 이런 이야기는 한층 더 심해졌다. 뜻밖에도 황인하는 술을 한 모금도 입에 대지 못했는데, 그것을 가지고 김정현이 공격했다.

"도대체 술을 마시지 못하면 무슨 재미로 세상을 삽니까?"

그러자 황인하는 웃음을 띤 눈으로 째리듯이 묘하게 김정현을 바라보다가 대꾸했다.

"왜 그러실까? 다 아실 텐데…… 술보다 훨씬 더 좋은 게 있는데 무엇 때문에 간장 나빠지게 술에 재미를 붙입니까?"

"술보다 더 좋은 것? 마약? 대마초?"

"왜 자꾸 그러실까? 해구신까지 서랍 속에 넣고 지내셨다는 분이……?"

"아아, 알겠습니다. 무엇을 말씀하시는지…… 하지만 그거야 어디 재미라고 할 수 있습니까? 엄숙한 행위지. 부부생활을 하자면 하나의 의무이기도 하고……"

"엄숙한 행위? 의무? 핫핫, 하긴 그럴지도 모르겠군요. 단순한 재미 때문이라면 모르는 여자한테 강제로 그 행위를 한번 하고 나서 그것이 세상에 알려지는 것이 두려워 목을 눌러 죽인다든가 그 부분을 도려내어 죽이는 짓까지는 하지 않을 테니까…… 그런데 나는 늘 그랬었거든요. 취미가 뭐냐고 물으면 쓰섹이라고…… 고등학교 때까지는 선이베터스마라고 했었구요."

그가 말하는 쓰섹이니 션이베터스마가 무엇을 가리키는지 나는 금방 알아듣지 못했으나 김정현은 금방 알아듣고 말했다.

"어쨌든 그게 취미시라니 대단하십니다. 따지고 보면 세상에 그 이상 고차원적인 취미도 없겠지요. 술이나 바둑이나 낚시나 등산이나 노름 같은 것에야 비교할 게 아닐 테니까요. 그런데 션이베터스만지 마스터베이션인지 이야기가 나왔으니까 말입니다만 그것을 가장 감격적으로 행한 것은 언제 어디서였습니까?"

"몇 년 전 어느 여름날 밤 철길에서였습니다. 몸이 이렇게 되고 나서 죽어버릴까 어쩔까 궁리를 하며 철길 부근을 배회하던 무렵이었죠. 문득 심심해져 갑자기 철길에 앉아 그 짓을 했습니다. 시원한 바람조차 불어오고 철길가 언덕으로부터 녹음의 냄새까지 풍겨오니 보통 기분이 아니더군요. 그런데 막 절정의 기쁨을 맛보고 난 순간이었습니다. 누군가가 내 뒷덜미를 거세게 움켜잡더군요. 돌아보니 기동차의 기관사였습니다. 기관사만이 아니라 불과 몇 미터 저쪽에 기동차가 세워져 있었고, 그 기동차 창밖으로는 사람들의 머리가 무수히 나와 있었습니다."

"핫핫핫, 역시 대단하시군요. 나는 염소를 키울 때―아까 염소를 키웠다고 하니까 잘 믿으려고 하시지 않았는데 실제로 키웠습니다. 설봉산에서 육십 마리까지 키웠었는데 그 무렵 어느 오월이었습니다. 그 산속에서 철쭉꽃 무더기를 보았습니다. 갑자기 견딜 수가 없더군요. 유행가 같은 데서 꽃이 흔히 여자로 비유되기는 하지만 그렇다고 실제의 꽃을 보고 성욕이 느껴지다니…… 정말 견딜 수 없어 그 짓을 했는데 기분이 이루 말할 수가 없더군요. 하지만 황형의 그 철길에서의 기분까지는 못 미쳤던 것 같군요. 황형은 기동차 소리도 듣지 못했지만 나는 그 순간에도 염소 우는 소리를 들었으니까요."

　단순한 꼽추가 아니고 지능이 백치에 가깝기라도 한 것일까. 차림이나 얼굴 생김새는 그렇지 않은데 여자는 머리가 제대로 돌아가지 않는 모양이었다. 아니, 이야기를 알아듣고 웃으며 가끔 한마디씩 하는 걸 보면 그런 것 같지도 않은데 이상하게, 보통으로 들어 넘길 수 없는 이야기들을 보통으로 들어 넘기고 있었다. 여자보다 오히려 내가 더 민망함을 느끼고 계속 웃음을 흘리자 황인하가 나를 새삼스러운 눈으로 찬찬히 보고 나서 말했다.

　"사무국장, 아니 이형께서는 취미가 무엇입니까? 선이베터스마는 언제 가장 감격적으로 하셨습니까?"

　내가 대답을 하기 전에 김정현이 가로챘다.

　"이 친구야 시 쓰는 게 취미죠. 계란 한 개만 먹어도 가운뎃물건이 성을 내는 통에 그것 주체하느라고 힘든다니 해구신이나 땅강아지 이야기는 상대가 되지 못하고……"

　"시? 아, 시를 쓰세요?"

　황인하는 귀가 번쩍 트이는 것처럼 놀라는 표정을 보였다.

　내가 웃기만 하자 김정현이 또 나섰다.

　"우리가 밥을 먹듯이 시를 써요. 술을 먹듯이, 또는 황형이 좋아하는 그 쓰섹을 하듯이 쓰면 좀 괜찮을 텐데 밥을 먹듯이 쓰는 그 놈의 시가 어떻게 되겠어요?"

　"아니죠. 좋은 시를 쓰느냐 나쁜 시를 쓰느냐 그것이 그렇게 중요한 건 아니니까. 아무리 엉터리 시라도 우선 쓴다는 사실부터가 안 쓰는 것보다야 열배, 백배 나을 테니까. 다른 때라면 몰라도 지금은 시를 잃어버린 시대가 아닙니까? 시를 잃어버린 시대라…… 말을 해놓고 보니까 뭐 거창하고 그럴듯한 말 같은데 어쨌든 나는 그림을 아는 사람보다도 시를 아는 사람을 더 좋아합니다. 요즈음에 와서 내가 그림보다 시에 더 매달려보고 있는 것도 그 때문입니다."

황인하는 열을 내어 늘어놓더니 날더러 누구의 시를 좋아하냐고 물었다. 나는 두루두루 다 좋아하지만 역시 한 사람만을 들자면 서정주 선생을 들어야 되지 않겠느냐고 말했다. 그러자 의외에도 손뼉을 치듯이 반기는 사람은 황인하가 아니라 부인이었다.

"어머, 어쩜…… 나도 서정주 선생님 시를 좋아하는데……"

부인도 시에 대해서 좀 아는지 여전히 쉰 목소리로 힘겹게 중얼거렸다. 그러자 황인하가 경멸스러운 표정으로 말했다.

"이 사람이 좋아한다는 건 이해가 가지만 이형이 좋아한다는 건 이해가 안 가는데요. '천년 맺힌 시름을 출렁이는 물살도 없이 고운 강물이 흐르듯 학이 날은다 천년을 보던 눈이 천년을 파닥거리던 날개가 또 한번 천애에 맞부딪누나 보라 옥빛 꼭두서니 보라 옥빛 꼭두서니 누이의 수틀을 보듯 세상을 보자……' 이런 게 좋단 말입니까? 세상을 누이의 수틀 보듯 보아서 어쩌겠단 말입니까? 아름답게만 보려고 해서 세상이 아름답게 보여집니까? 그런 시보다야 이런 시가 얼마나 좋습니까? '그것하고 하고 와서 첫번째로 여편네와 하던 날은 바로 그 이튿날 밤은 아니 바로 그 첫날밤은 반시간도 너머 했는데도 여편네가 만족하지 않는다 그년하고 하듯이 혓바닥이 떨어져 나가게 물어 제끼지는 않았지만 그래도 어지간히 다부지게 해줬는데도 여편네가 만족하지 않는다 이게 아무래도 내가 저의 섹쓰를 개관하고 있는 것을 아는 모양이다 똑똑히는 몰라도 어렴풋이 느껴지는 모양이다 나는 섬쩍해서 그전의 둔감한 내 자신으로 다시 돌아간다 연민의 순간이다 황홀의 순간이 아니라 속아 사는 연민의 순간이다 나는 이것이 쏟고 난 뒤에도 보통 때보다 완연히 한참 더 오래 끌다가 쏟았다. 한번 더 고비를 넘을 수도 있었는데 그만큼 지독하게 속이면 내가 곧 속고 만다' 아시고 있겠지만 김수영 선생의 절창입니다. 안 좋습니까?"

김정현은 "누구? 누구야?" 하고 관심을 보였으나 나는 죽어도 시에 관한 이야기인 이상 아무렇게나 넘겨버릴 수 없어 말했다.

"그 선생 시야 그런 것보다는「풀」같은 게 훨씬 낫죠."

"풀? 바람보다 더 빨리 눕고 더 먼저 일어난다는 풀? 역시 이형은 계란 한 개만 먹어도 가운뎃물건이 서 주체를 못하신다는 말이 맞는 모양인데요? 계란 한 개만 먹어도 가운뎃물건이 설 정도로 신경이나 의식이 멀쩡하시다면 알아드려야죠."

성질나는 대로 해선 내가 화라도 내어야 옳았을 것이다. 그러나 나는 화를 내는 대신 그냥 웃어주고 말았다. 천성 탓이지 그가 나를 모욕하기 위해 고의적으로 그렇게 말을 함부로 한다고는 생각되지 않았기 때문이다.

할 일 없는 놈들 발바닥 긁는다고 삼십대나 된 놈들이 나이에도 맞지 않는 이런 식의 쓰잘 데 없는 이야기들을 해질녘까지 나누다가 우리는 친절히 택시까지 불러 그 부부를 돌려보내었다. 그리고 정확히 이 주일 후, 다시 진눈깨비가 내리는 날, 그가 그려놓고 간 약도를 가지고 그의 집을 찾아갔다. 토요일인데다가 역시 진눈깨비가 내리고 있어 우리는 문득 그 부부를 떠올렸던 것이고, 생각난 김에 한번 찾아가보자고 해서 택시를 불러 탄 것이다. 거리는 생각보다 먼 것같이 느껴졌으나 시간상으로는 택시로 십오 분 남짓밖에 걸리지 않았다. 그가 약도를 그려줄 때 말했던 대로 나무들이 우뚝우뚝 서 있는 야산의 마을에 그의 집은 자리

잡고 있었다. 열 가호나 될까. 아니 열 가호도 되지 못하는 집들이 마을을 이루고 있었는데 그 집들과도 꽤 떨어져 홀로 흡사 추위에 움쭉 못하는 짐승처럼 웅크리고 있었다. 흩날리는 진눈깨비 때문에 자세히는 알 수 없었지만 얼핏 봐도 새집인 것 같았다. 방갈로처럼 아주 작기는 해도 동네의 다른 집들과는 달리 아담한 붉은 벽돌집이었다. 울타리도 대문도 없이 바로 현관문이 대문이기도 한 그 집의 문을 두드리자 맞아준 건 역시 그 꼽추 부인이었다. 그러나 우리는 부인과 채 인사도 나누기 전에 한 광경을 보고 어리둥절해지지 않을 수 없었다. 마루 겸 응접실 겸 거실인 듯한 그 한쪽 구석에서 한번도 본 일이 없는 무슨 괴상한 짐승이 꿈틀거리고 있었던 것이다. 자세히 보니 그가 바로 황인하였는데 그가 그렇게 보인 것은 벽에 기대어 물구나무를 하고 서 있었기 때문이었다. 웃음이 터져나오려 했으나 나는 물론 김정현도 웃지 않았다.

"손님들 오셨는데 계속 그러고 계시면 어떻게 해요?"

부인이 바짝 다가가 성한 한쪽 다리를 건드린 후에야 그는 신기할 만큼 빠른 동작으로 바로 서가지고 말했다.

"아이고, 어서들 오시오."

"운동을 하시는 중이었던 모양이죠?"

"정력에 좋다고 해서 심심하면 한번씩 하죠."

"정력? 만나자마자 또 그 얘기십니까?"

"생각해보십시오. 피가 머리로 쏠려 역순환을 할 테니 안 좋을 수 있겠는가……"

"물론 좋기야 좋겠죠. 그렇지만 그렇게 정력을 길러가지고 그 정력을 어떻게 다 주체하시려고 그러십니까?"

"무슨 말씀이세요? 그래야 마누라가 안 도망갈 것 아닙니까? 모처럼 얻은 마누라, 그나마도 도망가버리면 내 신세가 어떻게 되겠습니까?"

분명히 듣긴 들었을 텐데도 부인은 아무 반응도 보이지 않았다. 거실 한쪽에 붙은 부엌에서 무슨 일인가에만 열중해 있었다.

서울이 싫어 서울을 떠나와 사는 것이라고 말했었지만 실내를 보니 서울 생활의 연장으로밖에 보이지 않았다. 소파도 있었고 전축도 있었고 석유난로도 있었고 전등에도 도시의 중심가에서나 볼 수 있는 커다란 구(球) 형태의 종이갓이 씌워져 있었다.

"고틀리에를 좋아하시는 모양이죠?"

벽에는 단 한 폭의 그림이 걸려 있었는데 나로선 그것이 누구의 그림인지도 몰랐으나 김정현이 그것을 보고 물었다.

"좋죠. 그림이 단지 선과 색채와 형태의 배치라는 말에는 진절머리가 난다는 그의 말에 나는 전적으로 동감이니까요."

한마디로 강렬하고 극적인 그림이었다. 흰 바탕에 태양처럼 보이는 빨간 원이 있고, 그 밑에 타서 그을린 듯한 검은색으로 애들이 장난한 것처럼 얼굴을 만들어놓은 것이 화면의 전부였다.

"황형의 작품은 없습니까?"

"없어요, 몇 개 있던 건 다 찢어버리고, 요즈음엔 붓을 잡지 않으니까."

"왜요? 시간이 많으실 텐데……"

"별로 재미가 없는 것 같아서요. 그림이라는 것에 대해 처음에 너무나 많은 기대를 걸어서였는지는 몰라도 지금은 실망 상태거든요. 그림이 나에게 그다지 크게 무얼 해주지를 못하는 것 같아요."

"무얼 해주다뇨? 구원 같은 걸 말하는 겁니까?"

"구원? 그거야 너무 거창한 말이구요. 무엇이든…… 가령 그림 때문에 세상 사는 게 재미있다든가…… 뭐 그런 것이 조금이라도 있어야될 텐데 그렇지를 못하거든요. 그림보다는 차라리……"

황인하는 그렇게 말끝을 흐리고, 우리를 방으로 안내했다. 안방이 아니라 그가 작업실로 쓰는 방인 것 같았다. 이젤은 보이지 않았으나 십호 남짓한 두세 개의 빈 캔버스는 벽에 세워져 있었다. 수십 개의 붓들이 꽂힌 붓통이며 물감 그릇, 팔레트, 그리고 꽤 많은 책들과 책상 대용으로 쓰이는, 자개가 박히지 않은 옻칠상도 보였다. 그러나 그의 말처럼 요즈음엔 정말로 붓을 잡지 않았는지 텔레핀유 냄새 같은 작업실 특유의 냄새는 풍기지 않았다.

"차라리 이런 장난이 재미있더군요."

황인하는 책들이 쌓인 한쪽에 아무렇게나 던져져 있는 스케치북을 가져다 보여주었다. 그가 장난이라는 말을 앞세우긴 했지만 우리는 어리둥절해지지 않을 수 없었다. 스케치북 속의 스케치들이 너무나 뜻밖의 것들이었기 때문이다. 그것은 한마디로 공중변소 같은 데서나 볼 수 있는 낙서였다. 아니 포르노 영화나 에로 잡지, 또는 춘화 속에서나 쉽게 볼 수 있는 노골적인 음화들이었다. 다른 게 있다면 선이 그림을 전공한 사람의 선답게 이런 걸 그리기에는 너무나 아까운 선이라는 점과 음화의 내용들이 성욕을 도발시키기보다는 오히려 움츠러들게 할 정도로 끔찍한 것들이라는 사실이었다. 그렇게 잔인하고 그렇게 엽기적일 수가 없었다. 우리가 신문 사회면이나 또는 소설 같은 데서 익히 보아왔던 성과 관련된 인간의 가장 짐승적인 면들을 보여주고 있었다.

부인이 커피를 들고 들어오는 통에 우리는 스케치북을 더 이상 넘기지 못하고 밀쳐놓을 수밖에 없었다. 아니 부인이 들어와서가 아니라 더 넘겨볼 만큼 낯이 두껍지를 못해서였다. 나만이 아니라 그런 걸 충분히 재미있게 볼 수 있을 법한 김정현으로서도 모욕이라도 당한 듯 낯빛이 이상해지며 아무 말도 하지 않았다.

커피잔에 끓는 물을 붓는 부인에게 황인하가 말했다.

"이분들은 커피보다 술들을 더 좋아하시는 것 같던데…… 박씨한테 윗마을에 가보라고 하지 그래?"

"글쎄요. 무슨 술들을 좋아하시는지……? 정종 같은 게 좋을 텐데 윗마을 가게에 정종은 없을 거예요."

"아니에요. 우리가 제일 싫어하는 술이 정종입니다. 소주나 막걸리…… 소주 있으면 소주로 간단히 한잔 하죠 뭐."

김정현의 말에 알겠다는 표정을 지으며 부인은 커피를 다 타준 후 밖으로 나갔다.

김정현이 물었다.

"박씨라니 이 집에 또 식구가 있으신가 보죠?"

"식구가 아니라 동네 사람이에요. 산을 우리가 관리할 수 없어 그분에게 맡겨 관리하고 있죠."

"산?"

"서울에서 아파트 팔아가지고 이곳으로 오면서 돈이 남기에 이 앞 야산을 하나 샀죠. 이 산을 소개하는 복덕방 노인이 그런 이야기를 하더군요. 이 산은 일 년 내내 가래침 한번 뱉지 않아도 풀들이 어둑어둑 자란다고…… 그 말에 반해가지고 그냥 사버렸죠."

우리가 똑같이 웃음을 터뜨리자 황인하가 말을 이었다.

"부동산 투기들을 해가지고 많이들 부자가 된다기에 우리도 부자가 한번 되어보려고 샀더니 살 때나 지금이나 똑같아요. 아니 지금 팔자면 그때 그 값도 못 받을걸요 아마. 달라는 대로 다 주고 샀는데 나중에 알아보니 비싸게 샀더군요. 하지만 일년 내내 가래침 한번 뱉지 않아도 풀들이 어둑어둑 자란다는 말은 거짓말이 아닌 것 같아요. 숲이 너무 무성해서 그런지 그사이 우리 산에서 강간 살인사건까지 일어났거든요."

"그래요?"

"내 스케치북 첫번째에 있는 그 부인, 바로 이 동네 농부의 아내거든요. 그런데 애까지 데리고 있었는데 그 꼴을 당했다지 뭡니까. 몇 놈이 그랬는지 검시 결과 여러 놈의 정액이 검출되었다는데 어떻게 부인은 죽여놓고 애는 안 죽였는지 모르겠거든요. 그 시체를 처음 발견한 사람이 애의 울음소리를 듣고 발견했다는 거예요."

"한 가닥 양심은 남아 있었던 모양이지요?"

내 말에 황인하는 갑자기 큰소리로 묘하게 웃었다.

"양심? 그럴까요? 그 경우 애라도 살려놓은 것을 양심이 남아 있기 때문이라고 할 수 있을까요?"

소주가 와 소주를 마시면서 이날도 우리는 주로 성과 관련된 이야기를 많이 했다. 물론 스케치북 속의 그림들 때문이기도 했지만 그보다도 황인하가 이상하게 모든 이야기들을 성과 관련시키려고 애를 썼기 때문이었다. 성의 양면성, 말하자면 가장 큰 쾌락과 가장 큰 고통, 가장 큰 행복과 가장 큰 불행, 가장 큰 선과 가장 큰 악 같은 상식적인 이야기로부터 성에 좌우되어온 역사, 성에 좌우되어온 사회, 성에 좌우되어온 생명들에 대한 유치한 이야기들을 했다. 다른 경우라면 몰라도 고문을 할때, 또는 복수를 할 때마저 그것을 흔히 대상으로 삼는 행위야말로 사람들이 성에 대해 얼마나 강한 집착을 가지고 있느냐를 말해주는 것이 아니냐고 떠들었다. 그리고 황인하는 자기가 결혼 초야에 성행위를 일곱번이나 가져보았다는 이야기와 함께 나중에는 심지어 이런 이야기까지

했다.

"나는 이런 생각을 한 적이 있어요. 이 세상을 살기 싫어하는 사람들을 살릴 수 있는 유일의 것이 바로 쓰섹이 아닐까 하는…… 돈, 종교, 술, 도박, 권력, 명예, 예술…… 그 무엇도 쓰섹을 따라가지는 못할 것이라는……"

그러고는 우리가 집에 오려고 나서자 따라 나오더니, 아까 물구나무서기와 비슷한, 우습지만 웃어버릴 수만은 없는 행위 하나를 보여주었다. 집 부근에 있는 한 아름 가까이나 되어 보이는 밤나무를 부둥켜안고 힘을 쓰는 행위였다. 목발을 땅에 놓고 한쪽 다리만으로 서서 밤나무를 부둥켜안은 채 그것을 뽑아보려고 사정없이 끙끙거리는 것이었다.

"무얼 하시는 겁니까?"

추위 때문에도 더 보고만 서 있을 수 없어 우리가 물었다. 그러나 그는 대구도 없이 한참이나 더 계속 끙끙거리기만 하다가 이마에 땀이 맺힐 지경이 되어서야 비로소 다시 목발을 짚고 서며 말했다.

"이 나무를 내 힘으로 뽑을 때까지 정력을 길러보려구요."

"네에?"

"그 정도는 길러놓아야 잠자리에서 마누라가 꼼짝 못할 것 아닙니까?"

그의 앞에서는 웃지도 못하고 그와 헤어져 집으로 돌아오면서 우리는 뱃살이 아프도록 웃어대었다.

"그 친구 지금 보니 좀 돈 친구 아냐?"

"글쎄."

"다리만 그런 게 아니라 성도착증이나 변태성욕, 뭐 그런 증세도 좀 있는 것 같아. 지난번엔 농담으로 그러는 줄 알았는데 오늘 보니까 아무래도 좀 이상한데…… 자연스럽게 어울려보려고 해도 어이가 없어 말이 잘 나와야 말이지."

이날 이후 우리는 술만 마시면 곧잘 그 부부에 관한 이야기를 입에 올렸다. 그러면서도 우리는 한 번이라도 더 찾아가볼 만큼의 너그러움을 갖지 못했다. 그도 마찬가지였다. 우리도 그의 좋은 대화 상대자는 될 수가 없었던 것일까. 한 번쯤은 찾아올 법한 데 찾아오지 않았다. 그렇게 한 달 가까이 지나갔다. 술을 마시고서도 그 부부에 관한 이야기를 입에 올리지 않고 견딜 수 있을 만큼의 시간이 지난 것이다. 그런데 바로 그 무렵, 밤새 눈이 내리고 난 어느 아침이었다. 황인하는 없이 꼽추 부인 혼자 문화원 사무실로 나를 찾아왔다. 출근을 하여 막 담배를 입에 무는데 노크도 하는 둥 마는 둥 그 여자가 들이닥쳤다. 나보다도 더 놀란 건 여직원애였다. 나야 이미 잘 아는 사이지만 여직원애야 처음 보기 때문에 쫓아내기라도 할 듯한 태세로 무슨 일로 오셨느냐고 물었다.

"사무국장님 좀 뵈러 왔어요. 아, 안녕하세요?"

목소리는 여전히 쉬어 갈라져 있었다.

"아니, 어쩐 일이십니까?"

"혹 우리 집 그이 못 보셨어요?"

"못 봤는데요. 여기 나온다고 나오셨습니까?"

부인은 말없이 입술만 지그시 깨물었다. 화장은 물론 세수도 하지 않았는지 얼굴색이 말이 아니었다. 울기라도 한 듯 눈자위가 부석부석 얼룩져 있었다.

"좀 앉으시죠."

머뭇머뭇하다가 낙담하는 표정으로 부인이 앉았다. 여직원애로 하여금 커피를 타게 하고 담뱃불을 끄며 내가 말했다.

"오신다고 했으면 오시겠죠, 뭐."

부인은 고개를 가로저었다.

"아녜요. 어디 다른 데 간 모양이에요."

"왜요? 무슨 일이 있었습니까?"

부인은 다시 지그시 입술만 깨물었다. 속이 상해 금방 울음이라도 터뜨릴 것 같은 얼굴이었다. 보나마나 부부싸움을 한 게 틀림없는 것 같았다. 커피잔이 앞에 놓여도 마실 생각을 않고 있다가 내가 권하자 화풀이하듯이 단숨에 비워버렸다.

"어디 멀리야 가셨겠어요? 가셨으면 서울에나 가셨겠죠. 언제 나가셨는데요?"

그래도 말을 않고 있다가 부인은 끝내 코를 훌쩍거렸다. 여자가 아침부터 남의 사무실에 와 눈물을 보이다니. 난처하기야 했지만 그렇다고 화가 날 만큼 불쾌하지는 않았다. 불쌍하다는 생각도 들지 않고 우습게만 보였다. 그러나 부인으로선 보통 심각한 일이 아닌 듯 한동안 코를 훌쩍거리다가 넋두리하듯 하소연하듯 털어놓았다. 새벽에 또 발작이 나가지고 자기 목을 눌러 실신시켜놓고 어디로 자취를 감췄다는 것이었다. 자기가 실신하자 죽은 줄 알고 놀라서 그런 것인지도 모르겠다고 했다.

"아니, 무엇 때문에?"

"날더러 애를 낳지 못한다고 그래요. 애를 배게 해줘야 낳지, 배게 해주지도 못하면서 날더러 왜 못 낳느냐고만 하면 어떻게 되는 거예요?"

나는 웃음이 터져나오려는 걸 간신히 참고 말했다.

"애가 몹시 기다려졌던 모양이죠?"

"기다려진다고 해서 나만 들볶으면 될 일이에요? 자기가 만들 수 없

으면 어디서 데려오든지 어쩌든지 해야지, 날더러 바람을 피우라는 이
야기예요. 뭐예요?"

"만들 수 없다뇨? 언제든 생기겠죠."

"모르셔서 하는 이야기예요. 그이는 애는커녕 쥐새끼도 만들지 못해
요. 하반신을 쓰지 못하는데 어떻게 애를 만들겠어요?"

나는 무얼로 느닷없이 뒤통수를 한 대 얻어맞은 느낌이었다. 하반신
을 쓰지 못하다니, 그렇다면 한쪽 다리만 불구가 아니라 성까지도 불구
라는 이야긴가. 성까지 불구인 사람이 어째서 그렇게 성에 관한 이야기
에 열을 올렸단 말인가. 철길에서의 마스터베이션 이야기는 무엇이고,
결혼 초야에 일곱 번이나 성행위를 가졌다는 이야기는 무엇인가. 심심
하면 물구나무서기를 하고 밤나무를 자기 힘으로 뽑을 수 있을 때까지
운동을 하겠다는 것이 마누라가 도망가지 않는 정력을 기르기 위해서라
는 이야기는 어떻게 되는 것인가. 그것이 모두 다 거짓말이었단 말인가.

내가 말문이 막혀 말을 못하고 있자 부인이 손수건을 꺼내어 콧물을
닦고 나서 혼잣말로 중얼거렸다.

"불쌍해서 참고 살아왔는데 이제 나도 더 못 살겠어. 흥, 자기가 거기
까지 불구인 줄 알았으면 누가 결혼이나 했을 줄 알고……"

부인이 말하는 '거기까지'라는 말이 다시 웃음을 자아내게 했으나 나
는 웃지 않고 말했다.

"그렇다고 이제 와서 안 사시면 어떡합니까? 외로우신 분들끼리 서로
위해가며 사셔야지……"

"살려고 해도 살게 해요? 이대로 가다가는 아마 끝내 나를 목 눌러 죽
이고 말 거예요."

그러고는 다시 덧붙여 중얼거렸다.

"갈라서면 자기만 갑갑하지 나야 갑갑할 것 없어. 내 몸이 아무리 이렇지만 자기한테 비해? 흥, 두고 보라지. 나하고 갈라서 가지고 나만한 여자 얻나…… 아무리 병신이라도 세상에 어떤 미친년이 자기 같은 남자하고 살아? 도대체 무슨 재미가 있어야 살지……"

부인이 떠나간 후 나는 김정현과 전화를 주고받으며 또 한바탕 웃어대었다. 웃고 나서 김정현은 말했다.

"맞았어. 맞아. 그 친구가 성불구인 게 틀림없어. 불구이기 때문에 그렇게 열을 올렸을 거야. 그렇지 않고서야 그럴 수가 없거든. 핫핫핫, 뭐? 자기 힘으로 밤나무를 뽑을 수 있을 때까지 정력을 길러보겠다고? 핫핫핫."

그 뒤 그 부부가 어떻게 되었는지 우리는 알지 못했다. 부인도 황인하도 다시 우리를 찾아오지 않았기 때문이었다. 갈라서겠다고 부인이 그렇게 이를 악물었지만 대개의 부부처럼 그 부부도 어쩌면 다시 화해해서 잘살고 있을 것이라고 나는 막연히 생각했다. 그러나 김정현은 생각이 나와 달랐다. 다른 문제라면 몰라도 성불구 문제가 개재해 있으니 헤어졌기가 쉽다는 것이었다. 부부라는 게 아무리 크게 싸웠다가도 칼로 벤 물처럼 화해가 되는 것은 성의 끈이 있기 때문인데 그 끈이 없으니 어떻게 쉽게 화해가 될 수 있었겠느냐고 말했다. 혹 일시적으로 화해가 되었다고 해도 곧 다시 문제가 생겼을 게 빤하다는 것이다.

그러나 우리는 자세한 것은 모르는 채 겨울을 보내고 봄을 맞이했다. 봄이 되자 나는 전통문화 자료수집 일로 더욱 바빠졌고, 따라서 그 부부에 대한 일 같은 나와 별 상관도 없는 일에 대해서는 까맣게 잊어버리는 상태가 될 수밖에 없었다. 그런데 어느 날 마침 나는 자의라기보다 타의에서 백사 쪽에 갈 기회를 갖게 되었다. 코가 떨어져 나간 재미있는 미록 석불이 그쪽에서 새로 발견되었으니 그 자료를 수집하라는 전갈을 원장으로부터 받았기 때문이었다. 대개의 다른 때나 마찬가지로 나는 김정현을 대동시켰고, 그 자료를 수집하고 돌아오는 길에 황인하의 집을 들르게 되었다. 나로선 이상하게 꺼려졌으나 소주에 얼큰해진 김정현이 자기 이야기가 맞나 내 이야기가 맞나 한번 확인을 해보자고 잡아끌었다. 하지만 우리는 부부 중의 그 누구도 만날 수 없었다. 아니 문을 두드리기 전에 우선 눈이 휘둥그레지지 않을 수 없었다. 바로 집 옆에 있었던, 황인하가 자기 힘으로 뽑을 수 있을 때까지 정력을 길러보겠다던 그 큰 밤나무가 뽑혀 넘어져 있었다. 톱 같은 것으로 자른 것이 아니라 분명히 뿌리까지 뽑혀져 그 자리에 구덩이가 생겨 있고, 그 구덩이엔 물까지 약간 괴어 있는 게 아닌가.

"어떻게 된 거지?"

"글쎄."

"그 친구 힘으로 뽑았을 리는 없을 거고 곡괭이나 삽 같은 걸 이용한 모양이지?"

그러나 문을 두드렸을 때 그 부부 대신 우리를 맞아준 산지기 박씨(곰보에 애꾸눈으로 인상이 부부보다 오히려 더 섬뜩했다)는 이런 말을 들려주었다.

"병원에 계시는데요."

"병원? 누가요?"

"두 분 모두……"

"왜요?"

"바깥분이 약을 드셨거든요."

"약?"

320

"모르겠어요. 무슨 약을 드셨는지······ 죽으려고 쥐약인지 무슨 약인지를 드시고 저 나무를 붙잡고 몸부림치시다가 함께 넘어지셨대요."

"죽으려고? 쥐약을? 그럼 그 사람이 저걸 자기 힘으로 뽑았단 말입니까?"

"그런 셈이죠. 지독하시죠. 얼마나 몸부림을 치셨으면 저게 다 뽑혔겠어요?"

우리는 반쯤 넋이 나간 채 웃음 반, 놀라움 반으로 서로 얼굴을 돌아보다가 계속 물었다.

"병원이라니 어떤 병원입니까?"

"읍내 병원에 계시다가 서울로 옮겨가셨는데 어떤 병원인지는 모르겠어요."

"그러니까 죽지는 않았군요?"

"네. 생명에는 지장 없다나봐요."

"부부 금실이 계속 나빴었습니까?"

"별로 좋은 것같이 뵈지는 않았어요. 하지만 이제 고비를 넘겼으니까 좋아지시겠죠. 한 열흘 더 있으면 퇴원하신다니 그때 다시 들러보세요."

잠에서 덜 깨어난 것처럼 어리벙벙해져 돌아오는 우리를 쓰러 넘어진 밤나무 뿌리가 물끄러미 올려다보았다.

누나의
벌판

"어쩌면 좋죠? 고모가 집을 나갔대요."

부모님께서 올라오셨으니 일찍 들어오라는 아내의 전화를 받고 서둘러 집으로 가자 아내가 코트를 벗기며 말했다. 아내가 말하는 고모라는 게 지난번 폭발사고 때 남편과 아들을 잃은, 이리(裡里)에 사는 누나를 말하는 게 아닌가 하는 생각이 퍼뜩 들었으면서도 나는 "고모?" 하고 바라보았다.

"참 당신두…… 고모도 몰라요? 이리 누나 말이에요."

이때 우리의 말소리를 들었는지 방문이 열리며 부모님이 맞아주었는데, 집에 오기 전에 이미 밖에서 마신 듯 아버지는 꽤 진한 술냄새를 풍기고 있었고, 어머니는 귤을 두 개나 손에 쥔 아들녀석을 안고 있었다. 나를 맞이하는 순간엔 두 분 다 밝은 표정이었으나 방에 자리를 잡고 앉은 후엔 곧 굳은 표정들로 변했다.

"누나가 집을 나가다니, 무슨 이야기예요?"

"모르겠다. 어딜 갔는지…… 어딜 갔든 딴 맘이나 먹지를 말어야 될 틴디……"

"딴 맘이라뇨?"

"그럴 리야 없었지만 또 누가 아냐? 워낙 막막헝게로 혹 무슨 일이라도 저지를지……"

"막막하긴 왜 막막해요? 아파트도 지어주고 보상금도 주었는데……"

"쯧쯧, 너는 꼭 남의 이얘기허듯 허는구나. 늬 누님은 촌무지렁이라 아파트 같은 디서는 벌떡징이 나서 견디질 못혀. 그리고 그 보상금인지 뭔지 그것이 몇 푼이나 되냐? 시퍼런 남편, 자식 죽이고 받은 그 돈, 치가 떨려서 못 받았다고 혀서 우리가 받어 가지고 있어."

"이미 지나간 일, 운이 없어 그렇게 된 걸 어떡하겠어요? 그래도 나라에서나 사고를 저지른 쪽에선 해줄 만큼 해준 모양이던데요. 말 들으니까 뭐, 이리가 그 사고가 일어나기 전보다 적어도 삼십 년은 앞선 도시로 발전이 되었다면서요?"

"삼십 년이 아니라 백년이 발전이 되면 뭣 헌단 말이냐? 건물이나 들어서고 길이나 넓어져서 좋을 것이 뭐가 있어? 아파트도 생기고 공장도 생기고 밭을 깎어 길을 맹글어 겉모양은 번지르르 되었다만 식구들 살기가 편혀야지……"

늘어놓기로 하면 아버지가 훨씬 더 많은 이야기를 늘어놓을 텐데 아버지는 계속 담배만 피워댔고 어머니 혼자만 흥분을 하였다. 평소에 싫은 사람 앞에서도 싫다는 말 한마디 하지 못하고 살아온 어머니 입에서 이렇게 격한 이야기들이 나올 땐 이 문제를 가지고 그동안 얼마나 삭이고 삭여왔는가가 충분히 짐작이 갔다.

사실 따지기로 하면 지난번 사고 때 이리 시민들 중에서도 우리네 집 안만큼 골고루 크게 피해를 입은 집안도 드물 것이다. 물론 어떤 집에선 일가가 몰살을 당하다시피 하기도 했지만 그런 집은 손가락으로 꼽을 정도였고, 또 그 집안에서 그 집 한 집만일 경우가 대부분이었다. 그러나 우리 집안은 나만 서울에 올라와 살 뿐 부모님을 위시하여 누나네 가족, 형님네 가족, 그리고 동생들은 물론 친척붙이의 거의 전부가 이리의 그 사고 현장 부근에 살았기 때문에 다른 집안들과도 또 달랐던 것이다. 천우신조였던지 부모님만은 손끝 하나 다치지 않고 무사했다. 이십 년을 넘게 살아온 그 집에서 그대로 계속 살았으면 틀림없이 큰일을 당했을 텐데 그 일이 일어날 줄 미리 알기라도 한 것처럼 한 달 전에 두 분만 따로 산 밑으로 살림을 나(형님네의 권유로) 아무 일이 없었다. 주위에선 부모님이 평소에 남한테 죄짓는 일을 하지 않았기 때문에 복을 받은 것이라고 모두 입을 모았다.

형님네는 결과적으로는 가벼운 부상만을 입는 것으로 그쳤으나 치른 고역으로 말하면 그야말로 십년감수했다는 표현이 그대로 들어맞았다. 텔레비전을 보고 있다가 순간적인 굉음과 함께 가족 전체가 묻히고 말았다. 이야기를 듣는 나 자신까지도 숨이 콱 막혀올 정도로 캄캄한 상황이었다. 형님은 오른쪽 발끝만을 제외한 모든 부분이 묻혔고 형수님은 목 윗부분만을 제외한 다른 모든 부분이 묻혔다. 다른 방에서 잠자고 있던 어린 조카들이야 보나마나 뻔했다. 묻히는 순간 이미 충격으로 절명이나 하지 않았다면 다행일 것이었다. 형님은 있는 힘을 다해 움직이려고 애써보았다. 어림없었다. 묻히지 않은 발끝만이 약간 움직여질 뿐 다른 부분은 꿈쩍도 하지 않았다. 입을 벌리고 혀로라도 숨 쉴 공간을 만들어보려고 안간힘을 썼으나 그럴수록 흙가루가 더욱 코와 입을 막았다. 숨을 쉴 수 있고 소리라도 칠 수 있는 건 형수님이었다. 정전으로 칠흑의 도시로 변해 있어 묻혀 있지 않아도 묻혀 있는 것이나 마찬가지로 아무것도 보이지 않았지만 형수님은 그 어둠 속에서 살려달라고 몇 차례나 소리쳤다. 물론 손과 발은 꿈쩍도 할 수 없어 목 윗부분만을 꿈틀거려가며 발악을 했는데 운명적으로 죽게 되어 있지는 않았던 모양이었다. 누군가가 기적적으로, 그야말로 기적적이라고밖에 할 수 없게 누군가가 가느다란 신음소리 비슷한 대답과 함께 느릿느릿 다가왔다. 이 자리에서가 아니라 이미 옛날에 그렇게 된 듯 한쪽 팔이 없는 불구자였다. 동네 사람이 아닌 처음 보는 사람인데 행색으로 보아 거지 같기도 했다. 어느 집이든 집 안에 있었다면 그도 무사할 리 없을 텐데 거리나 아니면 문간 같은 데 서 있었던 듯 이마 부근에 가벼운 부상만을 입은 채 서 있다가 다가와 거들었다. 성한 한쪽 손으로 형수님을 짓누르고 있는 흙덩이며 기왓조각 등을 들어내어 겨우 움직일 수 있게 만들어주었다. 자유롭게 되자 형수님은 우선 애들이 묻혀 있을 곳에 신경이 갔다. 그러나 그 순간 어둠 속에 희끄무레하게 형님의 발가락이 보였고, 애들이야 죽으면 또 낳을 수도 있다는 생각이 들어 마음을 고쳐먹었다. 애들보다 먼저 남편을 살려야 한다는 생각과 함께 형님의 머리 부분이 있을 만한 곳을 부지런히 후벼팠다. 일 분만 늦었어도 숨이 끊길 듯한 상황에 있다가 간신히 숨을 쉴 수 있게 된 형님은 일어나자마자 애들이 묻혀 있을 방쪽으로 몸을 던졌다. 형님 내외가 있던 방과 부엌을 사이에 두고 있는 애들 방도 벽까지 깡그리 주저앉아 위치조차 분간이 안 갔으나 영감이랄까 확신 같은 게 순간적으로 머리를 쳐왔다. 여기가 틀림없을 것이라는 확신과 함께 내외는 달려들어 정신없이 파고 들어내었다. 그리고 각기 한 애씩을 품에 안았는데, 아 이게 어찌 된 일인가. 이미 숨이 끊겼을 줄만 알았던 두 애가 모두 다 꿈틀거리며 신음소리를 내고 있는 것이 아닌가. 아마 잠이 든 무의식의 상태에서 충격을 받았기 때문에 그 충격의 도가 약했던 것인지도 몰랐다. 얼굴에 약간씩의 부상을 입기는 했으나 세워 걸리자 절뚝거리지도 않았다. 그리하여 형님네는 그야말로 구사일생 아무도 죽는 사태는 나지 않았다.

그런데 형님의 처가 쪽에서 장모와 처남의 아들 하나가 희생당했다. 사건 당시 처남이 집에 없었는데 처남댁은 정신을 못 차리고 두 아들 중 어린 아들만을 안고 뛰었던 모양이었다. 어린 아들이 무너지는 흙덩이에 맞아 기절을 하자 그 아들만을 안고 병원을 찾아가려고 허둥대었다는 것이었다. 그사이 장모와 큰아들은 완전히 묻히지 않아가지고도 오래까지 구해주는 사람이 없어 기진해 죽고 만 것이었다. 형님도 자기 가족들에게만 신경을 쓴 나머지 미처 정신을 차리지 못하다가 나중에야 아차 하고 달려가보자 이미 때가 늦어 있더라고 했다. 장모는 서까래에 맞아 맞는 즉시 절명한 것 같기도 했으나 큰아들은 조금만 일찍 서둘렀으면 살릴 수도 있을 것 같은 상황이었다고 했다.

동생녀석 하나는 자전거를 타고 가다가 일을 당했다. 죽지는 않고 허리를 크게 다쳤는데 아직 장가도 안 간 놈이 까딱하면 여자맛 한번도 보지 못하게 될 것 같다고 하더니 최근엔 많이 나아졌다는 소식이었다. 길을 걷다가 폭음의 진동으로 내장이 파열되어 죽은 사람들에 비하면 그래도 나은 편이었다. 자전거를 타고 가다가 자전거 위에서 날아가 길바닥으로 떨어졌으니 뇌진탕을 안 일으키기 천만다행이었다.

그러니까 꼭 누나네만이 문제가 된다고는 할 수 없으나 누나네가 특히 문제되는 건 두 희생자 중에 가장이 끼여 있다는 사실이었다. 그리고 아들 역시 딸만 둘 있는 집의 외아들이기 때문이었다. 복이라는 걸 따지기로 한다면 지지리도 복이 없는 부부였다. 건축노동을 하기 때문에 건축현장에서 자는 일도 많은데 그날따라 매형은 다른 날보다도 오히려 더 일찍 밤 아홉시가 되기도 전에 집에 돌아왔다. 집에 돌아와서도 다른 날 같으면 안방에서 텔레비전(생활이야 어려웠지만 얼마 전 중고품을 하나 들여놓았다)을 볼 텐데 그날은 피곤하다고 하면서 중학교 3학년에 다니는 큰애가 공부를 하고 있는 건넌방으로 건너가 누웠다. 안방에선 텔레비전 소리 때문에 머리가 어지러우리라고 생각되어서였던 것 같았다. 누나와 애들만 있었다면 애들을 건넌방으로 쫓고 텔레비전을 끄게 할 수도 있었을 텐데, 집에 텔레비전이 없는, 누나와 친구 되는 동네여자마저 애들까지 데리고 와 텔레비전을 보고 있었던 중이라 그게 자연스러웠던 모양이었다. 그런데 아무렇지도 않게 스스로 택한 그 순간적인 행동이 생사와 직결되리라고야 그 누가 짐작이나 했겠는가. 화차의 부서진 뚜껑조각 같다고 했다. 거대한 철판이 날아와 집을 덮쳤는데 공교롭게도 매형과 큰애가 있던 건넌방을 덮쳤다. 물론 안방도 부서지기야 했지만 철판이 덮친 방과 덮치지 않은 방은 완전히 달랐다. 누나와 누나 친구, 그리고 누나 친구의 애 하나가 약간씩의 부상을 입었을 뿐 나머지는 무사했다. 특히 국민학교 5학년과 3학년에 다니는 누나네의 딸애 둘은 머리칼 하나 다치지 않았다.

남편과 외아들인 큰애를 잃은 누나네는 한꺼번에 가장을 둘이나 잃은 느낌일 수밖에 없었을 것이다. 다친 자기의 이마를 치료할 생각도 않고 피를 질질 흘리며 누나는 미쳐갔다. 한 많은 여느 아낙네들 식으로, 이제 겨우 좀 살 만하니까 이게 무슨 날벼락이냐는 소리를 늘어놓아가며 서럽게 서럽게 호곡했다. 사실이 그랬다. 이제 겨우 좀 살 만하다는 이야기도 잘사는 사람들한테는 코웃음을 받을 소리지만 누나네의 지난 생활을 돌이켜보자면 결코 공연한 소리가 아니었다. 피붙이 하나 없이 산골에서 머슴살이를 하고 있던 노총각이 연주창을 앓아 목에 온통 흉터 투성이인 우리 누나를 신부로 맞이해 가던 날 누나는 엉엉 울었다. 이쪽도 가난하고 배운 것 없고 못났지만 저쪽은 이쪽보다도 오히려 더 가난하고 배운 것 없고 못났다고 생각되어서였던 것 같았다. 신랑 옷은커녕 이부자리마저 해주지 못하면서도 누나를 처녀로 더 늦게 할 수 없다고 결단을 내린 부모님의 뻔뻔스러움이 서럽기도 한 것 같았다. 부모님은 물론 우리 식구 그 누구도 참석하지 않은 가운데 식은 치러졌다. 당당히 나서기엔 너무나 구실을 못한 부모님은 매형 동네 부근에 사는 외삼촌 내외한테 대신 나서주도록 사정을 했던 것이다. 그러나 그렇게 식을 치르고 나서도 두 사람은 절망만은 할 수 없었던 모양이었다. 매형은 여전히 머슴을 살았고 누나 역시 그 집의 부엌일을 거들며 그야말로 피나게 한푼 두푼 모아 드디어 독립을 하기에까지 이르렀다. 외양간보다 크게 나을 것 없는 우스꽝스러운 집이나 내 집도 한 채 마련했고, 뼈가 시큰거리도록 실컷 고생을 하며 지어봤자 식구들 먹을 양식조차 거두기 힘든 논이나 내 돈도 몇 마지기 장만했다. 양식이 부족하면 잡곡이나 죽으로 대신하면 되었고 쓸 돈이 모자라면 품을 팔아 보태면 되었다. 그런데 날이 갈수록 문제가 되는 건 역시 애들의 교육문제였다. 시오리 정도 걸으면 국민학교는 있으니까 국민학교까지는 그럭저럭 거기서 다니도록 했는데 중학교를 입학시키려고 하자 이사를 하지 않으면 안 되게 생겼다. 물론 처음엔 그 시골의 다른 집들처럼 하숙을 시킬 계획으로 우리 집에 맡겼었는데 아무래도 안 되겠던지 나중엔 이사를 하고야 말았다. 시골의 집과 논을 팔아 그 돈으로 이리의 우리 집 부근에 겨우 집 한 채를 마련하고 매형이 날품팔이를 하기 시작했다. 그러니까 이번에 날린 집이 다른 사람들이 보기엔 우스꽝스러울지 몰라도 누나네한텐 결혼한 후 십오륙 년 동안 모은 재산이라고 할 수 있었다. 하지만 날품팔이를 하여 먹고사는 집들이 대부분 셋방을 살고 있는 것에 비하면 집이 있고 자식이 중학교엘 다니고 고물이지만 집에 텔레비전까지 들여놓고 살 정도니 이제 겨우 좀 살 만하다는 말이 충분히 나올 법도 하지 않은가.

내가 아무 말도 않고 있자 어머니가 굴을 까서 아들녀석 입에 넣어주며 다시 입을 열었다.

"새깽이들까장 두고 나간 걸 보면 아무래도 무슨 독한 맘을 먹은 것 같은디……"

"애들을 두고 나가요?"

"너는 그때 한 번 와보고 안 와봤응게로 잘 모르겠지만 가가 일을 당하고 나서 넋이 좀 나가 있었어. 이참에도 새깽이들을 두고 나갈라면 우리헌티 맡기든지 어쩌든지 허지 아 글씨 방에다 그 어린 것들을 가둬놓고…… 울음소리를 듣고 사람들이 발견을 했엉게로 망정이지 그렇지 않았으면 어찌 되었겄냐?"

"가둬놓다뇨?"

"어린 두 가시내를 밖으로 못 나오게 가둬둔 채 장궈놓고 나갔어."

"어디 가까운 데를 다녀오려고 했던 모양이죠?"

"가까운 디를 다녀올 사람이 사흘이 되어도 안 들어와? 생긴 것이라도 밴밴허다면 바람이라도 나서 나갔다고 허지. 이건……"

어머니는, 폭발사고가 일어난 후 내가 이리를 한 번만 다녀온 줄 알고 있는 것 같으나 실은 두 번 다녀왔었다. 한 번은 사고가 일어난 바로 이튿날 나 혼자서였고, 또 한 번은 겨울에 아내와 아들녀석을 데리고서였다. 형님네는 다행히 부모님이 따로 살고 있던 산 밑 집으로 옮겨 살고 있었지만 거의 대부분의 동네 사람들은 나라에서 세워준 천막에서 살고 있었다. 누나네도 마찬가지였다. 겨울이었지만 얼었다가 녹은 듯 푹푹 빠지는 흙길을 따라 올라가자 완전히 생소한 세계가 이루어져 있었다. 흡사 군인들의 야영막사 같은 몇백 채의 천막들이 겨울날의 지게꾼들 같은 몰골로 잔뜩 웅크린 채 쏘아보았다. 응급조치로 세워진 천막촌치고는 그 나름대로 갖출 것을 갖추고 있었다. 변소, 상수도, 하수도, 심지어 농업협동조합의 공판장까지도 마련되어 있었다. 공판장에서 고기 한 근과 과자 한 봉지를 사 들고 누나네의 천막을 찾자 다른 집들이나 마찬가지로 천막 앞에 흰 표지판이 세워져 있었다. 주소, 세대주명, 가족수 등이 검정 글씨로 씌어져 있는 표지판이었다. 그런데 그 표지판을 보고 집으로 들어서려던 우리는 다른 집들과 다른 한 가지 점을 발견하고 우뚝 걸음을 멈추지 않을 수 없었다. 또랑처럼 집들 앞에 나 있는 꽤 널찍한 하수도 위에 집 입구와 이어져 다리처럼 널빤지들이 놓여 있었는데 오직 누나네 집 앞에만은 그것이 놓여 있지를 않은 것이었다. 나나 아내야 뛰어서 건널 수 있었지만 아들녀석은 뛰지를 못하니 그것이 금방 신경에 거슬리지 않을 수 없었다. 그런데 그 사실에 대해서 우리를 그곳에 안내했던 어머니는 이렇게 말했다.

"사람들 발소리가 듣기 싫어 늬 누님이 치웠단다. 발소리가 들릴 적마다 꼭 죽은 즈 남편허고 아들이 돌아오는 것만 같어 미치겠다고 늬 누님이 치워버렸대여."

일을 당한 지 몇 달이 지난 후인데도 누나는 귀신처럼 산발을 한 몰골로 누워 있다가 우리를 보자 퀭한 눈에 눈물을 글썽거렸다. 글썽거리는 정도가 아니라 아내가 손을 잡아주자 줄줄, 그치지 않고 내리쏟았다.

"혼자만 당하신 일이 아닌데 아직도 이러고 계시면 어떻게 해요?"

위로가 될 수 없는 소리라는 걸 알면서도 우리는 그런 식의 말밖에 할 수 없었는데 누나는 그래도 계속 눈물을 쏟다가 불현듯, 서울에서까지 내려온 동생 내외한테 자기가 너무나 추한 꼴만 보인다는 생각이 들었던지 눈물을 거두고 일부러 밝은 표정으로 바꾸며 말했다.

"어쩐데여? 모처럼 내려왔는디 대접할 게 없어서…… 동생, 막걸리 헐 줄 알면 막걸리나 쪼께 받어다 주까?

"아녜요. 그만두세요."

대답이야 그렇게 했지만 나는 강력히 뿌리치는 어조로 말하지는 않았다. 사실 갈증도 났고 또 한편으로는 누나로 하여금 잠시 동안이라도 움직이게 하여 죽은 사람들에 대한 생각에서 벗어나도록 하고 싶어서였다. 내 어조가 강력하지를 않자 누나는 수긍의 뜻으로 받아들였는지 산발한 머리를 간추려 고무줄로 묶더니 일어나 주전자를 들고 나갔다. 다리에 힘이 없는 사람처럼 넘어질 듯 허청거리다가 천막의 출입구 문설주를 붙잡아 의지하더니 나갔다. 산발해 있을 때는 잘 보이지 않던 목의 흉터가 머리를 묶자 확연히 드러났는데 누나 자신으로서는 이미 그런 것 따위는 의식하고 있지 않은지 모르나 나한테는 지난날의 많은 기억들을 되살려주었다. 특히 문설주를 붙잡고 문을 여는 순간 햇살이 그 흉터의 빛깔까지를 선명히 비춰주었을 때 나는 오한 비슷한 것까지 느꼈다. 말로는 표현하기 힘들 만큼 너무나 너무나 가난했던 시절—아버지가 장사를 하다가 사기를 당해 집까지 날려 우리 식구 모두가 짐승의 사료로나 쓰이는 두부찌꺼기인 겉비지로 연명해가던 무렵 누나는 연주창이라는 이상한 병을 앓고 있었다. 목에 감자 크기만한 혹들이 부풀어 올랐는데 돈이 없어 큰 병원에는 가지 못하고 그것을 간단히 손쉽게 고치려고 하다가 어떤 돌팔이 의사한테 걸려들었다. 부풀어오른 부분들을 째면 금방 낫는다는 소리를 듣고 그한테 째도록 맡겨버렸다. 그러나 째고 나자 낫기는커녕 문제가 훨씬 더 커지고 말았다. 부푼 부분은 부푼 그대로 남아 있고 짼 상처는 상처대로 아물지를 않았다. 비싼 약을 안 썼기 때문이었는지는 모르나 그 상처에 나중에는 고름까지 생기고 구더기까지 득실거리게 되었다. 지금의 우리 상식으로는 도저히 그럴 수 없을 것 같으나 워낙 돈이 없는데다가 부모님이 무지했던 때문이었을 것이다. 구더기가 득실거리자 어머니는 홉사 옷에서 이를 잡아내듯 눈물을 흘리며 그 구더기들을 잡아내었고, 나중에는 그 자리에 휘발유를 뿌려 그것들을 죽이는 묘안까지 생각해내게 되었다.

"쪼께 늦었으면 막걸리도 못 받을 뻔혔네. 취로사업인지 뭔지 헌다고 이 동리서 잘 팔리는 건 막걸리밖에 없는개벼."

잠시 후에 막걸리 주전자를 들고 나타난 누나는 노란 겉이 희뜩희뜩 벗겨진 양은으로 된 둥근 상에 무짠지와 막걸리 사발을 내놓더니 내 앞에 넘치도록 그득히 따랐다.

"취로사업이라뇨?"

"이참에 피해를 당헌 집들헌티 미안헝게로 주는 임시 일자리인 모양이여. 하루에 남자는 이천 원씩이고 여자는 천오백 원씩이라나. 이런 디서도 남녀 차별을 두니 남자 없이 사는 사람 어디 서러워 살겠어?"

"언제 나가보셨어요?"

"나가보았지. 누워만 있응게로 더 미칠 것 같아서 나갔더니 사람들이 놀라서 들어가라고 허도만. 남편, 자식이 죽었는디도 돈 벌겠다고 나강게로 돈에 환장헌 여편넨 줄 알었던 모양이여. 우선은 쌀에다 반찬값까장 배급을 중게로 벌지 안혀도 살 수는 있지. 그렇지만 육 개월 후에는 배급도 안 주고 일자리도 안 주고 아파튼지 뭔지만 줄 모양이던디 아파트에서 살면 먹지 않아도 배가 부른 거여?"

내가 막걸리를 한 사발 들이켠 후 누나한테 잔을 내밀고 따라주자, 누나는 어머니 한잔 잡수라고 하다가, 어머니가 나는 입에도 못 대는 걸 알지 않냐고 하자, 다시 아내한테 잔을 내밀더니 아내 역시 사양을 하자 받아놓고는 말했다.

"나는 요즈음에 밥은 안 먹고 막걸리는 한잔씩 혔어. 애기아부지가 살아 있을 때 막걸리를 먹으면서 나헌티도 한잔씩 따라주어 맛본 것이 인이 백인 모양이여. 밥은 깔깔허고 소화가 안 될 것 같은디 막걸리는 술술 잘 넘어가도만. 말이 났응게로 이얘긴디 죽은 첫애기 낳고 두번째 애기 배었을 때 어쩌면 그렇게 막걸리가 먹고 싶던지 하도 먹고 싶어서 몰래 혼자 받아다 먹은 일도 있당게. 몰래 먹다가 애기아부지헌티 들켰지. 이놈의 여편네가 미쳤냐고 처음엔 화를 내도만. 그러다가 자초지종을 이얘기혔더니 나중에는 말 안혀도 잘 받아주대. 막걸리 많이 먹고 또 아들 낳으라고. 그런디 계속 딸만 낳았으니 무슨 염체가 있었겄어?"

말은 그렇게 했으나 많이 마시지는 않았다. 겨우 한 사발만을 서너 차례에 걸쳐 비우고는 더 따라주려고 하자 큰일 난다고 하면서 완강히 뿌리쳤다. 고의적이었는지는 몰라도 처음에 보았을 때와는 달리 누나가 말을 많이 해주니까 마음이 훨씬 가벼웠다. 누나는 일부러이다 싶게 흡사 실성기가 있는 사람처럼 많은 이야기들을 했는데 주로 매형에 대한 이야기가 많았다. 남자가 없으니까 당장 아쉬운 것이 난로 하나 놓는 데서부터 표가 난다고 했다. 밑자리가 맨바닥이라 연탄난로라도 난로를 놓을 수밖에 없었는데 자기가 놓았더니 가스가 새는지 며칠 전엔 작은 딸애가 죽을 뻔하다가 살아났다고 했다. 새벽에 머리가 아파 눈을 떠가지고 보니 애들이 신음소리를 지르고 있어 깨우니까 큰애는 일어나는데 작은애가 시들시들 말도 못하고 움직이지도 잘 못허더라는 것이었다. 그래서 놀라 문을 열어놓고 살펴보니 한번도 그런 일이 없던 애가 요에 오줌까지 싸놓고, 계속 반 죽은 듯이 뺨을 때리고 꼬집어도 별 반응이 없다가 병원에 데리고 가려고 들쳐 업으니까 그제야 조금씩 반응을 보이더라고 했다.

"그런디 사람 심리가 참 요상허긴 요상헌 것이도만. 애가 그 지경이 었응게 그전 같으면 얼마나 놀랐겄어? 그런디 인자는 별로 겁이 나지를 않는 거여. 작것, 남편허고 아들자식까장 잃은 년이 딸자식 하나 더 죽는다고 혀서 뭣이 어쩔 것이냐 허는 생각이 들면서 하나도 놀래지지가 않는 거여. 그려서 아매 부모가 지 자식새깽이를 목 눌러 죽이고 약 멕여 죽이기도 허는 모양이지? 텔레비전에서 봉게로 그런 부모들도 많도만."

물론 가볍게 넘겨 들을 수밖에 없는 이야기였으나 이상하게 그 순간엔 그렇지가 않았다. 술이 한잔 들어가 그런지는 몰라도 말을 하는 순간 누나의 눈에선 평소에는 볼 수 없었던 독한 기운 같은 게 번져 흐르는 듯했다. 그것을 꼭 살기라고 표현할 수는 없겠지만 그런 비슷한 빛 같은 게 느껴졌다.

또 누나는 매형에 대한 이야기 끝에 이런 말도 했다.

"혼인을 혀갖고 첫날밤을 지새는디 죽을 맘밖에 다른 아무 맘도 나지 않도만. 이불을 안혀줄라면 식을 차라리 여름에 허게 헌다거나 허지 한겨울에 허게 허면서 이불을 안혀중게 추워서 잘 수가 있어야지. 머슴방이 더러워서 그랬는지 신방이라고 혀서 산에 있는 남의 재실(齋室)에다 차려놓긴 차려놓았는디 방은 왜 또 그렇게 차? 아매 둘이 재미 많이 보라고 일부러 불을 적게 땐 모양이도만. 방구석에 웅크리고 앉어 계속 울기만 혔지. 그렸더니 신랑도 말없이 나가도만. 처음엔 소박을 맞는가 혔어. 그런디 나중에 보니 어디서인지 솔가지를 가져와갖꼬 불을 때고 있지 않어? 원 시상에 신랑이 첫날밤에 부엌에서 불을 때다니, 기가 차도만. 그러면서도 너무 추웅게로 고마운 거여. 그리고 첫날 새벽에도 그렸어. 눈을 떠보니 어디를 갔는지 보이지를 않는 거여. 몇 시간이나 보이지를 않더니 나중에 산에서 내려오지를 않어? 그때는 몰랐는디 나중에 알고 봉게 장에다 내다 팔라고 산에서 솔가지를 끊어 쌓아논 거여."

남편이 그렇게 마음이 너그럽고 부지런했다는 이야기였는데, 자기가 이날까지 그 갖은 고생을 하면서도 낙심하지 않고 살아온 건 남편의 그런 면이 고마워서였고, 또 하나는 자기네 부부는 그렇게 살았으니 자식은 한번 잘 키워보자는 생각 때문이었다고 했다. 그런데 이렇게 되고 나니 이제 누굴 믿고 무슨 목적으로 살아야 할지 그저 암담하기만 하다는 것이었다.

"아직 두 애가 남아 있지 않아요? 딸이라고 해서 자식으로 생각지도 않으시는 모양인데 그건 잘못 생각하시는 거예요. 옛날 말이지, 요즈음에야 어디 그런 게 구별 있어요?"

차마 개가를 하라는 이야기까지는 해주지 못하고 그런 식으로 얼버무리는 데 그치고 말았으나 우리가 생각해도 암담한 것만은 사실이었다. 남편이나 아들 중 어느 한쪽만을 잃었다고 한다면 그 남은 한쪽에라도 기대를 건다고 하겠지만 집을 받치고 있던 두 기둥이라고 할 수 있는 양쪽을 다 잃었으니 무슨 힘으로 지탱이 된단 말인가. 그러니까 이번에 누나의 가출은 이미 진작에 예견했어야 할 충분히 있을 만한 일이라고 할 수도 있었다. 충분히 있을 만한 일치고는 오히려 너무나 늦게 일어난 감이 있다고도 볼 수 있는 것이었다.

저녁 밥상이 들어와 중단되었던 누나에 대한 어머니의 이야기는 상을 물리고 나자 다시 계속되었다. 우리로선 까맣게 모르고 있었던 그동안의 누나—그때 천막에서 그렇게 대면하고 온 후 이제까지의 누나 행적에 대해서 어머니는 이런 이야기도 들려주었다. 동네에 함께 살았던 어떤 남자로부터 아버지가 술집에서 들은 이야기라고 했다. 남자들이 한참 취로사업을 하고 있는 현장에 누나가 나타나 다급한 목소리로 애기아버지를 못 봤느냐고 묻더라는 것이었다. 애기아버지라니, 누구를 말하느냐고 하니까, 아, 우리 애기아부지 말이라우, 영석이아부지……라고 하면서 두리번두리번 동네남자들을 일일이 돌아보며 찾았다. 영석이아버지라면 분명히 지난번에 죽은 남편인데 죽은 사람을 찾다니…… 사람들이 하도 어이가 없어 아무 말들을 못하고 바라보기만 하자, 아무도 못 보셨어라우? 참 이상헌디…… 어디 가셨대여? 하고 중얼거리면서 왔던 길을 되돌아갔다. 얼굴이 벌겋게 상기되고 눈자위가 빨간 걸로 보아 흡사 술에 취한 것같이도 보였는데 머리칼조차 산발하고 있어 무섭게까지 보이더라는 것이다. 그러니까 이따금 실성기 같은 걸 보였다는 이야기였다. 그때만이 아니라 그와 비슷한 일이 아주 자주 있었다고 했다. 한번은 형수님과 거리에서 마주쳤는데 누나가 보자기에 무슨 조그마한 물건을 싸가지고 바삐 시내 쪽을 향해 가더라는 것이었다. 그래 어디 가시느냐고 하니까 영석이가 학교에 가면서 도시락을 안 가지고 가 도시락을 갖다주러 간다고 했다. 영석이라면 분명히 지난번에 죽은 큰애인데 그 애 도시락을……? 역시 어처구니가 없어 바라보다가 큰딸애를 그렇게 잘못 말한 줄 알고, 영순이? 라고 묻자, 아니 영석이, 우리 큰아들 영석이 말이여, 중핵교 3학년에 댕기는 애……라고 보통 말하듯이 태연히 말하더라는 것이다.

또 한번은 집에서 시루떡을 해가지고 먹으면서 누나네 생각이 나 어머니가 그것 몇 조각을 싸가지고 누나네 천막을 찾아갔더니 애들 울음소리가 자지러지게 들렸다. 웬일인가 해서 벌컥 문을 열자 누나가 두 딸애한테 매질을 하는데 그냥 두면 죽이고 말 것처럼 심하게 하고 있었다. 무슨 일이냐고 하며 말려도 듣지 않고 어머니 오셨느냐는 인사조차 없이 굵직한 막대기로 등이며 어깨며 머리까지 사정없이 치면서 뒈져라, 뒈져, 이 웬수녀르 가시내들아! 늬까징것들은 실컨 키워놔봤자 사람 속이나 썩이지 눈곱만큼이라도 무엇 하나 좋은 것 있을 줄 아냐, 이년들아! 뒈져, 나가 뒈지라고…… 그렇게 악을 쓰는 것이었다. 아무리 말려도 듣지 않아 나중에는 어머니가 언성을 높이고 화를 내자 이번에는 누나가 울음을 터뜨렸는데 알고 보니 이유가 역시 어이없었다. 누가 과자를 사다 주고 갔는데 그것을 두 가시내가 영석이 것도 남겨놓지 않고 다 먹어치웠기 때문이라는 것이었다. 아니, 죽은 애 것은 남겨놓아 무엇 하냐고 하니까, 엄니두 참, 가가 죽기는 왜 죽었다고 그려라우? 하고 헛소리를 중얼거리더라는 것이다.

그리고 얼마 전 아파트로 이사해서는 그런 일이 있었다고 했다. 이사하던 날 자연히 어머니며 동생 등이 거들어줄 수밖에 없었는데 아파트 방 안으로 들어서면서부터 누나는 칠냄새 때문에 머리가 아프고 속이 메슥거려 못 견디겠다고 계속 울상을 짓더니 끝내는 구역질까지 했다. 그리고 자기는 비위가 약해 이런 냄새를 맡으면서는 하루도 살 수 없는데 앞으로 어떻게 살아야 할지 모르겠다고 땅이 꺼지게 걱정을 했다. 그러더니 다음다음 날인가 어머니가 다시 찾아가자 집 안을 아주 이상야릇하게 만들어놓고 있었다. 페인트칠을 한 부분은 물론 니스칠을 한 부분들도 칼로 북북 긁어 흠집을 만들어놓고 때가 전 걸레로 닦았는지 거 뭇거뭇 더럽게 되어 있었다. 뿐만 아니라 깨어진 항아리조각 같은 데다 흙을 퍼서 방이며 부엌이며 심지어 변소에까지도 늘어놓고 있었다. 처음엔 파 같은 것을 심어놓고 먹기 위해 그런 것이 아닌가 했는데 알고 보니 단순히 메슥거림을 가라앉히기 위해 그런 것이라고 했다.

"……그렇게로 가가 즈 남편, 자식 죽고 나면서부턴 지 정신이 아니었당게. 실성실성 넋이 나가 있었던 것인디 설마설마 혀갖꼬 그냥 뒀더니 종당엔 이 꼴이 되고 만 거지. 암만 혀도 내 생각에 무슨 일을 저질렀을 것만 같은디……"

어머니가 한숨을 쉬자, 내내 아무 소리도 않고 있던 아버지가, 다시 담배를 꺼내며 무엇을 내던지듯이 불쑥 말했다.

"쓸데없는 소리!"

그러자 어머니가 자위를 하듯 혼잣말처럼 중얼거렸다.

"하기사 무슨 일이 날라면 진작에 났었겠지. 워낙 독헌 디가 있는 앵게로 무슨 일은 없을 거여. 옛날에 연주창인지 뭔지 그 지긋지긋헌 병을 앓을 때도 하도 낫지 않고 속을 썩이길래 차라리 죽을 테면 죽어보라고 복쟁이알을 사다가 안 먹였간디…… 복쟁이알은 독약은 독약이지만 어떤 사람헌티는 영약이 되기도 헌다고 혀서 멕였는디 안 죽고 살지 않았나벼. 다른 사람 같으면 급사를 할 만큼 많이 멕였는디도 복통 한번 앓지를 않더랑게. 복통은 고사허고 아매 가가 그 병을 나순 게 그것을 먹어서였을 거여."

부모님은 더 지체하지 않고, 다음날 내가 출근하는 시간에 함께 나와 내려갔다.

하루라도 더 묵었다 가시라고 붙잡았으나 누나 일이 궁금해 한시도

가만히 있을 수 없다고 성화를 부리며 끝내 고집을 꺾지 않았다. 역에 나가 전송을 해드리고 사무실로 향하면서 나는 새삼 부모와 자식 간의 관계에 대해서 많은 생각을 했다. 회갑을 넘으셔가지고까지 다른 자식도 아닌 출가한 딸자식의 안부 때문에 그토록 안절부절 몸 둘 곳을 몰라야 하시다니…… 그런 부모님에 비하면 누나에 대한 나의 관심은 너무나 비정한 편이라고 할 수밖에 없었다. 아주 잊어버릴 수야 없었지만 아무렇지 않게 출근을 하여 아무렇지 않게 일을 했고 집에 돌아와서도 아무렇지 않게 노닥거렸다. 그런 나를 힐책하듯 아내가 이따금 누나 이야기를 꺼내어 물었지만 그래도 나는 밥맛을 잃는다거나 잠을 못 이룬다거나 하지는 않았다.

그렇게 며칠이 지난 어느 날이었다. 일요일이라 회사에 나가지 않고 집에서 늘어지게 쉬고 있던 참이었다. 내가 볼 대로 다 보고 옆으로 밀쳐놓은 조간을 굽어다 보고 있던 아내가 갑자기 어머! 소리를 지르더니, 이것 보시라고 하며 내 앞에 신문을 펼쳐놓고 한 곳을 가리켰다. 나 역시 깜짝 놀랐다. 1단 5행쯤 되는 광고인데 사진과 함께 "사람찾음"이라는 굵은 글씨 밑에 이렇게 씌어 있었다. "지난5일대전역앞네거리에서교통사고를당한사십대의여자임목에흉터있음연고자를찾음." 인쇄가 흐린데다 사고를 당한 얼굴을 찍어 사진으로 판별을 하기는 힘들었지만 무엇보다도 목에 큰 흉터가 있다는 게 가슴을 섬뜩하게 했다. 그리고 대전역이라면 누나가 충분히 갈 수 있을 만한 곳이기도 했다. 누구 아는 사람이 살아서가 아니라 이리에서 차를 타고 가장 쉽게 갈 수 있는 큰 도시이기 때문이다.

"자세히 보세요. 사진도 비슷하지 않아요? 나이도 사십대라니까……"

아내는 벌써 틀림없다고 단정을 내리고 이 일을 어떻게 처리해야 할까를 궁리하고 있는 얼굴이었다. 그러나 자세히 보면 볼수록 사진은 누나의 얼굴과는 거리가 있었다. 약간 일그러진 표정만은 흡사했으나 윤곽이 닮지를 않은 것 같았다. 물론 여자의 얼굴 윤곽은 머리 모양을 어떻게 하느냐에 따라서 많이 달라지지만 아무래도 생소했다. 하지만 확인조차 해보지 않고 넘어가기에는 너무나 섬뜩한 면이 많아 나는 어떻게 했으면 좋겠느냐는 얼굴로 아내를 바라보았다.

"뭘 하고 계세요? 빨리 서두시지 않고……"

"왜 이름을 안 써놓았지? 이름을 썼으면 간단할 텐데……"

"증명을 안 가졌던 거겠죠."

"당신은 틀림없다고 생각하는 모양인데 내 느낌엔 아닌 것 같아."

"그렇게 믿고 싶으시겠죠. 하지만 틀림없다면 어떡하시겠어요? 아닐망정 허실 삼아서라도 가서 확인은 해보는 것이……"

하긴 그랬다. 조금 번거롭고 귀찮지만 그것이 내가 취할 수밖에 없는 길일 것 같았다. 이리 집에 전화가 있다면 전화를 해서 부모님으로 하여금 대신 가보게 할 수도 있겠지만 전화가 없으니 별 도리가 없었다. 더욱이나 근무하는 날도 아니니 핑계 댈 구실조차 없지 않은가.

나는 광고 끝에 쓰인 병원 이름을 수첩에 적은 후 옷을 갈아입고 나섰다. 모처럼의 일요일마저 엉뚱한 일로 빼앗겨야 된다는 사실과 몇 푼이 되든 예상치 않았던 비용이 들어야 된다는 사실 등이 신경을 건드렸지만 주말여행을 하는 셈 잡자는 식으로 자신을 달래었다. 신발을 신고 나서자, 사정을 모르는 아들녀석은, 아빠, 맛있는 것 사오라고 손을 흔들었고, 아내는 꽤 어두운 얼굴이 되어, 매사를 남 좋게만 처리하는 평소의 내 태도를 또 한번 나무람하듯 주의를 주었다.

"고모가 틀림없으면 혼자 처리하지 마시고 일단 부모님과 형님한테 연락을 하세요. 요즈음 운수회사들 횡포가 말이 아니래요."

그러니까 아내의 말 속에는 위자료 건에 대한 암시까지 있었던 셈인데 나는 대꾸야 하지 않았지만 혼자 쓴웃음을 지으며 생각했다. 어머니의 말씀처럼, 죽으라고 복어알을 일부러 먹였는데도 끄덕 않을 만큼 독한 구석이 있는 여자가 결코 이런 식으로 죽을 리는 없을 것이라고. 큰돈을 들이지 않고 구할 수 있는, 약이 된다는 것들은 구할 수 있는 한 다 구해서 먹었다. 아버지가 길가에서 잡은 구렁이도 먹었고, 내가 풀잎 속에서 잡은 청개구리도 먹었으며, 어머니가 변소바닥에서 긁어모은 구더기도 먹었다. 뿐만 아니라 심지어는 그 독한 수은을 태워 몸에 쐬는 짓까지도 해서 살아난 것이었다. 그렇게 끈질기고 그렇게 지독히 살아온 삶이 결과적으로 이렇게 값없고 허망히 죽는다는 건 말이 되지 않았다.

내 예상이며 믿음은 틀리지 않았다. 서울역에서 특급을 탄 지 채 두 시간이 되지 않아 대전에 도착하여 병원을 찾은 나는 병원 측으로부터 이런 싱거운 소리를 들었던 것이다.

"그 여자 말이오? 남편이 벌써 다녀갔소. 이리 여자가 아니라 논산 여자지요. 무슨 행상을 하던 여자라고 합디다. 뭐 계를 하다가 실패하여 집을 나와 방황하던 끝에 그렇게 되었다나요. 목에 흉터야 있었지만 그것도 연주창으로 생긴 흉터가 아니고 화상으로 생긴 흉터고……"

헛걸음을 한 것이 억울하기야 했지만 그래도 나는 안도의 숨을 쉬지 않을 수 없었다. 그러면 그렇지, 누나가 어떤 여잔데 그런 횡사를…… 뻔한 일을 가지고 혹시나 혹시나 했던 자신이 우스워 나는 대포라도 한 잔 마셔야 될 것 같았다. 그래서 대폿집으로 가 간단히 목을 축이고 나와 차 시간을 보니 서울행은 무려 두 시간이나 기다려야 되는데 이리행은 삼십 분 후에 바로 있었다. 떡 본 김에 제사를 지낸다는 말이 있듯 그 걸 보자, 이왕에 이렇게 된 것 이리까지 한번 내려갔다 오는 것이 어떨까 하는 생각이 들었다. 물론 내일 출근이 문제이긴 하지만 밤차나 새벽차로 돌아오면 지장이 없을지도 모르고 또 설사 조금 지장이 있다고 해도 지각 정도 하는 것이 될 테니 큰 문제가 되지는 않을 것 같았다. 그러면서도 이게 잘하는 짓인지 못하는 짓인지 꽤 망설임 끝에 차를 탔는데 이리에 도착해서는 오기를 정말 잘했다는 생각이 들었다. 누나에 대한 너무 뜻밖의 소식을 들을 수 있었기 때문이었다.

"그렇지 않아도 연락을 허려던 참인디, 잘 왔다. 참 잘 왔어."

전혀 예기치 못했을 나의 느닷없는 방문에 어머니는 내 손을 잡은 그대로 경대 앞으로 끌고 가더니 경대 서랍에서 편지를 한 장 꺼내 내밀어 보여주었다.

"이게 뭡니까?"

"후딱 읽어봐라."

편지를 펼친 나는 그것이 누나로부터 온 것이라는 걸 금방 알아차렸다. 이름을 보고서가 아니라 글씨만 보고서도 바로 그런 느낌이 들었다. 국민학교를 겨우 나온 여자치고는 글씨가 비교적 정갈한 편이나 문맥이며 맞춤법 같은 건 이상한 데가 많았다.

父母님전상서

아버님, 어머님, 기체후일향만강하시온지요? 제가 집을 나온 후 많은 걱정을 하셨슬줄 믿습니다. 이 죄많은 년은 人生사리가 너무 고달퍼서 세상을 하직할라고 집을 나왔습니다. 오늘 죽어도 제가 죽는 것은 슬프지 않지만 집에 두고 온 딸자식들이 조끔 불쌍합니다. 처음에는 함께 데리고 죽을까 하는 생

각도 했습니다만 가들이야 무슨 죄가 잇것습니까? 죄가 잇다면 父母를 잘못
만난 죄밖에 업것지요.

그러하오니 염체없는 부탁이옵니다만 父母님께서 마터주셔야 되것습니다.
보관하고 계시는 보상금을 가지면 먹여살릴 수는 잇슬 것입니다.

그리고 아파트는 父母님께서 쓰시든지 곧 혼인을 해야 되는 동생한티 주
시든지 마음대로 하십시오.

그러면 불효막심한 이년을 용서하시고 부디 만수무강하시길 간절히 바라
옵니다.

不孝女 올림

"이 편지 겉봉투는 어디 있습니까?"

"늬 성허고 아부지가 가지고 전주에 갔어."

"주소가 전주로 되어 있었습니까?"

"주소는 안 써져 있었는디 편지 도장이 전주로 되어 있었대여. 어저
께 갔는디 아직까장 소식이 없는 걸 보면 못 찾았나벼. 그렇지, 그 넓은
디서 찾긴 어떻게 찾겄어?"

편지까지 정성 들여 써 보낸 걸 보면 좀 실성기가 있었다고는 해도 아
직 완전히 넋이 나가 있다고는 볼 수 없었다. 그러나 편지 내용으로 보
아 죽을 각오는 단단히 하고 있는 것이 분명했다. 아니, 이미 죽었을지
도 모를 일이었다. 상황으로 보아선 나도 곧바로 전주로 달려가 찾아볼
수 있는 한 찾아봐야 될 것 같았으나 우선 피로가 몰려와 움직일 기운이
나지 않았다.

"그년이 넋이 나갔지. 다 죽어가게 생긴 저를 내가 어떻게 혀갖꼬 살
렸는디…… 괘씸헌 것, 다 늙어 언제 죽을지 모르는 에미 애비헌티 또

즈 새깽이들을 키워달라고…… 내가 전생에 무슨 죄가 많어……"

그렇게 혼잣말을 하면서도 어머니는, 방 한쪽 구석에 엎드려 숙제를 하는지 무엇인가를 쓰고 있는 누나의 딸애들이 불쌍해서 못 보겠다는 듯 그 애들에게 눈길을 가져가며 눈물지었다.

"너무 염려 마세요. 저 애들까지 두고 어떻게 그렇게 쉽게 죽겠어요? 두 분이 찾으러 가셨다면 곧 좋은 소식이 있겠지요."

다음날에라도 전주로 가보든지 아니면 아버지와 형님이 오실 때까지 집에서 기다려봐야 되는 것이 도리인 줄은 알면서도 나는 새벽차로 올라오는 수밖에 없었다. 누나네 때문에 내 생활까지 파괴시킬 수는 없다는 생각에서였다. 새벽차를 타자 정해진 출근시간보다 삼십 분가량밖에 늦지 않았다. 아침도 먹지 않고 사무실에 앉아 있으려니 견디기 힘들 만큼 계속 피로가 몰려왔고 간밤에 잠을 설친 탓인지 슬슬 졸음까지 왔다. 그러면서도 나는 다방에도 나가는 일 없이 버티었다. 무슨 소식이 있으면 사무실로 전화라도 해달라고 어머니한테 말씀을 드리고 왔기 때문에 행여나 행여나 해서였다. 그러나 기다리는 이리로부터의 전화는 오지 않고, 아내로부터 어떻게 된 일이냐는 전화만 왔다. 내막을 대강 이야기하자, 아내는 상상 밖이라는 듯, 그래요? 소리로 입을 닫았다.

그런데 아내로부터 전화가 오고 나서 한 시간쯤 지나서였다. 마침 화장실에 가 소변을 보고 있는 참인데 급사애가 쫓아와 시외전화가 왔다고 다급하게 말해주었다. 전화를 걸어온 사람은 형님이었다.

"이리에 왔다 갔다는 소리 들었다. 찾긴 찾었는디 좀 절망적이다. 입원 중인디 아직 의식을 회복 못허고 있다. 의사 이얘기로는 살 수 있는 확률이 반반이라고 허나 확실헌 것은 좀더 두고 보아야만 알 것 같다……"

다시 뜬
눈 앞에서

마감 시간이 임박한 사설 원고 때문에 한참 쫓기고 있는 판에 그 전화가 걸려왔다. 변종섭 씨는 오른손으로는 원고를 써가면서 왼손으로 송수화기를 집어들었다. 그러고 보니 입엔 담배조차 물고 있었다. 담배를 물고 있어 대답이 불분명하게 들렸던지 저쪽에서 음성을 높여 재차 물어왔다.

　　"변종섭 논설위원님 되십니까?"

　　낯익은 음성은 아니었다. 변종섭 씨는 만년필을 쥔 손으로 입에서 담배를 뽑았다.

　　"그렇습니다만……"

　　"아, 여기 ○○경찰서입니다. 뭣 좀 여쭤볼 게 있어서……"

　　변종섭 씨는 화들짝 놀랐다. 만년필을 놓고 담뱃불을 비벼 끈 후 송수화기를 오른손에 바꿔 들었다.

"무슨?"

"아, 별일은 아니고, 저희가 찾아가서 여쭤보는 게 예의일 것 같습니다만 좀 바빠서…… 오십대 후반으로 보이는 어떤 부인에게 명함을 주신 적이 있으신지…… 있으시다면 그 부인이 누구신지……선생님의 가족이신 것 같지는 않고 혹시 친척이라든가……"

심정화라는 한 여자 외에 많은 사람들이 스쳐 지나갔으나 경찰서에서 말하는 부인이 누구를 가리키는 것인지 분명히 잡히지가 않았다. 명함을 함부로 뿌리며 살아오지는 않았다고 해도 이런 인연 저런 인연으로 해서 뿌린 명함이 어찌 한두 장뿐이겠는가. 경찰서에서 말하는 대로 친척들을 떠올려보았으나 친척 중에는 마땅히 떠오르는 사람이 없었다. 심정화가 아니라면 친척이기보다는 자신의 번역서를 출간한 적이 있는 출판사의 여사장이거나, 또는 가끔 들르는 술집의 주인 여자인 흘러간 유행가 가수일지 몰랐으나 다시 생각하면 그들일 리는 없을 것 같았다.

"왜요. 누구에게 무슨 일이 생겼습니까?"

"교통사곤데요. 혼수상태에 빠져 있는데, 아무런 증명도 가지고 있지 않고 오직 선생님의 명함만 한 장 가지고 있어서…… 명함 뒷면에 선생님이 쓰신 것 같은 글귀가 있는데요."

"그래요? 그렇다면 진작에 그렇다고 말씀을 하시죠. 뭐라고 씌어 있습니까?"

"별 이야기가 아니구요. 김변호사님에게 드리는 걸로 되어 있는데, 전화로 말씀드린 그 부인이니 잘 부탁한다는……"

"아, 알았습니다. 그 부인이 어떻게 되었다구요? 교통사고로 혼수상태에 빠져 있어요? 어딥니까, 그 병원이?"

"그럼 잘 아시는 분이란 말입니까?"

"아다마다요."

"어디에 사는 누구인데, 따로 집에 연락을 하지 않아도 될까요?"

"내가 가죠. 어느 병원인지나 가르쳐주시죠."

변종섭 씨는 쓰다 만 사설 원고를 바삐 마무리지어 넘기고, 경찰서에서 가르쳐준 병원으로 택시를 타고 달려갔다. 달려가는 동안 내내 신경이 어지러웠다. 심정화라는 여자의 갑작스러운 사고도 사고지만, 우선 그런 경황 중에 마무리지어 넘긴 원고부터가 마음에 걸렸다. 하나마나한 이야기를 또 한 번, 너무나 성의도 없이 써버린 것 같은 느낌에서 헤어날 수가 없었다. 이 짓도 이제 그만 집어치워버려야 될 텐데…… 어느덧 삼십 년…… 이렇게 살다가 내 생애라는 것도 어느 순간에 마무리가 되겠지…… 심정화처럼. 지금 혼수상태에 있다는 심정화…… 혼수상태라면 십중팔구…… 그러고 보면 흔히 한 순간이라는 한 생애가 어떤 사람에겐 얼마나 길고 지루한 것인가. 어느 명상가의 말마따나 죽음에 이르기 위한 하나의 여행이라는 그 생애가 왜 그렇게 지긋지긋하기만 해야 한단 말인가. 여행이라는 것이 그렇게 지겹기만 해서야 어느 누가 감히 여행의 길에 오르기를 바라겠는가. 변종섭 씨는 그답지 않게 그런 어설픈 감상에 잠기며, 심정화의 불의의 사고가 어느 면에선 차라리 심정화 자신을 위해서도 잘된 일인지 모르겠다는 방향으로 넘기려고 애썼다. 그런데도 이상하게 가슴이 메어왔다. 늙으면서 부쩍 심해진 습관이긴 하지만 추하게 눈조차 뜨거워왔다.

심정화라는 여자도 따지고 보면 이 땅의 곳곳에 널려 있는 한 많은 한 여자에 불과했다. 한국적 어머니상이니 뭐니 하는 허울 좋은 모델로 많은 소설가들이 소설 속에 걸핏하면 등장시켰던 여자들이나 크게 다를 것 없는 부인이었다. 그 소설들 속의 인물들과 다른 게 있다면 그 여자가 부인도 애인도 친척도 아니면서 바로 변종섭 씨 자신의 생애 속에 현실적으로 뛰어들어 삼십 년도 훨씬 더 넘게 숨을 쉬어왔다는 사실이었다. 두 사람은 우선 고향이 같았다. 여순반란사건이 일어나기 전까지 순천에서 살았다. 같은 순천에 살긴 했지만 이웃에 산 건 아니었기 때문에 두 사람이 알게 된 건 나이가 꽤 든 후였다. 이성에 막 눈뜨기 시작할 무렵이었다. 학교를 가고 오는 길에, 또는 거리를 돌아다니다가 가끔 마주쳤다. 물론 마주쳤던 여학생이 심정화 혼자였던 건 아니었으나 먼빛으로도 그 여자만 보면 이상하게 가슴이 뛰었다. 그만큼 인상이 좋아 보였다. 그 무렵 자주 혼자 머릿속에 그려보았던 이상형에 거의 맞는 여자 같았다. 그러나 대부분 다 그렇듯이 변종섭 씨도 당시 그 나이나 의식으로써는 쉽게 접근할 수가 없었다. 얼굴과 학교만 알 뿐 이름도 집도 모르는 그 여자에게 편지를 수십 번 썼다 찢었다 하면서도 좀처럼 말을 붙여보지 못했다. 한번은 밤중에 사람이 별로 다니지 않는 좁은 길에서 만나 기회가 좋았는데도 끝내 말을 꺼내지 못했다. "저……"라는 말까지는 꺼냈으나 못 알아들었는지, 아니면 알아듣고서도 못 알아들은 체한 것인지 뒤도 돌아보지 않아 그냥 말았다. 그냥 말기가 너무 섭섭해 멀리 떨어져 뒤를 밟았다. 그 여자의 집 역시 변종섭 씨 집이나 비슷하게 낡고 우중충한 함석지붕 건물이었다. 그게 오히려 다행으로 느껴졌다. 일제 식민지하였던 그때에도 잘사는 집이야 아주 잘살았으나 그런 집들은 대개 다 친일을 한 집들이었기 때문이다. 친일이니 민족반역이니 하는 말들에 대한 의식도 분명하게 없었던 때였고, 또 엄밀히 따지면 그 무렵 친일을 전혀 하지 않고 산 집이 얼마나 있었겠는가만 어쨌든 변종섭 씨는 그 당시엔 잘사는 집들이 부러워 보이지 않고 메스껍게 보였었다. 당시로서야 그 정도의 건물도 결코 못사는 집의 건물이 아니었는데, 왜 그렇게 안도의 숨이 내쉬어졌던지 모를 일이었다. 아마 인상이 너무 좋았기 때문에, 자신과는 별세계의, 쉽게 손 닿을 수 없는 환경에서 사는 여자로 상상을 해오다가 그렇지 않다는 걸 확인해서였던 것 같았다. 특히 더 좋았던 것은, 자기의 집과 비슷한 건물의 그 집에, 자기의 집과는 달리 목련이 피어 있어서였다. 담장에 흐드러지게 피어 달빛을 받고 있는 그 꽃들이 방금 전 문 안으로 들어간 그 여자의 형상물처럼 보였다. 그날 이후 변종섭 씨는 자주 그 집 부근을 배회했다. 소위 말하는 짝사랑이라는 것이 그런 것일지도 몰랐다. 글쎄, 그런 감정에 구태여 사랑이라는 낱말까지를 끌어다 붙여야 할지 어쩔지는 모르겠지만 무엇을 어떻게 해야겠다는 구체적인 생각도 없으면서 공연히 혼자 애를 태웠다. 바로 그 무렵 그 선배를 만났다. 변종섭 씨보다 나이가 두세 살 더 많았던 홍기범이라는 선배였다. 그 여자의 집과 어떤 사이인지 그가 이따금 그 여자의 집을 드나들고 있는 걸 알게 된 것이다. 나중에 안 사실이지만 부모들끼리 고향이 같다고 했다. 그 여자도 원래부터 순천에 산 게 아니고 어릴 때는 평북에서 살았다고 했다. 이웃에 사는 홍기범의 친구였던 다른 선배를 통해 알 수 있었다. 그 여자에 관한 변종섭 씨의 감정을 막연히 헤아리고 있었던 이웃의 박종관이라는 그 선배는 그런 이야기를 들려주면서 심정화라는 그 여자와 홍기범이라는 그 선배가 이미 정혼을 한 사이나 다름이 없다는 말까지 서슴지 않았다. 죽마고우였던 그 아버지들끼리 어렸을 때부터 이야기가 오고 가 이미 터놓고 지내는 사이라는 것이었다. 어처구니가 없었다. 설령 그랬다고 해도 있는 힘을 다해 부닥쳐보았으면 어떨지 모르는데 변종섭 씨로서는 그럴 용기를 갖지 못했다. 어릿광대처럼 혼자 어둠 속에서 눈물만 글썽거렸다. 변종섭 씨가 심정화와 정식으로 인사를 나눈 건 박종관과 홍기범이 함께 있는 자리에서였다. 그 자리엔 그들 외에도 다른 몇 사람이 더 끼여 있었다. 해방이 되어 세상이 달라지자 조금이라도 더 배운 사람들이 앞장서서 무언가를 해보아야 될 게 아니냐는 결의 끝에 갖게 된 그 지방의 모임에서였다. 그러나 결국 홍기범은 심정화와 결혼 후 경찰에 투신해 경찰관이 되었고, 박종관은 마르크스에 미쳐 종적을 감추었으며 변종섭 씨는 군대에 입대해 복무를 하게 되었다.

여순반란사건이라는, 지금은 이미 흘러간 역사 속에 묻혀버린 그 상상하기조차 끔찍한 사건이 터진 게 바로 그 다음다음 해였다. 그 사건이 터진 지 채 몇 년이 안 되어 사변이 일어나 그 사건은 사건이라고 떠들어댈 만한 것이 못 되고 말았지만 그 현장에 직접 있었던 사람들에겐 결코 사변에 못지않은 경악을 금치 못할 사건이었다. 따지자면 바로 그게 사변의 도화선 역할을 한 셈이었다. 여수에 주둔하고 있던 군인들 중 좌익계열 몇십 명이 무기창고를 점령함으로써 비롯된 그 사건은 단숨에 순천으로까지 번져 불과 며칠 만에 천 명도 훨씬 넘는 사람들을 떼죽음 당하게 하는 결과를 가져왔다. 도처에 시체 천지였다. 하수구, 우물 속, 불타 부서진 버스 속, 공공건물의 앞마당, 뒷마당, 창고…… 웬만한 집에도 시체가 한두 구 없는 집이 없을 정도였다. 순천회관을 재판소로 정하고 행해진 소위 인민재판이라는 것은, 요즘 흔히 보게 되는 사변 당시의 상황을 그린 영화 속의 그것보다 더 가관이었다. 재판을 맡은 자의 순간적인 기분에 따라 어떤 사람, 또는 어떤 집안 전체가 몰살을 당했다. 그 대표적인 경우가 바로 심정화네였다. 시집 식구들은 물론 친정 식구들도 모두 떼죽음을 당했다. 이유가 없었던 건 아니었다. 평북이 고향인데다 경찰 가족이었기 때문이었다. 심정화네만이 아니라 고향이 38 이북인 집안은 도망 왔다고 해서 가족 전부를 죽였던 것이다.

시집, 친정 식구들이 모두 다 죽었는데 어떻게 해서 심정화 혼자만 살아남게 되었는지 그것은 변종섭 씨로서도 자세히 알 수가 없었다. 그 당시 변종섭 씨는 그 사건을 진압시키는 데 참여했던 군인의 한 사람이었다. 시내 주위 산으로부터 맹사격이 퍼부어지고 비행기에서 항복을 하라는 삐라가 뿌려지고 시가전이 벌어지고 수천 가옥이 불타고 장갑차까지 동원된 군인의 진격이 있은 후에야 그 난리는 겨우 수습되었다. 변종섭 씨가 아무리 진압부대 군인의 한 사람으로서 그 현장에 섰다고 해도 심정화네 집안의 사연을 낱낱이 알 수는 없었다. 그 여자의 남편 홍기범이 경찰이었기 때문에 무슨 일이든 당하긴 당했을 것이라는 생각이 문득 들긴 했지만 일부러 알아보려고 하지는 않았다. 그런데 무슨 악연인지 변종섭 씨는 그 폐허 속에서 약속이나 한 듯이 심정화를 만나게 되었다. 난리가 수습되고 나자 여기저기 곳곳에서 통곡을 하며 시체를 찾으려는 사람들로 들끓었는데 심정화가 바로 그런 사람들 중의 하나로 변종섭 씨의 부대가 주둔해 있던 경찰서 울안에까지 나타났던 것이다. 경찰서엔 그 당시 백여 구 가까운 시체가 쌓여 있었다. 헝클어진 머리칼과 눈물자국으로 범벅이 된 얼굴이었지만 변종섭 씨는 첫눈에 심정화를 알아볼 수 있었다. 이상하게도 그전이나 별로 다르지 않게 가슴이 뛰었다. 그러나 변종섭 씨가 알은체를 해도 심정화는 반색은 물론 놀라는 표정을 지어 보이지도 않았다. 그냥 넋 나간 모습으로 신음소리 같은 흐느낌 소리만 잠깐 죽이며 목례도 건네오는 둥 마는 둥 시체들이 즐비하게 널브러져 있는 쪽으로 다가갔다. 시체들을 살필 때의 심정화 모습은 이승의 사람 같지가 않았다. 옛날 전설 속에 나오는 둔갑을 한 여우나 잔뜩 한을 품고 나타난 처녀귀신 같았다. 변종섭 씨가 거들어주기까지 했지만 심정화는 그곳에서 가족의 시체를 찾지는 못했다. 변종섭 씨로서는 심정화네 다른 가족은 몰라도 남편인 홍기범의 얼굴은 알기 때문에 그 시체들 속에 혹시 그가 섞여 있지 않나 살폈으나 보이지 않았다. 물론 시체들 대부분이 피로 뒤범벅이 되거나 짓이겨져 알아보기도 힘들었다. 때가 가을철이었다고는 해도 이미 몰라보게 부패해 있기도 했다. 설령 그 속에 홍기범의 시체가 섞여 있다고 해도 심정화가 그것을 발견하는 것보다는 발견하지 못하는 편이 더 나을 것 같은 초조감 속에서 변종섭 씨는 말했다.

"홍선배님은 없습니다. 일을 당했다면 이곳에 있기가 쉬운데 없는 걸 보니 무사하신 모양입니다."

그래도 심정화는 아무런 대꾸도 없이 미친 듯 살피는 일을 계속했다. 결혼을 했다고는 해도 처녀나 별로 다를 것이 없는 그 나이에 그런 끔찍한 현장에서 기절도 하지 않고 그럴 수 있다는 게 희한했다. 극한에 이르면 사람은 누구나 초인적으로 강인해진다고는 하지만 그래도 반쯤 미친 상태가 되어 있지 않았다면 그럴 수는 없었을 것이다. 살필 대로 다 살피고 나서도 심정화는 변종섭 씨가 옆에 서 있다는 사실을 의식 못하고 있는 것처럼 넋 나간 얼굴로 한숨만 드내쉬었다.

"이런 때일수록 정신을 차리셔야 합니다. 무사하실지도 모르니 낙담하지 마시고 기다려보시죠. 설령 무사하지 않다고 해도 혼자만 당한 일은 아니지 않습니까."

그것이 얼마나 맥 빠진 위안의 소리가 될까를 분명히 의식하면서도, 그냥 지켜볼 수만 없어 변종섭 씨가 그렇게 말하자 심정화는 비로소 고개를 내저으며 목이 잠긴 소리로 가느다랗게 부르짖었다.

"아니에요. 아니에요."

"보시다시피 이 지경이지 않습니까. 이 지경에서야 이미 죽은 사람들

358

의 시체를 찾는 일이 무슨 그리 급한 일이 되겠습니까. 살아남은 사람들이 앞으로 어떻게 살아갈 것인가 하는 게 더 큰 일이겠죠. 경찰관이라고 해서 모두 다 당한 건 아닐 테니까 일단 기다려본 후에……"

"아니에요. 아니라니까요."

심정화는 아까보다 더 강하게 고개를 내저으며 또다시 그렇게 부르짖고 가보겠다는 인사도 없이 사라져갔다. 그러니까 그 당시야 변종섭 씨는 심정화네에 대해서 그저 추측만 했을 뿐 자세히는 아무것도 알지 못했다. 자세히 안 것은 몇 달 후였다. 진압군 부대로서의 사명을 다 완수한 후 본대로 귀대해 복무를 하다가 휴가를 나와서였다. 어머니로부터 친척들로부터 이웃으로부터 선배, 친구들로부터 희생자들의 집안에 대한 이야기를 듣다가 심정화네 집안에 대해서까지 듣게 되었다. 가족이 몰살당한, 북쪽이 고향인 사람들에 대한 이야기가 나와 듣다 보니 그 속에 심정화네 집안도 끼여 있었다. 시집, 친정 식구 합쳐 열 명도 넘는 사람들이 다 죽고 오직 심정화 혼자만 살아 있다는 것이었다. 심정화 역시도 붙들려 갔었으니 마땅히 죽었을 텐데 얼굴이 반반한 덕으로 살아났다고, 심정화의 집에서 비교적 가까운 곳에 살고 있는 고모가 말했다.

"얼굴이 반반한 덕으로 살아나다뇨?"

"몰라서 묻는겨? 남자들이라는 게 다 그렇지 않은개비. 인민위원회인지 뭣인지 거기 있던 높은 남자 하나가 탐을 냈디여. 홀딱 반해갖고 죽이지 않았다는겨."

"그래요? 그때 내가 진압하러 왔을 때 만나봤었는데요."

"어매, 종섭이도 그 시악씨를 아는개비네? 으떻게 만났디여?"

"경찰서 안으로 시체를 찾으러 왔더군요. 그 여자 남편 되는 사람이 저의 선배거든요."

"으응, 그 순경이었던 사람 말이지? 그 사람이 먼저 잽혀 가고 가족들은 나중에 잽혀 갔다여. 그때 그 시악씨도 함께 잽혀 갔었는디 혼자 살아난 거지. 그렇게로 그때는 붙들려 갔다가 혼자 살아나 거기로 남편을 찾으러 갔었던개비지."

변종섭 씨는 그 당시 심정화의 몰골을 문득 떠올렸다. 붙잡혀 들어가 무슨 일을 어떻게 당하고 풀려났는지 몰라도 그때 그 몰골이나 반쯤 실성한 듯한 그 행동들로 보아 그랬을 것 같기도 했다. 변종섭 씨는 고모의 이야기를 더 이상 듣고 싶지 않았다. 그러나 고모는 묻지도 않은 이야기를 스스로 덧붙였다.

"그동안 어디에 가 있었는지 얼마 전까장은 빈집으로 놓아두었는디 시방은 돌아와 살고 있는개비더구먼."

휴가 나와 있는 며칠 동안 변종섭 씨는 그전이나 마찬가지로 저녁마다 심정화의 집 부근을 배회했다. 몇천 채의 집이 불탔는데도 심정화의 집이 남아 있다는 건 이상했다. 담이 부분적으로 무너져 있을 뿐 집 건물은 크게 부서져 있는 것 같지 않았다. 겨울이라 나목이 되어 앙상해 있긴 하지만 목련 역시 그대로 서 있었다. 담이 무너져 있어 집 밖에서 집 안을 살피는 덴 오히려 도움이 되었다. 무엇을 어떻게 해야겠다는 생각은 없었다. 그냥 무작정 서성거렸다. 집 앞에만 계속 서 있었던 게 아니고 집 앞 길을 몇 차례씩 오락가락했다. 외출을 한 것일까, 아니면 낮잠을 자고 있는 것일까, 아니면 아직까지도 실의와 절망에서 헤어나지 못하고 죽은 듯이 누워 공상에 잠겨 있는 것일까. 어둠이 꽤 깊어진 후에도 집 안에 불이 켜지지 않았다. 무너진 담부터가 그런 느낌을 들게 했지만 불조차 켜지지 않으니 폐가의 분위기가 한결 더했다. 외출을 한 건 아니었던지 어둠이 아주 깊어지자 비로소 불이 켜졌다. 그 불이 켜짐과 동시에 변종섭 씨 가슴속의 불도 화르르 피어올랐다. 그러나 정말 무엇을 어떻게 해야겠다는 작정은 전혀 없었다. 심정화에 대한 자신의 감정이 남다르지 않다면 한마디 위로의 말을 해주는 거야 지극히 당연한일이 되리라. 하지만 우연히 만나게 된다면 몰라도 일부러 찾아 불러내그런 말을 해준다는 건 어쩐지 어색할 것 같았다. 자칫하면 위로의 말자체가 오히려, 이제 조금은 잊혀져갈 그 끔찍한 기억을 되살려주는 나쁜 결과를 초래할지도 모르는 것이었다. 변종섭 씨는 참고 또 참았다. 휴가 기간 동안 거의 매일 저녁 그 집 앞을 서성거렸으면서도 어둠이 깊어져 집 안에 불이 켜지면 동시에 자신의 가슴속에 화르르 피어오르는불만 의식하면서 그 자리에서 물러나오곤 했다. 그런데 바로 귀대 전날저녁엔 그렇지를 못했다. 마침 흩날리는 눈 때문이었다. 아니, 내일 새벽엔 부대로 돌아가야 한다는 강박의식이 다른 때와는 전혀 다른 기분을 들게 했다. 거기다가 무슨 조화인지 여간해서 주어지지 않던 좋은 기회조차 주어졌다. 아마 눈이 내리기 때문이었을 것이다. 그런 장면에선으레 그래야 당연하다는 듯이 너무나 쉽게 내리는 영화장면 속의 눈처럼 희한하게도, 그해 들어선 첫눈인 셈인 그 눈이 흩날리기 때문이었을것이다. 다른 날보다 좀더 일찍 그 집 앞으로 가니, 심정화가 방 안에서창밖을 내다보고 있었다. 물론 창문이 닫혀 있긴 했지만 성에를 닦아낸유리창 저쪽에 나타나 있는 얼굴은 눈의 움직임까지도 감지할 수 있도록 확연하게 보였다. 변종섭 씨는 처음엔 그것이 환각이 아닌가 의심했다. 그러나 환각이 아니라는 건 금방 증명되었다. 내리는 눈뿐만이 아니라 무너진 담 이쪽의 거리까지 보고 있었던 듯, 보고 있다가 자기의 집앞에서 군복을 입은 변종섭 씨가 서성거리는 게 이상하게 보였던 듯 그표정에 순간적으로 변화가 왔다. 처음엔 모르다가 곧 이쪽이 누구인가를 알아본 모양이었다. 잘 아는 사람을 오래간만에 거리에서 우연히 만났을 때와 비슷한 흐름이 그 표정에 스쳐 지나갔다. 그 흐름을 놓치지 않고 변종섭 씨는 미소를 지어 보였다. 엷고 쓸쓸하긴 하지만 저쪽의 얼굴에도 미소가 지어졌다. 변종섭 씨는 고개를 끄덕여 인사했다. 저쪽의 미소가 좀 더 밝아졌다. 그리고 잠시 후 그 여자는 마루에 나타났고, 이어서 뜰을 지나 대문 밖으로 나왔다. 기대 이상이어서 그것은 마치 꿈속의 한 장면처럼 느껴졌다.

"웬일로 여기에? 휴가를 나오신 건가요?"

역시 내리는 눈 때문이었을까. 그 몸서리쳐지는 엄청난 상처를 안은 여자답지 않게 심정화의 목소리는 난리를 치르기 전의 옛날로 많이 돌아가 있었다.

"소식 듣고, 귀대하기 전에 인사나 드릴까 해서……"

"휴가를 언제 나오셨는데 벌써 귀대세요?"

"내일 새벽에 가야 합니다. 늦게나마 뭐라고 위로의 말씀을 드려야 할지…… 그동안 많이 힘드셨죠?"

"모르겠어요. 뭐가 뭔지…… 아직도 그냥 어리둥절해요. 그땐 제가 실례를 했었죠? 너무나 추한 꼴로……"

"아니죠. 그 당시야 어느 누구나…… 이런 말씀 드리면 어떻게 생각하실지 모르지만 정화 씨가 그런 엄청난 시련을 어떻게 참아내실까에 대해 관심이 많았습니다. 이런 모습을 보여줘 정말 기쁩니다."

"아니에요. 저는 아직도 제가 너무나 추하고 독한 여자라는 생각에서 벗어나지 못하고 있어요. 혼자 살아남아 있다는 게 그렇게 혐오스러울 수가 없어요. 한동안은 스스로 택하는 죽음이라는 것에 대해서도 생각해봤죠. 그러나 그것도 마음대로 안 되더군요."

362

"스스로 택하는 죽음이라뇨? 무슨 그런…… 그렇게나 끔찍한 주검의 현장들을 보고도 죽음이 무섭지 않으세요?"

"죽음이 무서운 게 아니라 제 자신이 무서워요. 그동안 앓아누워 있으면서 저는 어떻게든 살아야겠다는 결론에 도달했거든요. 제가 우습죠?"

"아뇨. 절대로……"

"처음엔, 이렇게 앓다가 그냥 그대로 죽어버렸으면 좋겠다는 생각을 했죠. 그런데 나중엔 엉뚱한 생각이 들더군요. 몸이 기진해져 도저히 움직일 수 없는 상태가 되자 불현듯 살고 싶어지는 거예요. 물론 또 다른 이유가 있기도 하지만……"

심정화가 말끝을 흐린 그 또 다른 이유라는 것이 무엇인지 변종섭 씨는 알아차리지 못했다. 구태여 알 필요도 없었고, 아는 것이 그렇게 중요할 것 같지도 않았다. 그저 막연한 어떤 것, 이를테면 한번 태어난 이상, 스스로 죽는다는 것은 하나의 죄악이라는 것을 깨달았기 때문이라는 식의, 사람들이 흔히 입에 올리는, 본질적인 어떤 것이겠거니 하는 생각으로 넘겨버렸다. 그런데 그것이 그런 추상적인 것이 아니고 심정화의 생애를 완전히 뒤집어놓은 또 하나의 구체적이며 현실적인 것이라는 걸 얼마 지나지 않아 알게 되었다.

이듬해 가을이었다. 변종섭 씨가 군대에서 제대를 하여 돌아와 보니 뜻밖에도 심정화가 이사를 가고 없었다. 물론 그사이 군대에 있으면서 변종섭 씨는 심정화에게 몇 차례나 편지를 썼었다. 그러나 주소야 알아왔지만 역시 끝내 부치지는 못했었다. 심정화에 대한 자신의 감정이며 태도가 분명히 어떤 것인지에 대한 확답을 얻을 수 없는 것이 큰 이유 중의 하나였다. 가령 그 감정을 사랑이라고 할 경우 자기는 과연 그런 처지에 있는 여자와 일생을 함께할 자신이 있는가에 대해서는 회의가 왔다. 그런데도 그 여자가 이사를 가고 없다는 사실을 확인한 순간 그렇게 절망적일 수가 없었다. 이사를 간 곳이야 알아내려면 알아낼 수 있을지 몰랐으나 그 여자가 이사를 가게 된 동기에 대한 풍문이 더 큰 절망을 안겨주었다. 풍문을 확인해보지도 않고 사실로 단정해서 이야기하기를 좋아하는 고모는 말했다.

"그 시악씨가 왜 이사 갔느냐고? 그럴 만한 충분한 까닭이 있제. 알고 봉게 그 시악씨가 인민위원회인지 뭣인지 허는 디 있던 남자 애기를 배고 있었지 뭐냐? 지난여름에 그 애기를 낳았는디 잘생긴 머스매였디여. 그게 부끄러운게로 이사 간 것이지, 뭐."

그 말을 듣는 순간 변종섭 씨는 돌멩이로 뒤통수를 한 대 얻어맞은 느낌이었다. 순간적으로 눈앞이 아뜩해왔다. 그런 가운데서 지난겨울 눈 내리는 날 심정화가 끝을 흐리며 들려줬던 말이 생각났다. 죽고 싶다가 불현듯 살고 싶어진 또 다른 이유가 바로 자기 몸 안에 하나의 생명이 싹트고 있었기 때문이었단 말인가. 하지만 변종섭 씨는 심정화가 낳은 아이가 인민위원회 남자의 아이라는 말은 믿을 수가 없었다. 붙잡혀 들어가 겁탈을 당했을지는 몰라도 만일 그런 남자의 아이라면 어떻게 키우고 싶은 생각이 나겠는가. 더욱이나 그 생명의 싹 때문에, 죽고 싶었던 사람이 불현듯 살고 싶어졌다는 이야기는 얼토당토않지 않은가.

"어떻게 그렇게 단정을 하시죠? 그 아이가 원래 남편의 아이라고 생각지를 않고……"

"셈혀보면 뻔허지 뭐. 그 난리가 난 게 작년 이맘때 아니었는개비. 양력으로 시월 하순이었잖어? 그런디 그 애기를 낳은 게 지난 팔월인게로 셈혀봐. 그리고 그런 뭣이 없었으면 붙잡혀 들어갔다가 으떻게 혼자 살아 나올 수 있었겠어? 말허나마나 뻔혀."

"이왕이면 왜 그렇게 생각을 해요? 날짜 계산이 그렇다고 해도 그 달에 남편의 애를 밸 수도 있잖아요?"

"그렇지 않당게. 혼례를 허구 나서 해가 바뀌어도 생기지 않던 애기가 왜 하필 그 난리통에 생겼겠어? 뻔혀. 애기 생긴 걸 봐도 즈 남편 코빼기도 안 닮았디여."

"갓난애를 보고 그런 걸 어떻게 알겠어요? 그리고 그런 남자의 애라면 그렇게 애써 낳으려고 했겠어요?"

"누가 낳고 싶어서 낳는디여? 한번 밴 것을 안 낳고 어쩌? 목숨을 끊기 전에야 헐 수 없는 일 아녀?"

그 당시만 해도 임신중절수술이라는 건 보통사람들로선 상상도 못할 때였으니 고모의 말은 틀리지 않았다. 안 낳을 수 있는 방법으로 변종섭 씨가 생각했던 것도 스스로 목숨을 끊는 것에 불과했다. 잔인한 생각일지 모르나 그 여자가 정말 그 남자의 애를 그런 식으로 뱄다면 그 방법으로라도 안 낳는 게 마땅할 것 같았다. 다른 여자라면 모르겠지만 적어도 심정화는 충분히 그럴 수 있는 여자여야 된다고 믿고 싶었다. 따라서 변종섭 씨는 고모나 다른 사람들이 뭐라고 하든 심정화가 낳은 아이는 남편인 홍기범의 아이일 것이라고 단정해버렸다.

"그러나저러나 종섭이가 왜 그 시악씨에 대해서 고로콤 관심이 많디여? 얼굴이 뱬뱬혀서 종섭이도 혹시 그 시악씨를 좋아허는 것 아녀? 만약 그렇다믄 지발 말리는디, 그런 감정은 이 당장 싹 씻어뿌려. 미인박복이라는 옛말 잘 알 것이여. 바로 고로콤 생긴 여자가 남자 잡아먹는 벱이여. 종섭이가 무엇이 부족혀서 그런 시악씨헌티……"

고모의 그런 충고 때문이 아니라 변종섭 씨는 그 이후엔 심정화에 대해 더 이상의 관심을 가지려야 가질 수 없게 되었다. 아무리 잊기 힘든 여자라고 해도 애까지 낳아 그렇게 종적을 감춰버린 여자를 찾아 나설 용기는 나지 않았다. 그러고 보면 심정화에 대한 변종섭 씨의 관심은 사랑과는 거리가 있는 것일지도 몰랐다. 흔히 말하듯이 진실한 사랑이란 목숨까지도 바칠 수 있는 것이어야 한다면 그 여자의 그런 처지가 무슨 그리 큰 문제가 될 수 있었겠는가. 문득문득 보고 싶고, 어디에서 어떻게 살고 있는지 궁금한 건 사실이었지만 세월이 지날수록 그 감정마저도 흐지부지되고 말았다.

서울로 올라와 대학에 진학을 하고, 재학 중에 사변이 터져 참전을 하고, 참전 중에 사람으로서의 마지막 보루마저도 지킬 수 없는 극한에 몰리고, 휴전 후의 그 폐허 속에서, 이미 위험 수위에 육박하도록 황폐해져버린 정신을 더 이상 황폐해지지 않게 안간힘을 다하고…… 비로소 이 세상이라는 것이, 이 세상에서 사람이 산다는 것이 어떤 것인가를 관념적으로가 아니라 실제적으로 어느 정도는 깨달을 수 있는 나이가 되자 심정화에 대해 품었던 감정은 결코 아프지만은 않은 하나의 추억으로 매듭지을 수 있었다.

변종섭 씨는 꽤 늦은 나이에 결혼을 했다. 대학을 졸업하고 직장을 잡은 후에도 오랫동안 어머니와 함께 살다가 어머니가 운명을 하신 후에야 평범한 한 여자를 맞이했다. 서른다섯 살 때 스물여덟 살의 별다른 특징이 없는, 거리 어디에서라도 쉽게 만날 수 있는 여자를 택한 것이다. 택했다기보다 자연스럽게 만났다는 표현이 옳다. 어느 리셉션에서 친구들로부터 소개받은 한 여자가 남달리 자기를 잘 따라 그 여자의 바람대로 동반자가 된 것이니까. 그러니까 사랑이니 뭐니 하는 감정과는 전혀 상관이 없는 결혼인 셈이었다. 자기가 어떻게 그럴 수 있었는지,

자기의 그런 태도는 과연 옳은 것인지, 자기가 생애의 동반자를 만나는데 있어서 그런 태도를 가게 된 근원적인 이유는 어디에 있는 것인지, 그것이 혹 심정화에 대한 추억 때문이 아닌지, 변종섭 씨는 이따금 생각해보았다. 그러나 그것이 결코 심정화에 대한 추억 때문이라는 결론은 나오지 않았다. 심정화에 대한 추억 때문이 아니라 그것은 아마도 특히 참전 때 체험했던 그 기아와 살육…… 사람이 사람으로서의 권리나 긍지를 포기한 상태의 삶을 살아보았기 때문이 아닌가 생각되었다. 그냥 공연히 하는 소리가 아니라 사실이 그렇다는 걸 그리 오래지 않아 확인할 수 있게 되었다.

변종섭 씨의 나이 마흔이 다 되어서였다. 4·19학생의거에 이어 5·16군사혁명이 일어난 지도 몇 년이 지나 이 땅엔 재건이니 새마을운동이니 하는 말들이 일상어처럼 한창 번지고 있었다. 전쟁의 참화가 채 가시기도 전에 부정과 독재의 바람이 휘몰아쳐 이제껏 한시도 마음 편히 살 수 없었던 우리도 이제 정신을 똑바로 차려 열심히 일을 해 제대로 한번 살아보자고 동네마다 확성기로 외쳐대었다. 실제적으로 외국으로부터 엄청난 빚을 져가면서까지 병적이다 싶게 나날이 건물들이 세워지고 길들이 닦이고 산업, 무역 시설들이 늘어갔다. 고도성장이라는 말이 유행어가 되어 있던 그 격동기를 변종섭 씨는 신문사 사회부 기자로 뛰었다.

경찰서, 중앙청 등등의 출입기자를 거쳐 부장 자리에까지 오르게 되었다. 바로 그 무렵에 그 뜻 아니한 일이 생겼다. 심정화를 실로 십칠팔년 만에 만나게 된 것이다. 자주 가지야 못했지만 서울에 살면서도 더러 순천에 다니러 간 적이 있었으나 그사이 어느 누구로부터도 심정화에 대한 소식은 듣지 못했었다. 들려주는 사람도 없었고 알려고 하지도 않았다. 공교롭게도 그 여자가 살던 집만은 사변 때에도 부서지지 않아,

그 집을 보면 생각이야 났지만 이미 보고 싶다는 감정마저도 생기지 않았다. 그런데 그 여자를 그렇게 오랜 세월이 지나 서울에서 만나게 되었다. 오로지 신문사에 몸담고 있는 인연으로 해서였다. 어느 날 신문 사회면의 톱을 심광철이라는, 당시 열아홉 살밖에 안 된 재수생이 차지할 뻔한 적이 있었다. 정부의 꽤 중요한 자리에 있는 한 재벌을 암살하려다가 미수로 끝난 사건을 일으켰기 때문이었다. 사제 폭탄을 만들어가지고 재벌의 집 앞에 숨어 있다가 그가 차에서 내리자마자 던진 것이었다. 폭탄이 터지고 차의 앞창이 부서져 나가기까지 했지만 다행히 재벌이나 운전수는 무사했다. 다만 재벌이 약간의 화상을 입는 정도에서 그쳤다. 폭탄의 성능이 약한 탓도 있었고, 던지기를 잘못 던진 탓도 있었다. 성능이 약한 편이었다고는 하지만 만일 제대로 던졌다면 즉사 아니면 적어도 중상이야 입었을 것이다. 심광철은 곧 붙들려 경찰서로 넘어갔고, 신문사에서는 모두 사회면의 톱을 그 기사로 메울 준비들을 하고 있었다. 변종섭 씨가 몸담고 있던 신문사에서도 그럴 작정으로 철저히 취재했다. 심광철이라는 재수생의 인적사항은 물론 왜 하필 그 재벌을 암살하려고 했는지가 당연히 문제의 초점이 되었다. 그런데 당시 그 경찰서를 출입하고 있던 기자가 써서 넘긴 기사를 훑어보다가 변종섭 씨는 가슴을 덜컹 내려앉게 하는 이상한 사실 하나를 발견했다. 심광철에겐 아버지는 없었고 어머니만 있었는데 어머니 이름이 바로 심정화였다. 물론 세상엔 동명이인이 얼마든지 있지만 그러나 느낌이 이상했다. 느낌만이 아니라 심정화의 나이며 심광철의 나이, 그리고 사건의 내용 등이 자기가 알고 있는 심정화가 틀림없다는 단정을 내리게 하였다. 얼핏 납득이 안 간 건 심광철이 아버지의 성을 따르지 않고 어머니의 성을 따르고 있는 점이었는데 그러나 다시 생각해보니 그것도 그런 단정을 더욱 확고하게 하는 이유의 하나가 되었다. 무엇 때문에 그 재벌을 암살하려고 했는지, 그 재벌과 심광철과는 어떤 관계에 있는지 그것은 아직 확실히 밝혀지지 않고 있었다. 심광철이 계속 묵비권을 행사하고 있기 때문이었다. 이런 추리 저런 추리를 해보고 있는 변종섭 씨에게 출입기자는 말했다.

"원한 관계에 있는 것만은 틀림없는 것 같은데, 그 원한이 어떤 원한인지…… 생존해 있지 않은 범인의 아버지와 과거에 무슨 문제가 있었던 게 아닌가 하는 생각도 듭니다만……"

자기가 아는 심정화가 틀림없다면 심광철의 아버지는 경찰관으로 여순반란 때 죽은 홍기범이 아닌가. 그럼 그 재벌이 홍기범을 죽인? 크게 비약을 하지 않고도 그런 추리는 가능했으나, 그 순간 퍼뜩 머리를 스치고 지나가는 게 있었다. 고모가 들려줬었던 말이었다. 그 아들이 남편의 아들이 아닌, 인민위원회 남자의 아들이라는. 그렇다면 재벌이 바로 그 인민위원회 남자? 심광철의 아버지? 홍기범이 아버지라면 구태여 심광철이 어머니의 성을 따를 필요가 없지 않은가. 생각하면 생각할수록 뭐가 뭔지 뒤죽박죽이 되었다.

그런데 정말 뒤죽박죽으로 만든 건 그런 추리들이 아니라 엉뚱한 것이었다. 편집까지 다 끝낸 그 기사를 모조리 빼라는 상부의 지시였다. 날벼락 같은 그런 일이 처음 있는 일은 아니지만 신문사 안은 발칵 뒤집히지 않을 수 없었다. 뒤집혀봤자 그뿐 상부의 지시를 어길 수 있는 용기를 가진 자는 신문사 안에 아무도 없었다. 젊은 심광철의 장래를 위해선 기사화되지 않는 게 나을 테니 차라리 잘된 일이라고 변종섭 씨도 스스로를 위로하고 말았다. 그러나 기사화야 되든 안 되든 그것과는 별도로 그 내막만은 알아두는 게 자기의 의무일 것 같았다. 옛날의 그 감정이야 이미 사라졌지만 심정화의 그동안의 삶이 궁금하기도 했다. 심정화를 직접 만난다면 사건의 내막은 밝혀질 것 같았다.

변종섭 씨가 주소지로 심정화를 만나러 간 건 꽤 어두워져서였다. 낮에 가게 되면 구속 중에 있는 아들 관계로 집에 없을 확률이 커 일부러 밤을 택한 것이다. 순천의 그 여자 집 앞을 배회하던 일이 꿈속의 일처럼 아득하게 추억되었다. 그때의 그 감정들이 우습다기보다는 소중하게 느껴졌다. 지금은 애써 그런 감정을 가져보려고 해도 가져지지 않았다. 이성을 생각할 때의 가슴 두근거림은 전혀 없고 사건의 내막에 대한 가슴 두근거림만이 약하게 계속되었다. 심정화의 집은 예상보다 훨씬 초라했다. 슬레이트 지붕의 좁은 구옥이었는데 그 집도 자기 집이 아니고 세 들어 사는 집인 듯 주인으로 보이는 다른 여자가 문을 열어주었다. 심정화를 찾자 주인 여자는 변종섭 씨의 위아래를 한번 훑어보고 나서, 광철이 어머니, 손님 오셨으니 나와 보라는 말을 건넌방에 대고 퉁명스럽게 내뱉었다. 혼자 앉아 울고라도 있었던 것일까. 문이 열리며 부석부석한 얼굴로 심정화가 나타났다. 틀림없었다. 나이가 들고 좀 찌들어 있기야 했지만 바탕은 크게 달라져 있지 않았다. 화장기가 전혀 없어 보이는데도 아직 누구든 곱다고 하지 않을 수 없는 얼굴이었다. 눈을 몇 차례 껌벅거리다가 심정화의 입은 반쯤 벌어진 채 닫힐 줄을 몰랐다.

"안녕하세요? 혹시나 했는데 틀림없군요. 저를 기억하시겠죠?"

"정말 어쩐 일이세요? 오래 살게 되니까 별별 일이 다 생기는군요."

"그동안 어떻게 지내셨습니까? 고생이 이루 말할 수 없었겠죠? 순천에서 그렇게 떠나가신 후 곧바로 서울로 올라오셨나요?"

"아니에요. 사변이 끝나고 나서 왔죠. 그 이전엔 장흥에서 살았구요."

"장흥? 거기엔 어떻게?"

"먼 친척 한 분이 살고 있어서…… 지금은 돌아가셨지만……"

"사변 때도 그곳에서?"

"네."

"사변 때 별일은 없으셨구요?"

"더 이상 무슨 별일이 있었겠어요? 이미 생길 일은 다 생기고 난 뒤끝인데."

하긴 그랬다. 이미 가족들이 몰살을 당한 집안에 더 이상의 무슨 큰일이 생길 수 있겠는가. 변종섭 씨는 별 필요 없는 말들로 시간을 오래 끌 이유가 없을 것 같아 잠깐 침묵을 지키다가 말했다.

"이렇게 갑자기 찾아와 이상하게 생각하실지 모르지만, 저는 요즈음 신문사에서 일을 하고 있습니다. 아드님 사건이 터진 후 기자들이 많이 다녀갔겠죠? 기사화는 안 시키기로 이미 결정을 본 사건이니까 그 점에 대해선 안심을 하시고 저한테 혹 들려주시고 싶은 이야기가 있으시다면 듣고 싶어서…… 물론 정화 씨의 그동안의 삶이 궁금하기도 했구요. 저는 당연히 재혼을 하셨을 걸로 생각했었는데 혼자 살아오셨던 모양이죠? 생활은 어떻게?"

무엇을 생각하는 것일까. 지나온 세월을 더듬기라도 하는 듯 심정화는 허공에 시선을 준 채 아무 말이 없었다. 금방 울먹이기라도 할 것 같은 표정이었다. 그러고 보니 아직 곱기는 해도 얼굴에 어려 있는 그늘과 잔주름이 그동안의 세월을 어느 정도는 말해주고 있었다.

"아드님이 왜 그런 짓을? 그분에게 무슨 원한 같은 게 있었던 모양이죠?"

그래도 심정화는 아무 말도 않더니 드디어 눈에 눈물이 맺히기 시작했다.

"대답하시기 어려운 질문이라면 하지 않았던 걸로 하겠습니다. 다만 저로선 누구보다도 처지를 이해할 수 있는 입장이라고 믿고 있기 때문에……"

"죄송해요. 이 문제로 오셨다면 돌아가주세요. 그 애가 왜 그런 짓을 저질렀는지는 저도 몰라요. 그 애가 말을 않는 걸 전들 어떻게 알겠어요?"

심정화는 거짓말을 하고 있었다. 그렇다고 그 여자를 나무랄 수는 없었다. 자청해서 스스로 사실을 말하고 무언가를 호소해 온다면 몰라도 졸라댈 필요는 없을 것 같았다. 그렇지 않아도 사건이 터진 후 경찰에 불려가 그런 문제로 문초를 당하고 나왔을 게 아닌가.

변종섭 씨는 상의할 일이 있으면 연락을 하라고 말하며 명함을 한 장 내주고 돌아왔다. 옛날 일이긴 하지만 한때는 연정 비슷한 감정을 품기도 했었던 그 여자 앞에서 그렇게 담담할 수 있었던 자신이 혐오스러웠다. 사건의 내막을 자세히 안다고 해도 자기가 그 여자에게 무슨 도움을 줄 수 있을 것인가. 아무것도 모르는 채 그냥 묻어버리는 게 차라리 그 여자를 위하는 길이 될지도 모르겠다는 생각이 들었다. 그러면서도 변종섭 씨는 경찰서에 붙들려 들어가 있는 심광철이 어떻게 처리되는지에 대해서 가져지는 관심을 어쩌지 못했다. 경찰서 출입기자에게 날마다 틈만 있으면 물었다.

"풀려나게 되겠죠, 뭐. 기사화시키지도 못하게 해놓고, 그 사건을 확대시키려고 하겠어요?"

기자의 말따나 그게 당연한 처사일 것 같았는데 사실은 그렇지를 않았다. 심광철은 쉽게 풀려나지를 않았고, 대신 심정화가 변종섭 씨를 찾아오는, 혹시나 하면서도 가능성은 아주 희박하게 느껴졌던 일이 며칠 지나지 않아 일어났다. 신문사 부근 다방에서 전화를 걸어와 나가니, 지난번 집에 찾아갔을 때와는 전혀 다른 태도로 나왔다. 한숨과 눈물을 앞세우며 애걸했다.

"지난번엔 죄송했어요. 좀 도와주세요. 어떤 피를 어떻게 물려받았든, 그 애는 제 자식임엔 틀림없어요. 제가 오늘날까지 버티며 살아온 건 그 애 때문인데 그 애에게 무슨 큰일이 생기면……"

고모의 말을 근거로 그런 추리를 해보았다고는 해도 심정화의 입에서 막상 그런 말이 흘러나오자 변종섭 씨는 어처구니가 없었다. 하마터면 헛웃음까지 웃을 뻔했다. 나이가 들 만큼 들어 사람의 삶이라는 것이 어떤 것인가를 헤아릴 수 있게 되었으니 망정이지 젊을 때였다면 더 이상 이야기를 들어보려고도 하지 않고 일어났을지 몰랐다.

"그럼 광철이가 홍선배님의 아들이 아니고?"

"그분 아들이라면 왜 제 성을 따르게 했겠어요? 따지고 보면 죄의 씨지만 생겨난 생명을 어쩌겠어요? 그 애를 위해 전 오늘날까지 안해본 일이 없어요. 양심에 어긋나는 일만 아니면 아무리 고되어도 다 참아내고 견디었어요. 그런데 그 애가 제 뜻대로 커주지를 않는 거예요. 대학 시험에서도 떨어지고 심지어는 이번 같은 상상 못할 일까지……"

"그 사람과는 어떤 관계인데요?"

그렇다면 그 재벌이 바로 인민위원회에 관여했던 남자며 광철이의 아버지냐고 직선적으로 물을까 하다가 변종섭 씨는 그렇게 물었다. 심정화는 잠깐 머뭇거리다가 고개를 숙이며 말했다.

"짐작이 가실 텐데요."

"아버지란 말입니까?"

"그분이야 부정을 하시지만……"

변종섭 씨는 말문이 막혀 아무 말도 못했다. 심정화가 잠긴 목소리로 말을 이었다.

"이제 와서 새삼 아버지를 찾아주려는 생각은 추호도 없어요. 그분이 아무리 그런 위치에 있다고 해도 그것이 소중한 건 아닐 테니까요. 다만 그 애가 별일 없이 크기만을 바랄 뿐인데 어떻게 그 사실을 알았던 모양이에요. 한때 제가 쓸쓸함을 달래느라 일기를 쓰며 산 적이 있는데 그 일기장을 보았는지 어쨌는지…… 한번 비뚜로 나가기 시작하니 걷잡지를 못하겠더니 결국…… 무슨 방법이 없을까요? 그 기사가 신문에 안 난 건 그분 쪽에서 못 내게 했기 때문이라면서요?"

"기사가 나기를 바라십니까?"

"아니에요. 그럴 리가 있겠어요? 문제는 그 애가 무사히 쉽게 풀려나기만 하면 되는 거죠."

변종섭 씨는 가능한 범위 내에서 힘을 써보았다. 다른 방법이란 있을 수 없었고 암살을 당할 뻔했던 그 재벌로 하여금 풀어주게 하도록 그 재벌을 기자들이 성가시게 구는 방법뿐이었다. 생각대로 그 방법은 주효했다. 물론 아무리 성가시게 군다고 해도 그가 풀어주고 싶지 않았으면 안 풀어줬겠지만 그로서도 찔리는 게 있는 이상 고집을 피우지는 않았다. 심광철은 곧 풀려났고, 심정화와 함께 인사까지 다녀갔다. 그후로 그 모자는, 어렵긴 하지만 큰 탈 없이 지내는 것 같았다. 아니, 어떻게 지내는지 한번 인사를 다녀간 후엔 몇 년이 지나도록 종무소식이었다. 그렇다고 그 여자의 집으로 찾아가볼 필요까지는 느껴지지 않아 변종섭 씨는 잊어버리고 지냈는데 그로부터 오륙 년이나 지나서였다. 심정화가 전보다 몰라보게 주름이 많아지고 병색까지 보이는 얼굴에 초라한 차림으로 찾아왔다. 역시 다방에서 전화를 걸어와 나가니 한숨과 눈물을 앞세우고 말했다.

"그사이 인사 한번도 못 와 죄송합니다만 또 어려운 부탁이 있어서 이렇게…… 우리 광철이가 행방불명이 된 지 벌써 일 년이 다 되어가요. 오려니 오려니 기다려도 보았고, 여기저기 찾아다닐 만한 데는 다 찾아보았는데, 죽었는지 살았는지……"

"아무런 이유도 없이?"

"이유는 무슨 이유가 있겠어요? 그동안 착실히 대학까지 다녔는데……"

"아, 대학을 졸업했구먼요?"

"장학금까지 받아가면서 다녔어요."

"무얼 전공했는데요?"

"정치학. 나로서는 정치는 말리고 싶었지만 지가 구태여 가겠다기에 끝까지 말리지는 못했죠. 하지만 대학을 다니면서는 속 한번 썩인 적이 없어요."

"그렇다면 직장을 다니다가?"

"직장은 아직 붙들지를 못하고, 붙들려고 준비를 하던 참이었죠."

"군대는?"

"외아들이라고 해서 단기로 끝냈죠."

"그렇다면 이상하군요. 일 년이 다 되어간다구요? 신고는 하셨나요?"

"하는 게 좋을지 안하는 게 좋을지 머뭇거리다가 벌써 이렇게……"

"하시는 편이 좋았을 텐데, 지금이라도 하시죠, 뭐. 그리고 신문에는 기사를 내는 방향으로 하시고……"

며칠, 몇 달도 아니고 일 년이 다 되어간다니 다른 할 말이 없었다. 의

도적으로 어디에 숨어버렸거나, 아니면 무슨 일을 당한 것이 틀림없었다. 좋은 방향으로 생각하면 무슨 외항선 같은 걸 탔다고도 볼 수 있지만 나쁜 방향으로 생각하면 누구한테 살해되어 암매장되었다고도 볼 수 있었다. 어쨌든 그런 불행한 일이 심정화에게 생겼다는 사실이 안타깝다 못해 짜증이 났다. 신문사에 있는 동안 접해온 그 많은 실종 사건들속엔 별별 해괴스러운 것이 다 있었다. 심지어는 가족이 가족을 죽여 암매장하고 나서 실종 신고를 했다가 발각이 된 일도 없지 않았다. 심광철의 경우 그런 방향으로 의심을 한다면 그전에 암살될 뻔한 그 아버지라는 자를 염두에 둘 수 있으나 아무런 증거도 없이 그런 말을 입 밖에 낼수는 없었다.

변종섭 씨는 짧게 기사를 내주는 것으로 심정화의 불행에 대한 예의를 차렸다. 효과가 있기로 하면 단 한 줄의 기사도 어마어마한 힘을 발휘하는 게 신문이지만 심광철에 대한 기사는 아무런 힘도 발휘하지 못했다. 며칠, 몇 달, 해가 바뀌어도 심정화는 찾아오지 않았다. 그 아들을 보고 살아온 심정화가 그 아들마저 잃었으니 어떻게 살아갈 것인가 암담했지만 변종섭 씨는 그 여자가 찾아오지 않는 한 덮어두기로 마음먹었다.

그러고 나서 어느덧 칠팔 년이 훌쩍 흘러갔다. 세월이 유수 같다는 말은 상투화된 말이지만 틀린 말이 아니었다. 특히 사십대에서 오십대로 넘어오는 건 그야말로 잠깐이었다. 백발이 성성해지고 기력이 떨어지고 기억력이 흐려지고 눈이 침침해지는, 그야말로 인생의 황혼은 자연의 황혼처럼 어떤 아름다운 광망도 없이 쓸쓸하기만 했다. 변종섭 씨는 그런 자신의 인생을, 찾아온 심정화의 인생을 통해 확인했다. 너무 오랜만인 셈이었지만 그렇게 오랜만으로 느껴지지 않았다. 그전과는 비교가 안 되게 달라진 모습이 의아할 뿐이었다.

"그사이 혹 신문사를 그만두시지 않았을까 걱정했는데 그대로 계시니 반갑군요. 논설위원실로 자리를 옮기셨더군요?"

"나이가 들어가지곤 밖으로 뛰기 힘드니 그런 일이나 해야죠. 그때 실종이 되었던 아드님은 찾으셨나요?"

"그렇지 않아도 그 문제 때문에 이렇게 또…… 그때가 아마 칠팔 년 전쯤 되죠? 이제야 비로소 찾았습니다만……"

무슨 헛소리인가 해서 변종섭 씨는 말도 못하고 심정화를 빤히 바라보았다.

"왜요? 믿어지지 않으시나 보죠? 그 애를 찾았다구요. 아, 그 애가 글쎄 이제야 돌아왔다니까요. 하루에도 몇 차례씩이나 눈을 감아버리고 싶다가도 어떻게든 그 애를 만나고 나서 감아야겠다고 생각했더니……"

기다리다 지쳐서 혹시 실성을 한 게 아닌가 하는 의심조차 들었으나 그렇지는 않다는 걸 곧 알 수 있었다.

"언제 돌아왔는데요?"

"며칠 전……"

"그동안 어디에 있었대요?"

"외국에 가서 여러 군데를 돌아다닌 모양이에요. 이제 아주 의젓한 신사가 되었어요.

"정말 잘되셨군요. 내 그럴 줄 알았죠. 저도 보고 싶은데 좀 함께 나오시지 않고……"

"글쎄, 저도 그러고 싶었는데, 무슨 일인지 경찰서에서 아직 풀어주지를 않아요. 무슨 조사할 게 있다고 하면서……"

"그래요?"

그 오랜 동안 외국에 있었다는 사실과 경찰서에서 조사를 받고 있다는 사실이 심한 불안감을 불러일으켰으나 변종섭 씨는 내색을 하지는 않았다.

"설마 그 애가 무슨 일을 또 저지르지야 않았겠죠?"

말은 그렇게 하면서도 심정화는 이미 어떤 사실을 알고 있거나 또는 무언가 짐작이 가는 게 있는 듯 얼굴에 불안의 그늘을 숨기지 못하고 있었다.

"그렇겠죠. 외국에 너무 오래 있다 와서 그런 모양이죠. 염려 마시고 기다렸다가 조사를 받고 나오면 한번 함께 오시죠. 훌륭하게 큰 모습을 나도 보고 싶으니까……"

심정화를 보내놓고 신문사로 들어온 변종섭 씨는 당장 그 경찰서로 전화를 걸었다. 그 경찰서에 파견 나가 있는 기자를 불러 심광철이라는 사람이 무슨 일로 조사를 받고 있는가를 물어보았다.

"아직 정식 발표가 없어 확실한 말씀은 드릴 수 없지만 간첩 혐의 같은데요. 떠도는 말로는 거물간첩단의 주모자라는 설이 있어요."

혹시 간첩 혐의가 아닐까 하는 의심이야 심정화의 말을 들을 때 이미 스쳐 지나갔지만 거물간첩단의 주모자라는 건 너무 뜻밖이었다. 눈물로 범벅된 초췌한 심정화의 얼굴이 퍼뜩 떠올랐다. 떠도는 설이라는 그 말은 단순히 떠도는 설에 머무르지 않았다. 며칠 후, 그의 죄상은 세상에 알려졌다. 그동안의 암약상이 너무 어마어마하여 말이 나오지 않았다. 당장 달려가 그의 멱살이라도 흔들어줘야 심사가 좀 편할 것 같았으나 변종섭 씨는 그 책임이 자기에게 있기라도 한 듯 자리에서 꿈쩍하지도 못했다.

바로 찾아올 줄 알았던 심정화는 웬일인지 한 달가량이나 지나서야 찾아왔다. 반송장이나 다름없이 몰골이며 차림이 말이 아니었다. 넋이 나간 채 아무 말도 못하고 그냥 계속 눈물만 훔쳐내었다. 변종섭 씨로서도 무슨 말을 어떻게 해줘야 할지 몰랐다. 연신 담배만 태우며 한숨만 내쉬다가 그 자리를 모면하기 위한 임시방책으로 명함을 꺼냈다.

"이왕에 이렇게 된 것, 이제 다른 무슨 방법이 있겠습니까? 형이나 최소한으로 줄일 수 있도록 애써 봐야겠죠. 김윤길이라고, 나와 잘 아는 변호사가 있으니까 한번 찾아가보시구려. 내가 전화로 잘 말해놓을 테니까."

그러고는 명함 뒷면에 몇 줄 글귀를 써준 후 김변호사 사무실 약도를 가르쳐주었다. 그러나 김변호사에게 수차례 전화를 해보았지만 끝내 찾아오지를 않았다고 했다. 웬일인가 해서 변종섭 씨가 찾아가보았더니 심정화는 이미 옛날 집에 살고 있지 않았다. 동사무소에까지 가 알아보아도 찾아낼 길이 없었다.

어느덧 해가 바뀌고 공판도 이미 끝난 심광철은 사형 확정을 받았다. 교도소에서 형이 집행될 날만을 기다리고 있는 것이었다. 변종섭 씨는 공판 때마다 공판장엔 물론 교도소로 시간 있을 때마다 면회도 가보았었다. 그러나 그 어디에도 심정화의 모습은 얼씬거리지 않았다. 면회를 가 심광철에게 그동안 언제 한번이라도 어머니가 다녀가신 적이 있느냐고 물었지만 없다는 대답이었다. 그래서 변종섭 씨는 어디에 가 필시 죽은 모양이라고 생각을 해왔었다. 그 불행 속에서도 아들만을 보고 살아온 여자가 아들마저 그렇게 되었으니 무슨 여력으로 살아갈 수 있었겠는가. 그런데 이제까지 죽지도 못하고 어디에서 어떻게 살다가 난데없는 교통사고라니⋯⋯

택시에서 내려 변종섭 씨가 병원으로 찾아가자, 병실 앞 복도에 사십 대의 남자 두 사람이 서서 초조하게 담배를 태우고 있었다. 알고 보니 한 사람은 형사였고, 한 사람은 가해자 측에서 나온 사람이었다. 말대로 심정화는 혼수상태에 있었으나 담당 의사의 말로는 회복이 불가능할 것 같다고 했다. 붕대에 감싸여 이따금 가느다랗게 신음소리만 지르는 심정화의 손마저 잡아주지 못하고 물끄러미 지켜보다가 어디에서 어떻게 되어 그런 사고가 났느냐고 묻자 가해자 측 사람은 조심스럽게 말했다.

"선생님과 어떤 관계에 있는 분인지 모르겠고, 또 이런 말씀 드리면 어떻게 생각하실지 모르겠습니다만 기사의 말로는 좀 실성한 듯 보였다고 합니다. 히죽히죽 웃으면서 춤을 추며 차로 뛰어들어 급정거를 했지만 그만……"

두 사람이 볼일을 보고 돌아간 후 변종섭 씨는 혼자 심정화의 임종을 지켰다. 그날 밤을 넘기지 못하고 숨을 거두었는데, 숨을 거두기 직전 심정화는 눈을 떴다. 감고 있었던 눈을 떠 회복이 되는 게 아닌가 하고, 이름을 불러댔더니 팔을 허공에 휘저을 듯 약간 움직이다가 금방 잠잠해졌다. 그러나 잠잠해진 후에도 계속 눈을 뜨고 있었다. 그 눈을 감겨주는 순간 변종섭 씨는 문득 이제까지의 생애를 살아오는 동안 접했던 그 많은 주검들을 생각했다. 그리고 그들이 질러대는 갖가지 말없는 외침들을 들었다.

ㅎㅅㅁㅊㅅㅋ

그것도 결코 가볍게 넘겨버릴 수 없는 일종의 병일지 몰랐다. 어떤 물체가 그 물체 자체로 보이지 않고 전혀 엉뚱한 것으로 보이는 현상이 언제부턴가 그녀 안에서 일어나기 시작했다. 부엌 싱크대의 수도꼭지가 뱀 대가리로, 가스레인지의 불판이 벌집으로, 밥그릇이 해골로 보이는 따위였다. 물을 받다가 그것이, 널름거리는 혓바닥들로 느껴져 소스라치게 놀라고, 불을 켜다가 그것이, 윙윙거리는 벌들로 느껴져 몸서리를 치고, 밥을 푸다가 그것이, 구물거리는 구더기들로 느껴져 몸을 와들와들 떨었다. 물론 늘 그런 것은 아니고 어쩌다가 가끔 일어나는 현상이긴 했지만 그 현상 때문에 그녀는 거의 신경 쇠약에 걸릴 지경이었다. 아니 이미 신경 쇠약에 걸려 있기 때문에 그런 현상이 일어나고 있는지도 모를 일이었다. 남달리 신경이 강했다고야 할 수 없겠지만 그렇다고 특별히 약했다고도 할 수 없는 그녀가 그런 병에 걸린 건 따지고 보면 그놈의 전화 때문이었다. 한마디로 해괴망측한 전화였었다.

　지난가을, 철에 맞지 않는 비가 구질구질, 광인의 찢어진 옷자락을 연상시키며 내리던 날이었다. 남편이 직장으로 아들이 학교로 떠난 후, 그녀는 설거지와 빨래와 집안 청소를 끝내고 음악을 들으며 거실 소파에 기대어 신문을 읽었다. 그날만이 아니라 그것은 습관화된 그녀의 일상이었다. 신문을 읽고 나서는 책을 읽는데 물론 그 종류는 정해져 있지 않았다. 잡지일 수도 소설책일 수도 철학서일 수도 수필집일 수도 있었다. 그날은 시집을 읽었다. FM에서는 마침 바흐가 흘러나오고 있었다. 바흐를 들으며 시집을 읽다니! 결혼한 지 십 년이 넘은 주부가 혼자 아파트 거실 소파에 기대어 바흐를 들으며 읽고 싶은 시집을 읽을 수 있다니! 그녀는 이런 순간이 있음으로 해서 자신의 삶이 비로소 살 만한 가치가 있는 삶일 수 있을 것이라는 생각을 했다. 그야말로 그 무엇과도 바꿀 수 없는 극도의 평안과 안식이 온몸에 젖어들었다. 대학 시절 독문학을 전공한 관계로 그녀는 우리나라의 작품들 못지않게 독일의 작품들에 대해서도 친근감을 느꼈다. 더러 시내 중심가 서점에 들르게 되면 원서든 번역서든 독일 작가들의 작품집을 한 권씩 사가지고 들어오는 걸 잊지 않았다. 그날 읽었던 건 그 전날 사가지고 온 Ernst Jandl의 시집이었다. 독일에서 크게 이름을 얻고 있는, 실험 시인이라는 상식이야 알고 있었지만, 읽어보니 자기의 취향에는 잘 맞지 않았다. 지나치게 격을 깨뜨리고 있어 어떤 감동보다는 회화적인 느낌을 더 강하게 했다. 「Keucheder Hund」*라는 제목의 시는 이렇게 되어 있었다. hh/und/

---

* 헐떡이는 개.
** 호호/그리고/호호/그리고/호호/그리고/호호/그리고/호호.

hh/und/hh/und/hh/und/hh.** 그녀는 시를 읽다가 그 시의 구절처럼 호호 웃었다. 아무리 실험이지만 어처구니가 없었다. 독일어로 개라는 말인 Hund를 가지고 글자 장난을 해놓고 시라니! 실내에 흐르고 있는 바흐의 선율을 모독하고 있는 것 같아 그녀는 얼굴이 붉어졌다.

문제의 전화가 걸려온 것이 바로 그 순간이었다. 바흐의 선율에 대한 예의를 지키기 위해서라도 그 시집을 더 이상 읽어서는 안 될 것 같아 다른 책으로 바꿔 읽어야겠다는 생각을 하며 책장을 막 덮는데 어떤 경고처럼 전화벨이 울렸다. 반사적으로 그녀는 벌떡 소파에서 일어났다. 아무도 떠오르지 않았다. 늦은 밤에도 좀처럼 전화를 해오지 않는 남편이 난데없이 대낮에 해올 리는 없고, 어쩌면 자기 친구들 중의 누구일지 모른다는 생각이 들었다. 그러나 예감은 빗나갔다. 송수화기를 집어들자, 아무 소리도 들리지 않아 이쪽에서 여보세요! 소리를 연거푸 세 번 하자 비로소 응답이 왔는데 남자인지 여자인지 잘 분별이 되지 않았다. 남자인지 여자인지만이 아니라 그것이 사람인지 짐승인지조차도 확연히 구분되지 않았다. 물론 짐승이 전화를 걸어올 수야 없을 테지만 그 소리만으로는 사람보다 짐승에 더 가까웠다. 방금 전에 읽은 시의 구절보다도 훨씬 더 야릇했다. 웃음소리 같기도 했고 울음소리 같기도 했고 신음소리 같기도 했다. 무엇이 고파 칭얼대는 소리, 헐떡헐떡 금방 숨이 멎을 듯한 소리…… 표현할 수 없는 의성어를 구태여 쓰자면 ㅎㅈㅎㅈㅎㅈㅁㅊㅁㅊㅁㅊㅍㄹㅍㄹㅍㄹㅅㅋㅅㅋㅅㅋ……이라고나 할까. 처음엔 이상해서, 나중엔 호기심에서 송수화기를 놓지 않고 있던 그녀는 어느 순간 자기도 모르게 어머나! 소리를 지르며 놓고 말았다. 갑자기 그것이 교합(交合)할 때 남자가 지르는 소리로 들렸기 때문이다. 그녀의 남편이 내는 소리와는 달랐지만, 그것이 짐승의 소리 아닌 사람의 소리라면 그런 소리로밖에 간주할 수 없었다. 계속 듣고 있는 일이 혼자 숨어서, 무슨 해서는 안 될 짓을 하고 있는 것처럼 몸이 화끈 달아오르게까지 느껴졌다. 도대체 누가 무엇 때문에 그런 짓을! 화락화락 뛰는 가슴을 진정시키려고 애쓰지도 않고 그녀는 아파트의 출입문부터 살폈다. 그 소리의 주인공이 금방 들이닥칠지도 모른다는 두려움이 전신을 휩싸왔기 때문이다. 살피나마나 출입문의 자물쇠 고리는 안전하게 잠겨 있었다. 그런데도 뛰는 가슴은 좀처럼 멎지 않았다. 곧 다시 전화벨이 울리고, 송수화기를 집어들면 그 소리가 계속 들려올 것만 같았다. 멀쩡한 전화기가, 전화기 아닌 한 마리의 짐승으로 변해 보이기 시작한 것은 그때부터였다. 그 전화를 받기 직전 읽었던 그 시 때문이었는지, 짐승 중에서도 이상하게 다른 짐승 아닌 헐떡이는 개로 보였다.

그날 밤 그녀는 직장에서 돌아온 남편에게 그 이야기를 할까 말까 망설였으나 끝내 하지 못하고 말았다. 아무리 십 년 이상 살을 섞으며 살아온 부부간이라도 그 이야기는 쉽게 나오지 않았다. 그 이야기를 하는 순간 어쩐지 자기가 곧 부정한 여자가 되어버릴 것 같은 묘한 생각조차 들었다. 공교롭게도 그날 밤 남편은, 잘해야 열흘 만에나 한 번씩 요구할까 말까 한 자기 몸을 요구했고, 어느 때보다도 거세게 타올랐다. 전화 속에서 들렸던, 헐떡헐떡 금방 멎을 듯하던 그 숨소리만이 아니라 표현할 수 없는 갖가지 그 기성들조차 질러대었다. 남편이야 늘 마찬가지였는데 그녀 자신이 그렇게 느낀 것인지도 몰랐다. 그녀는 계속 전화와 헐떡이는 개만을 연상했다. 몸은 타오르지 않았다. 타오르기는커녕 갈수록 굳어가, 끝내는 남편으로 하여금 짜증을 내게까지 만들었다. 왜 그래, 당신? 네? 왜 그러느냐구? 뭘요? 뭐는 뭐야, 다른 땐 이렇지 않았잖아? 몸이 꼭 시멘트 덩어리 같아. 무슨 걱정 있어? 아뇨. 그런데 왜? 모르겠어요. 내 생각은 말고 당신이나…… 이렇게 말을 해줘도 남편은 한동안은 그녀를 절정으로 끌어올리려고 애썼다. 그러나 땀을 흘리며 아무리 애를 써도 끌어올려지지 않자 나중엔 그녀야 어떻게 되든 상관하지 않고 혼자만 올라갔다.

그날 이후 그녀는 전화를 받는 일이 겁이 났다. 전화벨이 울리기만 해도 화들짝 몸이 움츠러들었고 송수화기를 귀에 가져갈 때는 콧등에 땀방울조차 맺혔다. 따라서 남편이든 아들이든 집에 다른 사람이 있을 때는 가능한 한 그들로 하여금 전화를 받게 만드는 버릇이 생겼다. 그 버릇 때문에 남편으로부터 싫은 소리를 듣기도 했다. 그러나 그 해괴망측한 전화는 다시 오지 않았다. 특히 신경이 더 쓰이는 비가 오는 날에도 오지 않았다. 그러고 보니 그때의 그 전화가 어떤 일시적인 환청이 아니었을까 하는 회의가 불현듯 왔다. 환청이 아니었다면 혼선으로 인한 잡음을 그렇게 들었는지 모르겠다는 생각도 들었다. 그것이 그런 전화에 대한 공포로부터 벗어나기 위한 억지 자위에서 비롯된 것인지는 몰라도 어쨌든 그녀는 차차 정상을 회복해갔다. 전화벨이 울릴 때는 물론 송수화기를 귀에 가져갈 때도 별로 긴장하지 않았다. 그런데 바로 그 무렵에 그 전화와 비슷한 또 한 차례의 해괴망측한 전화가 잠든 의식을 일깨우듯이 걸려왔다. 초겨울로 접어들어서였다. 오전 내내 을씨년스럽더니 오후가 되자 날리는 것 같지 않게 엷은 눈발이 하늘하늘 날렸다. 눈답지 않은 눈이긴 했지만 올 겨울 들어 첫눈인 셈이었다. FM에서는 모차르트가 흘러나오고 있었고 그녀는 거실의 화분에 물을 주고 있었다. 다른 철엔 내내 베란다에 두다가 겨울이 되면 거실로 들여놓는 화분들이 난방 때문에 곧잘 시들어 물을 자주 주지 않으면 안 되었다. 그때 전화가 걸려와 무심중에 받았는데 뭔가 좀 이상했다. 잘 있었니? 라는, 술에 젖어 있는 것 같은 몽환적인 여자의 목소리가 들렸다. 어떤 친구가 낮부터 술을 마셨을까, 그녀는 좀 우스운 생각이 들었으나, 그 친구가 누구인지 전혀 감이 잡히지 않아 무슨 말을 할 수가 없었다. 누구냐고 묻는다면 자칫 실례가 될지도 몰라 주춤거리고 있자 그 몽환적인 목소리는 계속 이어졌다. 나, 지금 막 샤워 끝냈거든. 눈이 와서 기분이 이상해 샤워기 가지고 자위 좀 한 거야. 너도 해봤지? 기분 끝내주지? 어떤 땐 남자가 해주는 것보다도 더 좋잖아? 그런데 오늘은…… 그녀는 깜짝 놀라 반사적으로 송수화기를 귀에서 뗐다. 몽환적이긴 하지만 분명한 내용을 지닌 말소리가 갑자기 끝나고, 또 그전이나 비슷하게 교합할 때나 낼 듯한 기성이 들리기 시작했기 때문이다. ㅈㅎㅈㅎㅈㅎㅊㅁㅊㅁㅊㅁㄹㅍ ㄹㅍㄹㅍㅋㅅㅋㅅㅋㅅ……이라고나 표현해야 할 그 소리는 역시 금방 멎을 듯한 헐떡이는 숨소리를 동반했다. 그녀는 송수화기를 귀에서 떼 긴 했으나 전화를 끊지는 않았다. 그것은 아마 상대가 남자 아닌 여자라 는 사실이 그렇게 큰 두려움을 안겨주지 않아서였을 것이다. 친구는 아 니라도 조금은 아는 여자일지 모르겠고 전혀 아는 여자가 아니라도 두 려움 못지않게 호기심도 유발시켰다. 그녀는 잠시 떼었던 송수화기를 다시 귀에 가져갔다. 이번엔 기성과 숨소리와 목소리가 함께 이어졌다. ……너, 듣고 있지? ……내 소리 듣고 있지? ……너도 해봐. 나랑 함 께 이렇게 깊이…… 전화기가 다시 헐떡이는 개로 변해 보이기 시작한 건 그 순간이었다. 그녀는 헐떡이며 덤벼드는 개를 뿌리치듯 거세게 전 화를 끊었다.

그날 밤에도 그녀는 남편에게 그 이야기를 하지 못했다. 역시 할까 말 까 망설이긴 했으나 이번에는 무엇보다도 전화의 주인공이 남자 아닌 여자라는 사실이 말문을 막았다. 그리고 전화의 주인공이 들려준 그 말—샤워기 장난은 그녀로서도 체험한 바 있어, 남편에게 그 이야기를 할 경우, 자신의 치욕스러운 이야기를 하는 셈이나 마찬가지가 될 것 같았기 때문이다. 일부러 체험하려고 해서가 아니고 가늘면서도 거센 따뜻한 물줄기들로 그 부분을 씻다보면 어쩔 수 없이 그런 기분에 사로잡혔다. 오래 계속할 경우 절정에까지 이를 것 같기도 했지만 그것이 죄를 짓는, 불순한 짓처럼 느껴져 그녀는 야릇한 기분에 사로잡히려고 하면 얼른 샤워기를 다른 부분으로 가져가곤 하였다. 거의 매일 하다시피 하는 샤워인데, 샤워를 할 때마다 자기가 그런 기분에 사로잡힌다는 사실을 남편이 안다면 얼마나 치욕스럽겠는가.

남편에게는 이야기를 하지 못하고 그녀는 친구들에게는 이야기를 했다. 각기 얽매여야 되는 생활 때문에 자주 어울리지는 못하지만 그래도 대학 때부터 이제까지 계속 어울려온 친구들이 있는데, 어쩌다가 어울리게 되면 별별 이야기들이 다 오고 갔다. 결혼 전에는 말을 골라서, 가능한 한 고상한 표정으로 이야기하려고 애쓰던 친구들도 결혼한 지 십여 년이 지나니 입이 그렇게 험해질 수 없었다. 남편과의 잠자리 횟수에 대한 이야기 정도가 아니라, 잠을 잘 때 자기 남편은 자기가 성기를 손으로 잡아주지 않으면 제대로 잠을 이루지 못한다는 정도의 이야기도 서슴지 않았다. 그런 이야기들의 와중에 그녀가 전화와 헐떡이는 개에 관한 이야기를 쏟아부은 것은 결코 부자연스러운 일이 아니었다. 그 이야기를 들은 친구들의 반응은 대략 두 쪽으로 갈라졌다. 어머 세상에, 그런 일이 있었니? 라고 놀라면서 킬킬거리는 쪽과, 넌 바보같이 아직 그런 것도 모르고 있었니? 그게 바로 폰섹스라는 거 아니니? 라고 별로 대수롭지 않게 말하는 쪽이었다. 숫자상으로는 놀라면서 킬킬거리는 쪽보다는 대수롭지 않게 말하는 쪽이 더 많았다. 그녀는 귀가 번쩍 트여 눈을 휘둥그렇게 떴다. 카섹스라는 말은 들어봤지만 폰섹스라는 말은 처음 듣기 때문이었다. 킬킬거리던 쪽에도 그녀와 마찬가지로 눈이 휘둥그레지는 친구가 있었다. 폰섹스? 홋홋, 그런 섹스도 다 있니? 그렇게 되어 터지기 시작한 폰섹스라는 낱말에 대한 이야기의 봇물은 순식간에 실내를 휘돌아 넘쳤다. 뜻밖에도 그녀와 비슷한, 또한 그녀보다 훨씬 더 심한 내용의 전화를 받은 친구가 여럿 있었다. 그 이야기들을 그대로 하다가는 전화 속의 주인공만이 아니라 그 이야기를 하는 사람까지도 성도착증 환자로 취급받을 정도였다. 따라서 그다지 심하지 않은 세 친구의 경우만을 예로 들 수밖에 없다.

남편이 교회 전도사로 있는 친구의 경우. 어느 날 전화를 받자 대뜸 사모님이시냐고 묻는 남자 목소리가 들렸다. 이십대 후반이나 삼십대 초반의 목소리였다. 덮어놓고 사모님이시냐고 묻는 게 좀 이상했지만 그렇다고 아니라고 할 수도 없어 머뭇거리다가, 누구신데 왜 그러시느냐고 했더니 자기가 누구라는 건 밝히지 않고 무조건 자기의 호소를 좀 들어주시겠느냐고 했다. 호소라는 말에, 남편이 전도사로 있을 뿐만 아니라 자기도 나가고 있는 교회가 퍼뜩 떠올라, 들어드려야 될 호소라면 얼마든지 들어드릴 테니 어서 말씀해보시라고 정중히 말하자, 고맙다고, 그러면 말씀드리겠다면서 이런 말을 했다. 내가 지금 옷을 벗고 이불 속에 누워서 사모님 생각을 하고 있거든요. 그러니 사모님도 옷을 벗고 이불 속에 누워서 내 생각 좀 해주시겠어요? 더도 말고 오 분간만…… 별 미친놈도 다 있다는 생각에 금방 욕설이 튀어나오려 했지만, 그런 사람을 좋은 방향으로 인도해줘야 하는 것이 남편이나 자기의 본분임을 생각하고 꾹 참으며 친구는 좋게 타일렀다. 목소리로 미루어 이성을 갖출 나이는 된 것 같은데 사람이 어떻게 전화에다 대고 그런 불량한 말을 다 할 수 있어요? 아무도 보지 않는 것 같아도 하나님은 다 보고 계세요. 생각과 행동을 고치세요. 그러나 아랑곳없이 전화에선 갑자기 거친 숨소리와 함께 기성이 들리면서 이제까지와는 달리 경망스럽기 짝이 없는 반말이 흘러나왔다. 이성? 죄악? 하나님? 웃기지 마. 사람이 별건 줄 알아? 점잖은 체하지 말고 어서 내 말 들어. 어서 어서. 오우 오우. 미칠 것 같애.

남편이 내과의사로 있는 친구의 경우. 개인병원을 가지고 있는데 그날은 일요일이라 휴진을 하고 남편은 등산을 갔다. 그날만이 아니라 일요일엔 거의 언제나 등산을 가, 병원은 쉬어도 남편은 집에 있지 않았다. 그런데 전화가 와 받으니, 어떤 남자가 금방 죽어가는 듯한 목소리로 말했다. 나 좀 살려줘. 어디에 사는 누구라는 것도 밝히지 않고 밑도 끝도 없이 살려달라는 걸 보면 워낙 다급하긴 다급한 것 같았다. 남편은 집에 없지만 병원을 가지고 있는 의사의 부인으로서 매정하게 외면해버릴 수는 없었다. 친구는 말했다. 의사 선생님이 집에 안 계신데요. 누구신데 어디가 어떻게 아파서 그러세요? 말할 힘조차 없는지 남자는 가쁜 숨만을 드내쉬다가 간신히 말했다. 살려, 살려달라니까. 친구도 다급해져 말이 더듬거려졌다. 여, 여보세요. 우리 병원은 응급 환자를 받을 수가 없어요. 종합병원 응급 전화를 가르쳐드릴 테니까 그곳으로 전화를 해보세요. 친구가 전화번호를 불러주자 남자는 여전히 끊어질 듯한 숨소리와 함께 말했다. 아냐, 병원 필요 없어. 당신만 있으면 돼. 먹고 싶어. 당신을 먹고 싶다구. 느닷없는 말에, 이 남자가 죽음에 임박해 실성을 했나 해서 친구가 어리둥절해진 채 뭐라구요? 라고 소리치자, 남자는 이제까지보다는 좀 고른 숨을 쉬며 말했다. 됐어. 끝났어. 다 끝났다구. 좋았어. 아주 기분이 좋았다구.

오 년 전에 남편을 위암으로 잃고 혼자 애들 둘을 키우며 사는 친구의 경우. 남편이 유산을 남겨 생활은 어렵지 않으나 어쩔 수 없이 몰려오는 외로움 때문에 견디기 힘든 때가 많았다. 그렇다고 재혼을 하자니 애들이 걸려 그럭저럭 살아가고 있는데 이런 자기의 처지를 알고 그런 것일까. 어느 날 정체 모를 어떤 여자가 이상한 전화를 걸어왔다. 침대에 누워 잠을 청해도 잠이 오지 않아 이리 뒤척 저리 뒤척 몸을 뒤척이고 있는데 전화가 와 받으니 정감이 넘치게 말했다. 아직 안 자? 무슨 생각 해? 남편? 죽어 옛날에 흙이 된 사람 생각하면 뭐해? 외롭기야 하겠지. 하지만 외로움이라는 건 스트레스와 통해. 스트레스는 적당히 풀면 되는 거야. 춤이 괜찮은데 춤 잘못 추러 다니다가는 크게 다치니까 애들 생각해서라도 그러지는 말고 웬만한 사람 하나 사귀지 뭐. 남자말고 여자. 남자는 좋을 때도 있지만 귀찮을 때가 더 많아. 침대에서도 제 볼일만 보고 끝내는 수가 많잖아? 남자보다는 여자끼리가 더 좋아. 서양 애들이 왜 그렇게…… 친구는 놀라 전화를 끊었다. 처음엔 누구인지는 모르지만 자기를 아는 사람이 그냥 위로해주는 전화인 줄 알았는데, 듣다 보니 자기더러 동성연애를 하라는 이야기가 아닌가. 끊고 나니 어떤 친구가 장난을 한 것인지도 모르겠다는 생각이 퍼뜩 스치고 지나갔는데 그게 아니었다. 끊자마자 곧 다시 걸어와 말했다. 왜 끊어? 내가 뭐 말을 잘못했어? 다 생각해서 해주는 소린데…… 나 아닌 누가 이런 말 해주겠어? 나도 같은 처지에 있는 사람이야. 삼 년 전부터 혼자 살고 있어. 남자 구실도 제대로 못하는 주제에 다른 어린 기집애를 넘보기에 갈라져버렸어. 차라리 후련해. 침대에서도 내 마음대로 할 수 있어 마음이 편하고…… 문제는 누가 이야기 상대만 되면 좋겠는데 마땅치가 않거든. 어때? 앞으로 나와 사귀어보지 않겠어? 만나면 번거롭고 환멸이 느껴질지 모르니까 전화로만…… 알지? 전화로만도 얼마든지 즐길 수 있다는 것? 무엇보다 둘이 소리만 맞추면 되거든. 지금 연습 삼아 한번 해볼까? 그러더니 여자는 기성을 지르기 시작했다.

친구들의 그런 체험담들이 어디까지가 사실이고 어디부터가 과장인지 그녀로서는 알 길이 없었으나 계속 웃음만 나오지는 않았다. 친구들도 마찬가지였다. 한동안 정신없이 웃어대다가 모두들 한마디씩 했다. 참 알다가도 모를 세상이지. 그러게 말이야. 아무리 미친 시대라지만…… 미친 시대라기보다 변태의 시대지. 맞아. 왜들 그렇게 되어가는지…… 그러고 보면 전화라는 것도…… 전화만이니? 모든 문명의 이기라는 게 다 그렇지. 문명보다 이 세월 자체가…… 뭐 어때? 재미있지 않아? 재미? 무섭지 않고?

친구들과 그런 시간을 갖고 난 후부터는 그녀도 그런 전화에 대한 마음의 준비를 어느 정도 할 수 있었다. 그것도 이 세월의 한 풍속이라면 언제까지나 두려워하거나 치욕만을 느끼며 살아갈 필요는 없었다. 세상엔 얼마나 별별 사람들이 별별 짓을 하며 별별스럽게 살아가고 있는가. 따지기로 하면 그런 이상한 짓 정도는 차라리 재미있게 소화해 넘겨버리는 것이 이 세월을 살아가는 현명한 방법이 될지도 몰랐다. 그러나 아무리 그렇게 마음을 가다듬어도 그것이 그리 쉽지가 않았다.

크리스마스가 얼마 남지 않은 어느 일요일이었다. 직장에 나가지 않은 남편이 뜨뜻한 온돌 아랫목 생각이 난다며 아파트의 시원치 않은 난방을 투덜거릴 정도로 날씨가 추웠다. 그런 날의 저녁 식탁엔 얼큰한 육개장 같은 게 어울릴 것 같아 슈퍼에 가 사태살 한 근을 사가지고 들어왔다. 잠깐 나갔다 왔는데도 얼굴이 얼어 멍멍했다. 그러나 더욱 멍멍했던 것은 얼굴이 얼어서만이 아니라 그렇게 언 얼굴을 남편이 이상한 눈

으로 빤히 쏘아보았기 때문이었다. 여간해선 볼 수 없었던 눈빛이며 표
정이었다. 아무런 죄도 짓지 않았는데 공연히 가슴이 뛰었다. 싱크대 쪽
으로 가 저녁 준비를 하려고 하는데도 계속 그 눈빛이며 표정을 거두지
않아 그녀는 말을 던졌다. 왜 그래요? 내가 무슨 잘못한 일 있어요? 그
래도 계속 아무 말 없이 한동안 쏘아보기만 하다가 남편은 미묘한 어투
로 비로소 물었다. 어디 갔다 왔지? 보시면 몰라요? 슈퍼 갔다 왔잖아
요? 으슬으슬 추우시다고 해서 당신 육개장 끓여드리려고 사태살 한 근
사왔어요. 보세요. 그녀는 비닐봉투에 둘둘 말린 쇠고기 뭉치를 꺼내 보
였다. 그러나 남편은 그것은 볼 생각도 않고 소리를 높였다. 슈퍼 좀 갔
다 오는데 시간이 그렇게 오래 걸려? 오래 걸리긴 뭐가 오래 걸렸다고
그래요? 한 시간이 걸렸어요? 두 시간이 걸렸어요? 수상해. 뭐요? 아무
래도 당신 좀 이상하다구. 무슨 말씀을 하시는 거예요. 지금? 내가 뭐가
이상하다는 거예요? 시장 가구를 들고 카바레를 드나드는 부인들이 있
다던데…… 어머, 기가 막혀. 농담이라도 어떻게 그런…… 농담이 아
냐. 전화가 왔어. 뭐라구요? 전화……? 왜? 가슴이 찔려? 말해봐요.
뭐라고 전화가 왔었어요? 그만둬. 이야기를 해보시라니까요. 어떤 전화
였는지…… 빤하지 뭐. 제비족이 뭐라고 하겠어? 제비족? 아녜요. 제
비족이 아니라…… 제비족이 아니라 그럼 누구라는 거야? 따로 사귀는
남자 있어? 어떻게 당신 입으로 감히 그런…… 십 년씩 함께 살고도 나
를 모르시겠어요? 어떻게 알아? 평생을 살아도 부부는 남남이라는
데…… 사귀는 남자 있으면 솔직히 말해. 눈빛이며 표정이야 어떻든
설마 자기를 정말로 의심해서 그런 추궁을 할 만큼 덜 돼먹은 남편은 아
니라고 믿지만, 농담 중에도 가시가 있다고, 그렇게까지 나오는 데야 해
명을 하지 않을 수 없었다. 다른 잘못이야 없지만 이미 두 차례씩이나

그런 이상한 전화를 받고도 이야기를 하지 않은 것만은 생각하기에 따라선 잘못일 수도 있지 않은가. 그녀는 약간 열에 들떠, 헐떡이는 개 같은 두 차례의 그 전화 사건에 대해서 이야기했다. 그리고 자기만이 아니라 자기 친구들 중에도 그런 전화를 받은 친구가 상당수 있었다는 말을 덧붙이고, 당신이 받은 전화가 어떤 전화였는지는 모르지만, 이상한 내용이었다면 아마 그런 유형의 것일 게 분명하다고 못박았다. 이야기를 듣고 난 남편은 여느 때와는 다르게 한바탕이나 낄낄낄 미묘한 웃음을 웃었다. 순간적으로 그 웃음이 전화 속의 기성처럼 들려 그녀는 소리쳤다. 징그러워요. 그렇게 웃지 말아요. 그래도 남편은 한바탕 더 그렇게 웃어대더니, 아까와는 전혀 다른 눈빛과 표정으로 그런 일이 있었느냐면서 고개를 갸웃하며 중얼거렸다. 아닌데…… 내가 받은 전화는 그런 게 아니었는데…… 그런 게 아니라면……? 오늘만이 아니라 그전에도 가끔 당신이 없을 때 내가 전화를 받으면 이상하게 그냥 끊기곤 했었거든. 언젠가는 당신이 옆에 있을 때도 그런 전화가 와 내가 투덜거린 적이 있었잖아? 그런데 오늘은, 내가 송수화기를 들고도 미처 아무 말도 하지 않고 있으니까 저쪽에서, 여보세요! 하는 젊은 남자 목소리가 들리더란 말이야. 그래서 누굴 찾으시냐고 했더니, 무조건 부인을 바꾸라고 하잖아? 부인이라니, 누구신데 어떤 부인을 찾느냐고 하니까, 대뜸 당신 부인 말이야, 라고 언성을 높이는 거야. 그래서 기분이 나빠 내가 더 따졌더니 큰소리로, 안 바꿀 거야? 바꾸기 싫으면 그만둬. 이 새끼야! 라면서 끊어버리잖아. 아니, 그런 사람을 그냥 둬요? 그냥 두지 않으면……? 그걸 가지고 경찰서에 알려 수사를 하게 할까? 하긴 무슨 방법이 있겠는가. 그래서 자기도 자기 친구들도 모두들 어쩌지 못하고 당하고 말았던 게 아닌가. 그녀가, 자기의 잘못으로 인해 발생한 일이라도 되는 것처럼 민망해하고 분해하자 남편은, 속으로는 여전히 찜찜할 텐데도 오히려 위로하듯 웃기려고 애썼다. 당신 목소리가 너무 곱고 섹시한 게 유죄야. 앞으로 또 그런 전화가 오거든 아주 성깔 사나운 노파같이 정떨어지는 목소리를 내어보라구.

　그날 남편과는 그런 식으로 그럭저럭 넘어갔으나 그 해괴망측한 전화로 인한 소동은 그 정도로 끝나지 않았다. 그녀나 그녀 친구들이나 그녀 남편만이 당한 일이 아닌 듯 나중엔 그녀가 사는 아파트 단지 내 반상회에서까지 거론될 지경이 되었다. 그날의 반상회는 연말연시를 당해 특히 문단속을 잘해야 된다는 이야기부터 시작되었다. 한동안 지상을 떠들썩하게 한 가정 파괴범들과 그들에게 처해진 극형 이야기와 함께 그런 자들로부터 위험한 사태에 이르게 되면 어떻게 대처해야 된다는 이야기들이 나왔다. 이어서, 덤핑 판정이네 뭐네 해서 수출의 길이 막히는 등 갈수록 경기 사정이 안 좋아지고 문을 닫는 회사들이 많아져 실업자들이 늘어나는 통에 세상이 자꾸 살벌해진다는 이야기 끝에 누군가가 불쑥 전화 이야기를 꺼냈다. 자기네 집에선 밤낮을 가리지 않고 가끔 이상한 전화가 걸려와 남편이 신경질을 내다 못해 전화기를 내동댕이쳐 박살이 난 일이 있었다는 이야기였다. 그 이야기가 나오자 여기저기서 갑자기 웅성거렸다. 웅성거리는 모두들 자기네 집에서도 그와 비슷한 일을 당했다는 것이었다. 전화기를 박살 낼 수까지야 없었지만 그런 전화를 받을 때마다 속이 뒤집혀 밥 먹은 게 넘어올 정도라고 했다. 한 부인은 말했다. 전화를 어른들이 받을 때나 그랬으면 그래도 좀 낫겠어요. 애들이 받을 때도 그러니 원…… 한번은 국민학교에 다니는 우리 집 딸애가 전화를 받더니, 엄마 이게 무슨 소리냐면서 이상한 얼굴로 나한테 수화기를 내밀지 않겠어요? 그래서 받아봤더니 이거야 정말……

다른 한 부인은 말했다. 말도 마세요. 우리 집에는 어떤 여자가 새벽 한 시쯤에 전화를 걸어 아빠를 찾아요. 수상하게 생각됐지만 일단 바꿔줬죠. 그랬더니 글쎄 그 여자가 지금 자기 옆에 약병이 있으니 알아서 하라고 협박을 하더래요. 그 전화를 끊으면 약을 먹고 죽겠다는 거지요. 그러면서 아빠더러 전화에다 대고 키스를 열 번만 해달라고 하더라나 뭐라나…… 아빠와 무슨 사연이 있는 여자가 아니고서야 그럴 수 있겠어요? 그런데 꼬치꼬치 캐물어도 절대로 모르는 여자라는 거예요. 아무리 그럴 그이가 아니라고 해도 사람 속은 모르는 거라는데 믿어야 할지 어쩔지…… 그런데 오늘 이야기들을 듣고 보니까 정말 모르는 여자일지도 모르겠다는 생각이 드는구먼요. 어떤 미친 여자가 그런…… 키스를 열 번만 해달라고 했다는 이야기 때문인지 웃는 사람들이 많았다. 그녀는 웃음보다도 퍼뜩 Ernst Jandl의 시가 떠올랐다. 자기한테는 취향에 맞지 않아 읽다가 처박아둔 시집을, 며칠 전에 마땅히 읽을 만한 책이 없어 다시 꺼내 훑어보았더니 「Der Kuss」*라는 제목 밑에 그런 시가 있었다. ja ja/ja ja/ja ja/ja ja/ja ja/ja ja/ja ja/ja ja/ja ja.** 그걸 보니 키스라는 아름답고 황홀한 행위가 아주 미묘하고 우스꽝스럽게 느껴졌는데 전화 속의 그 여자가 요구한 키스가 바로 그런 키스일지 모르겠다는 생각이 들었다.

반상회가 있던 날 밤에도 남편은 그녀의 몸을 요구했다. 이상하게 그 날 밤따라 남편은 많은 키스를 퍼부었다. 역시 남편은 언제나 마찬가지

---

* 키스.
** 그래 그래/그래 그래/그래 그래/그래 그래/그래 그래/그래 그래/그래 그래/그래 그래/그래 그래.

였는데 그녀 자신이 그렇게 느낀 것인지도 몰랐다. 반상회 때 부인이 들려준 키스 이야기와 그 시 속의 키스가 뒤죽박죽이 되어 떠올라 그녀는 남편과 호흡을 맞출 수 없었다. 몸이 전혀 타오르지를 않아 남편의 행위가 짜증스럽기까지 하였다. 어느 때보다도 오랜 시간을 끌어 사정을 끝낸 남편이 혼자만 절정에 이른 것에 대한 미안함을 감추지 못하는 말투로, 그러나 힐책하듯 말했다. 당신, 정말 왜 그래? 아주 불감증 환자가 되어버린 거야? 미안해요. 상식적인 이야기지만 이 행위는 상대를 만족시킴으로 해서 오는 만족이 더 큰 거야. 남자로서의 체신이 서지를 않잖아? 대체 이유가 뭐야? 의심을 하지 않으려고 해도 당신이 이러니 자꾸 이상한 생각이 든단 말이야. 어쩌다가 한 번이라면 내가 말을 않겠어. 그런데 요 몇 달 동안 계속 그랬잖아? 모르겠어요. 나도 왜 그러는지…… 그때 그 전화를 받은 이후부터 줄곧 이 행위가…… 전화? 아, 그전에 말했던 그 괴상한 전화? 그 전화가 요즈음에도 온단 말이야? 요즈음에 내가 직접 받지는 않았지만 오늘 반상회에서도 그 이야기가 나왔어요. 이야기 들으니까 이 아파트 단지 내에서도 한두 집만 겪은 게 아닌 모양이에요. 다른 집들도……? 그렇다면 당신만 당하는 일도 아닌데 뭘…… 그래도 자꾸 생각이 나고 두려워지고 이 행위 자체가 추악하고 혐오스럽게만 느껴지니 어떻게 해요? 심지어는 전화기가 헐떡이는 개처럼 보이고, 전화기만이 아니라 눈에 보이는 물건들이 온통 징그러운 것들로만 보이니…… 당신은 그래서 탈이야. 책 읽는 걸 좋아해서 그런지 어쩐지 너무 예민해가지고…… 예민하지 않더라도 그렇죠. 그게 어디 보통 일이에요? 보통 일이 아니라도 시대가 그런 걸 어떻게 해? 그렇다고 전화를 떼어버리고 살 수도 없고…… 살 수 없는 거야 아니지. 정 문제가 된다면 떼어버리지 뭐. 그래서 어떤 집에선 전화기를 박살까지 냈다잖아요? 하지만 박살을 낸다고 해서 될 일이에요? 집에 전화가 없다고 전화를 안 쓰며 살 수는 없잖아요? 집에 전화가 없으면 최소한 그런 전화로 인한 불감증은 안 생길 거 아냐? 이미 귓속에 머릿 속에 의식 속에 들어와 박혀 있는 그 소리들을…… 그렇다면 큰일이 군. 병원에라도 가보든지 해야지, 계속 이렇게 불감증 환자로 살 수는 없잖아? 불감증이 바로 변태의 시작인 거야. 이 불감증을 그대로 방치 하다가는 잘못하면 당신도 그 전화 속의 주인공처럼 될지도 몰라. 아니 당신, 미쳤어요? 무슨 그런 끔찍한 소릴…… 그 주인공들도 분명히 괴 물이 아닌 사람이야. 당신만이 아니라 사람이면 누구라도 어느 경우에 처하면 그렇게 안 된다는 장담은 못해. 세상의 누가 미치고 싶어 미치고 짐승이 되고 싶어 짐승처럼 되겠어? 그럼 당신은 그런 사람들을 이해할 수 있다는 거예요? 이해하겠다는 게 아니라, 그런 자들과 같은 시대를 살고 있는 이상, 견딜 수 있는 힘은 길러야지. 그렇지 않고는 그런 것들 에 신경이 지쳐 불감증 환자가 되고, 끝내는 그자들처럼 변태적인 행위 를 할지도 모르는 일이니까. 그만 이야기해요. 머리 어지러워요. 그녀는 고개를 내저으며 이불을 뒤집어썼다.

바로 이때였다. 또 누구에게서 왔는지, 뒤집어쓴 이불을 세차게 걷어 붙이듯 머리맡 스탠드 옆 전화기가 요란하게 벨소리를 내며 헐떡이는 개로 변하기 시작했다.

잠, 오오
머리 둘 곳

천장을 향해 누워 있다가 왼쪽으로 돌아눕는다. 춥다. 몸을 움츠리며 이불을 머리에까지 끌어올린다. 답답하다. 약간 훈훈하고 안정감은 드나 숨이 막힌다. 묻혀 있는 것 같다. 산 자의 암장(暗葬). 이불을 밀어 내린다. 목 부근까지만 밀어 내리다가 아주 어깨 밑으로 밀어 내린다. 살 것 같다. 춥긴 하나 숨은 좀 트인다. 숨. 오 쓰레기통 같은, 고기 한번 제대로 썰어보지 못한 부엌칼의 칼빛 같은, 지하역 철로에 내려가 달려 오는 전동차를 향해 오줌을 깔기는 취객의 주정 같은, 집을 나가 영영 돌아오지 않는 미친 친구의 웃음소리 같은, 돌 벽에 머리를 짓찧고 죽은 소송에 집을 빼앗긴 이웃집 남자의 손에 쥐어진 집문서 같은 세월의 숨. 숨에 온 신경을 집중시키고 크게 내쉬어본다. 한 번만이 아니라 두 번, 세 번, 네 번, 계속 크게 내쉬어본다. 죄를 짓는 것 같다. 숨을 크게 내쉬 는 것이 죄인 것처럼 갈수록 심장이 격렬히 뛰고 머릿속이 쇳소리가 날 것처럼 쩌렁쩌렁해간다. 이렇게 밤을 새워놓고는 내일은 직장에 나가 또 하루 종일 피로를 의식해야 할 걸 생각하니 아득하다. 직장이란 대부분이 다 어떻게 하면 보수는 최저로 주고 부려먹기는 최고로 부려먹을 수 있을까에 대해서만 늘 궁리하는 것 같다. 이용 가치가 있을 때는 별별 수단을 다 동원해 실컷 이용해먹고 이용 가치가 떨어지면 가차 없이 잘라버리는…… 세칭 검인정교과서부정사건의 여파를 핑계 삼아 회사를 축소시키는 바람에 억울하게 잘려 나간 동료들이 떠오른다. 회사에서 벌여준 게 아니라 언제 같은 처지가 될지 모르는 힘없는, 남은 말단 동료들이 몇 푼씩 갹출하여 벌여준 송별연석상에서 술에 취하자 그들 다섯 명의 동료들은 자기가 잘린 이유에 대해서 모두 한마디씩 했다. ……알아요, 알아. 내가 이번 명단에 왜 끼였는지를 나도 다 안다구요. 보나마다 그때 그 사건 때문이겠죠, 뭐. 야근비투쟁사건. 국경일은커녕 일요일도 쉬어주지 않으면서 야근까지 시켜놓고 수당도 주지 않아 내가 그때 사장실로 올라간 일이 있지 않소? 나도 겁 없지. 지금만 같아도 달라졌을지 모르는데 그때야 뭐 뭐가 뭔지나 알았소? 그때 생각으론 아무리 생각해도 사람의 도리로는 그럴 수가 없을 것 같아 달려가 따졌던 것인데 사장은 내가 가소롭던지 먼저 웃기부터 합디다. 그러고는 내가 자세히 이야기하기도 전에 무슨 이야기인지 알겠고 내가 충분히 고려할 테니 내려가 근무하라고 합디다. 그러더니 오늘 이 꼴이 아니오? …… 그래도 박형은 그런 걸 그렇게 따지기라도 하다가 이렇게 됐으니 체면은 좀 서겠소. 하지만 나는 뭐요? 아무리 새겨보고 되새겨봐도 나로선 한번도 잘못한 일이 없었던 것 같은데 이렇게 됐으니 누구한테 무슨 말을 하겠소? 다들 알겠지만 나는 지각 한번도 한 일이 없는 사람이오. 일을 능률적으로 못해서 그런 건지 모르지만 따지고 보면 내가 그렇게 못하는 편도 아닐 거요. 그런데 생각해보니 꼭 한 가지 좀 꺼림칙한 일이 있긴 있었소. 언젠가 대변이 급해 화장실에 가 문을 열었더니 사장이 쭈그리고 앉아 있다가 주춤 어쩔 줄을 모릅디다. 사장한테 그 버릇, 대변을 보면서 문을 안 잠그는 그런 버릇이 있는 줄 누가 알았겠소? 아마 문을 완전히 닫아 잠그면 냄새가 나서 잠그지 않고 헐멍히 열어놓은 채 냄새를 빼내느라고 그랬던 모양인데 내가 그런 걸 알았어야 말이죠. 나도 다른 때는 노크를 하는데 헐멍히 열려 있는 것 같아 아무도 없는 줄 알고 노크를 하는 둥 마는 둥 다급히 열어젖혔던 것인데 그런 꼴을 하고 있더란 말이오. 그래서 그때 민망한 적이 있었는데 사장으로서도 자기 회사의 말단 사원한테 자기 치부를 드러내 보인 셈이 되었으니 기분이 이상하긴 좀 이상했을 거요. 따지고 보면 그 일 한 가지밖에 꺼림칙한 게 없는데 이번에 내가 걸린 걸 보면 틀림없이 그것이 문제가 되었던 것 같소. 하지만 그것이 어디 내 잘못이오? 사장만이 사용할 수 있는 사장 전용의 화장실을 만들어놓았더라면 어찌 그런 일이 있을 수 있겠소? ……하하 재미있는 이야기군. 그러고 보니 윤형은 사장의 일팔륙을 보았다는 이야기가 아니오? 일팔륙을 본 죄로 이번 대열에 끼였다면 그것도 억울할 건 없을 것 같소. 금테를 둘렀다든가 보조개를 가진 계집년이 아니면 어떻게 감히 사장의 일팔륙을 구경할 수 있겠소? 그런데 그렇게 의젓하고 당당하게 사장의 일팔륙을 보았다니 그거야말로 모가지를 내놓아도 뭐가 아깝겠소? 그런데 나는 어떤 사연인지 아오? 나는 일팔륙은커녕 사장의 사자도 모르는 입장이오. 사장과는 직접 대면해서 이야기 한번 한 적도 없고, 언제던가 다만 먼빛으로 사장이 어떤 깔치하고 골목길을 걸어가는 걸 본 적이 있을 뿐이오. 도색영화의 모델 같은, 먼빛으로 봐도 잘 빨고 잘 돌리게 생긴 깔친데, 하지만 그때 나만 봤지 사

장이 날 본 건 아니니까 그것이 문제가 되지는 않았을 것이오. 그런데
사장보다 그 부장이라는 작자, 우리들 그 쥐꼬리 봉급에서 몇 푼씩 떼어
봉투를 만들어줘야 헤헤거리는 밥맛 떨어지는 작자. 하도 밥맛 떨어지
게 놀기에 지난 생일 때는 에라 모르겠다 입 싹 씻고 집으로 찾아가지를
않았더니, 아마 그것이 이번 꼬투리가 된 것 같소. ……허허 그러고 보
니 정형도 뭐 억울할 건 없겠소. 그렇게 생긴 사장 깔치도 보고 생일 때
부장을 안 찾아가는 오만까지 부려보았으니 말이오. 그런데 나는 뭐요?
사장한테는 물론 부장한테도 언제 한번 얼굴 바로 들고 이야기한 적도
없고 생일은 물론 조그만 명절 때도 건너뛴 적이 없는데 어째서 이번에
이렇게 됐는지 도문지 영문을 모르겠소. 이유가 있다면 그때 그 가불 건
밖에 없는데 그거야 살자니 어쩔 수가 없었던 것 아뇨? 그달 봉급 받은
것 마누라 입원비로 쓰고 나니 살아갈 길이 있어야 말이죠. 그래서 가불
용지를 내밀었던 건데 그걸 보고는 부장이 대뜸 그럽디다. 왜 자네는 항
시 이 모양이냐고. 남들은 그 봉급 가지고도 모아서 집도 사고 부동산
투자도 하는데 자네는 아직 집도 못 장만하고 있으면서 늘 이렇게 쪼들
리기만 하니 그 이유를 모르겠다고. 말하는 꼴이 꼭 내가 어디다 기집이
라도 숨겨놓고 기집질을 하느라고 그렇게 쪼들리는 게 아니냐는 투더라
는 이야기요. 그러더니 이번에 그만…… 헤에, 못나빠지긴들…… 자
기네들이 일 못해서 잘렸다고 생각지들은 않고 순전히 핑계들만……
아무리 쥐꼬리 봉급에서 떼어서 모아 매달 봉투를 건네야 신경질을 덜
부리는 부장이라 할지라도 세상에 가불 좀 했다고 목까지 자르는 사람
이 어디 있겠소? 그것은 오해요. 송형은 아마 제 발이 저려 기집질 어쩌
고 하는 모양인데 그렇게 생각할 사람 아무도 없소. 송형은 돈을 주체
를 못해도 기집질은 못할 위인이라는 걸 다들 알고 있단 말이오. 물건

이 좋다면 모르지만 보나마나 생긴 것처럼 시들시들할 텐데 거기다가 기집질까지 한다면 그 양기를 무얼로 다 보충하겠소? 내가 생각할 땐 다른 사람은 몰라도 송형이나 나는 일을 못해서 떨려난 것 같소. 여러 소리 할 것 없소. 자, 이제 그 구질구질한 이야기들 그만 하고 술들 마십시다……

　왼쪽에서 오른쪽으로 돌아눕는다. 역시 춥다. 몸을 움츠리며 이불을 몸에 휘감는다. 섬뜩하다. 염포(殮布)에 묶인 것 같은 느낌이 든다. 살아 있나? 지금 분명히 내가 살아 있긴 살아 있나? 애써 염포를 다시 푼다. 살아 있는 것이 아니라 숨만을 쉬고 있는 자들의 떼. 유행가 가사 속의 한 같은 그런 한을 허리띠처럼 두르고 있는 이웃들. 엉뚱한 곳에 갇혀 있거나 자기 무덤을 파고 있거나 거리에 내동댕이쳐져 있는 사람들. 열심히 살다 못해 반미치광이가 되어 발악을 하며 살아가고 있는 사람들. 추위 속 소란한 거리에서 보았던 노인이 떠오른다. 무언가를 팔기 위해 자칭 산 귀신 행세를 해가며 열을 올려 쌍소리를 섞어 군중을 모으던 노인이다. 내가 누군 줄 알어? 모르지? 귀신이여. 살아 있는 귀신이라고. 왜 살아 있는 귀신인지는 두고 보면 알 거여. 내 나이가 몇 살로 보여? 아마 내 나이를 예순 살 이상으로 볼 사람은 드물 거여. 그렇지만 일흔세 살이여. 일흔세 살 먹어가지고 땅재주를 넘고 십팔계를 한다면 곧이듣겠어? 손가락으로 튕겨서 맥주병을 깨뜨리고 쇠못을 새끼 꼬듯 배배 꼰다면 곧이듣겠느냐고? 산 귀신한텐 그런 건 아무것도 아녀. 내 팔을 누가 무슨 끈으로든 둘 다 꽁꽁 묶어봐. 묶인 그대로 앉아서 내 옷들을 하나하나 뒤집어 입어볼 테니. 빤쓰까지는 곤란하지만 내복까지는 뒤집어 입어보겠어. 아니 빤쓰도 상관없어. 아직 내 물건 팔팔하니까. 서른서너 살 먹은 난다 긴다 하는 계집 서넛쯤 갖다 붙여봐. 아직 끄떡 없을 테니까. 이 가운데 젊은이들 하룻밤에 몇 탕씩이나 뛸 수 있어? 나와 내기할 테면 해봐. 이래 봬도 어젯밤에도 스물다섯 살 먹은 애허고 세 탕이나 뛴 몸이여. 그렇지만 보라구. 내가 어디 한구석 팔팔하지 않은 데가 있어? 산 귀신이 되면 다 그런 거여. 이제 스물두셋 먹은 놈이 하루에 용두질 한 번 하고 눈앞이 뇌래져 비틀비틀허는 꼴 나는 못 봐. 불알 밑이 항상 후줄근히 젖어서 냄새 피우는 젊은이들 정신 차려. 사람은 그것 힘 떨어지면 볼장 다 본 거여. 내가 이런 이야기 하니까 어엉, 알겠다. 저 영감태기 약 팔려고 그러는구나라고 도망갈 준비할 사람 있을지 모르는데 염려 마. 나 약 안 팔어. 요즈음엔 옛날처럼 그렇게 멍청한 사람들 없어. 옛날엔 흙에다 아주까리기름 좀 섞어가지고도 말만 잘하면 만병통치약으로 팔아먹었지만 지금은 그런 걸 믿을 사람 아무도 없어. 뱀도 그래. 좋은 걸로 잘 골라 정성 들여 잘 고아 먹으면 좀 괜찮지만 그렇지 않으면 다 소용없어. 전기에 말린 것이라고 하며 알이네 자지네 하는 것들을 섞어서 직접 가루 내어 주는 것 다 소용없는 것들이야. 한번 고아서 진짜 약이 될 진국은 이미 다 팔아먹고 남은 찌꺼기를 그렇게 해주는 거야. 거리에 이상한 화로를 내다놓고 갖가지 뱀을 수십 마리씩 집어넣어 기름을 짜 즉석에서 캡슐인지 무슨 깍진지에 넣어주는 것 그것도 마찬가지야. 그 화로 뜯어본 사람 있어? 만약에 그 속에 불이 안 들었다면 어떡하겠어? 불이 들어 있다고 해도 그 구멍에서 나오는 기름이 뱀의 기름이 아니라 무슨 생선 찌꺼기 같은 것의 기름이면 어떡하겠느냐고? 그리고 설사 그것이 뱀의 진짜 기름이라고 해도 그게 약이 될 것 같애? 그것 먹는다고 죽은 자지가 불끈불끈 일어설 것 같냐고? 그렇다면 정말 세상에 양기 없을 사람 없게. 예펜네 하나 충족시켜주지 못해 날마다 바가지 긁히는 남자가 어찌 있을 수 있겠느냐고? 다 소용없는 것들이야. 그런 것들 먹어선 힘 못 써. 그럼 뭘 먹어야 일흔 살 먹어서도 세 계집쯤 거느릴 수 있냐고? 가만있어. 그렇게 함부로 가르쳐주는 비방이 아냐. 아까도 이야기했지만 나는 약 팔려고 이러는 게 아냐. 약이란 원래가 신체의 한 부분에 이가 되면 다른 한 부분엔 해가 되는 거야. 폐를 고치기 위해서 약을 먹으면 폐가 좋아지는 대신 위가 나빠지고 위를 좋게 하려고 약을 먹으면 위가 좋아지는 대신 간이 나빠지는 거야. 그럼 무얼 먹어야 되냐고? 먹는 게 아냐. 먹는 건 밥만 잘 먹으면 돼. 실컷 달아오르게만 해놓고 제 볼일만 보고 내려오는 조루증, 예펜네가 세 번, 네 번 소리치며 기절할 지경이 되어 늘어져도 끝내 쏟지 못하고 땀만 흘리다가 말아버리는 음위증, 그런 것만 없으면 돼. 그런 것이 있으면 어떡하냐고? 그런 때는 먹는 게 아니라 껴야지. 끼라니까 그 물건에다 끼는 낙타누깔인지 무엇인지쯤으로 알지 모르는데 그게 아니라 이거! 바로 이거! 닫아둔 조그만 상자를 열더니 한 개를 꺼내어 들어 보이는데 아무리 눈을 씻고 봐도 거리 아무 곳에서나 쉽게 볼 수 있는 모조품 금반지다. 그걸 보고는 군중 가운데의 몇몇은 재수 없다는 듯이 한마디씩 지껄이며 떠나간다. 미친 영감 아냐? 내가 늙어서도 저 꼴이 되면 어쩌누? 쯧쯧 뭐니 뭐니 해도 늙을 때 곱게 늙어야지…… 그래도 아랑곳없이 노인은 이어서 떠들어댄다. 이 반지, 이 반지가 어떻게 그런 신기한 힘을 발휘하느냐? 우리 사람의 몸에는 피가 흐르는데…… 결국 물건은 한 개도 팔지 못하고 노인은 거리를 단속하는 경찰한테 끌려간다. 끌려가면서 이런 말을 한다. 날 데려가서 어쩌자는 거요? 이 산귀신을 데려다가 어쩔 셈이냐 말이오? 경찰이면 다인 줄 아쇼? 나는 독립투사요. 일제 때는 일본놈을 꼼짝 못하게 만들고 해방이 되어서는 자식을 둘씩이나 나라에 바친 애국지사란 말이오……

오른쪽에서 다시 천장을 향해 반듯이 눕는다. 역시 춥다. 불을 때도 때나마나 죽은 자식 이마빼기 같은 방. 사람이 방바닥의 덕을 보는 게 아니라 방바닥이 사람 덕을 보려는 방. 있으나마나 한 벽, 있으나마나 한 문, 있으나마나 한 창. 바깥이 방 같고 방이 바깥 같은 피난 시절의 하꼬방을 압도하는 방. 습기가 차 곰팡이 핀 곳이 누덕누덕 신문지로 기워진 방. 기워진 신문지 위에 다시 곰팡이가 피어 전위화가의 습작품을 연상시키고 있는 방. 신문지. 썩어가는 신문지. 송장 냄새를 풍기는 신문지…… 친구놈이 떠오른다. 종합병원 정신과에 근무하는 놈. 몇 년 전에 수련의 과정을 마치고 이제 어엿한 의사가 된 놈. 의사답지 않게 왜 그리 죽을상이냐? 말도 마라. 죽갔다. 너도 텔레비전 배우 흉내니? 죽갔긴 왜 죽어? 왜 그리 환자들이 많이 늘어나는지…… 즐거운 비명이구나 자식. 환자가 많이 늘어나야 먹고살지. 미련한 녀석, 넌 왜 그리 항상 무식하냐? 종합병원에 있는 놈이 환자가 많아야 먹고사는 줄 아니? 그런가? 그렇다면 어서 따로 병원을 차려 개업을 해야 되겠군. 싫다. 그 돈 있으면 차라기 다방을 경영하겠다. 다방? 하하 왜 하필 다방이냐? 그래야 재미 좀 보지. 재미라니? 왜 이리 무식해? 그것도 몰라? 다방 애들 삼삼한 걸로 데려다 놓고 먹고 갈아치우고 먹고 갈아치우고…… 그러면 골고루 맛 좀 볼 거 아냐? 하하하 자식, 난 또 무슨 소리라고…… 너 같은 놈이 의사 노릇을 하고 있으니…… 야 이 자식아 다방 주인들이 다방 애들 건드리는 줄 아냐? 건드렸다 하면 재수 없어 문닫게 된다는 것 몰라? 어허 너 같은 놈이 그런 건 또 어떻게 알지? 많이 먹어본 모양이구나? 하, 자식 왜 이리 저질이 됐어? 맹호가 풀 먹는다는 소리 들었냐? 환자들을 네가 다룰 게 아니라 네가 환자들한테 좀 다뤄져야 되겠다. 갈수록 환자가 많아져간다는 이유를 이제 알겠다구. 어허 이 녀석, 못하는 소리가 없어. 그럼 내가 미쳤단 말이니? 아무리 봐도 내가 보기엔 그래. 정신과 의사들은 다들 조금씩 돌아 있다더니 널 보니까 비로소 실감이 간다구. 어허어허 내 동료들이 방금 네 소리를 들었다면 넌 당장…… 말이 났으니까 말이다만 어떤 땐 정말 그런 생각이 안 드는 것도 아니더라. 오늘도 한 여자가 찾아와 그런 이야기를 하는 거야. 머지않아 자기와 결혼할 서른세 살 먹은 자기 약혼자가 갑자기 조금 이상해진 것 같으니 이 일을 어찌했으면 좋겠느냐는 거야. 어떻게 이상하냐고 했더니 죽도록 신문을 싫어한다는 것이었어. 신문이라니 누구한테 문초당하는 걸 말하는 거냐고 했더니 그게 아니라 우리가 매일 아침저녁으로 보는 신문을 말한다는 거야. 어느 정도로 싫어하냐고 하니까 싫어하는 정도가 아니라 아주 진저리를 친다는 거야. 다방이나 식당 같은 데서 자기와 전혀 상관없는 낯모르는 사람이 신문을 보고 있는 걸 보고서도 눈살을 찌푸리며 그 옆자리를 피하는 건 말할 것도 없고 버스나 전동차 속에서 사람들이 신문을 사 보는 걸 봐도 얼굴이 붉으락푸르락 흥분을 하며 숨길이 가빠진다는 거야. 한번은 전동차 속에서 사람들이 여기저기서 신문을 사는 걸 보다 못한 나머지 신문 장수한테 그 많은 신문을 모조리 다 사더니 사람들이 지켜보는 가운데서 갈가리 찢어 버리더라는 거야. 아니 그 정도는 아무것도 아니고, 언젠가는 술을 약간 마시기는 했지만 그렇게 취한 건 아니었는데 길을 가다가 길거리에 벌여놓은 신문 목판을 발길로 걷어차 신문들이 온통 거리에 흩날리는 바람에 변상을 해준 일까지 있다는 것이었어. 신문을 아무리 싫어한다 싫어한다 해도 그 정도라는 건 확실히 병이 아닐 수 없더군. 흔히들 요즈음 신문이 너무 보잘것없다는 말을 하긴 하지만 그래도 신문으로 인한 그런 환자는 처음인 것 같았어. 그런데 알고 보니 그럴 만한 사연이 있긴 있더군. 한때 신문기자 노릇을 한 적이 있다는 거야. 신문기자 노릇을 하면서 기사를 썼다가 수차례나 퇴짜를 맞고 삭제를 당하고 하다가 끝내는 기자 노릇을 집어치우기까지에 이른 모양이야. 자의 반 타의 반으로 집어치웠는데 집어치울 무렵에 그런 말을 하더라는 거야. 꼭 해야 할 이야기를 진실대로 쓰면 기사화가 되지 않고 하지 않아도 좋을 쓸데없는 이야기를 거짓말을 섞어 적당히 얽어놓으면 기사화가 되니 세상에 신문기자라는 것처럼 웃기는 것도 없다고. 그 웃기는 것을 위해 그처럼 자기가 몸부림쳐온 것은 그야말로 얼마나 우스꽝스럽고 넋 빠진 일이냐고. 그러면서 한동안 혼자 이유 없이 껄껄껄 웃어대고 신문을 보는 사람을 보고도 껄껄껄 웃어대더니 그런 증상이 나타나게까지 되었다는 거야. 그런 말을 듣고 나니 난처하더군. 그 사람 말대로 신문이라는 것이 그런 것이라면 그 사람한테 그런 증상이 나타나게까지 된 건 너무나 당연한 일 아닌가. 그런데 그걸 이상하다고, 혹 미치지 않았나 해서 나한테까지 찾아왔으니 어떡하냐 말이야. 그렇다고 제삼자 입장에서 보면 분명히 정상이 아닌 것을 괜찮다고 아무렇지 않고 당연한 일이라고 말해줄 수도 없고 말이야. ……하하 그러고 보니 너한테도 조금은 정상적인 데가 있는 모양이구나. 그런 사람을 미친 걸로 몰아붙이지 않고 이렇게 회의할 줄도 아는 걸 보니…… 그래서 어떻게 처방을 내렸냐? 그 처방을 무슨 수로 내려? 그 사람의 그런 증상이 없어지려면 신문이라는 것 자체가 뜯어고쳐져야 할 텐데, 아니 그보다도 신문을 그렇게밖에 만들 수 없도록 만드는 이놈의 세상이 좋아져야 될 텐데, 언제 그런 날이 오겠니? 어느 시대나 신문은 그 시대의 축도가 아니냐? 하하 자식, 제법 바른 소리 하는데…… 그래서 너로선 어떻게 할 수 없다고 말해줬냐? 의사로서의 채신이 있으니까 그런 말을 할 수는 없고, 좀더 두고 보다가 계속 심해지는 것 같으면 함께 끌고 오라고 말해줬지. 오게 되면 가둘 생각이냐? 생각 중이다만 가두게 되기가 쉬울 거다. 아니 그렇지 않을 수가 없게 될 거다……

천장을 향해 누워 있다가 다시 오른쪽으로 돌아눕는다. 역시 춥다. 팔과 다리를 몇 차례나 오므렸다 펴며 잠들기 쉽도록 편한 자세를 취해보지만 여간해서 잠이 올 것 같지는 않다. 눈을 꼭 감은 채 아무런 생각도 하지 않고 숨소리조차 가능한 한 작게 죽여보려고 애쓰지만 소용이 없다. 하지 않으려면 않을수록 생각은 더욱 많아지고 죽이면 죽일수록 숨소리는 더욱 커진다. 온 방 안이 온갖 너절한 생각들과 걷잡을 수 없는 숨소리만으로 가득 차는 것 같다. 잠을 몰아올 수 있는 꿈같은 일, 세상을 살아오는 동안 겪었던 일 중에서 가장 아름다웠던 일을 떠올려보자. 세상모르게 깊은 잠에 빠지게 해주었던 여자, 몸에 남아 있는 진을 완전히 쏟아놓을 수밖에 없도록 만들어 정신없이 코를 골게 했던, 총각 시절 친구들과 어울려 모처럼의 외박에서 만났던 그 희고 고운 살결의 어린 술집 여자를 떠올리자. 그러나 그 여자의 얼굴은 떠오르지 않고, 엉뚱하게 다른 여자 얼굴이 떠오른다. 며칠 전 회사 사무실 부근 다방으로 찾아왔던 여자. 교도소에 들어간 지 벌써 이 년이 넘는 대학 동창의 부인. 어쩐 일이세요? 저를 다 찾아오시고…… 겁나시나 보죠? 제가 갑자기 찾아오니까. 별일은 아니구요. 이 근처에 왔다가 그냥 한번 뵙고 싶었어요. 차도 한잔 얻어 마시고 싶고…… 잘하셨습니다. 제가 찾아뵈어야 되는 건데 항상 이렇게 매여 있다 보니까…… 그 친구 건강은 괜찮죠? 네 염려해주시는 덕분에…… 그전에 밥을 통 못 먹겠다더니 요즈음엔 없어서 못 먹나봐요. 다행이군요. 먹기라도 잘해야죠. 어떻게 사식 같은 건……? 늘 넣어주지는 못하고 가끔 넣어주죠. 면목 없군요. 저도 찾아가 사식이라도 한번 넣어줘야 될 텐데…… 대학교 때 그 친구한테 밥 많이 얻어먹었는데…… 어머, 그러셨어요? 지금도 마찬가지지만 대학 교 때 난 무지무지하게 가난했었거든요. 가정교사 하던 집에서 쫓겨나 가지곤 학교 학회실에서 잠을 자며 지냈는데 밥을 사먹을 돈이 있어야 죠. 이 친구 저 친구, 집 있는 친구는 말할 것도 없고 하숙하는 친구, 심 지어는 자취하는 친구까지 쫓아다니며 얻어먹었죠. 콩나물 살 돈도 없 어 맹물에 고추장만 풀어 국이라고 끓여 먹고 있는 자취하는 친구들까 지 괴롭혔으니…… 그이도 그 무렵에 자취했을 텐데요? 네, 맞아요, 그 친구가 바로 그 친구죠. 콩나물국도 못 끓여 먹고 있는 처진데 나마저 빌붙으려고 하니 그 친구 심사가 어땠겠습니까? 처음엔 잘 먹여주더니 나중엔 노골적으로 싫은 표정을 짓던데요. 호호 그이가 친구한테 그럴 줄도 알아요? 하긴 말 들어보면 그이도 학교 때의 고생이 이만저만 아 니었대요. 버스비가 없어 비가 오는데 우산도 없이 한 시간이나 걸리는 길을 걸어서 통학한 적이 한두 번이 아니었다는 거예요. 언젠가는 비가 하도 많이 와 돈 없이 버스에 올라서가지고 차장한테 사정을 했다나요. 버스비가 없는데 비가 너무 와 그러니 한번만 봐달라고…… 다음에 만 나면 갚겠다고…… 그랬더니 차장이, 뭐라구요? 라고 소리치며 밀어붙 여 차 밖으로 떨어뜨려놓고 달아나더라는 거예요. 그 바람에 길바닥에 나가떨어져 옷만 잔뜩 버리고 말았는데, 그렇지 않아도 남한테 아쉬운 소리 하기 싫어하는 성미인데 그런 꼴을 당하고 나니 어땠겠어요? 그 뒤부턴 더더욱 누구한테 고개 숙여 사정하는 일이 없어지게 된 모양이 에요. 오죽해야 저와 데이트를 할 때도 그랬어요. 언제 만나자고 해서 시간이 없다고 하면 그것으로 끝이지 더 사정하는 일이 없었어요. 정말 로 나를 좋아한다면 이럴 수가 있을까 생각될 정도로 너무 냉혹하더라

414

니까요. 따지고 보면 그 매력 때문에 결국 결혼까지 하여 이 꼴이 되고
말았지만…… 후회하십니까? 그 친구와 결혼한 걸? 글쎄요. 설령 후회
를 한다고 해도 무슨 소용이 있겠어요? 제가 똑똑한 여자가 되기 위해
선 후회를 해서는 안 되겠죠. 그런데 솔직히 말씀드려 참 힘들어요. 어
떤 일이나 자기 생각에 틀린 일이라고 생각되면 굽히지 않고 용납하지
않으려고 하는 바람에 결국은 옆 사람들만 녹아나는 거죠. 세상이 어디
그래요? 굽힐 데 가서는 굽히고 눈치를 봐야 할 데 가서는 눈치를 봐야
지 무조건 자기 고집대로만 밀고나가려고 한다고 해서 다 좋은 건 아니
잖아요? 너무 힘이 들어 사실 언젠가는 이혼까지도 생각해봤어요. 하지
만 제가 지금보다 훨씬 더 무식해지거나 악독한 여자가 되지 않고서는
차마 그럴 수가 없더군요. 그이가 무슨 나쁜 마음을 먹어 이 사회에 씻
을 수 없는 큰 죄를 졌다면 그걸 꼬투리로라도 삼겠는데 잘 아시다시피
고집이 센 것뿐이지 그이가 무얼 잘못한 건 아니잖아요? 생각하면 한편
불쌍하기도 해요. 그이야 물론 내가 자기를 불쌍하다고 생각하면 펄펄
뛰시겠지만 요즈음에도 면회를 한 번씩 갔다 오면, 그날은 밥이 통 입에
들어가질 않고 잠이 잘 안 와요. 그런 그이를 두고 혼자 마음대로 밥을
먹고 마음대로 잠을 잘 수 있다는 것이 너무너무 죄스러워 견딜 수가 없
는 거예요. 그러시겠죠. 물론 그래야 당연하구요. 애가 둘이시던가요?
네. 최소한 둘은 낳아야 되지 않을까 해서 낳았던 건데 요즈음엔 너무
벅차다는 느낌이 들어요. 아직 어려서 애들만 놓아둘 수 없을 텐데요?
외갓집에 있어요. 집은? 뭐 집이랄 게 있나요? 방 한 칸 있던 것마저 없
애고 저도 애들과 함께 외갓집에…… 제가 괜히 쓸데없는 이야기로 시
간을 너무 많이 뺏는군요. 근무 중이시니까 들어가봐야 하실 테니 이거
나 하나 써주세요. 뭐죠 이게? 보험카드예요. 생명보험 하나 들어놓으

세요. 아하 보험회사에? 네. 그이가 벌지를 못하니 저라도 벌어야죠. 언제까지나 외갓집 신세만 질 수도 없고……

오른쪽에서 다시 왼쪽으로 돌아누웠다가 또다시 오른쪽으로 돌아눕는다. 역시 춥다. 어디선가 무슨 소리가 들린다. 시계 소리다. 아니 개 짖는 소리, 아니 기계 소리, 아니 자동차 움직이는 소리, 아니 사람 소리, 그렇다. 비명이다. 아니 함성이다. 발소리가 섞인 함성. 그러나 귀를 곤두세워 다시 자세히 들으니 아무 소리도 들리지 않는다. 그저 숨소리뿐. 동생 녀석이 떠오른다. 대학교 졸업반으로 곧 입대를 앞두고 있는 녀석. 뭐가 뭔지 모르겠어요. 모르다니? 세상 말이에요. 하아 녀석. 왜요? 너도 크긴 좀 큰 모양이구나, 세상 걱정을 다 하게. 다 끝나가는데 또 휴교예요. 휴교? 모르세요? 방학이 아니고 휴교란 말이냐? 글쎄 말이에요. 곧 방학에 곧 졸업인데 또 휴교라니까요. 으으으응, 몇몇 친구들이 형을 좀 만나겠대요. 친구들이 나를? 왜? 좋은 이야기 좀 듣고 싶대요. 좋은 이야기라니 무슨 좋은 이야기? 세상을 살아가는 방법에 대해서 말이에요. 하하 웃기는 녀석들이구나. 내가 무얼 안다구 나한테? 언젠가처럼 빵을 얻어먹고 싶어 그러는 것 아니냐? 아녜요. 왜 그렇게만 생각하세요? 형이 우리보다는 세상을 많이 사셨잖아요? 야 이 녀석아 그것 좀더 살았다고 세상이 그렇게 쉽게 알아지니? 내가 잘 아는 정년퇴직한 지 이미 오래인 칠십이 다 된 철학교수 한 분도 그런 이야기를 하시더라. 뭐가 뭔지 모르겠다고. 일생을 줄곧 참된 삶의 문제만을 생각하며 살아오신 분이 죽음을 눈앞에 둔 지금에 와서도 고작 그 소리더란 말이야. 그렇지만 형은 다르잖아요? 달라? 뭐가 달라? 형은 어릴 적부터 천재였잖아요? 천재? 하하하하하하, 너도 웃길 줄 아는구나. 천재가 뭐 동네 개 이름인 줄 아냐? 하긴 요즈음엔 신문을 보니까 천재가 많기도 많더군요. 관객 동원 좀 한 영화 하나 만들면 바로 천재 감독이 되더라니까요. 이대로 가다가는 머지않아 이 땅엔 천재들만이 득실거리겠죠? 그런데 세상은 항상 왜 이렇죠? 천재들이 너무 많아서인지도 모르지. 어리석을 데 가서는 적당히 어리석어줘야 되는데 모두들 너무 잘나놓으니 그게 제대로 되어야 말이지. 형도 그런 말 쓰세요? 적당히라는 말, 제가 제일 싫어하는 낱말 중의 하나가 바로 그 말이에요. 바르지 못하고 부끄러운 짓을 해놓고서 그 뒷수습을 하기 위해 대표적으로 쓰는 낱말이 바로 그 말 아녜요? 타협하고 합리화시키기 위해 적당히 적당히…… 역시 넌 어리구나. 나도 네 나이 땐 그랬지. 그렇지만 지금은 달라졌다. 누구나 웬만큼 나이 들면 다 하는 소리다만 세상을 살며 작아지다 작아지다 작아지다 보니까 그런 낱말을 꼭 싫어할 수만은 없더구나. 싫고 좋고가 문제가 아니라 살아남기 위해선, 생존이라도 하기 위해선…… 그만두세요. 실망이에요. 그래서 절더러도 그렇게 살라는 이야기인가요? 작아지고 작아져서 나중엔 묻힌 채 살아가라는 이야기인가요? 그렇게 살라는 이야기가 아니라 그럴 수밖에 없게 된다는 이야기지. 이건 아직 어린 너한텐 가혹한 소리가 될지 모르겠다만…… 왜? 기분 나쁘냐? 다른 사람이라면 몰라도 형마저 그런 이야기를 하신다면…… 너 참 일류 대기업체 시험에 합격을 했다고 했지? 곧 군대에 가게 될 텐데 그것과는 상관없는 거냐? 군대에 갔다 오면 쓰기 위해 미리 뽑아두는 모양이에요. 다행이다. 그렇다면 네 길은 그래도 열린 셈이 아니냐? 길이 열리다뇨? 월급쟁이가 된 게 길이 열린 거예요? 어떻게 배운 배움인데…… 생각해보세요. 제가 어떻게 배웠어요? 휴교령 속에서 가정교사를 해가며…… 그것이 어떻다는 거냐? 휴교령이 어떻고 가정교사가 어떻다는 말이냐? 여러 소리 할 것 없어. 어쨌든 넌 행복한 놈이야. 그만두세요. 더 듣고 싶지 않아요. 어떻게 행복이라는 말을 그렇게 쉽게 쓸 수가 있어요? 제 많은 친구들은 지금 어떤 입장에 놓여 있는 줄 아세요? 어떤 입장에 놓인 줄 알고나 말씀하시느냐 말이에요. 어떤 입장에…… 그렇다니까 더욱 너는…… 아니에요. 몰라서 하시는 소리예요. 아니 형이 결코 모르실 리가 없어요. 학교 때 천재 소리를 듣던 형이 어찌 모를 리가 있겠어요? 이러지도 저러지도 못하고 남아서 졸업도 하기 전에 취직이나 눈독 들이는 놈, 아마 형도 속으로는 경멸하실 거예요. 죽고 싶어요. 정말 미치겠어요. 제발 좀 가르쳐주세요. 제가 어떻게 살아야 하는지…… 현재의 입장에서 제가 취해야 할 길이 어떤 것인지……

오른쪽을 향해 있다가 배를 밑에 깔며 엎드린다. 역시 춥다. 새벽이 되니까 한결 더 추워지는 것 같다. 아직 한겨울도 아니고 이제 초겨울인데 이렇게 추워서야 어떻게 견디나. 몸에 소름이 돋아 그런지 여기저기가 가려워지기 시작한다. 특히 불알 밑이 집중적으로 가렵다. 반듯이 바로 누워 긁으면서 자지를 만져본다. 처량하게 죽어 있다. 새벽 자지가 서지 않는 놈은 빚도 주지 말라는 말이 있다는데…… 몇 차례 만져보지만 별로 반응이 없다. 다시 배를 밑에 가게 엎드리며 발을 움직이고 이불을 들썩거려 조금이라도 덜 춥게 조정한다. 조정하면서 고개를 움직이니 이른 새벽의 허여멀끔한 빛 속에서 저만큼 떨어져 마누라가 다른 이불 속에서 평생의 죄인처럼 다리를 못 뻗고 자식들과 함께 자고 있는 것이 보인다. 홍어좆. 만만한 게 홍어좆이라고 다른 데서는 큰소리 한번 못 치고 까딱하면 마누라한테만 큰소리쳤던 일과 함께 왈칵 감상적이 된다. 칼과 물. 부부 싸움을 칼로 물 베기라고 맨 처음 말한 자는 누구인가. 그러나 순간적이라도 때로는 정말로 보기 싫어지는 때가 있다. 부부란 원래가 남남이며 아무 때라도 헤어지면 또다시 남남이 될 수 있다는 것을 늘 인식하고 있도록 강요하기도 한다. 결혼이라는 것이 이런 것인 줄 알았으면 하지 말걸 그랬어요. 이게 무슨 재미예요? 애들 치다꺼리, 남편 치다꺼리, 시집 식구들 치다꺼리…… 이건 날이면 날마다 뼈 빠지게 치다꺼리만 하다가 아무것도 못하니…… 그렇다면 남들처럼 생활이라도 좀 덜 빡빡해야지, 어느 하루 제 구멍 제대로 틀어막을 여유도 생기지 않으니…… 하하 이제 보니 당신도 쌍소리를 잘하는구먼. 구멍이 어떻고 빡빡한 게 어떻고 그런 에로틱한 소리를 어떻게 그렇게 자유자재로 하지? 뭐요? 누가 지금 농담하자고 했어요? 구실도 못하면서 능청은…… 구실을 못하다니 아마 잠자리에서의 구실을 이야기하는 모양인데 그 정도면 됐지 얼마나 더…… 아니 이이가 갈수록…… 누가 그런 구실 말이에요? 그럼 무슨 구실을 말하는 거야? 몰라서 물어요? 결혼하고 나서 나한테 무엇 하나 해준 게 있어요? 옷 한가지 사줬어요, 화장품 하나 사줬어요, 외식을 한번 시켜줬어요? 음악회는 고사하고 전람회를 한번 보여줬어요? 바닷가네 산은커녕 풀장을 한번 데려가줬어요? 간다는 게 고작 학교 때도 수차례나 간 일이 있는 창경원 한 번, 그것도 날 위해서 간 거예요? 자식새끼들 위해서 갔지. 남들은 철마다 옷이고 생일마다 반지에 공휴일만 되면 자가용을 타고 어디로 놀러 갈까 무섭게 궁리들인데 이건 뭐 월세방이다, 전세방이다 해서 몇 년이나 이삿짐 꾸리기 바쁘게 만들더니 게딱지만한 누더기집 한 채 빚으로 겨우 마련해놓고는 그놈의 뒷구멍 막느라고…… 이상하군. 오늘은 어떻게 당신 입에서 그런 말들이 다 튀어나오지? 나는 뭐 별건 줄 아세요? 말을 안하니까 그렇지 그동안 어지럼증 때문에 얼마나 못견뎌해왔는지 아세요? 말을 안하니까 속조차 없는 줄 아셨느냐구요?

내가 말을 안하니까 그렇지 그동안 어지럼증 때문에 얼마나 못 견뎌해 왔는지 알아요? 어지럼증이라니? 뻔하죠, 뭐. 뻔하다니? 영양실조로 빈혈이겠지 뭐 다른 거 있겠어요? 하아 영양실조? 빈혈? 왜 웃어요? 기분 나쁘게. 나는 견디다 견디다 견디지 못해 이야기하는데…… 하하 사람이 변하려면 눈 깜짝할 새라더니 당신 언제부터 이렇게 흉물스러워졌지? 뭐요? 흉물? 이제 못하시는 소리가 없군요. 그래요, 나는 흉물이에요. 누가 날 이렇게 흉물로 만들었죠? 나를 이 꼴이 되도록 깡그리 앗아간 게 누구냐구요? 뭐야? 앗아가? 흥, 누가 뭐 눈 부릅뜨면 무서워할 줄 알고…… 입 닥치지 못해! 흐흥 큰소리는 자기가 뭐가 잘났다고 큰소리야! 뭐라구? 호호흥 이제 사람까지 쳐. 하려다 하려다 할 말이 없으니까 이젠 사람까지 치고 난리야. 쳐봐요. 쳐볼 테면 얼마든지 쳐보라구요. 자기 여편네 빈혈이라고 하니까 얼렁뚱땅 입막음하려고…… 정말 그만두지 못하겠어? 뺨 때린 건 사과하겠어. 그렇지만 이제껏 살아왔으면서도 나는 당신에게마저 이런 면이 있으리라고는 정말 생각지 못했었어. 말 안해도 알지 않아, 내가 어떤 놈인지…… 내가 무엇을 가장 싫어하고 무엇을 가장 못 견뎌하는지를……

배를 밑에 깔고 엎드려 머리를 처박은 채 있다가 갑자기 심장이 멎어오는 것 같아 벌떡 일어난다. 몇 시나 되었을까? 머리맡 책상 위에 놓아둔 시계를 집어 본다. 세시 삼십팔분. 파딱파딱 야광침의 움직임처럼 위태롭게 심장도 뛴다. 어질어질 머리가 어지럽고 메슥메슥 속이 메슥거린다. 담배를 태울까 하다가 참고 대신 먹다가 남겨둔 소주병을 집어들어 물 마시듯 벌컥벌컥 들이켠다. 그리고 옆에 놓인 살얼음이 낀 듯한 보리차를 안주처럼 이어서 몇 모금 들이켠 후 자리에 다시 눕는다. 오른쪽으로 누웠다가 잠시 후에 왼쪽으로 돌아누웠다가 다시 잠시 후에 오른쪽으로 되돌아 눕는다. 아무래도 왼쪽보다는 오른쪽이 낫다. 심장 때문이다. 그렇지 않아도 자꾸 멎는 것 같은 심장이 왼쪽으로 누우니까 더더욱 멎는 것 같다. 움직이지 말자. 더 이상 움직이지 말고 이 자세대로 단 한 시간만이라도 자자. 그러나 또다시 떠오르기 시작한다. 서서히 번져가는 술기운 속에, 거리에서 죽어가는 사람이 떠오른다. 몰매를 맞는 사람도 떠오른다. 경찰한테 목덜미를 움켜잡힌 채 끌려가는 사람도 떠오른다. 뭐라고 혼자 고래고래 소리치는 사람도 떠오른다. 껄껄껄 껄껄껄 미치게 홍소를 터뜨리며 지나가는 사람도 떠오른다. 아주 붙어버린 듯 입을 굳게 다물고 외투 깃을 세운 채 걸어가는 사람도 떠오른다. 누구에게 쫓기는 듯 흘끗흘끗 뒤를 돌아다보며 부지런히 걷는 사람도 떠오른다. 사람, 사람, 사람들이 떠오른다. 그들을 에워싸고 있는 환경, 그들을 숨 쉬게 하고 그들을 숨 막히게 하는 사물, 사물, 사물들……이 떠오른다. 그러다가 그들한테 압살당하듯 느닷없이 숨이 거칠어지며 잠에 빠지기 시작한다. 잠, 오오 머리 둘 곳 없는 세월의 고단한 잠, 긴 유형(流刑) 끝에 비로소 얻은 눈물 마른 짧은 휴식.

작가의 말

　내가 서울예대 문예창작과에 몸담아온 지 어느덧 이십팔 년이나 되었다. 덧없는 세월이라는 선인의 말이 새삼 가슴을 친다. 그래도 생애의 대부분을, 죽을 때까지 뿌리칠 수 없는 내 평생의 업인 문학을 공부하는 학생들과 보냈다는 게 얼마나 행복한 일인가. 교수가 된 후 천성이 부지런하지 못해 비록 소설 쓰는 일에는 충실하지 못했지만 수많은 뛰어난 제자들을 가질 수 있게 되었다는 것만으로도 어느 누구에 못지않은 자랑스러운 삶을 살아왔다고 자부할 수 있다.

　정년퇴임을 맞이해 기념으로, 요즈음 문단에서 크게 주목받고 있는 우리 대학 졸업생 소설가들이 내 선집을 내주겠다고 해, 처음엔 조금 망설였으나 결과적으로는 응하고 말았다. 단편 선집의 첫째 권이 될 이번 책에는 잡지에 발표한 후 이미 단행본으로 묶어냈던 작품들 속에서 골라 실었다. 다른 작품들은 모두 거의 그대로 두었으나 표제작인 「최후의 만찬」만은 약간 고쳤다. 내용을 고친 게 아니라 '라티에 장로'였던 원래의 제목을 좀더 친근감 있는 제목으로 고치고 생략해도 좋을 군더더기 문장들을 삭제하는 등 몇 군데의 문장에 손을 댔다.

손질을 해가면서까지 굳이 이 작품을 선집에, 그것도 표제작으로 내세운 데에는 그럴 만한 나름대로의 이유가 있다. 발표야 데뷔 이후에 했지만 쓰긴 데뷔작보다 이삼 년 앞서 썼으니 내 나이 스물네댓 살 때의 일이었다. 그 나이에 어떻게 하필 이런 먼 나라의 그림에 얽힌 설화를 소재로 한 작품을 쓰게 되었는지 자신이 생각해도 좀 희한했다. 아마 세계 예술사에서 천재 중의 천재로 통하는 한 예술가에 대한 병적인 동경에서 행한 시도가 아니었나 생각된다.

당연한 일이겠지만 그로부터 사십여 년이 지난 지금 다시 읽어보니 어설픈 미소를 짓게 하는 면이 없지 않다. 그러나 작품의 좋고 나쁨을 떠나 아무리 문학청년 시절이었다고 해도 그 나이에 그런 무모한 시도를 할 수 있었던 그 패기와 열정이 목숨과 바꾼 짝사랑의 감정만큼이나 어이없으면서도 값지게 느껴진다.

우리 대학 출신 소설가들을 포함해 재능 있는 많은 젊은 작가들이 놀랄 만한 작품들을 계속 보여주고 있어 우리 소설의 앞날은 밝으리라는 기대가 간다. 학교를 그만두게 되면 나도 소설 쓰는 일 외에는 별로 할 일이 없을 것 같다. 그러나 많은 욕심을 부리고 싶지는 않다. 욕심만을 많이 부린다고 해서 될 일이 절대로 아님을 너무나 잘 알고 있기 때문이다.

2006년 11월

최창학

수록작품 발표 지면

「최후의 만찬」		『월간문학』 1970년
「학자의 황혼」		『문학사상』 1981년
「형(刑)」		『문학과지성』 1974년
「작은 부르짖음 속의 숨」		『창작과비평』 1976년
「지붕」		『문학사상』 1986년
「밧줄」		『한국문학』 1977년
「사람이 그리운 땅」		『작단』 1979년
「창호지」		『문학사상』 1983년
「살」		『소설문학』 1981년
「조문(弔文)」		『월간대화』 1977년
「물구나무서기」		『세계의문학』 1980년
「누나의 벌판」		『한국문학』 1979년
「다시 뜬 눈 앞에서」		『문학사상』 1984년
「ㅎㅈㅁㅊㅅㅋ」		『동서문학』 1980년
「잠, 오오 머리 둘 곳」		『세계의문학』 1978년